雕龙书系

◇ 名誉主编　霍松林
◇ 主　　编　张新科

新加坡华文旧体诗研究

赵　颖　著

科学出版社
北　京

内 容 简 介

本书一方面从文化归属与文化认同的整合视野入手，以不同类型的旧体诗作者的创作为切入点，发掘与把握不同时期作品中关于中国和新加坡形象形成的历史原因、思维模式、类型及深层的逻辑联系；另一方面以比较性思维对不同时期和身份的作者作品进行辨析，更为客观地揭示华文旧体诗的独特价值。

本书通过对不同文化认同身份的作者作品的关照，对不同文化背景的诗人创作旨趣的区别，考察旧体诗与生活在中国的华人族群之间的关系，分析旧体诗在南洋华人文化主体性建构过程中所体现的呈现和被呈现。本书以高等院校相关专业研究者为读者对象。

图书在版编目（CIP）数据

新加坡华文旧体诗研究／赵颖著．—北京：科学出版社，2015.12

（雕龙书系／张新科主编）

ISBN 978-7-03-046930-4

I.①新⋯ Ⅱ.①赵⋯ Ⅲ.①古体诗–诗歌研究–新加坡
Ⅳ.①I339.072

中国版本图书馆CIP数据核字(2015)第311338号

责任编辑：王洪秀／责任校对：张凤琴
责任印制：张 倩／封面设计：铭轩堂

科学出版社 出版
北京东黄城根北街16号
邮政编码：100717
http://www.sciencep.com

三河市骏杰印刷有限公司 印刷
科学出版社发行　各地新华书店经销

*

2015年12月第 一 版　开本：720×1000 1/16
2015年12月第一次印刷　印张：18
字数：276 000

定价：78.00元

（如有印装质量问题，我社负责调换）

本书为教育部社会科学基金项目"跨文化语境下的新加坡华文旧体诗研究"(项目编号：13YJC751082)的最终成果

本书为中央高校基本科研业务费专项资金项目一般项目"东南亚华文旧体诗的跨文化研究暨史料整理"(项目编号：14SZYB19)的最终成果

雕龙书系

编委会名单

名誉主编 霍松林

主　　编 张新科

编　　委 (按姓氏音序排序)

党怀兴　樊列武　高益荣　胡安顺

柯西钢　李　斐　李继凯　李西建

刘锋焘　刘生良　苏仲乐　孙清潮

邢向东　尤西林　赵望秦　赵学清

赵学勇　周淑萍

丛 书 序

陕西师范大学文学院于今走过了 70 余载的发展历程，数代学人薪火相传、弦歌不辍，涌现出许多声誉卓著的学者，形成了"厚德积学、严谨求实、兼容并包、尊重个性"的学术传统。学院坚持"全面发展，突出重点；打好基础，形成品牌；交叉融合，突出特色"的学科建设理念，经过多年不懈努力，学科建设水平得到大幅度提升，在学界获得了良好的声誉。学术研究、学科建设归根结底都是为培养高素质的人才。文学院已形成由学士、硕士到博士、博士后的人才培养体系，造就了成千上万的人才，为经济社会发展、特别是祖国的教育事业做出了贡献。

近年来，以建设一流学科为目标，全院师生同心同德、励精图治，提出"发扬优秀传统，提升文化品格，拓展国际视野，建设精神家园"的学院文化建设理念。为弘扬传统、激励后学，学院于 2014 年策划收集、整理已经退休甚至故去的先辈学人书稿，结集出版"长安学人丛书"，在学校和学界产生了广泛影响。"江山代有才人出"，为了进一步展示文学院当前的学术风貌、扩大学术交流，学院再次策划出版"雕龙书系"。"雕龙"一词取战国时驺奭长于口辩、被称为"雕龙奭"典故。《史记·孟子荀卿列传》："驺衍之术迂大而闳辩；奭也文具难施；淳于髡久与处，时有得善言。故齐人颂曰：'谈天衍，雕龙奭，炙毂过髡。'"裴骃《史记集解》引刘向《别录》曰："驺奭修衍之文，饰若雕镂龙文，故曰'雕龙'。"借指学术研讨精细犹如雕饰龙纹一般，也喻指擅长辞章、文采斐然之意。我院名誉院长、著名古典文学专家霍松林先生为学院题词"扬葩振藻、绣虎雕龙"八个大字，以此作为学院精神，鼓励师生激扬文字，彰显个性，培育英才，潜心学术。本套书系以"雕龙"命名，即希望借此体现文学院同仁如切如磋、如琢如磨、虚心向学、严谨治学的品格。选题不拘一格，涉及文史哲研究的诸多领域。著书立说者既有德高望重的知名教授、又有英气勃发的青年才俊，体现了文学院兼容并包、各擅其长的学术格局。

  "雕龙书系"的策划出版，得到了文学院教师的积极响应，得到了陕西师范大学 211 工程与学科建设处、社科处和科学出版社的大力支持，在此一并致谢。

编委会
2015 年 10 月

序　言

　　赵颖博士于2012年毕业于陕西师范大学文学院比较文学与世界文学专业，因为她在攻读硕士学位期间曾参与东南亚区域经济文化研究课题，并去过东南亚的一些国家，故此结合自己的新专业，将博士学位论文确定于亚洲经济文化发展突飞猛进的这个半岛国家的传统文学研究领域，由此也引起我这位博士生导师产生对新加坡国家历史文化的浓烈兴趣，以及对其传统诗歌文学的观察与思考。

　　对新加坡传统文化我过去只是一知半解，根据图文媒介与些许文字资料，我在2006年出版的《中外剧诗比较通论》一书中，所谈到南海国际大通道时曾提及这个面积不大却很出名的国家，原本在元明时还归属苏门答腊，直到1819年才由"淡马锡""僧伽补罗"改为现在的国名。虽然其国土狭小，但是地理位置非常重要，为中西诸国政治、经济、文化的荟萃之地。但是对新加坡真正深入观察与探析则是在2011年春天我接纳北京大学东方文化集成丛书特邀，撰写《东亚诸国戏剧文化关系研究》一书之时。为此书编撰我去过北京、上海与港澳地区，查阅其古代文献，虽然主要是在搜集相关的地方戏曲资料，也多少涉及一些新加坡的诗词创作与传播情况。

　　2012年年初，在陕西师范大学文学院与中国世界华文文学学会联合筹办"海外华文文学高层论坛暨国际学术研讨会"的前夕，正是赵颖在紧锣密鼓完成博士学位论文送审与准备答辩期间。我们师生俩为了相似的课题加紧相互讨论与交流意见，一边根据校内外专家意见查阅新加坡旧体诗新资料，认真加工充实欲答辩的的博士学位论文；一边积极准备给即将召开的学术会议提交论文，她当时上交的是《吟到中华以外天——新加坡华文旧体诗研究》，我则上交的是《东南亚诸国华人的文化交往与华文戏剧文学的传播》，我们当时都是一门心思，想着投石探路，将所探寻的相关课题公诸于世，抱着学习求教的态度，认真听取国内外华文文学专家学者的意见和建议。

我心里清楚赵颖在此篇关涉将来学术前途的博士学位论文答辩前的心情，她意识到从事此类课题研究寂寞难忍、面临失败风险所带来的"艰辛"与"失落"；但同时也有"快乐"与"收获"，那存在于富有挑战性的攻克难关的过程之中。只有通过自己的努力，不辞辛劳一路登高，待"会当临绝顶，一览众山小"之时，才能向社会交一份令人满意的学术答卷。

在三年相处过程之中，我体会她为人母、为人师、为人友时所经历的繁忙；更感知她为此文只身辗转于全国各个大学与研究机构，查阅早已封尘的旧体诗资料的艰辛。但也似乎预测到赵颖一旦了解清楚居于东南亚重要位置的新加坡历史文化与文学真相时所获得的喜悦与满足。这一切在她后来顺利地通过博士论文的答辩，并依此成果，再度论证终于获得教育部2013年社会科学项目《跨文化视阈下的新加坡华文旧体诗的创作》所证实。

当然在此之前，我为了探寻明代郑和下西洋的海上丝绸之路，或多或少从古文典籍中查阅到一些有关古代新加坡地理文化的文字记载，特别是费信的航海日记《星槎胜览》中的一首《龙牙门》诗曰："山峻龙牙状，中通水激湍。居人为掳易，番舶往来难。入夏常多雨，经秋且不寒。从容陪使节，到此得游观。"其中的"龙牙门"即为后来的新加坡，"番舶"则指停泊在其海岸的各国商船，给人印象很深，并为此国如此慷慨接纳东西方文化、文学与艺术资源财富而惊叹。

另外我通过报纸杂志，零星地窥视到新加坡华人文学与诗歌的丰富文化内涵。自20世纪初，在辛亥革命与抗日战争期间，大批中国文人学者流亡南洋，寓居新加坡著书立说，其中鼎鼎大名的如尤桐、康有为、梁启超、郁达夫等的诗文作品特别引人注目。例如，尤侗的《外国竹枝词》中对新加坡的描述："龙牙犀牛可耕田，相对龙门恰乘船。更有龙涎向万里，苏门街上换酒钱。"还有康有为到新加坡所作《憇园诗集》收录52首诗，还有郁达夫90余首诗几节的《乱离杂诗》，令人感叹的是其中绝大多数都是旧体格律诗，忠实地记载了华夏赤子对此新建国家的印象、感受与希望。

序　言

尤其感愤的是著名诗人郁达夫满怀信心来到"星洲",非但没有实现抱负,还不幸在南洋失去宝贵的生命。

带着对南洋文学种种疑惑,我在读著名作家王安忆的自选散文集《漂泊的语言》时,多少有所感悟,其中有一段话很能启人心智:"翻阅它,便是翻阅我们飘忽不定的生命,体会摇摇摆摆的世界,那些模糊不清的东西也许在此刻重新清晰。那时候,那些不舍昼夜四处漂泊的语言或许终于可以安息了。"这是她对新马诗歌作品无根、混杂、飘渺的文体形态的真实读解,亦引导我们走进那种复杂难言、情感交织的新加坡华语世界。

在我参加华语文学会议和赵颖博士论文答辩之前,曾阅读过厦门大学周宁教授主编的《东南亚华语戏剧史》"前言"中写的一句温馨之语:"有海水处就有华人;有华人处,就有华人的语言文化、文学艺术。"在研讨会上又读到中国人民公安大学杜元明教授的《海外华文作家对弘扬中华文化的贡献》中一段的类似文字:"环球之内,有海水的地方就有华人,有华人的地方几乎就有华语文学创作。"为此,我自然有些怦然心动了,感受到深入研究居于南海马六甲海峡要冲的新加坡"华语文学",何尚不是"对弘扬中华文化的贡献"?!

回顾我国的历代文学史,特别是现当代文学史与中外文学史,过去对散布在世界五大洲、四大洋的拥有两千五百多万之巨的华人文学艺术历史记载得太少了,具体到东南亚与新马华人文学就更寥若星辰了。在我们仅能看到的郭惠芬《中国南来作者与新马华文文学》,朱立立《身份认同与华文文学研究》,庄钟庆《世纪之交的东南亚华文文学探视》、《东南亚华文新文学史》,饶芃子《中国文学在东南亚》,陈实《新加坡华文作家作品论》,王润华《从新马华文文学到世界华文文学》等著述中,翻阅其文字,专门论述新加坡旧体诗的文献史料也显得过少,需要有志之士积极发掘、整理与研究。看来赵颖这位年轻的高校女性教师挑起这副学术重担极有价值和意义,需要国内外人文学科学术界的高度理解与大力支持。

记得在2010年年底,陕西师范大学比较文学与世界文学专业举办此选题论证会时,校内外有些学者对此有些担忧,因为众所周知,此类课题多由南方沿海城市高校与研究单位设计、承担与实施。陕西西安为中国内陆省城,又属于西北对外文化交流研究落后区域之列,涉猎此类科研项目难以成功。尽管陕西师范大学虽然由文学院程国君教授担纲，将当年任教福建高校的华人文学成果与经验带到关中，正在积极筹建校"海外华文文学研究所"，力图逐步改变此滞后局面，特聘请由西安迁居北美《新华人》报社的陈瑞琳女士并得到其大力支持，但是毕竟人缺枪少、势单力薄，怕不成大气候。在此种不容乐观的情景下凭着一位弱女子单枪匹马、孤军作战，开拓新的学术空间实在难以胜算。

令人赞赏的是，来自古都西安的赵颖老师,性格开朗、思维敏捷、视野开阔、做事认真,她明智地分析判断，新加坡旧体诗研究是国内少有问津的文化富矿，值得倾注全力去开采发掘，故抱着"明知山有虎偏向虎山行"的决心，坚持要战胜各种困难去设法攻克此令人神往的学术难关。其结果"功夫不负有心人"，她的博士学位论文答辩因资料工作的扎实、学术选题的有价值，研究方法的新颖独到，得到答辩委员一致通过与较高学术评价。

更让人感到欣慰的是，她在短短的三年期间，如期地高质量地撰写完成此篇难度较大的博士论文后，又获得教育部课题《跨文化视阈下的新加坡华文旧体诗的创作》，2014—2015年又前去新加坡国立大学访学，经大量查阅相关文献及深入田野考察，拟将课题范围扩大到新马旧体诗研究。在此基础上修订成此本新书，构架合理、设目清晰、内容充实、图文并茂，是一部给人深刻启迪的优秀著作，联系赵颖博士的学位论文综合审视，此部学术专著所作出的学术贡献主要表现在如下四方面。

其一，选题重要，意义重大。此书将新加坡旧体诗的历史提前到清朝末年，将南洋华人文学研究时空大为拓展。诗歌是中国乃至亚洲各国的主要文学形式，其中旧体诗更能代表东方世界的韵文文学成就。在近现代，当我国大陆文学时代转型，五四运动提倡白话文，丢弃旧诗传统之时，而南海诸国却积极接纳，大力发展，为世界华人文学留下了一笔可观的文化财富。

其二，全面搜罗，提纲挈领。此书为了恢复南洋旧体诗历史原貌，采取"竭泽而渔"、全面、系统搜集整理，尽力从古代文献、报纸杂志、口述资料、图像文物、微缩胶卷等方面，寻觅其渊源流变，并将新加坡旧体诗作分为"过客诗人""流寓诗人""当代诗人"三大类作品，进行钩沉稽考，客观、准确、富有逻辑地评述其历史文化意义与学术价值。

序 言

其三，古今对照，发幽探新。此书努力从清朝、民国至现当代南洋诗坛中认识、发掘传统格律诗，以及竹枝词、长标题诗词，南洋风格混搭诗等新诗品种。不囿于诗词文学，还介入南洋地理、历史、政治、宗教、民俗、物产、文化领域等，"以诗证史""诗史互证"，以求从实证的角度观察、追寻华人文学在海外的历史踪迹。

其四，宏观把握，微观求知。此书采取宏观与微观相结合的研究方法，从新加坡古代历史文化到当今诗词文学的发展演变，从其边缘人文化身份的认证到东南亚，乃至世界华人文学的吸收与交融。对中华民族文化的海外传播与影响，中国古典文学精神和南洋文化传统的多元内涵，进行全方位、多维度、多角度的学术考察与评述，使新加坡旧体诗担负着文学传承中对文化传统的构建。

无论在审读赵颖博士的学位论文，还是在阅读她于科学出版社出版发行的此书中，我们欣喜地发现她以广阔的学术视野与务实的考述方法，把读者的目光带入一个令人神往的新加坡及东南亚华文旧体诗与中华汉文化交融的崭新时空之中，有望与国家倡导的"一带一路"中的海上丝绸之路文学研究接轨。实际上，这从她书中引证的一些新加坡旧诗中对"丝绸之路"开拓者张骞的歌颂可以看到其端倪。

新加坡诗人左秉隆在给张荫恒的一首《奉和张樵野星使见寄原韵》写道："汉节送归张博望，商霖期作傅岩阿。""备边君自有长策，颂德吾能赓载歌。"其中就提及身负联络西域各国共同抗击匈奴的重任，出使归来以功封赏"张博望"张骞，他将出使美洲的张荫恒比作张骞，并给予厚望。若加延伸，方可有助于当今对东南亚经济、文化、文学与世界各国铺设国际通道发生有机联系。

另外在书中抒写新加坡与中华民族的天然联系与文化交流事实亦可促进世界华人文学的研究。对此可读赏新加坡领事，著名诗人黄遵宪的《人境庐诗草》中收录的"新加坡杂诗十二首"，第一首吟诵："天到珠崖尽，波涛势欲奔。地犹中国海，人唤九边门。南北天难限，东西帝并尊，万山排戟险，嗟尔故雄藩。"

记得在赵颖博士论文的"致谢词"中有一段诚恳的文字表述："回首本文，仍有许多地方需要深化和改善。所谓的告一段落，既是终点，又是下一个起点！"作为一位尚在成长的年轻学者还有许多路要继续走，许多知识学问还要继续增加，论文与学术专著存在着"许多地方需要深化和改善"，我们期待着她在新的"地点"上不断进步。

  我们期待她沿着现成的新加坡华文旧体诗研究思路，即中国文学→离境文学→新加坡文学→世界华人文学的轨迹发展。不断加深海外华文旧体诗的研究，逐步构建中国与周边国家的文学关系研究新的学术框架。

李强教授、博导

2015年12月

前　言

　　浩如烟海的新加坡华文旧体诗作品作为一种历史的存在，在海外华文文学史、文化史及社会政治生活中曾经的辉煌被长期湮没。近七年来，笔者通过全面系统地搜集、发掘、整理中国明清史料中的游记、各类诗集、新加坡本土的碑文及一些新加坡当地的报刊上的旧体诗作品，并以不同身份认同的作者为划分依据，对创作于新加坡本土的旧体诗作品的发生、演变、异化、整合的文学客观规律进行科学的考据、分析、解读与研究。整个研究过程犹如逆水行舟，大都是在史料堆中艰难跋涉，许多关于新华旧体诗的资料都是"一书难求"，然而将整个新加坡华文旧体诗的发展轨迹整理成文后，却不得不震撼于其后丰富的历史事件和文学现象。

　　文化的自觉先于文学的自觉，中华文化的强大凝聚力是海外华文旧体诗形成、发展的动力。为什么会有大量的旧体诗作品涌现在新加坡？这也是一个值得研究的问题。一方面是文化方面的原因，新加坡华文报刊的特殊之处在于，它不仅从地理上属于亚洲，必不可少的受到东方文化的影响，更重要的是，在面临中国、印度、马来、西方和本土的五重文化特质时，它形成了独特的融合多种文化的文学特色。不同的社会文化背景下产生的文学样式必然有所不同。新加坡华文文学在儒家文化色彩与在地华人社会特殊的生存境遇结合的背景下，形成特有的源远流长、奔腾不息的传统。

　　另一方面是华族社会认同的原因，从晚清三次出洋高潮途经新加坡的官员开始，到 20 年代末 30 年代初，新加坡成为文化人汇聚的一个理想之地。当时至少有这么三类人聚集于此,第一种是出于生计的南来作家,如艾芜、老舍。第二种是国内政治局势动荡,逃到南洋,蛰居于此的文人,如康有为、郁达夫。第三种是由于新加坡独特的地理位置,途径于此的文人。在新加坡这样的化外之邦,至少言论自由是保证的。此类文人身居海外,浸淫于两种文化的差异与交流氛围中。这种主导思想影响到文学作品的创作主题,尤其是一些华人由中国本土移居新加坡后,面对迥异于故土的生活处境和流寓心态,必然影响到他们的社会活动。而这种现象伴随他们在新加坡生活时间的延长,导致其对所在地认同感的增长。

1894年,北洋水师提督丁汝昌率领北洋舰队访问新加坡,根据新加坡本土最具影响力的《叻报》1894年3月10日,第5版《寓叻闽粤绅商公宴丁禹廷尚书及诸战船管驾麾下诸将官纪事》的记录,当地华人"无贵、无贱、无老、无少,莫不欣然望宗国之族旗,为之喜跃","皆若有大喜大庆,一时萃于其身者"。但是,甲午中日海战爆发,1895年北洋舰队全军覆没后,新加坡华人心理冲击巨大,他们从战前慑于清政府而不言国事,到关心国内时政,甚至参与国家变革。另外,清末设领事馆和中国华侨政策的改变使得新加坡的文人与中国本土的交流日益频繁,这也给旧体诗的创作带来了新的变化。从早期官员南来时眼中的蛮荒烟瘴之地,文人涉足者甚少的形象,发展到海外交往和中国新加坡外交活动的增多,士人游履及南洋者日增后里的更为客观的新加坡形象。信息交流的场域斗转星移,其时中国国势衰微和海外华人的坎坷遭遇,激发出的强烈的华族意识使得新加坡华人表现出对南洋问题和国内局势的关注。

一个非常值得关注的现象,《叻报》1908年1月11日,刊载的政论文《祛弊说》在评论国内政局时,谓之"一钻营之弊也摇尾乞怜,蝇营狗苟之术最工于吾国之官场"。其时,在地华人对中国以"吾国"相称。此时,华人的本地认同感尚未完全形成,内心深处构想的已然是由无数记忆和文化符码组合想象而成的"中国意识"。而在华人落地生根的社会积累中,文化认同观念虽然发生了变化。1929年4月13日,《叻报》在刊文《徐锡麟烈士碑祠盛况》时，对于中国的称呼已经是"祖国"了。

如同新加坡作为一个多元文化共生的国家，是在开埠之后的百年历史中逐步形成一样，新加坡的民族认同也是在近百年间逐渐形成它的特质。华文旧体诗的发展和变异，离不开南洋文化的孕育和华人社群的基础，而新加坡华文旧体诗又参与建构华人社群文化，促进南洋华人文化特色形成。

因此，在对这些旧体诗作品进行梳理和研究时，尤其是19世纪末和20世纪初对新加坡华文旧体诗的分析，对中国近现代时局更替时期爆发的大规模南洋移民潮与南洋本土社会华人社群文化的建构关系进行考量时，以下问题尤其值得关注：旧体诗在参与华人社群的演进时，是如何通过旧体诗构成南洋华人文化圈的意识？南洋华人文化圈和"侨民意识"之间有什么样的关系？除了中国移民外，中国来的文人在南洋华人文化建构中起了什么样的作用？

苟以为，本书的成文意义在于以下三点。

第一，东南亚华文旧体诗的研究将华文文学创生时间推前。东南亚的华文新文学，是在中国五四运动的影响下诞生和发展起来的。学界对于东南亚华文文学的研究始于五四运动之后，而华文旧体诗的出现却多始于明代，繁荣于晚清。因此，新华文学研究的起点亦应始于明清，而非五四运动。另外，海外华文文学不单单由小说和散文构成，旧体诗研究为海外文学文化多样性研究提供科学依据，避免在研究过程中强势文体对弱势文体的占有和淹没。

第二，立足全球化语境的现实，考察旧体诗与生活在中国的华人族群之间的关系，面向中国古典文学种类的生存现状，对旧体诗的产生缘起和发展脉络进行呈现，提出具有现代意识与前瞻性的论题，在中外的对话、交流中反观我们中国古典诗词在域外形成的原因、过程及表现特征，以期对中国古典诗词在海外的传播研究有所推进。旧体诗对南洋空间的概念和形象的建构在这种关系空间获得了一种传播和流通，这种流通更具有现场感和个人性。藉此彰显一些潜隐在中国古典文学精神和新加坡的文化传统，同时也可以使我们充分体察到异质文化的差异，找寻出不同国家、地区文学现象包含的共同特质，在不同国家、地区构建文学上的精神桥梁。

第三，本书以研究新加坡华文旧体诗为主题，却并不囿于传统的以时间为主线的研究模式，而是由旧体诗在新加坡社会的创作示范了一种中国文化的传统方式，唤起并且巩固了当地华人的族群文化记忆。以在行为演示和文本两个方面参与建构南洋的华人社会文化为切入点，从文化的角度来观察和研究其发展脉络。藉此梳理创作群体主观与客观的文化环境及其对文化观的具体影响，并总结出其文化观的具体表现，因此是较为全面的一个审视过程。中华文化与文学传统是所有华人的文化遗产与文学资源，它不仅寄寓在中国发扬，也寄寓发扬在东南亚千万华人社会及世界所有华人社区。

是为记！

赵　颖

2015 年 10 月

目 录

丛书序 ·· i
序言 ·· iii
前言 ··· ix
第一章　新加坡华文旧体诗的创作场域及其文化坐标 ·················· 1
　第一节　研究起点与相关概念 ·· 3
　　一、海外华文文学、东南亚华文文学与新加坡华文文学 ·························· 3
　　二、旧体诗的概念 ·· 7
　　三、海外华文文学不属于中国现当代文学 ··· 8
　　四、研究的出发点："海外华文中心"而非"中国中心" ···························· 10
　第二节　新加坡华文文学研究的现状与问题 ·· 10
　　一、新加坡华文文学研究的概貌 ··· 11
　　二、新加坡华文文学研究的态势 ··· 17
　　三、新加坡华文文学研究总体特点、局限及展望 ································· 20
　第三节　世界华文旧体诗的文化图景 ·· 21
　　一、与中国文学同步发展的东亚旧体诗 ··· 23
　　二、多元文化冲击下的东南亚旧体诗 ·· 24
　　三、极度边缘的北美欧洲旧体诗 ··· 27
　　四、多元文化交织下的旧体诗图景 ··· 29
　第四节　新加坡华文旧体诗的文化观察与研究路径 ································ 29
　　一、旧体诗是海外华文文学研究样式的特殊品种 ································· 30
　　二、基本思路和研究路径 ·· 31

第二章 吟到中华以外天——新加坡华文旧体诗作者的时代背景与身份背景 ... 34

第一节 中国与新加坡交往史略 ... 34
一、汉代和魏晋南北朝时期，新加坡已经成为中国对外交流的交通要道 ... 34
二、唐代开始，直到宋元时期，新加坡成为重要的贸易枢纽，同时开始有华人在岛上居住 ... 36
三、明清时期，两国联系空前密切，发展政治、贸易、文化等多方面联系 ... 38

第二节 新加坡华文旧体诗作者分类 ... 42

第三节 新加坡华文旧体诗的传播途径 ... 47
一、报纸及其副刊 ... 47
二、诗集印制 ... 49
三、社团传播 ... 51
四、网络传播 ... 51

第三章 诗在南洋——新加坡"过客"的旧体诗 ... 53

第一节 中华风景记桃符：出使海外的晚清官员 ... 54
一、第一次出洋高潮期间创作于新加坡的旧体诗 ... 54
二、第二次出洋高潮期间创作于新加坡的旧体诗 ... 57
三、第三次出洋高潮期间创作于新加坡的旧体诗 ... 59

第二节 我视新洲成旧洲：任职异域的新加坡总领事 ... 61
一、中国在新加坡设置领事的社会背景 ... 61
二、左秉隆：不似他官似教官 ... 65
三、黄遵宪：驰域外之观，写心上之语 ... 81
四、杨云史：炎洲往事堪流涕 ... 98

第三节 更望佗城作故乡：出访南洋的文人 ... 101
一、丘逢甲：我是渡海寻诗人，行吟欲遍南天春 ... 101
二、许南英：独客已无家，客中重作客 ... 107

第四节 去国离家岁又终：政治原因流亡到新加坡的诗人 ... 111
一、康有为：天荒地老哀龙战，去国离家又岁终 ... 111
二、郁达夫：故园归去已无家，传舍名留炎海涯 ... 116

第五节　异域人生与文学定位 124
　　一、"过客"眼中的新加坡"形象" 124
　　二、就文学隶属关系而言，新加坡"过客"诗人创作的
　　　　旧体诗作品，属于中国文学的组成部分 128
　　三、就文本创作趋势而言，新加坡"过客"诗人创作的
　　　　旧体诗作品是与中国社会发展同步的 130
　　四、就文本创作整体风貌而言，新加坡"过客"诗人创作的
　　　　旧体诗作品开始展现一定的南洋风貌 131
　　五、就创作形式而言，广泛地沿用以往的诗歌题目命名方式
　　　　之外，"过客"诗人创作的一个非常突出特点就是善于长题 132

第四章　新移民的浪子——新加坡"流寓者"的旧体诗 135
第一节　"流寓者"的身份背景特征 135
　　一、"流寓者"的文化认同 136
　　二、"流寓者"的政治认同 138
　　三、"流寓者"的民族认同 139
第二节　星洲明月无古今："南洋才子"邱菽园 140
　　一、流寓异域，心属旧土：关于中国政治变迁 143
　　二、咏史感怀：作为中华历史文化传统的文学表述 146
　　三、本土关怀：邱菽园笔下的星洲风物 152
　　四、文人唱和：流寓者的文学交际 159
　　五、心系两地：作为"流寓"者的诗词风貌 162
第三节　翠墨新挥海国篇："国宝诗人"潘受 166
　　一、当时最念亭林语，天下兴亡在匹夫：关于中国政治文化 168
　　二、本土关怀：潘受笔下的新加坡风物 171
第四节　呕心吟就诗千首：南洋诗人萧雅堂 174
第五节　不碍南冠客里身：流寓诗人的竹枝词创作 178
　　一、文明冲突交融下的南洋竹枝词 180
　　二、南洋竹枝词的艺术特征 182
　　三、南洋竹枝词的社会功能 184
第六节　故土回望与文化建构 185

一、就文学隶属关系而言，新加坡"流寓"诗人创作的
　　旧体诗作品，属于离境文学的组成部分……………………185
二、就文本创作趋势而言，新加坡"流寓"诗人创作的
　　旧体诗表现出与中国政治同步的特点………………………187
三、就文本传递的思想而言，新加坡"流寓"诗人创作的
　　旧体诗反映的是海外华人思想情感…………………………188
四、就文本创作的视角而言，新加坡"流寓"诗人创作的
　　旧体诗作品以主人公的心态对南洋社会进行客观反映……190
五、就文本创作整体风貌而言，新加坡"流寓"诗人创作的
　　旧体诗展现出心系两地的趋势………………………………192

第五章　新土地、新生活、新经验——当代新加坡华文旧体诗……195
第一节　词流星散文坛寂：当代新加坡华文旧体诗作者的创作背景……195
一、当代新加坡华文旧体诗作者的身份认同……………………195
二、新加坡华文的式微对旧体诗的影响…………………………197
第二节　海国欣传径有阴：当代新加坡华文旧体诗的诗社
传播——以"新声诗社"为例……………………………………198
第三节　重光汉学见天开：当代新加坡华文旧体诗的网络
传播——以随笔南洋网为例……………………………………204
第四节　宣扬汉粹共扶骚：当代新加坡华文旧体诗的诗集印制……207
一、方修…………………………………………………………208
二、李金泉………………………………………………………210
三、梁荣基………………………………………………………210
四、李西浪………………………………………………………211
第五节　城市书写与文化认同……………………………………212
一、为写诗而写诗的当代新加坡华文旧体诗作者………………213
二、新加坡当代华文旧体诗对汉语的坚守………………………214
三、隶属新加坡国家文学的当代新加坡华文旧体诗……………216
四、当代新加坡华文旧体诗的变异………………………………216
五、关于当代新加坡华文旧体诗今古韵之争的看法……………219
六、品质相对低下的当代新加坡华文旧体诗……………………220
第六节　旧体诗在新加坡的发展趋向……………………………221

一、依旧边缘的新加坡华文旧体诗 ·· 222
　　二、新加坡华文旧体诗边缘状态下生存的原因及策略 ············ 223
　　三、以新加坡华文旧体诗为依托建立的文化圈 ······················· 225
　　四、新加坡华文旧体诗在传承和接纳中实现中华文化的融入 ····· 228
　　五、新加坡华文旧体诗的创作虽然一直持续，但是竞争力
　　　　却在弱减 ··· 229

第六章　新加坡华文旧体诗的发展脉络与特色 ······························· 230
　第一节　合同异：新加坡华文旧体诗对中国古典诗歌的受容与变异 ··· 230
　　一、新加坡华文旧体诗对中国古典诗歌的受容 ······················· 230
　　二、新加坡华文旧体诗对于中国本土旧体诗的变异 ··············· 235
　第二节　辨东西：新加坡华文旧体诗的选择与困境 ······················· 238
　　一、多元文化形态中的身份认同 ··· 238
　　二、中华文化情感和现实生存策略间的矛盾冲突 ··················· 240
　　三、新加坡华文旧体诗中所反映的文学及社会文化意义 ······· 241
　第三节　学理攸同：新加坡华文旧体诗的文学史定位及其价值 ······ 243
　　一、新加坡华文旧体诗是海外华文文学必不可少的一部分 ······ 244
　　二、旧体诗在海外的创作，其行为意义大于写作意义 ··········· 246
　　三、新加坡华文旧体诗所建立的文化沟通交流 ······················· 248
　第四节　结语 ·· 251

参考文献 ·· 252
索　　引 ·· 260

第一章　新加坡华文旧体诗的创作场域及其文化坐标

我国关于海外华文文学的研究，长期以来的研究重点主要集中在北美和东南亚的华文文学。其中，美国华文文学开始于第二次世界大战期间华侨抗日文艺的兴起，并对20世纪60年代从中国台湾地区移居到美国的华文作家（如白先勇、聂华苓、於梨华等）及作品的研究更为集中。至于当代，研究的热点集中在20世纪90年代中国大陆移民潮的涌入后，所出现的以严歌苓、刘荒田等人为代表的华文作家。

东南亚华文文学以1919年"五四"新文化运动为起点，创立之初出于"打算把南洋色彩放入文艺里去"（杨松年，2001：38）的信念，提出为所生活的地方文学做出贡献的理念。纵观华文文学的研究，基本上以新文学、白话文为研究对象。而华文旧体诗的专门性研究并没有得到学界应有的重视。更谈不上研究的系统性、理论性。本书力求以新加坡为旧体诗的研究个案，将其放置在海外华文文学的视阈进行尝试性的探索。而之所以选择新加坡这样的个案研究，是出于四个方面的原因。

第一，新加坡有一个庞大的诗人群体作为研究对象。正如邱菽园的《挥麈拾遗》中谈到的新加坡的流寓文人的盛况，由于《挥麈拾遗》成书于1901年，在此之前："近四五年中，余所识能诗之士，流于星洲中，先后凡数十辈，固南洋荒服历来未有之盛也。今独举其素相亲狎者言之，有如……"（邱菽园，1901：10）之后，邱菽园列出这些"能诗之士"的名单，诸如李季琛、孔经、许南英、张骥、叶蒂堂、林祉曾、邓家骥、郑文治、陈继俨、陈廷凤、力铿、王勋、王恩翔、梁炳光、梁启超、丘逢甲、康祖诒、林洪荪、徐亮诠、黎树勋、秦鼎彝等流寓诗人，并认为这些人"或旧学商量，或新诗见质，或月旦人物，或风谕性情，皆足起予清谈之兴也。嗟乎！江山有恨，天地无情，孤岛苍茫，诸子落寞，瞻德星于夜半，极芳草于天涯，然又安知千百载后，考古流连，网罗放失者之不想象吾各人于一话一言一觞一咏之末也哉？"（邱菽园，1901：10）如此庞大的旧体诗的创作群体，在新加坡华文文学历史上占有不可或缺的地位，穷尽式研究是一个庞大的工作。因此，本书将这样一个创作群体按照不同社会背景和文化认同进行分类讨论。

第二，新加坡华文文学的发展历程是以华文旧体诗为发端带动新文学的传播，同时，旧体诗的创作、传播在当代新加坡这样一个现代化程度非常高的国家不仅没有中断，反而在延续和继承。这样的研究对象，既保留了中国传统文学的韵味，又在发展演变过程中，和所在地的文化情思有所融合。因此，对于旧文学，尤其是旧体诗的研究是保证海外华文文学研究完整性必不可少的部分，也是对于中国传统文学海外生存传播的必然性思考。

第三，新加坡具有与东南亚其他国家不同的文学环境。一方面，新加坡华人所占比例相对来说是最大的，作为华人占多数的新加坡，中华文化不可能断绝。正是这样的社会背景，华文文学作为新加坡国家文学的一部分，并没有出现断代或分裂，而旧体诗亦从而得到延续；另一方面，新加坡长期以来所拥有的众多华文报刊及其副刊，为旧体诗的生存保留了一方交流的土地。

第四，通过对新加坡华文旧体诗的研究，把握其自身的价值和发展规律。长期以来，文学史被理解成时代背景、作家作品及作家生平的集合，但是这种研究范式，在重视史料与常识的同时却忽略了对文学演进历史脉络的整体把握。本书对于新加坡华文旧体诗脉络的研究以纵向的历时研究为主线的同时，对横向的支流进行交叉研究，把承载多元文化元素的旧体诗放置在一个比较文化的系统中，通过跨地域、跨民族、跨文化的审视，进行异质文化间的对话与沟通。既重视对旧体诗史料的搜集和整理，又对历史发展进程中的旧体诗演变规律进行捕捉，将新加坡华文旧体诗作品在主题、身份、风格等因素上进行分析，并在理论层面上思考相关问题，分析不同类型旧体诗的思想价值和社会价值，从中把握海外华文旧体诗的发展规律。

第一节　研究起点与相关概念

本节之所以首先辨析关于海外华文文学的若干概念，是由于本研究是要将新加坡华文旧体诗放置在海外华文文学的背景下进行讨论。在法国著名思想家福柯看来："某种概念的历史并不总是，也不全是这个观念的逐步完善的历史以及它的合理性不断增加、它的抽象化渐进的历史，而是这个概念的多种多样的构成和有效范围的历史，这个概念的逐渐演变成为使用规律的历史。"（米歇尔·福柯，1998：3）因此，在对新加坡华文旧体诗进行整体论述之前，对华文文学的概念确实有认真梳理的必要，这是我们确定研究对象的首要任务。

一、海外华文文学、东南亚华文文学与新加坡华文文学

（一）海外华文文学

"海外华文文学"是20世纪80年代初出现的新学术领域，凭借留学生文学作为发端逐步延展，这样的研究进程迎合了世界范围内对于移民文学和离散文学的研究，形成了一个极具中国特色的文学圈、文化圈。近年来，华文文学的逐渐兴起为中华文化的海外传播及对于异质文化相互影响的研究开辟了广阔的空间。但是，伴随着华文文学研究的深入，关于海外华文文学的概念界定的两大矛盾却一直没有定论：一是华人文学与华文文学的争论，二是对于华文文学概念本身界定的模糊。

一方面，关于华人文学和华文文学的争论在学界一直没有停息。关于华人文学和华文文学这两个概念，我们可以从这两个偏正短语的不同定语进行剖析。华人文学从创作主体的国家归属进行文学归属的界定，华人使用任何语言创作的作品，都属于这个概念范畴，如高行健的《灵山》。代表性的定义如刘以鬯1991年在《香港文学》第80期撰文《世界华文文学应该是一个有机的整体》，提出华人文学"除了用华文作为表达工具的华裔作家和非华裔作家外，还包括用外文作为表达工具的华人作家与汉学家"。

华文文学的概念是从语言角度进行划分的，广义上包括中国（内地、港澳台）本土和境外华文文学的统称，狭义上仅指海外华文文学。从这样

的分歧可以看出，对于华人文学的命名，其出发点是从"文化中国"为核心所构筑一个华人文学圈，借此拓展文化的空间、视角，非常重要的一点就是将华人非华语的创作纳入研究范畴，意图通过华人文学版图的重新绘制体现文学的血缘性与民族性，主张华文文学这一命名则从语言、研究视野的真实的角度进行研究。

另一方面，对于海外华文文学的概念，在学界一直有着不同的界定。在此，我们列举两个有代表性的概念，如陈茂贤1988年第42期《香港文学》撰文《海外华文文学的定义、特点及其发展前景》，对华文文学做了如下的定义："凡是用华文作为表达工具而创作的作品，都可以称为华文文学。"再如饶芃子1994年《香港文学》1994年第2期撰文《九十年代海外华文文学研究的思考》定义华文文学："就字面上的准确含义而言，'华文文学'主要是指用华语写的文学作品，但文学的土壤是文化，如果我们着眼于华族文化在文学中的表现，我们的研究范围就不只限于狭义的'华文文学'，而应该拓展到'华人文学'，也就是广义的华文文学。"

在笔者看来，关于华文文学与华人文学的概念应该做出如下界定：首先，华人文学的概念具有不确定性。具体表现为"华人文学"中的"华人"外延到底有哪些是无法确定的。例如，我们习惯于用国籍这样的政治立场限定"华人"，那么，诸如华人与其他国籍和种族繁衍的后代、具有中国国籍的外国留学生这样的创作主体应该如何界定呢？其次，关于华文文学的概念的吊诡。学界有人认为，华文文学发展前景宏大，而中国文学更是华文文学的一部分。这样讲从字面上当然没错，因为从语言角度上解读，用华文语言创作的中国文学理所当然是华文文学的种概念。但是，作为华文文学非常重要的特点，即非本土化创作和离散性在这个层面被理所当然地忽视了。所以，在这一组矛盾中，根据本书研究的对象，我们将其界定为海外华文文学。而所谓的海外华文文学就是指在中国以外的国家或地区，用华文作为表达工具而进行创作的作品。本书所进行研究的华文旧体诗，就是在非中国本土环境下创作的华文旧体诗。

（二）东南亚华文文学

"东南亚华文文学"作为世界华文文学的组成部分，是有异于其他地区的华文文学。一方面，在整个海外华文文学的版图中，从时间上，东南亚华文文学起步时间最早；从创作主体上，人数最多；从文化的传播上，受中国的影响最大。另一方面，其他华文文学地区都分布在亚洲的区域版图之外，并且长期浸淫于西方的话语语境之下。而东南亚华文文学的特殊之处在于，它不仅从地理上属于亚洲，必不可少地受到东方文化的影响，更重要的是，在面临中国、西方和本土的三种文化特质时，它形成了独特的融合多种文化的文学特色。不同的社会文化背景下产生的文学样式必然有所不同。正如王润华先生所言：

> 任何有成就的文学都有它的历史渊源，现代文学也必然有它的文学传统。在中国本土，自先秦以来，就有一个完整的大文学传统。东南亚华文文学，自然不能抛弃从先秦发展下来的那个"中国文学传统"，没有这一文学传统的根，东南亚，甚至世界其他地区的华文文学，都不能生长。然而单靠中国根，是结不了果实的，因为海外华人多是生活在别的国家里，自有他们的土地、人民、风俗、习惯文化和历史。这些作家，当他们把各自的生活经验及其他文学传统吸收进去时，本身自然会形成一种"本土的文学传统"（Native Literary Tradition）。（王润华，2001：129-130）

当下关于东南亚华文文学的研究层面，主要集中在如下两个方面。

首先，理论方法层面集中在以下三点。第一，身份认同问题。如前所述，东南亚华文文学所处的文化环境，使得其多元化的身份长期以来受到学界的关注。并且这种身份认同逐渐深入到对于文化、社会、民族、国家认同的讨论。第二，"在地化"和"中国化"的问题。所谓"在地化"包括所在地的自然风貌和社会文化的呈现和文学文本中本土意识的流露双重意义。在对于东南亚华文文学的文本探析中，无论是何种文体、主题的文学现象都避免不了对在地化和中国化的问题的研究。而东南亚华文文学的独特之处也就在于"从本土情结和母土诗学出发所交融生成的文学镜像，便构成了马华文学的'南洋话语'特色"（潘碧华，2009：15）。第三，华文文学的旧殖民思考。纵观近年书刊报章中相关研究的热点词汇"边缘性""离散文学""语言重置"。可见华文文学作家意图跨越社会文化的边缘经验，意图在域外重新建立新的文学品种。本书所研究的新加坡华文旧体诗同样避不开这样的理论范畴。

其次，相关的延伸话题有以下三个。第一，文学与历史，任何一个国别的华文文学史，都应该是中国知识分子的海外生存史。第二，文学与文化，尤其值得关注的是中国传统文化在置于异质文化后如何生存延展，包括对所在地产生何种影响。第三，文学与语言，汉语文学如何参与到世界文学的进程中。当中国文学尤其是中国传统文学难以融入世界文学的范畴时，汉语写作的策略及语言的变异都是需要研究的问题。本书所研究的新加坡华文旧体诗也需要从文学史、南洋文化和语言编译等角度予以阐述。

（三）新加坡华文文学

新加坡华文文学的发展经历了复杂多变的过程，和其他地区华文文学相比，它体现出三个特点。第一，它是一个本土意识不断强化，中国意识不断弱化，并从中国现当代文学分支不断独立成为新加坡国别文学的重要组成部分的过程。第二，新加坡华文文学虽然是东南亚华文文学，更是海外华文文学研究的一部分，但是又有与其他国家不同之处。季羡林在评价新加坡文化时指出："新加坡，无论在地理上，还是在东西文化的冲撞中，正处在两个方面的前沿阵地上。换句话说，新加坡是在东西文化交光互影最显著最剧烈的地方。"如果我们把东西方文化比喻成一个交叉的十字，那么新加坡正处于这个十字的交汇之处。第三，新加坡华文文学是对本土化要求最强烈的文学体式，一方面，它具有中西合璧的社会及文化发展观；另一方面，它强调新加坡意识，并在认同观上以叙说新加坡情感为诉求。

新加坡华文文学作为世界华文文学的研究重镇，自从1919年新文学的诞生，学界的研究就偏重于新文学，而忽视了旧文学。实际上，旧文学是新加坡华文文学（简称新华文学）不可分割的部分，更是海外华文文学延续的重要桥梁。在这些旧文学中，有诗、词、曲和小说等，但是旧体诗从时间沿革到构成数量上都是值得研究的。

因此，本书的研究对象——新加坡华文旧体诗——作为新加坡华文文学的重要组成。从概念表述上而言，是所有创作于新加坡本土的旧体诗，即以作品的创作地而不是作者的身份和国籍归属为依据。本书研究对象限定在时间和空间两个方面。在时间层面上，中国古籍中关于中国与新加坡的交往可以溯源到汉代，但是描述新加坡风土人情的旧体诗却出现于明代（始自明代费信的《星槎胜览》，详见第三章第一节），因此本书研究对象的时间是从明代一直延续至今。在空间层面上，包括所有创作于新加坡本土的旧体诗。

二、旧体诗的概念

旧体诗是相对于现代新诗的一个概念，它是"五四"新文化运动兴起之后，对中国传统的格律极严的诗体的通称，包括古体诗和近体诗。

其中，近体诗是相对于古体诗的一个概念，又称作"今体诗"，这种诗体成熟于唐代。近体诗的特点是：专押平声韵；字数有一定限制，无论是五言还是七言都要求通篇一致，也就是必须是齐言诗；律诗的中间两联必须对仗；近体诗必须分清平仄。

作为近体的五言、七言诗，分为绝句和律诗两种，简称五绝、七绝、五言、七言。而律诗和绝句的区别主要在于句数上，绝句四句，可对仗，可不对仗；律诗八句，颔联、颈联必须对仗，八句以上的律诗为排律。

古体诗又称古风，是在近体诗成立之前的四言、五言、七言诗。而古体诗的称谓是在近体诗的兴盛后才产生的，所以从时间上是古体诗在前，近体诗在后；从名称出现的时间而言，古体诗在前而近体诗在后。古体诗并没有因为近体诗的出现而消失，而是发展出许多新式的古体诗。古体诗从语言上讲，句数不限、长短不齐，除了五古、七古，还有三言、四言、五言、七言甚至九言、十言；从声韵上而言，平仄韵都可以用，由于用韵较宽，所以可以少受些拘束；此外，古体诗一般不用对仗，不受严格的格律限制，句式有四言、五言、七言。笔者设计表1.1说明旧体诗的分类。

表1.1 旧诗体的分类

旧体诗	古体诗	四言诗	四言
		五言诗	五言
		七言诗	七言
	近体诗	绝句	五绝
			七绝
		律诗	五言
			七言

朱文华在专著《风骚余韵论——中国现代文学背景下的旧体诗》一书中归纳了中国传统古典诗歌发展史，得出以下结论：第一，诗歌与其他艺术形式一样，作为上层建筑的构成必然是经济基础的反映；第二，中国传统古典诗歌的发展表现为句式和用韵的演变；第三，社会生活内容的丰富，带来与之相应需要容纳更大信息量的形式；第四，中国古典诗歌发展趋势是由宽到严，是由于对诗歌的音乐性的愈加重视；第五，俗语、俚语入诗文被逐渐提倡；第六，中国古典诗歌大致在17世纪以来的明清诗歌时期定型；第七，由于古典诗歌的定型，表明其进入程式化和凝固化的余波期，需要新的形式进行突破；第八，中国传统古典诗歌由于哲学思辨的缺乏，没有成熟完善的诗学。而新加坡华文旧体诗对这些结论不仅适用而且有所变异，本书也是力求通过对这些变异的探寻，分析其原因和背景。

就世界文学的范畴而言，新加坡文学相对于欧美文学、日本书学等大国文学研究的主流，是处于边缘地位的。就文体学的范畴而言，旧体诗在当代社会相对于小说、散文和现代诗歌的研究，亦是出于边缘地位的。而本书之所以选择新加坡华文旧体诗这样一个边缘地域的边缘文体，是对"以诗证史"的一种尝试。正如陈寅恪所说："中国诗虽短，却包括时间、人事、地理三点。中国诗既有此三特点，故与历史发生关系。把所有分散的诗集合在一起，于时代人物之关系，地域之所在，按照一个观点去研究，连贯起来可以有以下的作用：说明一个时代之关系；纠正一件事之发生及经过；可以补充和纠正历史记载之不足。最重要是否于纠正。"本书的研究虽然大都是在史料堆中艰难跋涉而成，然而将整个新加坡华文旧体诗的发展轨迹整理成文后，却不得不震撼于其后丰富的历史事件和文学现象。

三、海外华文文学不属于中国现当代文学

从我国每年各大院校的研究生招生学科或者硕博士毕业论文的学科归属上，我们发现，海外华文文学已然是中国现当代文学的分支学科。造成这一问题的原因，正是由于海外华文文学概念的不确定性和多样性，因此很难建立起成熟的诗学体系，导致其研究长期处于边缘状态，或者依附于文艺学，或者依附于中国现当代文学。对此，窘迫之处在于华文文学的研究一旦依附于文艺学，理论就不可避免地多于文学批评，而依附于中国现

当代文学，就会使之沦为中国文学研究的分支，学科的独立性也会因此消滞。更深层次的挖掘，对于海外华文文学的学科归属，不仅是单纯的现当代文学学科谱系的扩充问题，更是一个涉及身份认同的问题。

例如，本书的研究对象新加坡，华人占新加坡居民人口中的70%以上（华族占公民人口的76.2%；马来族占15.1%；印度族则占7.4%[①]），是新加坡人口中最大的族群。除了中国本土，新加坡是世界上华族人口所占比重最多的国家。而新加坡自1965年从马来西亚联邦独立出来之后，为了强化国家认同意识，大力推行英语作为国家官方语言。甚至在2003年，新加坡政府宣布华语成绩不再计入大学入学成绩。这一重要变革，使得华文文学作家的创作从带有很强中国性的移民文学，被动转化为新加坡华文文学，从而出现很强的身份认同危机，正如王润华在《从浪子到鱼尾狮：新加坡文学中的华人困境意象》中说："今天新加坡人几乎人人都发现自己像一只鱼尾狮，夹在东西方之间的'三明治'社会里，成了怪异的动物，他们是黄皮肤的华人，却没有中华思想文化的内涵；受英文教育，却没有西方优秀文化的涵养，学到个人主义自私的缺点。"[②]而这一身份认同危机的背后，也让新加坡华人认识到自己必须融入新加坡社会，获得国家认同。反映在创作上，作家开始构建多重文化的价值观念，文本上更多地流露出作为一个新加坡人的体验，这不同于早期经过或者流寓至此的作家所流露出作为一个中国海外公民的中国情结。因此，当代新加坡华文文学已经不再是中国现当代文学的研究范畴，而是具有独特表现的新加坡国别文学。

因此，就目前现状而言，海外华文文学更适合比较文学的学科归属。这一点，在目前学界已有相当认可，例如，在杨乃乔主编的《比较文学概论》中，海外华文文学被当成一个专门的章节讨论。第一，海外华文文学研究的跨国家、跨民族、跨文化和跨学科的特点，与比较文学有相同之处。第二，比较文学的研究范式和理论可以被成熟地运用于华文文学的研究。例如，中国本土文学与海外华文文学之间的关系的影响研究为我们提供了跨文化的"同源性"关系研究的方法；对于产生在两个不同文化背景下的文学现象进行的平行研究同样可以落实到文本研究、文体研究及思潮流派

[①] 中新网：http://www.chinanews.com/hr/2011/01-14/2787627.shtml。
[②] 《中国文化》，1992年第1期。

四、研究的出发点："海外华文中心"而非"中国中心"

如前所述，由于中国海外华文文学从一开始就是作为中国现当代文学的分支进行研究，因此，在研究的范围上主要局限于中国文学的海外传播、海外华文文学对中化传统文化的受容与变异，抑或是不同地区华文文学的平行比较研究。这就产生了两个问题，一是将海外华文文学作为中国现当代文学的一部分，从而导致研究海外华文文学研究视域的狭隘和局限，更影响海外华文文学学科的独立性；二是海外华人社会不是中国华人社会的延伸，海外华文文学同样不是中国文学的延伸。针对学界有关"海外华文文学是中国文学的组成部分"，是带有大国沙文主义的论调，从而忽视了海外华文文学的创造性与主体性。

这就出现一个问题，海外华文文学研究的出发点，应该是"中国中心论"还是"海外华人中心论"，从比较文学的角度出发，"中国中心论"的视角利于理解两国之间的文学文化渊源，但是却忽视了流寓在外的文学在异质文化中的变异和发展。

所谓的"海外华文文学"，研究的独特性正在于华文文学创作者面对中国及其异质文化冲突时的策略和经验，其核心正在于跨文化的书写方式。因此海外华文文学的研究重点不是在这些文本中寻找中华文化的因子，而是华文文学在处理文化冲突时的经验。因此，研究海外华文文学，当然要以研究对象——海外华文文学为出发点。

第二节 新加坡华文文学研究的现状与问题

本节之所以花大量篇幅对新加坡华文文学予以阐述，只是为了说明一个问题——新加坡华文旧体诗未入史，没有得到应有的重视。

华文文学研究是我国当代文学研究中一个充满生机与活力的学术研究领域。从世界华文文学的格局来看，北美地区由于有独特的作家群，是华文文学发展最快的地区。欧洲地区的华文文学在欧洲本土强势文化壁垒下，属于散兵作战，华文作家人数少而分散，长期处于相对边缘的状态。而东

第一章　新加坡华文旧体诗的创作场域及其文化坐标

南亚地区由于和中国长期以来的亲缘关系，是世界华文文学发展力量最为庞大、稳定的区域。在这一区域中，新加坡是一个有着独特华文文化背景的国家。新加坡有着大量的华人，汉语又是当地华人使用的主要语言之一。从历史的角度来看，新加坡华文文学与中国传统文化之间有着密切的关系。自 20 世纪 90 年代以来，新加坡华文文学研究得到迅速有效的展开，取得了一大批成果，为进一步丰富与深化对我国华文文学多维发展及立体性流程的认识做出了重要的贡献。

一、新加坡华文文学研究的概貌

关于新加坡华文文学的发展阶段，一般意义上，按照方修先生的界定，将 1919 年在中国五四运动的影响下，在新加坡《新国民日报》的副刊《新国民杂志》及《时评栏》《新闻版》这些版位上，刊出的"一定数量的具有新思想、新精神的白话文章"是为"马（来西亚）华新文学的发端"（方修，1986：1）。

1919 年以来马来西亚华文文学（简称马华文学）的传统是一个不可缺少的历史性的诠释背景，因为我们根本不可能脱离马华文学的传统去研究新加坡华文文学。从政治、文化到社会背景，两国很多问题是相互关联、无法明确分开的。所以这一时期从政治角度而言，由于新加坡尚未从马来西亚独立出来，这一时段的马华文学实际上是包含新加坡华文文学的。1965 年之后，新加坡作为一个独立的国家，才有独立的政治和文化身份研究新加坡华文文学。1970 年，由新加坡教育出版社出版的孟毅（黄孟文）编的《新加坡华文文学作品选集》开始使用"新加坡华文文学"这一概念。如果说 1919 年到 1965 年的马华文学是脱离中华文学而在海外开枝散叶，1965 年以后的新加坡华文文学则进一步彰显了新加坡华文文学的特征。

新加坡华文文学在我国是放在海外华文文学研究的范畴内开展的。国内研究以厦门大学和暨南大学为最高水平的代表。但是近年来，大量海外华文文学研究机构和学术团体纷纷成立，比较有代表的武汉大学、山东大学等高校的海外华文文学基本上呈现出较高水平。说明华文文学的研究由沿海向内地延展。在研究刊物上，除了北京的《世界华文文学》、汕头大学主办的《华文文学》、江苏社会科学院主办的《世界华文文学论坛》，都对新加坡华文文学研究给予了较多的关注外，一些大学学报如《厦门大学学报》《暨南大学学报》《汕头大学学报》《海南师范大学学报》等也不间断地刊载关于新加坡华文文学的研究内容。综观新时期以来的新加坡华文文学研究成果，可以按照研究对象和内容分为宏观研究、文学史研究、作家个案研究和文体研究四个方面。

（一）宏观研究方面

1986年4月，金克木在《读书》杂志发表《文艺的地域学设想》一文，他说，"我觉得我们的文艺研究习惯于历史的线性探索，作家作品的点的研究，讲背景也是着重点和线的衬托面；长于编年表而不重视画地图，排等高线，标走向、流向等交互关系。是不是可以扩展一下，作以面为主的研究、立体研究、以至于时空合一内外兼顾的多'维'研究呢？假如可以，不妨首先扩大到地域方面，姑且说是地域学（Topology）研究"。新加坡华文文学以地域为出发点，许多研究开展"宏大叙事"，以各类作品为基础，力图从总体上分析和把握城市文学的特征和精神，它在全部研究成果中占的比例也最大。论文类，国内方面，诸如厦门大学方桂香的博士论文《新加坡华文现代主义文学运动研究——以新加坡南洋商报副刊〈文艺〉〈文丛〉〈咖啡座〉〈窗〉和马来西亚文学杂志〈蕉风月刊〉为个案》（2009年）、浙江大学胡月霞的博士论文《漂泊与离散——东南亚华文文学的精神投向与艺术呈现》（2006年）；新加坡方面，诸如国立大学郭慧芬的博士论文《战前马华新诗的承传与流变：作者心态与作品形态的重点论析》（2002年）、林万菁的硕士论文《中国作家在新加坡及其影响》（1951年）、丘柳川的硕士论文《中国抗战文艺与马华抗战文艺的比较研究》（1978年）、卓金香的硕士论文《三十年代初期经济大萧条背景下的新马华文文学》（1994年）、林顺福的硕士论文《战后五年新马文学理论研究（1945—1949）》（1994年）、郭惠芬的硕士论文《中国南来作者与新马华文文学》（1997年）等都是大量篇幅对新加坡华文文学做出整体关照。著作类例如，中国本土朱崇科的《考古文学"南洋"新马华华文文学与本土性》（朱崇科，2008），王列耀的《隔海之望东南亚华人文学中的"望"与"乡"》（王列耀，2005），朱立的《身份认同与华文文学研究》（朱立立，2008），厦门大学庄钟庆的《世纪之交的东南亚华文文学探视（上下卷）》（庄钟庆，1999）；新加坡方面，忠扬著述的《新马文学论评》，方北方的《马华文学及其他》，周维介的《新马华文文学散论》，以及王润华的《从新马华文文学到世界华文文学》都是这方面的学术代表作。

自上述论述中，影响较大的是以下三部。一是 20 世纪 90 年代后，光明日报出版社、广西师范大学出版社出版的陈实的《新加坡华文作家作品论》（1991 年），它是新加坡华文文学研究的拓荒之作。此书分析了当代新加坡华文文学的主要作家，如原甸、杜红、陈瑞献、英培安、蓉子等。尤其值得一提的是，陈实对新加坡华文文学史上忠扬与方修的成就进行了重新评价。在他看来，"新加坡华文文学与中国文学同宗同源，又处于中国文化与他国文化（尤其是西方文化）接触的中介点，无疑将给中国文学新的演变发展提供有益的启示和现实的参照"（陈实，1991：243）。二是同一时期赖伯疆的专著《海外华文文学概观》（赖伯疆，1999）对马来西亚华文文学和新加坡华文文学的发展和新加坡马来西亚华文文学（简称新马华文文学）的起源、论争及主要作家作品都做了介绍。三是继陈实和赖伯疆之后，潘亚暾出版了《海外华文文学现状》（潘亚暾，1996）一书，对新加坡华文文学的当代性进行重新审视。

值得一提的是，随着研究的深入，新加坡华文文学研究还出版了一些工具书，如南京大学出版社出版的张超主编的《海外华文作家辞典》、人民文学出版社出版的王景山主编的《台港澳暨海外华文作家辞典》、花城出版社出版的潘亚暾主编的《海外华文作家辞典》、山西教育出版社出版的陈辽主编的《台港澳与海外华文文学辞典》。这些辞典中收集了许多新加坡华文文学的作家资料和重要作品。

（二）文学史研究方面

对新加坡华文文学史的研究几乎是"言必称方修"，新加坡文学史家方修于 20 世纪 50 年代末期，利用莱佛士博物馆捐赠的一批第二次世界大战前报纸合订本，编写了三卷本的《马华新文学史稿》。并在这些资料的基础上，编辑出版了十大卷的《马华新文学大系》，完成了"马华文化建设的一个浩大工程"。之后，三联书店香港分店、新加坡文学书屋又出版了方修的《新马文学史论集》。20世纪90年代后,方修出于对《战后马华文学史初稿》的修补,出版了《马华文学史补》一书,其中补充了第二次世界大战后初期及紧急状态时期的文艺副刊和文艺杂志的介绍,具有相当高的史料价值。

就国内而言,1993年,陈贤茂的《海外华文文学史初编》(陈贤茂,1999)是中国大陆第一部海外华文文学史的研究专著。此书大量篇幅论述新加坡华文文学,涉及的作家作品较多,但是对于当代新加坡华文文学的关注较少。另外一部有代表性的著作就是陈贤茂主编的200万字容量的《海外华文文学史》(陈贤茂,1999),这部大部头的著作里,关于新加坡华文文学的论述达到1/4。可见,新马华文文学在华文文学史上的地位。但是对当代的新加坡华文文学论述仍显不足。

20世纪后,关于新加坡华文文学史中最有代表的是厦门大学周宁编著的《新华文学论稿》(周宁,2003),这部书全面、客观地评述了新加坡建国以来华文文学的发展及其所面临的现实困境,并将诗歌、小说、戏剧、散文这几个主要文体逐一评论。这部著作一方面注意到当代新加坡华文文学的发展情况,另一方面将新加坡华文文学放置在世界文学的大环境进行审视。

此外,方北方的《马华文学的起源及其发展方向——第三届亚洲作家会议专题演讲稿》、陈春德的《迈向二十一世纪的马华文学》、杨松年的《新加坡华文文学的过去与现状》、骆明的《新华文学的过去现状及其方向》、黄孟文的《新加坡独立以来的华文文学》、王润华的《论新加坡华文文学发展阶段与方向》等著作也是分别以"史"为角度,回顾新加坡华文文学的发展。

(三)作家个案研究方面

作家作品类研究是文学研究的主体,这部分也是新加坡华文文学研究最早开花结果的领域之一。新加坡方面,这方面成果较早的是新加坡文学书屋出版的杨松年的《新马早期作家研究——1927—1930》,此外还有新加坡国立大学欧清池的博士论文《方修及其作品研究》,王志伟的硕士论文《丘菽园咏史诗研究》也是对作家作品的个案分析。而国内方面,对作家作品的研究，相关论文不胜枚举，比较有代表性的如陈贤茂的《散文创作的新尝试——读杜南发的散文〈海上〉》，陈实的《苗秀前期小说创作论》《艺术的勇者和雄者：牧羚奴》，李元洛的《海外的中国管弦乐：读新加坡诗人周粲的〈管〉与〈弦〉》，王振科的《万变中的不变：王润华散文印象》，赖伯疆的《她对生活满怀着挚爱：新加坡女作家孙爱玲素描》，王列耀的《孙爱玲小说二题》，吴中杰的《蓉子的家庭小说》，杜丽秋的《孟紫创作散论》，钦鸿的《论甄供杂文的艺术特色》《论马华作家雅波杂文的思想和艺术》等。但是这里面很突出的一个问题就是，研究对象主要集中在苗秀、姚紫、韦晕、梦平、田流、流军、黄孟文、杨松年、蓉子、尤今、孟紫、周粲、贺兰宁、王润华、淡莹、郭永秀、彼岸、杜南发、牧羚奴（陈瑞献）、孙爱玲、蔡欣、方北方、姚拓、吴天才（江天）、戴小华、田思、甄供、孟沙、李忆莙、云里风、雅波、小黑、严思、吴岸等。而这些作家的许多选择依据并不是作品的优劣，而是资料取得的便利与否。不可避免地就出现了削足适履的现象。

（四）文体研究方面

在新加坡华文文学的文体研究中，目前仍集中于小说、戏剧、诗歌等文学体裁。

首先，小说研究方面，该领域最突出的是山东大学黄万华的《新马百年华文小说史》（黄万华，1999），这是中国大陆第一本专门针对新马华文文学研究的文学史著作。作者打破一般文学史的书写模式，摆脱了长期以来以方修为代表的新马华文文学的传统历史分期，抓住新马文坛不同时期两大文学思潮即现实主义与现代主义的流变为史的线索，将近百年来的新马华文小说分析阐释。新加坡方面，黄孟文的《新加坡华文小说的发展》的专著、国立大学苏卫红的硕士论文《战前五年新马华文小说研究》、汤重芬的论文《论80年代新加坡华文小说及其文化价值》也是针对新加坡华文小说的产生和文化现象进行的论述。

其次，戏剧研究方面，成就最高的是赖伯疆和周宁。赖伯疆于1993年出版了《东南亚华文戏剧概观》（赖伯疆，1993），着眼于中国对东南亚华文戏剧的影响展开，既有宏观的关照又有微观的分析。2007年厦门大学出版社出版周宁主编的《东南亚华语戏剧史（上下册）》的一书中，第三部"新加坡话语戏剧"以时间为节点，论述新加坡华文戏剧由华侨华人在不同历史阶段的移植中，自觉不自觉地与本土社会文化相结合逐渐带上南洋色彩，成为新加坡多元复合的文化体系中特异的一支。另外就研究个案而言，论述最多的是对于郭宝崑戏剧及其现代性的论述。例如，台湾沈豪挺的硕士论文《郭宝昆戏剧文本中的新加坡现代性》，我国期刊上发表的论文有《新加坡戏剧与郭宝昆》《生命之土与艺术之树——从郭宝崑剧作看他的文化人格》等。

最后，诗歌研究方面，新加坡华文文学成就最高的是诗歌。诗歌方面，新加坡华文诗歌的研究轰轰烈烈。新加坡华文诗人原甸于1987年出版过文学史著作《马华新诗史初稿（1920—1965）》，开辟新加坡诗歌研究的先河。之后新加坡国立大学梁春芳的硕士论文《战后二十年新加坡华文新诗研究》，潘家福的硕士论文《1959至1965年新马华文诗歌研究》对此展开。之后比较有代表性的是王润华的《新加坡华文诗歌的发展》和云南人民出版社出版的郭惠芬的《战前马华新诗的承传与流变：20世纪中国文学关联研究》。相对比，郭惠芬的研究理论性略胜一筹，从华文诗歌的背景与发展概述、作者的心态概述和诗体的流变形式对新加坡华文诗歌做出全面梳理。

关于新加坡华文旧体诗研究，国内外对此做出专门性、大篇幅论述的仅有四篇。

此方面最突出的成就当属上海古籍出版社出版的新加坡学者李庆年的《马来亚华人旧体诗演进史》（李庆年，1998），主要是从文学史的角度对新加坡华文旧体诗进行研究。史料丰富，言之有序。该研究最大的优势主要是史料的占有方面，从时间上依照甲午中日战争、戊戌变法、辛亥革命、国共纷争及抗日战争几个时间节点对马来西亚和新加坡华文旧体诗进行分期论述。但是缺憾在于，第一，从时间角度而言，主要集中在20世纪50年代以前，对于抗战之后的华文旧体诗一笔带过；而事实上，虽然中国本土的旧体诗创作和研究伴随"五四"新文化运动的兴起被逐渐边缘化。但是在海外华人华侨圈子，旧体诗依然作为"言志""纪实"工具一直存在。海外华文旧体诗在当今不仅属于所在国文学的一部分，更是中国文学在当代、在海外的延伸；第二，从空间角度而言，主要集中在新加坡和马来西亚两地,并没有对新加坡做出专门的论述;第三,从史料的占有而言,其史料主要来源于各类华文报刊,但是对于诗集、社团传播论述有限;第四,从研究方法上而言,主要是史料的整理,但是评述较少。

此外,台湾地区方面,高嘉谦的博士论文《汉诗的越界与现代性:朝向一个离散诗学(1895—1945)》,该研究深度及理论性较强,更多涉及的是台湾和新马文学关系中的旧体诗。主要考察晚清以降,面对世纪的新旧交替,殖民与西方的冲击,中国南方、台湾地区与南洋的诗人群体的离散处境。从他们写于境外的汉诗创作,探究文化移民的精神处境和汉诗文类的越境和现代性脉络。

两篇硕士论文分别是暨南大学蒙星宇的《南洋奇葩(邱菽园)》和新加坡学者徐持庆的《诗在南洋矣——新加坡"国宝诗人"潘受研究》,这两篇论文主要是以个案为出发对新加坡流寓诗人邱菽园和潘受的诗作进行梳理。文章并不涉及对新加坡华文旧体诗的整体评述。此外,还有个别散见于学术刊物的研究论文都是关于个案研究的。

谈及新加坡华文旧体诗的研究不足,目前集中在以下几个问题:第一是研究对象的时间靠前,主要集中在20世纪50年代之前,对于1965年新加坡独立之后,尤其是当代新加坡华文旧体诗的创作并未有人关注,迄今仍是研究空白;第二,研究的个案中,国内学者对旧体诗的研究并非出于研究对象自身的价值,而是获得资料的便利与否,这就不可避免的出现削足适履的现象,所以研究对象主要集中在华文报刊研究及邱菽园等人,而对于新加坡第一人领事左秉隆更是没有独立的论述;第三,研究的方法单一、缺乏理论高度,研究都集中在对史料的搜集,我们不否认史料搜集的重要性,但是更重要的是对于资料的整体运用和综合研究。

二、新加坡华文文学研究的态势

新加坡作为华文文学东西方文化的交流与冲击的国度,长期开展与中国本土文学的对话。改革开放之后,中国在对外开放中关注海外华文文学。多年来,我们往往只是从置身其中的中国本土文学出发去关注海外华文文学。可在文学的历史发展中,中国本土文学和华文文学已有了各自相异的传统。这些传统恰恰反映出华文文学的生命整体性和现实形态的丰富多样性。不同的文学传统在海外华文文学中的交互叠合并存。华人和居住国的关系也有很大变化，华人开始走出以族群利益抗衡国家意识形态而形成的恶性循环，和居住国环境的关系趋于宽松，对居住国原有文化传统的影响抱以更开放的态度，从而不断拓展出海外华文文学的新空间。而近年来，伴随新加坡国家主体意识的增强，新加坡华文文学的"身份认同"和"去中国性"成为研究热点。梳理下来，关于新加坡华文文学的研究理论概括为以下三点。

（一）后殖民主义视角下对新加坡华文文学本土性与中国性纠葛的讨论

新加坡国内英语、华语、马来语、泰米尔语并用，华文在新加坡的特殊之处在于它不像其他国家将华语作为外裔语言使用，而是多元化国家的多元语言的一种，因此当代新加坡华文文学应该是新加坡国别文学的一支，而绝非中国文学的海外分支。其独立地位是必然的。与此同时，回顾新加坡华文文学的发展史。一直在本土性和中国性之间纠葛。例如，王润华的《华文后殖民文学：中国、东南亚的个案研究》的一书中，引进后殖民论述，证明中国性是新加坡华文文学的殖民者。再如 20 世纪 90 年代马来西亚的黄锦树、张锦忠在研究东南亚华文文学的困境时，首先将矛头指向"中国性"。而在身份认同中，新生代不得不面对文化认同和国家认同的矛盾冲突。他们开始摆脱这一矛盾冲突造成的历史上海外华人民族命运的恶性循环，在亲近南洋土地的过程中来看待华族的身份认同，质疑身份认同中"民族性"和"国家性"的割裂，并将国家认同的他者环境的改变和文化认同的自身环境的改善结合在一起，从而使二者逐步构成良性互动。因此，大多数研究更愿意将二者放在同等地位加以论述。例如，宋永毅的著述《新加坡当代华文诗歌"中国情结"和"南洋色彩"》、朱崇科的《"去中国性"：警醒、迷思及其他——以王润华和黄锦树的相关论述为中心》、姜飞的理论专著《跨文化传播的后殖民语境》及朱文斌的博士后报告《东南亚华文文学与后殖民论述》等。

（二）文化认同视角下中华文化情感和现实生存策略间的冲突解决

文化认同问题，在中国现当代文学中或许并不特别突出；但在东南亚地区的华文文学中，尤其是新加坡华文作家在经历了"中华故土"和"生活新土"的断裂后，不再完全屈从于现实生存的理性策略，而将文化情感渗透进现实生存的理性认知中，从而使故乡和异乡在对话中沟通了内在联系。张旭东的《东南亚的中国形象》一书中第五章第二节里面的《新马华文文学的中国形象》、饶芃子的《中国文学在东南亚》、黄万华的著作《文化转换中的世界华文文学》及彭伟步的《新马华文报文化、族群和国家认同比较研究》一书的部分章节都有所述。

当然，中华传统文化在新生代笔下不再只是乡愁的载体，也是应对现代困境的良方。论析新加坡华文作家在全球化语境中面临的一个新课题，即如何处理多元化和跨文化这两个不同的价值走向的关系。多元化和跨文化都强调文化的丰富性，但前者包含有多种文化并列展开求得生存的倾向，它在构成文化丰富多样性的同时，也潜伏形成文化隔绝的危险；后者则强调不同文化间的沟通，它在形成一种共同文化的基础上保存文化的丰富多样性，有益于化解不同文化间的现实隔绝、冲突、对峙，但也潜伏着对原先多种文化制约、伤害的可能。而文化认同却是一个相当令人瞩目的问题：它涉及个体与族群的主体建构意识，也关乎个人与族群的现实生存境遇和文化境遇；它既与中国近现代以来的社会历史变迁相关，也与特定国家和早先的精神分析范畴转向更为广阔的文化研究领域有关，内涵日趋复杂，包含政治认同、国家认同、族群认同、文化认同、性别认同、阶级认同等。例如，朱立立的《身份认同与华文文学研究》一书中，涉及较多的是文学中的文化认同与族群认同；杨匡汉的《中华文化母题与海外华文文学》、朱崇科的《考古文学"南洋"：新马华文文学与本土性朱崇科》都是比较有影响的研究。

（三）其他理论关照下的新加坡华文文学

除了上面提到的关于文化认同、后殖民主义视角对新加坡华文文学的解读。新加坡华文文学研究的理论层面，还有关于女性视野的，如孙爱玲的《探索七十年代新加坡女作家崛起的原因》；关于比较文学视野的，如高鸿的论文《比较文学对华文文学研究的启示与作用》、许正林的文章《在东西文化交汇点上的新华文学》；关于原型批评的视野的，如赵小琪的文章《原型批评视野下的新世纪新加坡华文文学》；关于传播学视野的，如杨松年的文章《研究东南亚华文文学的新方向：文学传播探讨的意义》等不一而足。虽然各抒己见，但是从深度到研究数量上，都不占据主流地位。

三、新加坡华文文学研究总体特点、局限及展望

从以上描述可以看出，新加坡华文文学研究经历了如下变化。一是文学研究观念的变化。从20世纪80年代主要集中在文学史、文学现象的研究开始向文学理论开展，说明人们在逐渐接受、深化新加坡华文文学的观念，肯定新加坡华文文学的历史价值和文学史价值，并不断展开深入研究。二是研究人数和成果的增加。更多的研究者开始研究新加坡华文文学，并取得了数量较多的研究成果。三是研究的逐渐深入，主要表现在研究对象的细化、范围的扩大和质量的提高及研究角度的多元化，出现了一些较高研究水平的成果。四是研究队伍的年轻化。许多40岁以下的学者进入研究队伍，给新加坡华文文学的研究注入了新鲜血液并带来新的视角。可以说，新加坡华文文学研究正朝着积极、深入、多元的方向迈进。

与此同时，还应该清醒地看到，相比世界华文文学的飞速发展，新加坡华文文学研究还处于待完善阶段。这种研究局限主要体现在三个方面。

第一，研究不够细致。宏观性综述研究多，分类研究少，作家作品的个案研究少而又少。不排除一部分研究者实际上对研究现状缺乏了解，不断重复宏观研究，往往写出大而不当的评论，或者脱离文本，根据自己的意图想当然地炮制文学现象。导致由于对作品和研究成果的不熟悉，研究很难取得创新和突破，往往流于泛泛而谈。

第二，研究方法单一，缺乏理论观照。在已有的研究文章中，文化认同、后殖民主义和"去中国性"理论是用得最多的理论，其余就没有多少理论观照，自然研究深度就不够。

第三，研究的文体不均衡。新加坡华文文学的文体研究主要集中在小说、散文、现代诗歌方面，戏剧研究屈指可数，旧体诗研究相对滞后。而事实上，直到今天，在各种旧文学销声匿迹后，新加坡的华文旧体诗依然在边缘中保持强劲的生命力以求生存。如本章开篇所云，新加坡华文旧体诗诗人众多，作品繁多，但是许多诗人如左秉隆、许南英、杨云史等人稍

有提及，对于其他诸如《啸虹生诗钞》《海国胜游草》等诗集也没有引起应有的重视。更谈不上对这些旧体诗进行综合研究和相关评析。究其原因，这和自中国而起的1919年新文化运动席卷东南亚不无关系。这股狂潮后，人们的注意力不自觉地开始转向对新文学的尝试，旧体诗作为旧文学的范畴自然而然地被遗忘。因此，我们有必要将旧体诗作为一个单独的研究对象整理、分析。

尽管如此，随着中新两国文化间交流的增强，新加坡华文文学创作的不断繁荣，我们仍然期待着新加坡华文文学研究能够走向新坐标和新的高度，建立起新加坡华文文学的形象，从更细致的解读和多元的理论背景下不断开掘它的价值和意义，得到富有创新性的发现，形成系统化的研究成果，不断推进新加坡华文文学的研究，使之成为世界华文文学里的耀眼明珠。

第三节　世界华文旧体诗的文化图景

1827年1月31日，歌德提出影响深远的"世界文学"概念，"我相信，一种世界文学正在形成，所有的民族都对此表示欢迎，并且都迈出令人高兴的步子。在这里德国可以而且应该大有作为，它将在这伟大的聚会中扮演美好的角色"。歌德对于"世界文学"的提出，其意义不仅在于文学文化的融会沟通，更在于对推动民族文学的经典化进程的向往。尽管人文科学和社会科学的学术研究大都要求见微知著、以小见大、管中窥豹。但是本节内容必须要从宏观上对世界范围内的华文旧体诗创作图景予以审视。

近年来，学界对于当代旧体诗是否入史的问题进行过广泛而持久的讨论。我们姑且不讨论旧瓶装新酒的问题，但是无可否认的是，旧体诗从古至今在世界范围内的传播无可厚非地扩大了中国文学的研究外延。直至今日，成为海外汉学研究中的"显学"。面对当代社会历史与现实的交汇冲击，中国古典汉诗作为中国文学遗产的集大成者和中国传统文学样式的精髓，一旦将其研究视野拓展，会发现从曾经覆盖东亚地区的儒家为代表的汉文化圈，到东南亚各国如新加坡、马来西亚、越南直至欧美地区，在摄取和传播中国文化的过程中，创作并传播了大量以古典汉诗为代表的文学作品。这些衍生与演变于域外汉学的蔚为壮观的域外汉诗作品，不仅具有与中国古典文学相同的体裁格律，亦具有与中国古典文学贯通的历史文化内涵。如今，我们在分析海外汉诗的文化图景时，不仅是中国古典文学样式在海外的延伸，也是文化作为软生产力的全球化影响过程。

本节中，华文旧体诗的创作范围分为三大文化圈。值得我们思考的是，旧体诗何以出现在这些地域而非其他，为什么和中国土壤相连的缅甸、尼泊尔、蒙古国等没有出现规模创作的旧体诗呢？笔者认为旧体诗的创作有以下几个必不可少的要件。

首先，从地缘角度而言，汉诗的创生国从地理上接近中国。所谓地缘文明是"对特定民族、国家或'文明'之间存在的不可更改、不可复制、不可逃避的毗邻关系进行描述，进而对古往今来人类共同体之间因先天性毗邻关系而发生的经济、文化和政治互动或这种互动的可能性加以讨论"（阮伟，2006：1）。从中国视角出发，东亚、南亚、东南亚及中亚、西亚都是地缘文明的领域。由于中国特殊的地理位置，与中国接壤或隔海相望的国家有 20 个之多，作为其根基的华夏文明是世界上最古老的文明之一，对周边国家、民族和文化有深远影响，形成汉字文化圈，也带来了古典诗词的创作风潮。

其次，从文化影响力的角度而言，旧体诗规模创作国家的周边没有可以与中国文明抗衡的大国。例如，尼泊尔、缅甸虽然和中国土壤相连，但是对印度文化的接受显然超过中国。当然造成这一原因的还有历史地理方面的因素，中国文化是以中原为中心向周围辐射的，当代版图上的南部地区在历史上多是蛮夷之地，如海南，在唐宋时期是文人和失意官员的被贬谪之所。和南亚接壤的区域文化相对空白。北亚和西亚地区则由于天然的地理屏障，中原文明渗透不足。

最后，旧体诗得以在海外生根发芽的一个重要原因就是华人的移居。无论是"下南洋"、金山客还是渡东瀛者在移居他乡时都带来了中国的文化，旧体诗在海外的创作活动中最显著的特点就是所有的创作群体将旧体诗作为沟通华人群体社会关系、反映海外社会生活和传情达意的共同工具。这一特征使之明显地区别于其他海外华文文学的样式，它在继承发扬汉语艺术的博大精深与格调雅致的基础上，或回思故国，或感慨异域生活，由于共同的文学创作要求和异域生活经验，使旧体诗成为所在地华人社群交往的工具。

一、与中国文学同步发展的东亚旧体诗

在整个域外旧体诗的版图中，从时间上，东亚旧体诗起步时间最早；从创作主体上，人数最多；从文化的传播上，受中国影响最大。

中国旧体诗在海外最早出现于东亚。日本的旧体诗创作起源于天智天皇时代，其时的大友皇子（648—722）的《侍宴》诗，"皇明光日月，帝德载天地。三才并泰昌，万国表臣义"。这是目前可以在典籍中查阅到的最早的旧体诗。当然，旧体诗在日本发轫较早和当时于中国的经济文化交流是密不可分的，"与隋唐的交通和亲，进一步推动了汉文学的兴盛，并使社会生活也发生了很大的变化。特别因为唐朝是旧体诗的全盛时代，所以日本人作旧体诗不仅仅是一种喜好，而且是与中国人交往时必要的不可欠缺的教养"（马歌东，2004：13）。

此后的奈良时期是日本旧体诗的起源和发展时期，代表作主要是受唐诗影响的"敕撰三集"，即《怀风藻》《凌云集》和《文华秀丽集》。事实上，我们在分析所谓的"敕撰三集"名称时可以看到，所谓"敕"是中国古代的文体之一，通常指代帝王的诏书，有奉敕命编撰的含义。那么从这个称谓上可见，旧体诗在日本是典型的皇室贵族阶层的活动。而且旧体诗在这个时期的创作主体主要集中在皇宫贵族之中。镰仓时代开启了旧体诗在日本历史上的飞跃，无论是创作品质还是创作数量都得到大规模的提升。这个时期，由于佛教的流播，创作主体主要集中在僧人手中，如绝海中津、义堂周信、虎关师炼等人。江户时代开始，日本旧体诗达到顶峰，成为日本的知识分子阶层必备的一项文化技能，这样的趋势，使得旧体诗在日本"进入寻常百姓家"。明治维新以后，虽然有森鸥外、夏目漱石、正冈子规这样的文学家还可以用旧体诗进行创作，并有七曲、晚翠、曲坊等诗社星星点灯，但是不可避免地在新文学的冲击下走向衰落。

东亚地区另一个旧体诗创作胜地是朝鲜半岛，由于朝鲜在15世纪之前并没有自己的文字，汉字传入后成为通用文字。因此，在朝鲜是先有汉字，后有汉诗。朝鲜的旧体诗创作已有两千年的历史，现存的一些早期旧体诗作品有《龟旨歌》《公无渡河歌》《黄鸟歌》等。新罗统一后，与唐往来

频繁，接受中华文化，旧体诗作为中国古典文学的精髓样式一直贯穿于新罗、高丽、朝鲜各个历史时期。以朝鲜旧体诗奠基人崔致远为代表的诗人们不断地进行旧体诗的创作。高丽王朝开创了朝鲜文学史上的一个巅峰。构成这个巅峰的主要作品就是号称高丽文学双璧的李奎报和李齐贤为代表的诗人创作的诗篇。甚至有学者将这个时期的旧体诗创作与中国的唐代文学辉煌相比拟。张光军撰写的文章《朝鲜的汉诗》，刊载于《解放军外语学院学报》1990年第1期，便持此观点。旧体诗繁荣的另一个表现就在于出现的一些具有经典意义的诗集，其中《箕雅》《青丘风雅》和《国朝诗删》是三部最著名的旧体诗总集。其中，《青丘风雅》收录朝鲜王朝前期成宗时代的诗作，《国朝诗删》收录朝鲜王朝旧体诗《箕雅》虽然最晚，但是收录的旧体诗影响最大，延续时间最长，贯穿新罗、高丽、朝鲜三朝。李氏王朝之后，朝鲜开创了自己的文字，旧体诗的创作和解读风潮逐渐弱减，但是依然有文人坚持创作。直到近代才慢慢退出朝鲜文学史的舞台。

东亚的旧体诗在创作传播初表现出以下几个特点，第一，始终受中国文化的影响，其兴衰亦与中国古典诗词的兴衰同步。但是同步不意味着亦步亦趋，反而是根植于东亚本土文化，遵循文学发展的规律进行。例如，日本的旧体诗是伴随西方文学思潮的冲击而逐渐衰落，但朝鲜的旧体诗是伴随着本国文字的诞生而逐渐衰退。第二，从创作主体而言，大都是贵族、官员、文人这些拥有社会文化资源的阶层，始终是上层社会的文化表征。不得不承认的是，在东亚地区，旧体诗的创作很大程度上是政治因素所起的作用。亦是出于这个原因，旧体诗在东亚被称为"汉诗"。第三，东亚旧体诗的创作源于对中国文学样式的直接接受，而且这种接受是一种自觉并有意为之的行为。比较典型的做法是通过派出遣唐使、僧人等社会角色进行文化的交流和吸纳。第四，东亚的旧体诗从文体而言，是属于中国古典诗词的范式，但是从创者主体而言，其作者都是日本人或者朝鲜人，这样的特点也显示出旧体诗作为文化传播的纽带如何联系起不同语言和文化的国家。

二、多元文化冲击下的东南亚旧体诗

东南亚旧体诗创作的特殊之处在于，它不仅从地理上属于亚洲，必不可少地受到东方文化的影响,更重要的是,在面临中国、印度、西方和本土的四重文化特质时,它形成了独特的融合多种文化的文学特色。不同的社会文化背景下产生的文学样式必然有所不同。在东南亚地区的旧体诗所具有的儒家文化色彩与所在地华人社会特殊的生存境遇的结合的背景下,形成东南亚地区特有的源远流长、奔腾不息的传统。东南亚的旧体诗创作重镇主要集中在越南、新加坡、马来西亚和菲律宾。

在越南的文学史上,虽然各种文学样式各领风骚,但是旧体诗始终占据文学体裁中最为昌盛和耀眼的地位。这一局面是由于在越南历史上,汉字一直作为书面语言出现,而书面语和口头语又出现分离。因此越南民众的日常口语交际却非如此,因此汉文化在俗文学样式和民间文学的传播过程中远不如旧体诗深远,当然这也造成了旧体诗在越南曲高和寡的局面。旧体诗在越南的萌芽始自佛教的传播,自汉代开始就不断有僧人开始进行旧体诗的创作。

越南旧体诗是以唐诗为代表的中国古典诗歌繁衍到海外的典型代表。当然,政治因素更为显著,越南历史上,交趾官吏均由中国封建王朝派遣。这些中国来的官吏通过推行汉字和汉文化教育,包括诗书的启蒙,推动交趾汉诗的创作。另外,汉唐时期的几次战乱烽烟四起,许多中原的文人如杜审言、刘禹锡等人亦为躲避战乱曾停留于此,无意之间也推动了越南旧体诗的创作。并且是我们反观历史的重要文献,如杜审言,由于和武则天的面首张易之交好,被贬谪至峰州,即今天越南池东南地区,在此创作旧体诗篇《旅寓安南》"交趾殊风候,寒迟暖复催,仲冬山果熟,正月野花开。积雪生昏雾,轻霜下震雷。故乡逾万里,客思倍从来"(彭定求,1999:734)。这不仅记录了旧时越南的风景气候,亦有旅居过客的思乡之感。多重影响之下,这个时期越南不仅出现上百位可以进行旧体诗创作的诗人,这些诗人大多集中于王侯将相和僧人之中。各种韵律、体式也逐渐成熟,风景体裁和时事体裁各领风骚。而在旧体诗大步向前的时候,越南本土喃字文学才开始萌芽时期,13 世纪才有人开始用喃字进行文学创作。

1428 年,越南后黎朝开国君主黎利建立黎朝。越南封建社会从此进入鼎盛。越南旧体诗自此也开创了全面繁荣的鼎盛局面。无论是诗文的工整程度、创作题材甚至是写作意境都有了很大的提高,但是这种局面自 18 世纪开始出现转变，越南国语喃字文学开始占据主导，甚至出现了专门的喃字长篇叙事诗《金云翘传》，而旧体诗的地位开始衰落。尤其到了20世纪20年代汉字在越南的废除，旧体诗亦随之退出历史的舞台。

  新加坡和马来西亚隶属南洋，拥有庞大的旧体诗创作群体。而从创作者本身而言，也具有迥异于其他地域的特质。南洋地区旧体诗的创作群体按照其过境时间和文化认同分为三类：第一类是那些传统文化思想积淀深厚的中国本土公民，这些人由于各种原因短期驻扎或途径南洋，此类诗人的创作高峰集中于明清。如19世纪60年代至20世纪初，清政府组织的三次大规模集体出洋活动，期间晚清官员途经南洋所留存旧体诗，再如曾被派往此地任职的左秉隆、黄遵宪，还有流亡至此的革命者如康有为、郁达夫；出访南洋的文人诸如丘逢甲、潘飞声、许南英；出使海外的晚清政客如王芝、何藻翔、斌春等人，在南洋都有大量的旧体诗留存。第二类诗人大都是出生于中国本土，成年后却侨居海外的中国近代知识分子，由于青少年时期接受正统儒家传统教育，因此有深厚的中国诗词的根基与积淀，此类诗人历经社会沉浮又坚持心系天下的儒家忧国忧民的情怀对于这类诗人，最杰出的代表分别是"南洋才子"邱菽园和"国宝诗人"潘受。此类诗人的作品不仅保留浓厚的中国古典诗词韵味，更见证了南洋历史文化的沧海桑田，表现出心系两地的特点，对中华传统文化在域外的传播起到了推波助澜的作用。第三类作品主要是当代新加坡马来西亚两地诗人创作的旧体诗，此类创作面对民族文化与文化全球化的冲突，在新加坡多元社会的文化的冲击下坚持古典诗词的写作，表现出与中国文学明显的差异性，成为中国现当代文学的"他者"。

  东南亚地区的旧体诗创作源远流长，至今在东南亚地区尤其是新加坡和马来西亚都有一定数量的创作群体在坚持创作。他们的创作活动表现出这样的特点，第一，东南亚地区创作旧体诗的主体主要是在地华人，这些旧体诗的作者夹杂在东西方文化、马来文化与现代化的城市生活之间，受到多元文化的冲击，促使对自身的反思，形成对自我和异质文化的理性判断，这种文化间隔更多是深受多种文化影响的海外华人自觉保持的文化心理距离。另外，这些不同类型的旧体诗人，有着相同的南洋生活体验，把这些生活经验融入旧体诗的创作中，自然而然地会形成本土的文学传统。

这种承载双重文学传统的旧体诗人，要写出意味深长、典雅凝练的古典诗词，不可避免地要从中国古典文学中汲取养分。因此旧体诗的创作不可避免中国文化传统对其的影响。第二，就语言方面而言，旧体诗的创作以中国古典诗词为媒介，不可避免地在创作和文化构成中带有中国古典文化的特质。这就决定其在东南亚的生产和消费、创作和传播是在同一种文化类型中展开。因此在这一文学范式的创作者和接受者之间的文化壁垒就不自觉地消解掉。所谓同文同源，受历史、血缘等方面千丝万缕的影响，创作者必然从中国文学吸取养分。但是这些创作活动所带来的心灵的浸染与感官的刺激会以不同的方向作用于其创作活动中，尤其是近现代的诗人们对于在地文化的认同早已超越了地理空间的差异。可见，东南亚地区的旧体诗首先表现出的就是相同的创作范式和相异的文化环境的相生相成的特质。第三，就创作心理与文化而言，旧体诗的创作必然将诗人本人在初次接触异域生活时的惊诧好奇，流寓南洋的困顿离愁及不同文化之间碰撞的震撼融入作品，这里隐喻不同的社会价值观的体验和异质文化之间形成的生活感悟。所谓"一切历史都是当代史"，正如东南亚地区的旧体诗创作对中国历史想象的本质上是历史与现实新加坡特定时空交汇的多元图景。就旧体诗的发展而言，是异质文化之间从冲突对抗到相互融合的过程。

三、极度边缘的北美欧洲旧体诗

相形于中国周边的亚洲区域，北美和欧洲的旧体诗创作更多的与文化身份和离散视角相关，作品的主体意识更多的是东西方文化冲突与个体生命体验的融合。这种文化与个体的差异吸引与排斥共存，认同与反认同共生。他们的旧体诗创作从未抛弃自己的民族文化背景，从而在远离本土文化的环境中以不同的方式反映个体的生存之困、故土之念和移民之难。

不同于儒家文化圈的创作范式，北美欧洲人的旧体诗创作一直显现的是零散写作的特质。国内对于北美华文文学的开端大都追溯至晚清张维屏的《金山篇》。但是，张维屏本人对于华人赴美的采金热的描述，如"其山不知几千里，其金不知几万千。彼氓蚩蚩货弃地，有客采采金满船"也只是根据往来华人的诉说而作，其本人并没有去过美国。因此，以此作为北美华文文学的开端是值得商榷的。笔者认为，以黄遵宪的《逐客篇》作为发轫更为恰当。1882 年春，黄遵宪由日本转赴美国，担任清政府驻旧金山第一任总领事，其时正值美国的排斥华工的浪潮。他调查美国排华的原因和背景后，作《逐客篇》来记录和申诉。诗中开篇"呜呼民何辜，值此国运剥！轩顼五千年，到今种极弱"。愤慨与华人的不公待遇，如梁启超断言，"华人之往美，实由美人招之使来也"，但却因为"打完斋唔要和尚"而被排挤，这一点在黄遵宪的诗中也有描述"土人以争食故"。

此外，北美欧洲的旧体诗创作的又一个高峰应是晚清八大臣出洋时留存的诗篇。例如，第一次出洋的赫德访团在英国、法国、荷兰、德国、丹麦、瑞典、芬兰、俄国、比利时九国游历了八个半月后回国。第三次出洋于 1906 年 1 月 23 日抵美后取道英国、法国后抵达德国，继而考察奥地利、俄国、意大利、丹麦、瑞典、挪威、荷兰、瑞士。由于这批官员被派出的同时，总理衙门要求这些出国游历者撰写日记。经停于此的晚清官员面对迥异与闭关锁国的国内环境创作了大量诗篇。在王韬的《弢园文录外编》、陈乃玉的《葛喇吧赋》、潘飞声的《说剑堂集，老剑文稿》、尤侗的《外国竹枝词》、斌椿的《海国胜游草》、曾纪泽的《归朴斋诗集》、袁志祖的《海外吟》等文献中都有所记录。

纵观中国古典诗词在北美欧洲的传播表现出两个特点，第一，译介、研究多于创作本身。旧体诗在欧洲传播时间始于 16 世纪，又在 19 世纪到 20 世纪初开启了大规模翻译古典诗词的先河。但是从表现趋势来看，发展相对北美滞缓许多。汉学家理雅各、戴维斯和翟理斯等人均有重大贡献。20 世纪 20 年代出现了一批在欧美产生广泛影响的英译旧体诗集。例如，英国汉学家 Arthur Waley 译介了大量古典诗词，影响深远。20 世纪 60 年代后以 Stephen Owen 为代表的汉学家的译介更是以准确的用词传递中国古典诗词的意境之美。第二，北美欧洲的旧体诗创作相对凋敝，尤其是 20 世纪 70 年代以后，远离创作地的旧体诗业已失去古典诗歌的诗学基础，只有个别华人诗社诸如"华府诗友社""亚洲诗坛"等坚持在作品世界的自我吟诵。如果以宏观或整体的叙述眼光审视，这种创作范式在审美品格上已经趋于自我把玩或调剂生活的小品。但是相对于庞大中国文学的边缘，这种当代华文文学的边缘体裁更体现了文学的魅力所在。

四、多元文化交织下的旧体诗图景

海外旧体诗的文化的结构如同板块状的地域汉学的累加。它不同于国别文学的发展演变是在较为确定的地域范围中进行。海外旧体诗已然在不同文化地域的文化语境中既表现出中华文化的继承统一，又有独特的在地风格。海外旧体诗的文化图景研究相形与以往的以时间为导向的线性文学发展模式，它体现出了更为立体和多元化的风貌。在这个层面上，中国古典旧体诗和地缘因素的结合对于华文文学、比较文学的空间意识和立体史观的构建意义重大。旧体诗在跨文化语境下与所在地表现对象上的互补性，使得中国古典诗词有了独特的自由空间。其在创作意象、音韵变革、文化精神等方面拓展了古典诗词的研究空间。而在不同的文化语境下使用中国传统格律进行创作的同时，也对其文学母体产生新的感触和联想。这种文学资源也比原来局限于中华版图显得丰富，通过这一形势将不同文化背景下人们遭遇到的共同问题独特展现。

与此同时，伴随着近年来世界多元化的发展轨迹和跨文化交流的日渐频繁，华文文学成为一支日渐规模的流动符号，不同文化之间的互动得到增强。华文文学也在向多元化和多样性发展，在开放的文学视野下，海外旧体诗的研究突破以往的文学格局，展示古典诗词在海外的独特魅力及平等和谐相待的从容自信。这种跨越文学边界的张力，反映出中国古典诗词崭新的历史文化观。

第四节　新加坡华文旧体诗的文化观察与研究路径

长时间以来，文学史成为创作背景、作家作品及创作者生平逸事的集合。这种做法的好处在于史料的重视，但问题在于对文学演进脉络的忽略。因此，本书以不同类型诗人的创作范式为出发点，既重视史料挖掘和整理，又力求对新加坡华文旧体诗的发展进程进行把握。

纵观对新加坡华文旧体诗的研究，一方面，新加坡华文旧体诗的研究具有很强的史料价值，但是如前所述，目前学界对其研究大多着眼个案的微观研究而缺乏整体观照，更谈不上对于新加坡华文旧体诗史料的搜集和整理。这就使得许多非常具有宝贵价值的旧体诗资料没有得到足够的重视，这不仅对于研究中新文学关系是一种遗憾,更甚导致新加坡华文文学研究的不全面性,也就是"新加坡华文旧体诗未入史"的问题,本书力求对于相关史料予以梳理,希望新加坡华文旧体诗这个特殊的文学样式可以得到应有的重视。

另一方面,关于新加坡华文文学,学界多从中华文化对新加坡文学的影响进行探讨,而新加坡华文旧体诗自身的发展轨迹却未得到足够关注。本书力求在以历史为依托、以全局为关照的前提下,运用比较文学学术理念,采用对不同类型诗人的创作背景、创作主题及其意义进行分析的研究思路,将文本细读和社会学研究相补充,对三类不同类型的诗人各具特点又同具共性的创作行为进行比较分析,重返新加坡华文旧体诗发展演变的真实历史场景和文化语境,并观照不同类型创作者的生存现实和精神诉求,由此得出新论点、新视野。

一、旧体诗是海外华文文学研究样式的特殊品种

多元化的新加坡国家中,英语、华语、马来语、泰米尔语并用,华文在新加坡的特殊之处在于它不像其他国家将华语作为外裔语言使用,而是多元化国家的多元语言的一种。当代新加坡华文文学作为新加坡国别文学的一支,华文旧体诗是其文学体系里不可分割的部分。其主要文化意义表现为以下几个方面。

(1)就史料价值而言,本书最大的贡献在于通过对新加坡华文旧体诗的资料的整理分析,为海外华文文学研究提供新的视角,为旧体诗的海外传播研究提供新的史料,为中新文化交流提供重要证据,本书对新加坡华文旧体诗的梳理是别具特色与开创性的,该课题具有填补海外华文旧文学史料空白的意义,也是借此抛砖引玉,希望学界对这类问题予以足够的重视。

(2)就研究的理论价值而言,本书通过对新加坡华文旧体诗的全面整理后的归纳与分析,对已知的和许多没有被学界关注的史料进行分析。在文学归属性、文化认同、形象学、文学变革等层面综合分析,将不同类型诗人的作品进行比较,这是对新加坡华文研究方面,研究范式上前所未有的一次尝试。

(3)新加坡华文旧体诗研究关注的是发展过程中本土化和中国化、传

统性与现代性、政治功能与文学本体、旧体诗的连续性和边缘化研究，研究旧体诗所反映的时代背景及不同时期诗作的中国形象，对于旧体诗在域外的发展开拓思路。

（4）海外华文文学不单单由小说和散文构成，旧体诗研究为海外文学文化多样性研究提供科学依据，避免在研究过程中导致强势文体对弱势文体的占有和淹没。通过对新加坡华文旧体诗的文学形态的研究和文本的解读，进一步估量旧体诗在当代的文学价值及其目前边缘化生存的现代意义。

（5）对当代旧体诗在新加坡的传播，如网络和文学团体的研究，为域外汉学与华文文学的研究提供新思路、新模式。

（6）新加坡华文旧体诗的研究将新加坡华文文学创生时间推前。新加坡的华文新文学，是在中国五四运动的影响下诞生和发展起来的。陈茂贤所撰文章《新加坡华文文学简论》，刊载于1985年第4期的《海南大学学报（社会科学版）》就早已断定，"六十多年来，新加坡华文文学经历了从幼稚到逐渐成熟的过程"。

学界对于新加坡华文文学的研究始于五四运动之后，而新加坡华文旧体诗的出现却始于明代，繁荣于晚清。因此，新加坡华文文学研究的起点亦应始于明清，而非五四运动。

二、基本思路和研究路径

文学现象的研究有两条途径，一是点状分布，在研究上我们从中比对同异。二是线状连接，考察的是传播路径及传播后的变异。因此新加坡华文旧体诗的研究具有典型的比较文学意义，是海外华文文学样式的特殊品种，是中国本土文体在域外的发展。通过对旧体诗边缘状态原因的考察，对其衍变过程进行审视，研究旧体诗在新加坡文学版图中的位置与特殊意义，并由此思索旧体诗在现代文化中存在的可能。新加坡华文旧体诗的文本中体现出的文化交流意义在传播和继承中华文化时，起着无与伦比的作用。因此有必要对新加坡华文旧体诗的价值进行重新的定位。对此，本书的研究路径如下。

一方面，考察旧体诗写作的背景。本书以新加坡华文旧体诗为主题，却并不囿于传统的以时间为主线的研究模式，而是由旧体诗在华人社会的创作示范了一种中国文化的传统方式，唤起并且巩固了当地华人的族群文化记忆，在行为的演示和文本两个方面参与建构了南洋的华人社会文化为切入点，从文化的角度来观察和研究其发展脉络。借此梳理创作群体主观与客观的文化环境及其对文化观的具体影响，并总结出其文化观的具体表现，因此是较为全面的一个审视过程。

本书将从不同类型诗人所处的时代背景、表现出的思想情感、所处的文学文化语境这几个方面入手，分析影响新加坡华文旧体诗生存和发展的因素。旧体诗词在不同时期的作用小则备述异国风情和南洋社会之图景，大则考察社会现实，推动在地文教进步。本书将不同类型诗人的新加坡华文旧体诗创作视为重要的文化现象，力图描述出生活在异域的他们如何面对中国和新加坡关系，生活在当代新加坡的华文诗人如何面对传统，由此考察故土与异乡、传统与现代的交融与冲突。

另一方面，对新马地区华文旧体诗史料进行梳理和比较、展开专题研究、探究史料的现实意义，以期对中国古典诗词在海外的传播研究有所推进。旧体诗对南洋空间的概念和形象的建构在这种关系空间获得了一种传播和流通，这种流通更具有现场感和个人性。借此彰显一些潜隐在中国古典文学精神和马来西亚的文化传统，同时也可以使我们充分体察到异质文化的差异，找寻出不同国家、地区文学现象包含的共同特质，在不同国家、地区构建文学上的精神桥梁。

新加坡华文旧体诗作数量非常庞大，并且在长时间生产、变异中形成独具特色的主题和风格，形成相对稳定的审美理想、批判体系。这种体现在旧体诗中的主体精神非常丰富，本书力图探究旧体诗中的某些精神主题。

此外，立足全球化语境的现实，考察旧体诗与生活在中国的华人族群之间的关系，面向中国古典文学种类的生存现状，对旧体诗的产生缘起和发展脉络进行呈现，提出具有现代意识与前瞻性的论题，在中外的对话、交流中反观我们中国古典诗词在域外形成的原因、过程及表现特征。通过分析当代新加坡华文旧体诗从中心到边缘的原因，但仍坚强生存的现状。侧重描述旧体诗在边缘处的发展状态，由此显示出旧体诗在当代文学版图中的位置与特殊意义，并由此探索旧体诗在当代社会存活的依据与意义。

事实上，当本书结束时，才发现真正的困难在于史料的搜集工作。本书的史料一方面源于国内图书机构，如国家图书馆、厦门大学东南亚研究中心、其他高校的图书馆等。

另一方面，得益于2014—2015年在新加坡国立大学的访学经历，在新加坡国立大学中文图书馆和一些当地书店搜集到许多宝贵的资料。在一次次和老先生们田野访谈中汲取珍贵信息。许多新加坡华文旧体诗的诗集是私人印刷，而且数量有限，文中所涉及的许多诗集已是孤本。因此，史料搜集工作确实颇费周折，正如新加坡学者李庆年先生与笔者的信中所言："有关华文新旧文学的研究，是一种十分寂寞无奈的工作，外人无法了解我们的感受。其道理是研究不被社会重视，或甚至漠视，因此研究者实属稀少。"但是，如果借本研究引起学界对于海外华文文学中旧文学样式的关注，也算是没有忝列门墙。

第二章 吟到中华以外天

——新加坡华文旧体诗作者的时代背景与身份背景

第一节 中国与新加坡交往史略

记录中国和新加坡两国的关系历史文献，很早就已存在。两国之间的了解经历了由模糊到清晰、由笼统到具体、从虚幻到真实的过程。具体而言，新加坡与中国的关系经历了从早期作为交通要道必经之地、中期作为贸易枢纽、最后发展成为贸易、政治、文化的多方面联系的三个阶段。这三个阶段虽然各有侧重，但从历史发展的角度来看，它们之间又有密切的联系。从中国历史的角度审视古代新加坡与中国的交往，对我们重新评估新加坡的历史重要性帮助很大。

一、汉代和魏晋南北朝时期，新加坡已经成为中国对外交流的交通要道

新加坡位于马来半岛的最南端，地理位置优越，处在印度洋和太平洋之间来往的航运要道，是东西商舶必经之地，素有"东方直布罗陀"之称。英国人莱佛士（Stamford Ames）作为东印度公司的代表。在1819年登陆新加坡之后，为新加坡的现代史掀开了崭新的一页。而我们研究新加坡的历史一般也是以此为开端。而事实上，早在1819年之前，有关新加坡的历史已散见于中国的古籍记录中。

对于新加坡在历史上的名称，《古代南海地名汇释》中解释道："其故地有如下说：指马来半岛西南岸外的皮散岛，或泛指马来西亚的柔佛及新加坡一带；或指今泰国北大年一带。"（陈佳荣，谢方，陆峻岭，1986：

285）这里的"皮散岛"即可作为新加坡最初的称呼。根据新加坡学者柯木林的研究，在国内以后的史志中，新加坡还称为"蒲罗中""莫河信洲""多摩菠""罗越""凌牙门（又作'龙牙门''龙牙山门'）""麻里予儿""单马锡""淡马锡""淡马锡门""长腰屿""星忌利坡""息力（又作'昔里息辣'）""日柔佛""新加峡""星加坡"等。

汉朝时期，汉武帝曾派人寻找一条海上航线以代替原来通往云南与缅甸的陆路通道，这就开始了西汉与印度、东南亚的海上交通。关于这条寻觅到的新航线，在《汉书·地理志》里记载如下：

> 自日南障塞徐闻合浦船行可五月有都元国，又船行可四月，有邑卢没国，又船行可二十余日，有湛离国，步行可十余日，有夫甘都卢国。自夫甘都卢国船行可二月余，有黄支国……自黄支船行可八月，到皮宗；船行可二月，到日南、象林界。（班固，1962：1671）

短短数言，不仅成为研究中西方海上交往的珍贵史料，更是我们追溯中国与新加坡发生关系的最早的史料。这里的"黄支国"，据考证，就是今天印度东南沿海马德拉斯省的康契普拉姆。而这里面的"都元国"，根据孙光析所撰《中国古代航海史》一书考据，都元国应该是当时唐代的罗越国，位于马来半岛东南部近新加坡海峡之处。那么，汉武帝派人寻找的这条航线，使得当时的船只，从雷州半岛起航，乘东北季风，沿印度支那半岛东南岸和马来半岛东岸向南行驶，当风向转换之际，由都元国穿越新加坡海峡和马六甲海峡，再乘西南季风北上。"邑卢没国""湛离国"和"夫甘都卢国"都是沿缅甸西南海岸继续北行所必须途经的古国。返航时，从印度东南部，历经八个月到达的皮宗，是马六甲海峡东部水域的香蕉岛（Pisang），再北上行驶两个月，航抵今越南中部。那么，从该航道往返两程的走向，明显地看出，古代新加坡是东西方海上交往的必经之地。

两晋南北朝时期，新加坡作为海上丝绸之路必经之地的作用更加明显。当时伴随中国和印度佛教的传播，不论是印度来的译经师，还是中土西去求法的僧人，往往取海道而行。例如，东晋的法显，从印度取法返回时沿海道而往。这样的航程，据《佛国记》（法显，2008）记载，是从印度起航，途经耶婆提，准备从东北行至广州。根据考证，耶婆提位于今天的爪哇岛或苏门答腊岛。如此看来，从印度通过海上到达爪哇岛或苏门答腊岛，要么经由马六甲海峡，要么沿苏门答腊岛西南海岸东南行。据此推断，无论从爪哇岛还是苏门答腊岛赴广州，都是由南向北行，新加坡海峡一带就成了必经之地。

二、唐代开始，直到宋元时期，新加坡成为重要的贸易枢纽，同时开始有华人在岛上居住

唐代建立后，伴随经济的迅猛发展及航海技术得到了进一步的提高，使得唐朝时期经济中心逐渐南移，出现了交州、广州、泉州、扬州四大港口，政府的对外贸易进入一个平稳发展的阶段，中国与周边国家的关系进入新的阶段。在《新唐书·地理志》中记载了这样一句话："广州通海夷道。"（欧阳修和宋祁，1975：7）。"广州通海夷道"是海上通道，从广州出发，沿越南、马来半岛沿岸，入印度洋。欧阳修、宋祁所撰的《新唐书》卷43有这样一段文献记载：

广州东南海行，二百里至屯门山，乃帆风西行，二日至九州石。又南二日至象石。又西南三日行，至占不劳山，山在环王国东二百里海中。又南二日行至陵山。又一日行，至门毒国。又一日行，至古笪国。又半日行，至奔陀浪洲。又两日行，到军突弄山。又五日行至海硖，蕃人谓之"质"，南北百里，北岸则罗越国，南岸则佛逝国。佛逝国东水行四五日，至诃陵国，南中洲之最大者。又西出硖，三日至葛葛僧祇国，在佛逝西北隅之别岛，国人多钞暴，乘舶者畏惮之。其北岸则个罗国。个罗西则哥谷罗国。（欧阳修和宋祁，1975：1153）

这段引文中的"罗越"是今天的新加坡。因为最早居住在新加坡的人种，乃是原始马来人的后裔，称作"奥郎—罗越"。奥郎指的是人；罗越指的是海。因此，又称作海人。《新唐书》（卷222下）中谈道："罗越者，北距海五千里，西南哥谷罗。商贾往来所凑集，俗与堕罗钵底同。岁乘舶至广州，州必以闻。"（《外国传·罗越》）（欧阳修和宋祁，1975）这段航程中新加坡同样是必经之地。与此相应的是，由于新航线的开发，中国的对外贸易持续增长。这期间，丝绸、陶瓷成为中国对外贸易的主要商品。唐代的新加坡，已是商船云集的港口，并且每年都有商船开往广州。

时至宋元时期，中国和新加坡的贸易往来更加频繁。宋代赵汝适的《诸

第二章 吟到中华以外天——新加坡华文旧体诗作者的时代背景与身份背景

藩志》有这样一段描述："三佛齐间于真腊、阇婆之间，管州十有五。在泉之正南，冬月顺风月余方至凌牙门。经商三分之一，始入其国。"（赵汝适，1956）这里的"三佛齐"（Samboja kingdom），音译自梵文（Sri Vijaya），又称室利佛逝、佛逝、旧港。鼎盛时期，势力范围包括马来半岛和巽他群岛的大部分地区。宋代，正值摩诃拉甲统治三佛齐时期，势力显赫，版图扩展。而上述引文中的"凌牙门"就是三佛齐管辖的众多地区之一。凌牙门，即元明两代称谓的龙牙门，就是当今新加坡的岌巴海港。既然海商中 1/3 涌入三佛齐，主要集中在作为国都和主要港的占卑，众多的海商亦必途经凌牙门。《诸藩志》又记载，三佛齐地产爪渭、香料，并从西方等国输入香药、象牙、珠宝、番布等，以此交换中国的金银、瓷器、丝织品，以及糖、酒、米、乾良韭、大黄、铁器等食品、药品和日用品。作为航程必经之地的凌牙门，必然汇集来自中国和西方的商货，成为东西方商货的集散地。

元代旅行家汪大渊，在其亲历的手记《岛夷志略》一书中，提及古代新加坡及其海港：

> 门以单马锡番两山相交，若龙牙状，中有水道以间之。田瘠稻少。天气候热，四五月多淫雨。昔酋长掘地而得王冠。岁之，始以见月为正。初酋长戴冠披服受贺，令亦递相传授男女。兼中国人居之，多椎髻，穿短布衫，系青布捎。
>
> 地产粗降真、斗锡。贸易之货，用赤金、青缎、花布、处瓷器、铁鼎之类。盖以山无美材，贡无异货。以通泉州之贸易，皆剽窃之物也。
>
> 舶往西洋，本番置之不问。回船之际，至吉利门，舶人须驾箭棚、张布幕、利器械以防之。贼舟二三百只必然来，迎敌数日，若侥幸顺风，或不遇之，否则人为所戮，货为所有，则人死系乎顷刻之间也。（汪大渊，1981：213-214）

汪大渊的记录中，不仅说明 14 世纪的"单马锡"，利用自己交通便利的优势，利用交易甚至掠夺商船的方式纳财。同时，"兼中国人居之，多椎髻，穿短布衫，系青布捎"说明当时已有前来经商的中国人客居于此。与此相对应地，根据 1822 年新加坡第二任驻扎官克劳福曾目睹新加坡福康宁山的遗址，有古代中国各类的陶瓷器碎片，以及公元 10—11 世纪的中国铜钱。1984

年初，米克锡博士在新加坡福康宁山进行考古发掘，其中的出土遗物包括大量的陶瓷器皿碎片。这些陶瓷器皿来自中国，大约是 13 世纪与 14 世纪的产物，应该是当时的中国商人带来的。宋元时期，中国的海外贸易非常蓬勃，东南一代的不少商贾都积极到东南亚一带经商，乘帆船由水路运送商品。新加坡处于东西交汇的交通要地，自然是这些商贾停留的其中一站。但是需要指出的是，此时的新加坡华人只是散居，尚谈不上所谓的华人族群。

三、明清时期，两国联系空前密切，发展政治、贸易、文化等多方面联系

中国的海外贸易在宋元时期获得了较快的发展，但是到明代初期，一改宋元长期实行的自由海外贸易政策，推行海禁，同时推行朝贡贸易制度。所以明清时期，中国和新加坡的交往体现这样的特征，第一，明政府虽然实行海禁政策，但好比"三峡束长江，欲令江流改。谁知破夔门，东流成大海"，海禁政策阻挡不了民间的走私贸易。第二，清代实行闭关锁国的政策，使中国与周边各国的官方关系陷入低谷。但是政府间的使节依然延续着。第三，鸦片战争以后，大量中国移民涌入新加坡，使其社会结构发生了重大变化。

明朝时期，郑和下西洋是中国和南洋各国交往的巅峰，与郑和随行的费信，在郑和使团中担任通事教谕，每到一地，"伏几濡毫，叙缀篇章，标其山川夷类物候风习，诸光怪奇诡事，以储采纳，题曰《星槎胜览》"。在这部《星槎胜览》中，关于其时新加坡有这样的表述：

> 龙牙门，在三佛齐之西北，山门相对，如龙牙状，中通过船。山涂田瘠，米谷甚厚。气候常热，四五月间淫雨。男女椎髻，穿短衫，围梢布。掳掠为豪，遇有番船，则驾小船百只，迎敌数日。若得顺风，侥幸而脱，否则被其截，财被所劫。泛海之客，宜当谨防。
>
> 诗曰：山峻龙牙状，中通水激湍。居人为掳易，番舶往来难。入夏常多雨，经秋且不寒。从容陪使节，到此得游观。（费信，1954：9-20）

费信这首诗应该是新加坡华文旧体诗有文字记载后的第一首。诗中记录的"龙牙门"，同元代汪大渊笔下的龙牙门大同小异，但是由元代的"田清稻少"而为"米毅甚厚"，生产应该是有所发展的。但在贸易方面，因地居要冲，凭借地利之便，使得"遇有番船则驾小船百只，迎敌数日，若

第二章 吟到中华以外天——新加坡华文旧体诗作者的时代背景与身份背景

得顺风，侥幸而脱。否则被其截，财被所劫。泛海之客，宜当谨防"。

到清代中国和新加坡的往来出现了两件值得注意的事情，一是清政府开始在新加坡设置领事。"（光绪）四年，置新加坡临时，后改总领事。"（赵尔巽等，1977：3449）其中，第一位领事左秉隆（1850—1924），他曾在 1881—1891 年和 1907—1910 年，两次共计约 20 年在新加坡担任领事。二是晚清时期，政府派出大批官员出使西方，这项举动具有外交和考察的双重意义。同时，总理衙门要求这些出国游历者撰写日记。而这些清廷公使出使西方，走海路经过新加坡时，对于当地社会文化也有所记载，如郭嵩焘的《使西纪程》、曾纪泽的《使西日记》、薛福成的《出使英法义比四国日记》等都有所述。而这其中又以李钟珏的《新加坡风土记》最为详尽。这个阶段，两国的往来体现出这几个方面的特质。

第一，关于政治方面，由于新加坡位于马来半岛的最南端，地理位置优越，处在印度洋和太平洋之间来往的航运要道，是东西商舶必经之地，素有"东方直布罗陀"之称。如此重要的交通枢纽，晚清政府意识到它的重要性后，在新加坡设置领事。"领事则在保卫商贾，护持贸易，有事则据公法和约为办理，或有不行，则禀陈己国使臣，或转请之外部大臣，以俟裁决，此其大略也。"（王韬，1959：53-54）"于是，新加坡就成为中国第一个在海外设置领事的地方，如中国直接派遣到海外的第一个领事左秉隆，作为派驻新加坡的首位专业外交官，在任期间，不断致力于提高当地华人的文化水平，为接受华文教育的侨民设立会贤堂，包括后来影响很大的毓兰书室、养正书屋也是在他任内设立的。领事的设立，实际上是一种独特的方式承认了海外侨民的合法性，这对那些心怀中国的侨民，无疑是一种极大的心理安慰。这对于改善华人的生存环境，以及提升华人的社会地位和形象，意义重大。

第二，关于贸易方面，由于地理上的优势，新加坡此时已然成为南洋地区最大的埠头。正如清政府考察商务大臣杨士琦奏考察南洋华侨商业情形折中所云："地股之极南，有岛曰新加坡。幅员甚小，农产亦低。自应开埠后免税以广招徕。由此商舶云集，百货汇输，遂为海南第一巨埠。"（王彦威，1987：10）徐继畲《瀛环志略》有如下的记载：

> 息力，旧名柔佛，英人名为新嘉坡……旧本番部，嘉庆二十三年（1818 年），英吉利有之。其地当南洋、小西洋之冲，为诸海

国之中市。英人免税以聚商船，西洋甲板，每岁来者数以百计。闽粤贩洋之船，南洋诸国之船亦时至。帆樯林立，东西之货毕萃，为南洋西畔第一埠头。每年交易之货价，数千馀万圆。英人筑楼馆以居，户口无多，闽广流寓万馀人……余按息力旧本荒僻小番部，无足轻重，自英吉利创设埠头，遂为东西扼要之地。英船东来息力如归故土。行李之乏困，咸取办于此。近年中国盛传新奇坡，意其为广土众民，洋洋大国，而不知固海滨一廛也。（徐继畬，上海老扫叶山房重校订本：25-26）

与此同时，"新加坡本非国，乃斗入南海中一大峡，地方两千里，距澳门水程十更，香味闽广客民流寓，约两万人。"（魏源，1997：16）大量中国移民的涌入，使得清政府向新加坡输出的商品种类更加繁多，如家具、成衣、墨和纸都成为输出的商品。这些商品不仅满足了人们的生活需要，而且丰富了新加坡的社会经济生活。许多华侨华人开办了小型的商店或商号，直接促进了新加坡的经济交流和对外贸易。这些新加坡的华人又借助自身的努力和新加坡交通便利的条件，经济条件逐渐好转，使得"叻中华人最多亦最富，有拥赀称千万这，有数百万者，若十万八万之户，但云小康，不足齿于富人也，但究其发迹，多在三四十年前，近则鲜有暴富者矣"（李钟珏：1947：15）。许多人开始在此定居，甚至纳娶当地女子为妻，繁衍后代，"中华海商来者既众，步头繁盛，遂为南洋第一。近世西南洋诸国，莫不知有星家坡而盛称之。闽粤人特重，谓之新州府。若不知其初为弹丸岛国，于中华甚无足重轻也者，盖姓家谱距闽粤都不过五千里，海船来最便。闽粤人流寓岛中，纳巫来由土女为室者，不下数万人"（余定邦和黄重言，2002：249）。

第三，关于文化方面，中国和新加坡的文化交流是双向的，绝不是单方面的赐予。但是，文化交流又常常是不平衡的。这一时期，中国与新加坡文化交流领域广泛，互通有无，但从总体来说，前者对后者的影响更深更广。造成这种不平衡性的原因是多方面的。在双方的文化交流中，文化水平高的一方往往对文化水平较低的一方产生更大的影响，后者对前者了解和学习的迫切性也更高。加上大量中国南方去的侨民，使得新加坡出现这样的景象：

第二章 吟到中华以外天——新加坡华文旧体诗作者的时代背景与身份背景

  风俗则中华流寓既多，颇重风雅，喜逢迎，善褒奖。童子见客，揖让为礼。人情古厚，甲于海南群岛。守家礼，重文教。婚则六礼俱备，无不亲迎。新妇入门，合卺毕皆谒家庙。丧不停枢，逾月而葬，亲执拂，必素冠，妇女亦徒跣，虞祭仍凶服，或用墓志，祭典极丰。（薛福成，1986）

  作为中国传统文化主流的儒家思想，伴随着中国移民漂洋过海来到了新加坡。虽然早期移居新加坡的人群中，是以教育程度低下的劳工为主，但是由于这些人成长的背景是中国传统的儒家社会，其行为方式无不受之影响。当然，这也使这些侨民得以顽强生存，"移民们取用传统价值观，并加以改造和整合，从而形成移民认同感的核心，以便在艰苦时刻赋予自己信心、希望和力量"（陈国贲，张齐娥，王业龙，1996：3）。这样的文化风貌，出现了"故志南洋者，辄谓西人随握其政权，而华人实擅其利柄。其中不乏开敏通达、豪杰有志之士。徒以悬隔海外，不睹中国礼乐衣冠之盛者，凡数百年，钟爱之忱，未由自达"（王彦威，1963：14）的景象。但是值得一提的是，这些华人所尊崇的文化虽然来自中国，但已经被"在地化"，成为构成新加坡多元宗教文化组成的一部分。在增强华族的凝聚力和向心力方面，起着非常重要的作用。

  第四，关于新加坡的形象。根据形象学的理论，异国形象是社会集体想象物的一种特殊表现形态，它所传达的他者国家的话语，或是体现着对异国的社会集体想象，或是针对着这种想象，总之要受到它的制约。在出使新加坡的清政府官员眼里，"新加坡形象"作为一种知识与想象体系，真正的意义不是认识或再现新加坡的现实，而是构筑一种自身文化优势的必要。

  例如，张德彝在《航海述奇》中记录的新加坡显现这样的情景：

  （同治五年二月）十八日，戊申，晴。辰正抵新加坡，地系暹罗国界也，现属于英。启迪华人贸易者，以六七万计。天气酷热，地多山岗，又有洋人建造楼房。本地屋宇极陋，土人面极黑，深目而高鼻，妆饰服色不一，有剃秃者、缠头者。男子以蓝白红黄四色涂面，有自额前画至准头一线者，有涂在眉间者，人之贵贱即以此分。耳坠双环，女子七孔。饰以白点，手十指戴环，足大指戴一金环。男女皆赤身跣足，腰围红白洋布一幅，一头搭于肩

上。珍禽异兽，为中土所罕有。（钟书河，1985：463）

在形容新加坡的自然风光时，张德彝在《四述奇》中记录如下：

水平如镜，左右见山，或远或近，参差掩映，突兀峥嵘，洵天然之图画也。

再如李圭《环游地球新录》中记录的新加坡当地人：

土人色黑，喜食槟榔，故齿牙甚红。以花布缠首，衫而不裤。女亦黑，挽髻，额贴花钿，以铜环穿右鼻孔，两耳轮各穿五六孔，满嵌铜花，富者或用金银，手腕足胫戴银钏，腰裹短幅，亦衫而不裤，赤足奔走若男子，沿途嬉笑。闻此等人服役甚勤谨，西人眷属喜雇用之。（钟书河，1986：348-349）

此类介绍，一定意义上是近代中国人走出国门对外交流轨迹的起点。尽管描述的场景和文化是客观的，但是记述依然是有选择性的，透着中国文化居高临下的审视，这样对于"他者"的评价，是这些记录着自身的文化身份和民族身份共同作用的结果。不自觉地，也就体现出中国文化的自我欣赏。

20世纪伊始，中国再次涌起向新加坡移民的浪潮，这股浪潮一直持续到第二次世界大战结束才略有衰减。而导致这股浪潮的主要原因就是国内政局动荡，因此不仅有持续不息的贩卖至南洋做苦力的"契约移民"、被迫出走异域的革命志士、文艺工作者，甚至出国谋生以改变生活境况的普通劳动者也成了移民的主流。这些移民有的只是将新加坡作为临时落脚的土地而成为这片土地上的"过客"，终是要"落叶归根"，诸如本书所涉及的许南英、丘逢甲、康有为等人。还有一些人旅居异域，加入新加坡国籍而"落地生根"，身份从华侨变成华人，如本书所论述的邱菽园和潘受。

第二节　新加坡华文旧体诗作者分类

旧体诗写作，需要遵循严格的规范及特定的知识背景作支撑。旧体诗在海外是否得以延续，必然取决于旧体诗创作者的存在。纵观新加坡华文旧体诗的创作群体，分属不同的文化阵营，而且在不同时期创作对象和创作观念都有很大的不同，这些诗人共同构成了新加坡华文旧体诗的创作基础。

东南亚华文文学的研究领域中，关于新加坡华文旧体诗论述极少。事

第二章　吟到中华以外天——新加坡华文旧体诗作者的时代背景与身份背景

实上，新加坡有大量华文旧体诗的文本，对于这些旧体诗的作者，主要由新加坡的"过客"、新加坡的"流寓"者和土生土长的新加坡人三类人构成。他们的写作特点体现在：一是新加坡地域文化风貌的体现，二是语言的杂糅，三是受中国文化的影响。这一类诗作的研究具有比较文学和文化交流的意义，同时也是新加坡本土文学的重要组成。

本书按照属地原则，将所有创作于新加坡本地的旧体诗称为"新加坡华文旧体诗"（李庆年，1998：1）。近代中国与新加坡交流的日益紧密，中华文化也逐渐传输到新加坡。清末有官员派驻新加坡，有普通大众远徙南洋。当在地华人数量逐渐增多，也就形成了华人社群，有了自己的文化圈，这些南来的文人"吟诗结社"，其中经济实力雄厚的华人为了满足当地华人了解国内舆情的需要，为了巩固在地的汉文化圈，纷纷开办华文报纸。在新加坡创办最早的华文报纸是传教士创办的《东西洋每月统计传》（此报自道光十三年起至十七年止，共计四卷，最初发刊于广州，后由郭实腊主持，迁至新加坡。并于 1997 年 6 月由中华书局出版），之后《叻报》《天南新报》《日新报》等纷纷登上历史舞台，文人依次为阵地发表诗词、散文、小说、粤讴等作品，这些文学作品就构成了新加坡旧文学。其中，旧体诗主要见于中国明清史料中的游记、各类诗集、新加坡本土的碑文及一些新加坡当地的报纸上。据此，关于新加坡华文旧体诗的作者，按照在新加坡创作经历基本分为以下三大类。

第一类，新加坡的"过客"。

关于这一类创作主体的特征，一是身份背景都是中国本土公民，并没有新加坡的国籍归属；二是由于各种原因短期驻扎或者途径新加坡；三是时代背景大都是明清。例如，明朝时期，《星槎胜览》中关于其时新加坡就有题为《龙牙门》的诗作："山峻龙牙状，中通水激湍。居人为掳易，番舶往来难。入夏常多雨，经秋且不寒。从容陪使节，到此得游观。"其中的"龙牙门"正是今天的新加坡。

而到了清朝，中国和新加坡往来出现两件值得注意的事情。第一件事是清政府开始在新加坡设置领事。"（光绪）四年，置新加坡临时，后改总领事。"（赵尔巽等，1977：3449）其中，第一位领事左秉隆（1850—1924），曾在 1881—1891 年和 1907—1910 年，两次共计约 20 年在新加坡担任领事，左秉隆在新加坡担任领事期间留存大量诗作。例如，他的诗著《勤勉堂诗钞》卷四中，有一首"游廖埠"的七言律诗：

朝辞廖屿上轮舟，一片帆开逐顺流。

绿树青山逢处处，和风丽日送悠悠。

谩歌雅调惊云鹤，乱拨鹍弦狎海鸥。

乘兴不知行远近，又看渔火照星洲。

这首诗作展现出的赤道地区的海上风光及昔日新加坡海岸线的夜景。再如，1891年至1894年，黄遵宪时任新加坡任总领事期间，创作了大量反映当地环境和侨民生活情况的诗作。例如，黄遵宪的《人境庐诗草》卷七中收录有"新加坡杂诗十二首"，其中第一首就道出了新加坡位置之所在，犹如中原地区的九边重镇：

天到珠崖尽，波涛势欲奔。

地犹中国海，人唤九边门。

南北天难限，东西帝并尊。

万山排戟险，嗟尔故雄藩。

第二件事情，是晚清时期，出于外交和考察的双重意义，政府派出大批官员出使西方，在这批官员被派出出使的同时，总理衙门要求这些出国游历者撰写日记。而这些清廷官员无论是暂驻新加坡，还是仅仅以公使的身份出使西方，走海路经过新加坡时，都有诗作留存。今天我们大致可以在以下文献中寻觅到关于新加坡华文旧体诗的踪迹：王韬的《弢园文录外编》、陈乃玉的《葛喇吧赋》、潘飞声的《说剑堂集·老剑文稿》、尤侗的《外国竹枝词》、斌椿的《海国胜游草》、曾纪泽的《归朴斋诗集》、袁志祖的《海外吟》、徐英南的《窥园留草》、丘逢甲的《岭云海日楼诗钞》、康有为的《明夷阁诗集》《大庇阁诗集》、何藻翔的《邦崖诗集》、陈宝琛的《沧趣楼诗集》、梁启超的《饮冰室诗集》、杨云史的《江山万里楼诗词钞》、林豪的《南游诗》、蒋玉棱的《蕃女怨词》、郁达夫的《郁达夫全集》等。

再如尤侗的《外国竹枝词》中对新加坡的描述如下：

龙牙犀牛可耕田，相对龙门恰乘船。

更有龙涎向万里，苏门街上换酒钱。（饶宗颐，1994：281）

再如袁祖志的《海外吟》也有对新加坡风土的描述：

第二章　吟到中华以外天——新加坡华文旧体诗作者的时代背景与身份背景

新嘉坡原名石叻，为柔佛人所居。英人利其地，踞而有之。其中流寓华人极移，闽居其七，粤居其三，皆能温饱，诚乐土也。

郁郁葱葱气实佳，天留海外好生涯；多他开辟蚕丛力，补斡功堪媲女娲。

不必移民民自至，不须移粟粟常盈；四时雨露无霜雪，草木欣欣总向荣。

家家营得好菟裘，高驾骅骝任意游；银烛两行宾四座，居然南面小诸侯。

不堪前泚溯荒芜，六十年来景象殊；实为吾民开乐国，漫矜他族展舆图。

这些出访异域途径新加坡的清政府官员笔下的新加坡表现出两个特点，第一，作为"天朝上国"对南蛮之地的居高临下；第二，他们诗文中的新加坡大都记载的是新加坡的风景和社会风貌。对于深层的社会结构和政治生活涉及甚少。关于此，我们将在第三章进行详尽的论述。

第二类，新加坡的"流寓"者。

关于这一类创作主体的特征，一是都出生于中国本土又长年侨居海外的中国近代知识分子；二是早年接受了正统儒家传统教育，有深厚的中国古体文化的根基；三是经历社会沉浮又坚持儒家忧国忧民、心系天下的情怀，使他们身处异地文化之中对中国文化更为执著的坚持。对于这类诗人，最杰出的代表分别是"南洋才子"邱菽园和"国宝诗人"潘受。

邱菽园（1874—1941），出生于中国福建，8岁时第一次到新加坡，15岁时随父母返乡应童子岁考，走科举之路。清光绪二十二年（1896年），丘菽园23岁时，由于父亲病重再赴新加坡。同年，父亲去世，邱菽园扶父亲灵柩回海澄新安安葬。第二年返回新加坡。一直到1920年10月，丘菽园47岁时曾赴厦门一次，再返新加坡，此后便不复归国。有意思的是，邱菽园虽然前后在中国居住、暂留不过16个年头，却以旅居海外的中国子民自居，并自称"星洲寓公"，意思是自己只是流寓新加坡而已。他的主要诗作有《丘菽园居士诗集》《啸虹生诗钞》及《庚寅偶存》，其中，《丘菽园居士诗集》收录1045首诗作，《啸虹生诗钞》及《庚寅偶存》收录340余首诗作，合计约为1400余首。此外还有大量散见于各类报章的不计在内，其诗无论从数量还是质量上,在新加坡确属是独一无二的了。

潘受(1911—1999)祖籍中国福建南安。19岁从福建南渡,经香港流寓星洲。潘受一生写了千多首诗,而他自己选辑在《潘受诗集》内的,时间从1937年起编年至1997年止,60年间共录诗、词、联语1318首。而潘受之所以进行旧体诗的创作在《潘受诗集》的(后记)中有这样的解释:

> 本人写诗,开始写的是白话诗。白话诗产生于1919年"五四"新文化运动,胡适发表他的《尝试集》,那时,本人才八九岁。不久,中国很多青少年跟风写起白话诗。又不久,古典诗词渐渐不见于报刊上了。本人写白话诗也已是十三四岁了。再过三数年,本人终于发觉音乐性是一首好诗不可或缺的要素。所以诗叫诗歌,做诗叫吟诗。于是转而注意起古典诗词。这一转,越转越深入,竟像是被什么东西迷住了,缠住了,想转回头也已是转不出来了。

这一类作者的作品,保持着浓厚的中国古体韵味,又镶嵌了新加坡本土历史的沧海桑田和社会的点滴变迁,既有南洋的文化审美与社会风情,又包含着这些海外"寓客"对中国的念念不忘和点点情思,对中华传统文化在域外的传播起到推波助澜的作用。

第三类,新生代的新加坡诗人。

尽管新加坡是一个现代化程度非常高的国家,但是仍有很多诗人出于对中华文化的敬佩或者自身的喜好,坚持旧体诗的写作。当代诗人杨启麟有一首《泪眼》,诗云:"英语连声震四围,西风席卷乱纷飞。满腔悲愤盈眶泪,见说华文已式微。"正像旧体诗的处境虽然伴随着西方价值观的强化在新加坡华文文学中不断地被边缘化,但是从来不曾销声匿迹。当代旧体诗中,有学术团体如新声诗社与新风诗词学会,有一些大的论坛诸如南洋随笔网还有固定的旧体诗专栏,甚至一些新加坡诗人还开办自己的博客进行旧体诗的宣传。值得注意的是,2010年8月27日的新加坡《联合早报》"文艺城"整版刊登了"国大中文系学生旧体诗选",内容丰富,颇具本地色彩。例如,其中钟旨平的《龙牙一点沙》:

> 龙牙一点沙,万象竞浮华。酒白迷金纸,霓红代绿葩。
> 顺风擒巨蟹,逆水攫肥虾。谁见落潮处,纷纷滚地爬。

这首诗中,如前所述,龙牙是新加坡的旧称,所谓"一点沙",就是新加坡著名的旅游胜地圣淘沙。旧体诗成为反映当代新加坡社会的一面镜子。

当代新加坡华文旧体诗的作者处于东西方文化的交汇处，面对民族文化与文化全球化的冲突、传统文化和社会现代化进程的矛盾，既要坚持古典文学的写作，又要面对新加坡多元社会的文化的冲击，一方面，成为"边缘中的边缘"；另一方面，在地性增强，体现出和中国文学明显的差异性，成为中国现当代文学的他者。

第三节　新加坡华文旧体诗的传播途径

新文学传统的确立，旧体诗逐渐被淡出主流创作话语。而新加坡相对于风起云涌的世界文学地图，其弱势地位不言自明。如此一来，这样一个文学边缘地区的边缘文体，无论审美价值抑或是精神传统都被人们所忽视。更为严重的是，遍布于新加坡和国内各类史料中的旧体诗文本实际上没有得到应有的重视。实际上，从明代至今，新加坡本土创作的旧体诗被大量地付梓于华文报端，同样也有值得尊重的诗集流传于世，更一直有诗社活跃在新加坡本土。而现代化的传播方式又给当代华文旧体诗的发展提供舞台。新加坡华文旧体诗的存在状态是超乎我们想象的。

一、报纸及其副刊

世界上第一个以华人为对象的中文近代报刊是米怜创刊于 1815 年 8 月 5 日的《察世俗每月统记传》（*Chinese Monthly Magazine*），它也是马来西亚的第一份华文报刊。其内容主要是宗教，次为新闻、新知识。该刊每期 5—7 页，约 2000 字，初印 500 册，后增至 1000 册，免费在南洋华侨中散发，于 1821 年停刊，共出 80 多期。《察世俗每月统记传》开辟华文报刊传播的先河，此后华文报刊逐渐发展，为东南亚华人传播中国文化创造了一个良好的环境，使得中国传统文化得以在多元文化并存的东南亚各国得以生存。

新加坡华文旧体诗最重要的传播渠道就是报纸。李庆年所说的"马华旧体诗的研究资料几乎全都出自新、马报纸"（李庆年，1998：7）是一点也不为过的。就今天可以查阅到的史料来看，真正有能力出品诗集的依旧是少数，正如邱菽园说"《槟榔屿志略·艺文志》著录凡十数种，据称皆流寓诸子笔墨。余尝欲致之一室，皆有采录，以广其传。使人入市求之不得，始知皆未刊行本也"（邱菽园，1899：3）。大批的旧体诗作者及其作品依然散见于各类华文报纸。

新加坡的第一份华人报纸是华人薛有礼创办的《叻报》。《叻报》的出版地新加坡是当时的远东贸易中心和物流重镇，并且《叻报》的出版为新加坡和国内及东南亚的文化沟通起到了非常重要的作用。从1881年创刊到1932年停刊，一共维持达51年之久，是新加坡影响最为广泛的报纸，见图2.1和图2.2。

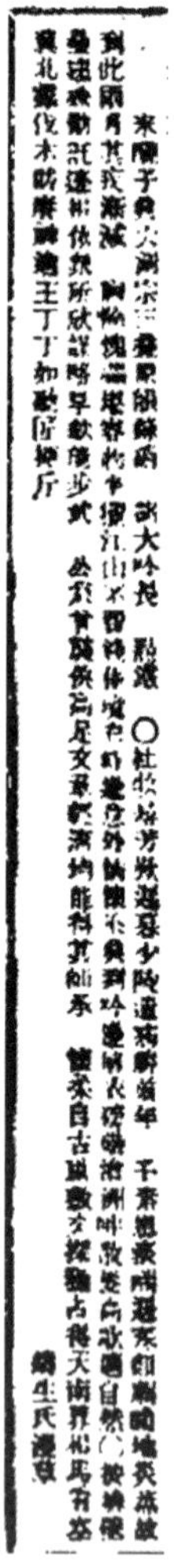

图2.1　刊载于1889年11月13日《叻报》第五版卫铸生的诗作

第二章　吟到中华以外天——新加坡华文旧体诗作者的时代背景与身份背景

图 2.2　《叻报》刊头

之后《新国民日报》《天南新报》《星洲日报》等华文报纸纷纷创办，值得一提的是这些报纸的副刊，大都开辟出文艺专栏，刊登旧体诗、散文、小说等，这些文学作品的发表不仅成为海外华文文学的发端，更为华文旧体诗的创作和发表提供了广阔天地。据统计，在新加坡《叻报》《新国民日报》《天南新报》《总汇新报》《槟城新报》《益群日报》《南洋商报》《光华日报》《星洲日报》等报纸的副刊上都有旧体诗的刊登。而由于时代条件，包括读者和发行量的限制，早期的新加坡华文旧体诗鲜以诗集形式出现。绝大多数的作品都是依附于报章副刊存在。正如邱菽园在《五百石洞天挥麈》中所言："《槟榔屿志略·艺文志》著录凡十数种，据称皆流寓诸子笔墨。余尝欲致之一室，冀有采录，以广其传。使人入市求之不得，始知皆未刊行本也。"（邱菽园，1899：3）报纸副刊就成为新加坡华文旧体诗早期传播的主要渠道。这些华文报刊对旧体诗的刊登从开始偶有作品的刊登，到后来旧体诗质量和数量的提升，在《叻报》《新国民日报》甚至有"诗联摘录""诗章照录"等专栏。这一传统延续至今，甚至如上文所叙，2010 年 8 月 27 日在新加坡《联合早报》的"文艺城"整版刊登了"国大中文系学生旧体诗选"。所刊载的全部是新加坡国立中文大学学生的旧体诗诗作。

二、诗集印制

本书对新加坡华文旧体诗作者所进行的分类中，第一类作者，新加坡的"过客"由于本人没有在新加坡常驻，这一类作者的诗作大都散见于其印制的诗集之中。我们力图从明清过南洋的官员或使节回国后印制的诗集中对这一类诗人进行筛选和鉴别。这一类诗人甄别的重要标准就是确实往来过新加坡。笔者将此类诗集总结如表 2.1 所示。

表 2.1　作品中涉及新加坡的"过客"诗集

作者	书名
费信	《星槎胜览》
王韬	《弢园文录外编》（漫游随录）
陈乃玉	《葛喇吧赋》
潘飞声	《说剑堂集·老剑文稿》
王芝	《海客日谈》
尤侗	《外国竹枝词》
斌椿	《海国胜游草》
曾纪泽	《归朴斋诗集》
左秉隆	《勤勉堂诗钞》
袁志祖	《海外吟》
黄遵宪	《人境庐诗草》
徐英南	《窥园留草》
丘逢甲	《岭云海日楼诗钞》
康有为	《明夷阁诗集》《大庇阁诗集》
何藻翔	《邦崖诗集》
陈宝琛	《沧趣楼诗集》
梁启超	《饮冰室诗集》
杨云史	《江山万里楼诗词钞》
林豪	《南游诗》
郑观应	《郑观应集》
蒋玉棱	《蕃女怨词》
郁达夫	《郁达夫全集》

图 2.3　邱菽园的诗集

第二类诗人即新加坡的"流寓"者。这类诗人的旧体诗创作都有专门的诗集，资料的收集难度稍低，只是由于读者面的限制，这类诗集印数相对较少，大都在新加坡本土销售。诸如此类代表性诗人邱菽园的《丘菽园居士诗集》《啸虹生诗钞》及《庚寅偶存》（图 2.3），潘受的《潘受诗集》和《海外庐诗》。

第三类诗人，当代新加坡的华文旧体诗，如前所述，实际上已经沦为边缘国家的边缘文体。旧体诗的创作从作者、读者到出版都受到极大的限制。而当代旧体诗作者的创作出于对中国传统文化的喜爱，是真性情的创作。自费印制部分诗集，馈赠或出售，都成为我们审视中国文学海外传播的重要窗口。例如，当代新加坡著名旧体诗社团新加坡新声诗社的《新加坡新声诗社诗词选集》《新加坡新声诗社百期社课选辑》等。

三、社团传播

如本章第一节所言，明清时期，由于下南洋人数剧增，这些早起移民在海外聚族而居。保持着华人的文字习惯、文化传统而形成相对独立的华人社区。这种相对独立性使得他们在与当地人群进行社会交往时，避免被同化。而保持这种相对独立性的手段就是华文报刊、华文教育和华文社团。尤其是社团，更成为维系华人民族意识和特质的重要纽带。

根据《新马华人教育发展小史》的记载："1786 年以前，英人莱特（Light）初到马来西亚的槟城，就发现有华人老师张理之的坟墓。英传教士汤姆逊（Tomson）也说，新加坡在 1829 年已有私塾三所。但是有文献可考的，当首推陈金声父子所办的萃英义学，又称萃英书院。它创立于 1854 年，直到 1957 年才停止。"（方起驹，杨耀宗，金永礼，1984：331）华人初到新加坡时所建立的书院，大都设置在大伯公庙内，所用的教材几乎就是中国旧时教育的课本，诸如《三字经》《中庸》《论语》《孟子》《大学》等，对学生的教育自然就是文言文教育，而这一过程几乎是和国内同步的。当戊戌政变中国废私塾开设新式学校后，新加坡才开始出现新式教育。

例如，官办性质的有 19 世纪 1881 年左秉隆创办的会贤社、由黄遵宪改建的图南社都会按期拟定诗文课题，招徕新加坡文人应答，对于优胜者还有奖金鼓励。在华文报业发展后，还将每期的优秀诗文登载于报刊。再如私人成立社团，如邱菽园于 1896 年创立的丽泽社，从创办之处就是一个纯文学团体，"不过诗联，诗唱等题"，再由创办人邱菽园亲自点评，给予物质奖励。

四、网络传播

伴随全球化浪潮与多元价值观的后现代文化语境，借助于高速发展的网络信息科技，20世纪90年代开始，新加坡华文旧体诗传播的途径扩展到网络。这种依靠网络发布并实现广泛传播和有效互动的方式，已然成为当代新加坡华文旧体诗传播的重要途径。例如，最著名的"随笔南洋网"，不仅有专门研究旧体诗的"诗辞雅座"的专栏，更会不定期地组织讲座、征文等活动，参与者有职业文人更有许多旧体诗的爱好者，使得这种传播方式在具有自由性的同时，也实现了旧体诗的大众化、平民化。除此之外，还有许多新加坡当代旧体诗作者开办自己的旧体诗博客。

纵观新加坡华文旧体诗的传播方式，构成了报刊、诗集、社团及网络四方良性互动的空间格局，出现了诗歌资源的整合趋势。使得旧体诗的土壤和氛围得到改善及最大范围的延续。

关于本书涉及的新加坡华文旧体诗的评价标准，有如下判断。首先，从反映的社会内容方面，时代性是一个十分重要的评判标准，旧体诗作者本身的思想深度也决定旧体诗的创作高下。其次，就创作技巧而言，除了传统的工整、用典之外，音韵、平仄也是一个最基本的判断标准。再次，就旧体诗的参照而言，必须是以中国历史上旧体诗的最高成就为依据，也就是通常所谓的唐诗宋词元曲。也就是考察创作技巧是否正确沿袭，格律是否公正，内容方面是否突破。最后，本书在对当代新加坡华文旧体诗进行评判时，是以正式出版的诗集及在各类出版物上发表的作品为蓝本。因为这些得以面世的作品，至少是经过各类刊物的筛选，不至于沦为泛泛之作，应该是具有代表性的作品。

第三章　诗在南洋

——新加坡"过客"的旧体诗

　　橘生淮南则为橘，生于淮北则为枳，叶徒相似，其实味不同。所以然者何？水土异也。

——《晏子春秋·杂下之十》

　　一个国家的人，途经另一个异质文化国家时，会产生什么样的心态，如何看待新的环境，如何处理所谓的文化堕距，这些问题不仅仅是心理学、社会学所感兴趣的问题，更是每一个旧体诗作者所要留心和面对的。

　　自明清开始的，始于17世纪盛于20世纪上半叶南洋移民大潮中，大量华人从中国南来，其中不仅有苦力、劳工，更有为数不少的知识分子及官员。但是许多研究者论及中国南来作者的作品时，重点在于小说和散文，对于中国"旧"文学的重要组成——华文旧体诗却只有简单论述，缺乏系统和全面的整理和研究。

　　本章所界定的作为"过客"的旧体诗作者，是指那些在中国出生，具有中国本土公民身份背景而没有新加坡的国籍归属，并且由于各种原因短期驻扎或者途经新加坡的文学作者。例如，曾在新加坡任职的左秉隆、黄遵宪；出访南洋的文人诸如潘飞声、许南英、丘逢甲；出使海外的晚清政客如何藻翔、王芝、斌春；流亡至此的革命者如康有为、郁达夫。

　　需要说明的是，这一类作者主要的创作年限是在明清，其中又以清朝为要。而他们之所以没有留在新加坡，有政治上的原因的、心理上的"不屑"等各种各样的情况。本章选取有代表性的个案予以探讨。

第一节　中华风景记桃符：出使海外的晚清官员

19世纪60年代至20世纪初,清政府曾经组织三次大规模集体出洋,第一次是1866年的赫德使团与1868年的蒲安臣使团,这是完全由外国人率领的外交使团。第二次是19世纪70年代到90年代的海外游历使团,特点是成员均由清政府通过考试选拔。第三次是清末"五大臣出洋"事件,1905年(光绪三十一年)7月,清政府接受资产阶级改良派"立宪"的口号,高悬"预备立宪"的招牌,特派镇国公载泽、户部侍郎戴鸿慈、兵部侍郎徐世昌、湖南巡抚端方、商部右丞绍英等五大臣分赴东西洋各国考察政治。其中户部侍郎戴鸿慈、湖南巡抚端方于1905年12月前往美国、德国和奥地利,并于1906年7月返回。这三次出洋高潮的官员,有部分人在途经新加坡时,留下旧体诗篇。主要是以记录风景和社会风貌为主。

一、第一次出洋高潮期间创作于新加坡的旧体诗

第一次出洋的赫德访团的主要任务就是开眼界性质的观光旅行。1866年(同治五年),时任清政府海关总税务英国人赫德要请假回国,总理衙门便派遣总理衙门副总办章竟,前山西襄陵县知县斌椿与其子广英及同文馆学生凤仪、德明、彦慧三人,随行赴欧洲观光游历。他们于同年3月7日离京,随后在天津登船至上海,再到香港,从这里穿过马六甲,经印度洋,过红海,在埃及登陆后,改乘前往地中海的船只于同年5月2日抵达法国马赛。在英国、法国、荷兰、德国、丹麦、瑞典、芬兰、俄国、比利时九国游历了八个半月后归国,这是晚清中国官员走出国门、游历海外的第一次尝试。他们所写的游记,如斌椿的《乘槎笔记》、张德彝的《航海述奇》等,成为记录晚清官员对域外最初见闻的宝贵文字。其中斌椿途经新加坡时有《至新嘉坡》等旧体诗留作。

而清末真正具有外交意义的是1868年的蒲安臣使团。作为清政府向海外派遣的第一个外交使团,居然由美国人蒲安臣而不是任意一个中国人率领。这当然与晚清政府的外交无能相关。清政府还授予这位洋大人"办理中外交涉事务大臣"的头衔。同时为了平衡列强关系,使团还包括英国人

第三章　诗在南洋——新加坡"过客"的旧体诗

柏卓安和德善，为了维护面子，成员有清政府总理衙门的章京志刚和孙家谷。该团从1868年2月出发到1870年10月回国，历时两年八个月，访问了欧美11个国家。悲哀的是，这个使团基本上被蒲安臣控制，随行的中国使臣成了装点门面的饰品，这为中国首次外交出访抹上耻辱的一笔。就此，李鸿章就指出"此次乃权宜试办，以开风气之先，将来使回，如查看有效，另筹久远章程，自不宜常令外国人充当"（李鸿章，1979：55）。但这毕竟是国际外交的第一步。使团里的中国官员也通过出访大开眼界，接触了新事物、新思想，这在他们的笔记，如志刚的《初使泰西记》、孙家谷的《使西述略》中一览无余。

此次出洋中留有旧体诗作最有代表性的是自称为"中土东来第一人"的斌椿。斌椿（1804—1871），字友松，内务府正白旗人。幼年接受儒家教育经科举入仕，擅长诗文，中年在外为官，游遍中国。同治三年（1864年）应赫德延请，负责处理文案。同治五年（1866年）正月二十一日，61岁的斌椿率诸人出访欧洲，按照总理衙门的要求，把所见所闻以日记和诗文的形式记录下来，分别撰成《乘槎笔记》一卷和《海国胜游草》《天外归帆草》诗稿两卷。之所以选择斌椿作为出访大臣，是由于斌椿是旗人，受过中国传统儒家教育，并且游历广泛。

斌椿在《乘槎笔记》中声明，要"所经各国山川险塞，与夫建国疆域，治乱兴衰，详加采访，逐日登记"。并且在记录的详细程度上："至宫室街衢之壮丽，士卒之整肃，器用之机巧，风俗之异同，亦据实直书，无敢傅会。"（斌椿，1985a：198-199）然而当斌椿途经南洋时，写下并收录入《海国胜游草》的诗篇对新加坡的记述显然有不够客观之处。正如苏联巴赫金所说，"话语永远都充满着意识形态或生活的内容和意义"（巴赫金，1998：416）。斌椿以一种特殊的话语方式来介绍南洋，通过这种话语方式，使南洋文化的客观性及其意义，无形中被消解了。

例如，《至新嘉坡（小儿刳木为舟，见商舶掷银钱海中，则没水取出）》"瓜皮艇子小于舟，荡桨儿童水上浮，自古南蛮称鴃舌，果然犁作语喁啾"。再如，"一群嬉笑跃深渊，碎影冲开水底天，趋利从来真若鹜，不辞辛苦觅金钱"。（斌椿，1985b：198-199）有反映初到新加坡时作者心情的，"又七律：甫从北极理征鞍，巨帆飞来赤道南；断发文身增阅历，雕题聂耳纵

55

奇探。香闻蓍葡心真静，酒熟蒲萄兴倍酣；九万程途详记载，席前灯下放雄谈"（斌椿，1985a：198-199）。还有反映中华文化影响的，如"新加坡多闽粤人，市尘门贴桃符，书汉字中原景。余历十五国回至此，喜而有作。片帆天际认归途，入峡旋收十幅蒲。异域也如回故里，中华风景记桃符"（斌椿，1985a：198-199）。还有反映新加坡风貌的，如"新加坡（本名息力，与麻六甲旧皆番部，属暹罗）洋艘过此皆停泊，上薪水糇粮，乃东西洋必由之埔头，英人立炮台守之，地产五色禽鸟及大小猿猴，山多虎。楼阁参差映夕阳，百年几度阅兴亡（始为葡、荷两国所据，今为英有）；龙涎虎迹愁行旅（西有岛，龙遗涎其上，可采其香），何待闻猿始断肠。一声清磬出茅庵，细草长松绕翠岚；凤鸟自歌鸾自舞，始知身到大荒山"（斌椿，1985a：198-199）。再如，"再登洋楼：重登高阁距山巅，远景全收画槛前；沧海大环围碧玉，中原一发系青天。东迎旸谷三竿日，北望齐州九点烟；遥指长安今已近，五云深处泊归船"（斌椿，1985a：199）。

再如，何藻翔《邹崖诗集》中的一首新加坡华文旧体诗《星坡船上见赴荷兰华工恻然口占》也是如此：

　　瓦盆草席苎衣单，腌菜干鱼饭一箪；莫慕《黑奴吁天录》，牧猪儿有甲必丹。（某京卿微时鬻身猪奴擢甲必丹）

　　使节初闻到荷兰（新派荷使陆征祥），百年喜见汉衣冠；输边百万咄嗟办，海外于今觅食难。

这首诗是何藻翔丙午年六月（1906年）途经新加坡时的作品，其中《黑奴吁天录》，改编自美国女作家斯托夫人的《汤姆叔叔的小屋》，原著描写的是黑奴汤姆多次被白种主人转卖的悲惨遭遇。何藻翔将南洋外出打工的华人比喻成黑奴、甲必丹，对他们充满同情。"瓦盆草席苎衣单，腌菜干鱼饭一箪"从另一个角度反映了早期南洋华人的苦难生活际遇。但是，"百年喜见汉衣冠"，又有着中华文化居高临下的审视。第一次出访海外的官员，无论是斌椿还是何藻翔都很享受这种优越感。

这类型的诗作一方面客观地记叙了当时新加坡的社会风貌，为了帮助读者理解，在有的部分还加上了注释。另一方面，按照形象学的理论，异国形象是社会集体想象物的一种特殊表现形态，它所传达的他者国家的话语，或是体现着对异国的社会集体想象，或是针对着这种想象，总之要受到它的制约。在出使新加坡的清政府官员眼里,"新加坡形象"作为一种知识与想象体系,真正的意义不是认识或再现新加坡的现实,而是构筑一种自身文化优势。例如,斌椿诗作中"楼阁参差映夕阳,百年几度阅兴亡;龙涎虎迹愁行旅,何待闻猿始断肠",一定意义上是近代中国人走出国门对外交流轨迹的起点。尽管描述的场景和文化是客观的,但是记述依然是有选择性的。例如,斌椿诗作"片帆天际认归途,入峡旋收十幅蒲。异域也如回故里,中华风景记桃符"中,显现中国文化的居高临下的审视,这样对于"他者"的评价,是这些记录着自身的文化身份和民族身份共同作用的结果。不自觉地,也就体现出中国文化的自我欣赏。

正如美国社会心理学家库利提出的"镜中之我",自我是社会的产物,以镜子的反映来说明人的思想意识和行为规范是在社会实践中形成的。随着当代形象学从对他者文化的阐释转向对自我文化的确认,借助他者形象这面镜子认识自我是形象塑造者的一个重要动机。在形象学中,每种形象都是另一种文化的一面镜子,通过他人对自己的意见和态度,可以反观自身,形成自我的观念。斌椿主要通过出使异域来完成自我形象的塑造。他对作为第一次出使西方的大臣颇为得意,自己作诗如下"愧闻异域咸称说,中土西来第一人"(斌椿,1985:189),甚至"书生何幸遭逢好,竟作东来第一人"。

同时,斌椿的新加坡华文旧体诗中流露出的不是南洋色彩,而是浓郁的中国风。使用中国文化审美视野来叙述新加坡风貌。这是一个文化书写的问题。按形象学的思想,作家笔下的异国形象,不是对异国社会的表现,而是对本国社会的表现。斌椿努力描绘南洋,但是看到的只是中国文化的景观。这种情况虽然是不自觉状态下发生的,但真正起到关键性作用的却是斌椿在国内接受的中国文化。

二、第二次出洋高潮期间创作于新加坡的旧体诗

19世纪70年代到90年代是清政府组织官员海外游历的第二个高峰。19世纪70年代开始,清政府陆续向国外派遣驻外公使和外交官。这批早期外交官群体为中国人走向世界起到重要作用,如郭嵩焘、曾纪泽、薛福成、黄遵宪等人都撰写了许多考察笔记。

1885 年，御史谢祖源上奏光绪皇帝，指出往期的出使人员大多非科举正途出身，因此素质不胜承担出访任务，表现在对域外调查研究的不足。谢祖源建议选拔一批文化修养较高的官员出国游历，借此为国家培养外交和洋务人才。他的奏请得到光绪重视，命总理衙门实施计划。很快由曾纪泽亲自出题、监考、阅卷，在同文馆进行考试，而出访人员的考试不同于传统的科举考试（但是所有参考的人员都是科举出身），主要是边防、史地、外交、洋务方面的策论。通过考试的 12 名官员及其随行、翻译等人分 5 个组于 1887 年被派遣海外游历，他们分赴亚洲、欧洲、南北美洲 20 余个国家经历为期两年的考察，最远到达南美洲的智利和加勒比海古巴。路程之远、途经国家之多前所未有。这次由清政府主动发轫的海外游历是有意识的对外埠世界的探索行为。但是由于社会偏见及政府对出洋之事认识水平的低下，对这方面关注的史料较少。在这期间，来往新加坡的官员和文人对新加坡有文字记载归纳于表 3.1。

表 3.1　19 世纪 70—90 年代往来新加坡的清政府官员记录的相关文献

人物	抵达新加坡时间（年）	文字记录
严宗光	1871	《海军大事记》
王承荣	1875	《游历记》
郭嵩焘	1876	《使西纪程》
刘锡鸿	1876	《英轺日记》
张德彝	1876	《航海述奇》
李圭	1876	《东行日记》
黄楙材	1878	《西輶日记》
曾纪泽	1878	《使西日记》
徐建寅	1879	《欧游杂录》
马建忠	1881	《南行记》
蔡钧	1884	《出洋琐记》
王荣和	1886	《李文忠公全集》
张荫桓	1889	《三洲日记》
潘飞声	1890	《天外追槎录》
薛福成	1890	《出使英法义比四国日记》

所幸的是，这些出访笔记，在 1980—1984 年由钟书河整理后在岳麓书社陆续出版。这套《走向世界丛书》也成为我们今天查阅这段历史的重要史料。

第二次出洋高峰期间，留有一部分清政府官员与新加坡当地官员往来唱和诗词。例如，曾纪泽在新加坡创作的两首诗作都是赠予新加坡首任领事左秉隆的。左秉隆两次担任新加坡领事都是曾纪泽大力推举，二人私交甚好（左秉隆上任前，曾纪泽就有送行诗《送左子兴之官新嘉坡领事》一首）。此外，曾纪泽于1878年（光绪四年）到1886年，奉旨赴英、法、俄任清政府驻三国公使。1878年11月13日途中经新加坡，留下《次韵答左子兴二首》：

暮堂蝙蝠室伊威，庐舍就荒今始归。云近东瀛增瑞彩，山环中夏渐清晖。浮槎下碇劳迎候，故节无旄愧指挥，相庆沧溟鲸浪息，敷天尧德颂巍巍。

蔗竿如柱藕如船，此味不尝经八年，蔬果饱餐除腐滞，笑谈豪纵脱拘缠。鸟方出谷已迁木，龙未跃渊犹在田，事业无穷贤者勉，期君处处着先鞭子。

诗歌赠答作为中国古代文人特殊的沟通方式，其所要表达的是彼此间身份的了解与认同，曾纪泽的诗中一方面表现了朋友间的诚挚友谊而"浮槎下碇劳迎候"，另一方面，对左秉隆在新加坡的工作叮咛嘱咐，"事业无穷贤者勉，期君处处着先鞭子"。这种以"诗"取代面对面口头对应的精致化沟通行为，应和了二人因实际时空距离而起的离情别绪。所谓"浮槎下碇劳迎候，故节无旄愧指挥"，营造了身在异域的两个中国官员在沟通彼此思想情绪与心理立场的文学场域。

三、第三次出洋高潮期间创作于新加坡的旧体诗

19世纪末到20世纪初，伴随新政改革的需要，晚清官员出国游历逐渐成风。就此形成第三次出洋高峰，其趋势有二，一是出访的主体是王公大臣，二是出访的目的不再是猎奇参观而是有了更多政治上的考量。1905—1906年的五大臣出洋，虽然是为了挽救危局，不得已接受资产阶级改良派"立宪"口号而为之，但也标志晚清官员在走向世界的历程上迈出了一大步。清政府于1905年（光绪三十一年）7月特派镇国公载泽、户部侍郎戴鸿慈、兵部侍郎徐世昌、湖南巡抚端方、商部右丞绍英等五大臣分两组赴东西洋各国考察政治。这五大臣按照要求"必须择其心地纯正见识开通者，方足以分任其事"（故宫博物院明清档案部，1979：3）。其中，戴鸿慈、端方一行于1905年12月7日离开北京，先到日本参观。于1906年1月23日抵

美后取道英国、法国后抵达德国,继而考察奥地利、俄国、意大利、丹麦、瑞典、挪威、荷兰、瑞士。最后于7月21日回到上海。而1906年返程时经历新加坡。这在戴鸿慈《出使九国日记》中有所涉及:

> (五月)二十日,到槟榔屿,槟榔领事梁廷芳璧如等来见。……余兴午(桥)帅绕行街市,遂至梁家,延见商人胡国廉子春,张僖光舜卿(弼士光仆之弟)、谢春生梦池、林花潜汝舟,及黄学文、伍连德等。……华民寓此者十二万人,大约皆闽、广籍,而闽间较产巨,广较人众。广帮又以潮属为多;富商皆各建第宅,有祠堂衡宇相望。
>
> 本埠华人凡二十八万人,广人居百之五十,闽人居百之四十五,其余则各省人也。……有广益银行,粤人所设,资本五十余万元。有报馆二:曰南洋总汇报,曰叻报,日出八百余纸。有学堂二:曰华英学堂,其来已久,专教英文,曰应新学堂,乃本年广东客籍所设,生徒五十人。商会近又倡办广肇养正学堂,尚未成立也。……当一千八百七十七年英人设华民总政务司,翌年(光绪四年)吾国乃设领事。光绪十九年改为总领事,兼辖槟榔屿,麻六甲各岛。
>
> 二十二日,领事孙士鼎及众商来送行;医生林文庆来见。

(戴鸿慈,1985:264)

这几段文字反映了当时新加坡的人口、文化教育和政治情况。关于文末提到的林文庆,将在第四章专有论述。

晚清出访境外途径新加坡的官员笔下对新加坡这样一个异国形象的认识与其自身文化认同密不可分,异国形象创造是一个借助他者发现自我、认识自我的过程,是对自我文化身份加以确认的过程。形象学研究的形象实际上就是"异国形象"或"异族形象",即一个他者的形象。它是通过与自身的整体文化与他者的文化比较、交流、诠释所形成的"他者形象"。这背后深藏了本土对异族或异国文化的整体看法、态度、观点和立场,而他者的"形象"也映射出某种对本土文化的态度、看法及观点和立场。因此,对于他们笔下新加坡研究的价值,也主要不是体现在审美体验层面,而是体现在不同文化间的相互理解与交流的实践层面。另外,对于形象学的学科研究本身而言，只要我们接受一个总的前提，即"异国形象"这一现象是存在的，那么对它的解释就只能是历史的、社会的，文化的，而不是诗学的，即人们只能从形成形象这一过程的社会、政治、文化因素而非审美因素中去寻找。这是因为，作家生活于一定的社会环境，思想必然受到所属文化的影响和制约，因此当他们在作品中对另一种文化进行审视时，必然会带着"社会集体想象物"的印记。

这些出访官员身上所包容的中国文化的优越感决定了他们看新加坡时"凝视"的目光，换言之，他们是在俯视南洋，不仅带有好奇心态、研究心态，更有居高临下的意味。

第二节　我视新洲成旧洲：任职异域的新加坡总领事

一、中国在新加坡设置领事的社会背景

新加坡的历史分为原始社会与封建社会时期（1819年以前）、英国殖民统治时期（1819—1959年）和新加坡独立建国时期（1959年至今）。公元前2000—前1000年，原始马来人已经开始生活在新加坡、马来半岛一带，这些人在中国史书中被称为"奥朗·罗越"（马来文 OrangLaut 的音译），奥朗指的是"人"，罗越指的是"海"，合称为海人。到了12世纪，新加坡已经发展成为东南亚最大的贸易中心。正如马可·波罗笔下的"很大、很有名的城市，有国王以及自己的语言"（冯承钧，1954：286）。到了13世纪，"单马锡"改称"信可补罗"或"新加坡拉"（Singapura），根据《马来纪年》所述："信可补罗是一个大国，从各方面来的商贾不可胜数。他的口岸，人口极为稠密。"而在14世纪后，遭到重创，《新加坡通俗史》中有如下记载：

> 神话般的古城僧家补罗（Singapura），地处战略要冲，控制着印度洋与中国之间的航路。十四世纪末惨遭浩劫。夷为废墟。于是丛林再度蔓生，断垣残壁没在荆棘丛中。过了四百多年后，这个倒变成了柔佛天孟公辖下一块无足轻重的领地；天孟公依次向柔佛、廖林和林加的苏丹效忠。（许云樵译，1966：23）

1819年，英国东印度公司派莱佛士率领舰队向东南亚进行殖民，在英属南洋中，最早开发的就是槟榔屿（现称槟城，为马来西亚的一个州）和

新加坡两地。英国人先后在1786年和1819年控制和开垦槟城和新加坡。英国商人一面从本国出口商品到新加坡，再依靠华人在东南亚进行销售获利；一面又将东南亚的土特产和工业原材料汇集到新加坡后，出口欧洲。这样的贸易和拓荒需要大量的劳动力，因而从中国移民到此的华人人口日益增多，并随之形成华人社群组织。在英国殖民地政府的授意下，华人社区自成一套以华人领袖和社团领导为首的管理系统，在殖民地政府的监督下运作。在整个19世纪大部分时期，槟城和新加坡分别称为马来半岛的北方和南方华人政治、文化、商业和社会活动中心。到了19世纪末期和20世纪上半叶，新加坡跃居为整个南洋地区的总枢纽，是中国南来移民的登陆地和转运站，因此新加坡华人的人数众多且集中。新加坡成为南洋华人商贸、政治、文化和教育中心，也成为一些中国移民的目的地。

"移民"（emigration）是"人口在一定距离的空间上的迁移，这种迁移具有定居性质"。导致移民现象产生的主要原因是谋求更好的谋生手段和生存空间。庄国土教授指出，大规模移民产生有四个条件：首先，移民的原生活地区生存条件窘迫、生活资料匮缺或者政治变动需要谋求新的生存空间；其次，能够移居的新生存空间的存在允许也能够吸收移民；再次，移民的实现物质条件；最后，移民者个人的主观意愿。可以说，移民本省是社会政治经济各个因素共同作用的结果。表3.2反映的是新加坡华人移民化的趋势。

表3.2　新加坡华人人口增长情况表（1824—1871年）

年份/年	欧洲人/个	华人/个	总人口/个	华人占百分比/%
1824	74	3317	10683	31.0
1825	84	3828	11851	32.3
1826	111	4279	12907	33.1
1827	87	6088	13725	44.4
1828	108	6210	14885	41.7
1830	92	6555	16634	39.4
1832	105	7762	19715	39.4
1840	165	17179	33969	50.6
1860	2385	50043	81734	61.3
1871	1946	54572	97111	56.2

资料来源：The Singapore Chinese protect to race Events and conditions leading to it Establishment 1823-1877.1960. Journal of South Seas Society，vol.16.1-2.

第三章 诗在南洋——新加坡"过客"的旧体诗

由表 3.2 可见，新加坡在继 17 世纪初到 19 世纪中期由移民与贸易互动作用下产生的第一次移民浪潮之后，真正大规模的移民是从 19 世纪中叶持续到 20 世纪初的第二次移民浪潮，1819 年新加坡开埠以后，在英国殖民政府鼓励与支持下，华族人口增长迅速，1819 年时华族人口仍甚稀少，到 1836 年华人在新加坡人口中所占比重已经超过了马来人，成为新加坡人口最多的种族。直至 1860 年增至 5 万，是当时新加坡总人口的 63%。19 世纪 50 年代马来亚锡矿开始发展，以及 1860 年中英《北京条约》的订立，允许华人自由移民英属殖民地，华族移民增长率因而大大提高。到 1901 年时，新加坡华族人口已增至 164 000，占总人口 71.8%（柯木林和吴振强，1972：33）。

华人历史只是新加坡历史的一个组成部分，也是学术研究领域里的一个分工，是一个民族社会形成过程中无可避免的现象。

而这些移居英属马来亚的移民有一个共同特征，是他们多数人年轻力壮并富有进取心，他们南来的目的是尽力工作多赚钱，而后衣锦还乡、安度晚年。这些华人移民都是工农出身的"苦力"，其人数远远超过商人和政客。需要指出的是，在 19 世纪时，华人中的知识分子很少移民，因为他们在国内一般会有较好的际遇，不需要南下移民。

而华人之所以大规模移民新加坡是出于以下几个方面的原因。

首先，一方面中国国内自然灾害严重，尤其是南方广东、福建地区天灾严重，大量华人出国寻求生路。据吴凤斌的《契约华工史》，从 1068 年到 1911 年的 844 年间，福建发生饥馑 800 多次，其中漳州、泉州等 17 县发生了 321 次。"丰年也不足食。乡曲贫民，终岁吃红薯者十室而九。"（吴凤斌，1993：260）广东台山从 1851 年到 1908 年水灾、台风、地震、大旱、瘟疫等一共 36 次。（吴凤斌，1988：21）"土瘠民贫，山多田少，于是男子谋生，各抱四方之志。"（吴凤斌，1993：261）

另一方面，国内社会矛盾突出，民不聊生，尤其鸦片战争后，列强加大对中国的侵略，本国商品大量输入中国，战争赔款、鸦片贸易导致了大量的白银外流，而太平天国运动、捻军起义在抵抗政府的同时，破坏了中国的地方经济。社会底层的农民不得已冒险出海谋求生计。

其次，1819 年莱佛士新加坡开埠之后，为将新加坡发展为英属殖民地的经济中心与重要海港，急需大量劳动力，因此，新加坡政府采取了开放的移民政策，四五十年间，华人大量涌入，莱佛士在致索默谢公爵夫人的信中就说："我的新殖民地迅速走向繁荣，开拓不到四个月这里的居民就已经超过 5000 人，他们主要是华人，而且人口还在日益增长中。"（Sophla Raffles，1875：383）

另外，鸦片战争之后清朝废除明代以后的海禁政策，1860 年的《北京条约》中明确规定："以后凡有华民，情甘出口，或在英国所属各处，或在外洋别地承工，但准与英立约为凭……下英国船只，毫无禁阻。"（全国人大常委员办公厅研究室，1996：94）以上规定使中国对外移民合法化。

而伴随大量华人移民海外，尤其是在东南亚形成较大实力之后，引起了清政府重视。新加坡作为东西方交通枢纽，被清政府称为"南洋第一埠头"（柯木林，2007：12-18）。新加坡是清朝设领交涉的重点，1877 年中国首个领事馆在新加坡落户[领事制度（consular institutions）原本是近代西方外交关系的重要内容，指一国政府在接受国许可下委派于该国某个地区的官员，照会管理派遣国的商业利益和国民利益]，这是清政府取夷之长的结果，更是保护华侨、华商利益的必须。

但是还有一个因素，笔者认为对清政府及晚清的官员和文人坚持在南洋设领事馆也有推动意义。

例如，王韬应香港英华书院院长 James Legge 的邀请，于 1867 年至 1870 年赴欧洲旅行，途径新加坡时，希望清政府在此驻扎，既保护侨民又可以传播中华盛名：

> 新加坡古名"息力"，华人之贸易往来者，不下十余万。多有自明代来此购田园、长子孙者。虽居处已二百余年，而仍服我衣冠，守我正朔，岁时祭祀，仍用汉腊，亦足见我中朝帝德之长涵、皇威之远播矣。闻前时斌京卿椿持节过此，曾有顶帽补服前来谒见者，其念念下忘名器之尊、故土之乐，有可知已。使我朝能以一介之使式临其地，宣扬恩惠，凭藉声灵，俾其心悦诚服，归而向我，乐为我用，岂非于海外树一屏藩哉！（王韬，1959：43）

再如，梁启超作为清末关注华侨华人问题的主要学者。在光绪三十一年于《新民丛报》63 期上发表《中国殖民八大伟人传》。这篇文章起到了大大推动海外华人开辟新土壤的作用，梁启超提出对于这些华人华侨有必要进行保护。当然，这也是因为南洋重要地理位置的战略考虑。"列强殖民，莫不以政府之力直接间接奖励之。"梁启超提出，"海以南百数十国，其民口之大部分，皆黄帝子孙。以地势论，以历史论，实天然我族之殖民地也"（梁启超，1902：81-88）。虽然这一观点被后世指为"殖民南洋论"，但无可厚非的是，梁启超在海外事物的管理上有着超前的眼光。

但是在最终付诸实践时，清政府迫于英国的压力，同意时任新加坡的中国领事必须用当地华侨领袖、商人胡璇泽（又名胡亚基）担任，于是，在光绪三年（1887年）胡璇泽出任新加坡领事直至三年后病逝。但是由于他不是由中国直接派出的领事，而且清政府并不给予经费和俸禄，因此，他还算不上新加坡的第一位领事。真正意义上的新加坡领事始自左秉隆。

二、左秉隆：不似他官似教官

左秉隆是中国首任驻新加坡的领事。他职任期间，不仅维护华侨利益，大兴文教设义塾、开文会，更是创作了大量旧体诗作品，为我们今天研究新加坡社会的发展及华侨史提供了重要的史料文献。

新加坡是清政府最早在海外设置领事的地方。1881年，清政府经过与英国协商，委派原驻英使馆三等翻译官左秉隆任领事。左秉隆（1850—1924）字子兴，紫馨，号炎洲冷宦。祖籍辽宁，正黄旗人，清代隶属广州汉军忠山佐领下人。他前后两次担任新加坡领事，第一次从1881年到1891年，后调任香港。1907年9月，再度担任新加坡任总领事，直到1910年9月任满。辞官后流寓新加坡到1916年迁居香港，同年9月回广州，1924年卒于广州，葬于广州北郊狮带岗。

左秉隆之所以担任领事，是由于他是总理各国事务衙门下同文馆中熟悉英文和英国国情、律法的佼佼者。其继任黄遵宪对他评价在《人境庐诗草》中有诗文如下：

寄怀左子兴领事秉隆

古人材艺今俱有，却是今人古不如。十载勋名辅英荡，一家安乐寄华胥。

头衔南岛蛮夷长，手笔西方象寄书。闻说狂歌敲铁板，大声往往骇龙鱼。

诗中"头衔南岛蛮夷长"是左秉隆新加坡领事的职务，所谓"蛮夷"是一个文化概念，是中国古代对四方边远地区少数民族的泛称，有蔑视的含义。黄遵宪作为清政府官员，将新加坡视为"蛮夷"之地，反映出中国官员来自"天朝上国"的优越感和对"南岛"的轻视。

曾纪泽在推荐左秉隆担任新加坡领事时，评价其能力为"该员年力正富，学识俱优，通达和平，有为有守，熟悉英国情形，通宵西洋律例，以之充补新加坡领事官实属人地相宜"。左秉隆在临行前，曾纪泽临别赋诗《送左子兴之官新嘉坡领事》（朱杰勤，2008：320）二首：

（一）

花萼初春日未中，左郎天骄气成虹。藏身人海鸡群鹤，站组天衢凤勒骢。

涵养生机宜守朴，指挥能事莫矜功。旅亭无物装行箧，赠汝箴言备药笼。

（二）

外阪盐车岂足多，骅骝屏不与同科。苦瓜鹳垤赓零雨，酸枣龙渊塞溃河。

顿我自嗟还自笑，喜君能饮又能歌。三年欢会驹过隙，不尽深杯奈别何。

这两首诗作，一方面，曾纪泽出于对左秉隆的熟悉，对他的才华大加赞赏——"左郎天骄气成虹"，而第二首中的"喜君能饮又能歌"显示出左秉隆的豪情壮志。另一方面，曾纪泽作为左秉隆出任的推举者及上司，劝诫左氏不可居功自傲，应该保持谦虚谨慎的品格，第一首诗中的"涵养生机宜守朴，指挥能事莫矜功"正是其意。对此，左秉隆深感其意，应和诗《次韵留别曾劼刚通侯》一首：

萧萧风雨卧庐中，只有精诚贯白虹。诓意南山藏雾豹，却来西域逐云骢。

酬知不易姑言志，寡过犹难况论功。一字千金仁者赠，书绅仍合碧纱笼。

左秉隆的出任不仅得到清政府和新加坡本土的承认，更是中国获得自派领事权的标志，左秉隆在新加坡担任领事期间，除了管理公共事务外，还大力推进兴学活动，正如曾纪泽二次推荐左秉隆出任领事时评价其：

> 左秉隆在坡三年，竭力整顿，于前任领事胡璇泽之积弊，补救步端。情清理华洋，劝谕富商捐款，设立义塾，奖掖绅民，因应得宜，操持不苟。不惟华民爱戴，即各国驻坡官绅皆敬佩之。……该员原系随臣出洋，充当英文翻译，能通英国语言文字履历规条。又系住房广东汉军，于新洲流寓闽粤人民言语性情，易于通晓，以之留任领事，实属人地相宜。（朱杰勤，2008：321）

论及左秉隆的政绩，正如莱佛士1819年登陆时岛上仅有居民约150人。而在左秉隆离任之时，新加坡已然是一个商业繁荣，华人、华商聚居的大埠。正如李钟珏在《新加坡风土记》中的记载：

> 华人住坡，户口最难详确。……近五六年来，虽少有参差，总在八九万之间。而历来居叻，游叻者，动称十余万，皆约略之词。虽西人所报，未必尽确，不列籍者不止此数，然总不过十万人。

> 叻中华人最多，亦最富。有拥资称千万者，有数百万者，若十万百万之户，但云小康，不足齿于富人也。然究其发迹，多在三四十年前，近则鲜有暴富者。（饶宗颐，1994：162）

左秉隆两次出任新加坡，不仅政绩显著，而且工于诗词，期间创作了大量的旧体诗诗篇。但是遗憾的是除了新加坡的李庆年、柯木林及我国史学家朱杰勤《左秉隆与曾纪泽》一文中对其有所涉及外，左氏的诗并没有得到其应有的关注，我们现在可以查阅到的左秉隆的主要作品出现于以下几处。

一是新加坡华文报刊。左秉隆在新加坡大力推广中华文化，左秉隆到任当年以受华文教育的侨民为对象创立会贤社，招徕当地文人填词附文，并且定期拟定诗文题目，称之为"月课"，并且按照名次发给奖金，甚至将自己的一部分薪水捐作奖学金，颇有"启蒙运动"之势。在他的推动下，当地侨民先后创办书塾书室。因此在左秉隆首任新加坡领事三年结束后，自我评判"欲授诸生换骨丹，夜深常对一灯寒。笑余九载新洲住，不似他官似教官"。其中，"不似他官似教官"一句说明左秉隆在新加坡推广文教方面所取得的重大贡献。

值得关注的是，在左秉隆创办会贤社的同年，新加坡华侨薛有礼创办了东南亚第一份报纸《叻报》。会贤社的课题和获奖的优秀诗篇都在《叻报》上面大幅刊载，而左秉隆本人的诗作也有部分刊载在《叻报》和 1890 年开始创办的《星报》。

二是诗集。左秉隆流传下来的诗集《勤勉堂诗钞》（图 3.1），收录了他的诗作 711 首，其中有 318 首是他在南洋生活和游历的诗作；这些诗作手稿，曾在第二次世界大战时流落到街边废纸堆，幸亏其外甥黄荫普在广州书摊发现，才保留下来。1959 年 6 月，新加坡南洋历史研究会向黄氏借得这批诗稿，在香港影印出版。这本诗集，印数仅 1000 册，在新加坡国立大学图书馆和安徽大学图书馆有馆藏。该诗集共七卷，内分五古、七古、五律、七律、五绝、七绝及杂体七种文体。

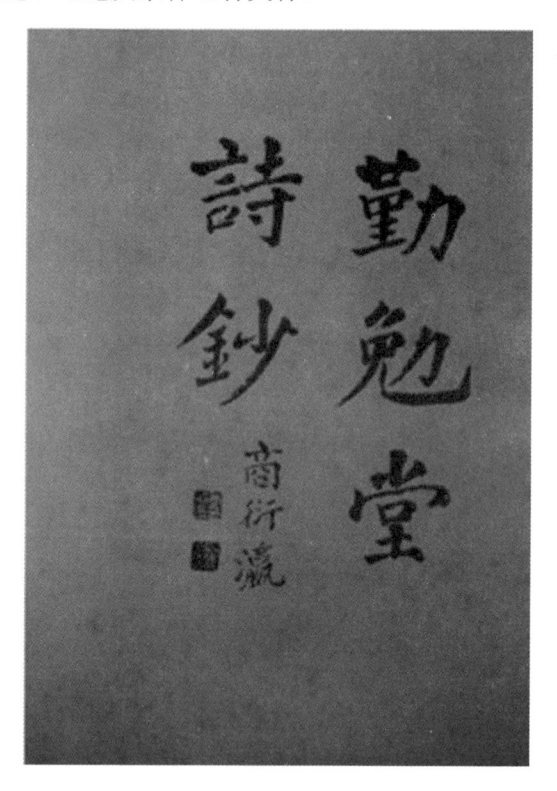

图 3.1　《勤勉堂诗钞》

左秉隆的诗作分为如下几类。

（一）与文人、政客的唱和

唱和诗是中国古典诗歌中文人进行交流沟通的一个重要手段。在中国古代漫长的历史中，唱和风气起源较早，最早是指在歌曲演唱中的相互呼应。《荀子·乐论》中有相关的论述："唱和有应，善恶相象，故君子慎其所去就也。"而到了魏晋南北朝之后，人们才将诗歌相互赠答称为"唱和"。其后经过南北朝至唐代逐渐繁荣，出现了元白唱和、皮陆唱和等，而到了宋代这一现象达到了鼎盛。最具有代表性的莫过于唐代张籍的《酬朱庆余》和朱庆余的《近试上张水部》这一组唱和诗。这一风气沿袭至今。

本书所涉及的不同类型的旧体诗作者，大都有关于唱和的诗词作品。既可以切磋诗艺，又可以此为媒介建立海外华人的交际圈。左秉隆任新加坡领事期间就留下多首唱和诗。在新加坡这片异质的文化场合，唱和的双方往往具有相同的社会环境、人生体验、文学倾向。作为此处要论述的左秉隆与文人政客间的唱和诗都是在相同的社会环境下进行的同处唱和，其主要唱和对象有以下四个人。

1. 卫铸生

卫铸生，江苏常熟人，清代著名书法家，篆刻家。1889年9月，62岁的卫铸生受邀与左秉隆在新加坡进行为时四个月的游历。这四个月中，两人诗来歌往，是文人间的一次雅聚。卫铸生应邀到新加坡，心里不仅有对友人的感激，更有初到新加坡的随性和兴奋。面对这样一个陌生之地，想象中的南洋是一个充满财富和机遇的宝地。许多南洋富商因为一掷千金，对他这样南来文人慷慨资助，所以他笔下的新加坡香艳绮旎，充满欢愉的情味，对此赋有《寿荣华酒楼即句》八绝，所谓的"清丝脆竹奏宫商，小令新翻旧散坊。我自浅斟尔低唱，倩谁管袖舞郎当"（《叻报》1889年10月15日第5版）。

"五花马总马七香车，辘辘声中月正华，灯火层楼明似昼，一竿挑出酒帘斜。"（《叻报》1889年10月15日第5版）

这完全是一副歌舞升平，车水马龙的景象。再如《甫抵息岛漫赋俚言三律录请诸大吟坛斧藻题》中的第一首：

无端掉首出风尘，意气如龙未可驯。六十二龄聊鼓浪，万三千里逐奔轮。

明知作客谁非偶，却喜论交尚有人，梦里不禁成一笑，泥鸿爪印岂前因？（《叻报》1889年9月14日第5版）

卫铸生初抵南洋，意气风发"意气如龙未可驯"，而在这片陌生的土地，面对左秉隆的盛情款待颇感得意，"明知作客谁非偶，却喜论交尚有人"。对此，左秉隆回应道：

不向麒麟阁著勋，澹然怀抱自多欣。挥毫字字龙蛇态，脱口言言锦绣文。

雾鬟云鬓常列座，蛮花犵鸟或为群。听君唱到销魂曲，令我如亲代性斤。

诗中肯定卫铸生的文采，又对其感激表示回应，"雾鬟云鬓常列座，蛮花犵鸟或为群"。由于卫铸生到南洋只是游历，并未打算久居，因此游人的心态可见一斑，初访异域的挥洒自如，飘逸风趣跃于纸上。对于东道主左秉隆，卫铸生的赞赏更是毫不吝惜。诸如他的《呈左子兴都转四律》：

（一）

才子勋高志不骄，多公卓识自超超。平情能使群心服，妙手兼医事腹枵。

领导标新恢远略，移风易俗仗星轺。经纶巨细包涵尽，永固邦交苍圣朝。

（二）

擘画訏谟策万全，奎娄奕奕焕南天。等闲蛮触争俱息，赢得鱼龙意尽便。

列戟堂阶清似水，出洋人士望如仙。十年化育开文教，无愧头衔叠荷迁。

（三）

雍容气度最汪洋，手挽狂澜证自强。万里威声裴晋国，千间广厦杜当阳。

人皆有口称生佛，谁不倾心礼瓣香。迎养慈亲除茇舍。晨昏定省似家亲。

第三章 诗在南洋——新加坡"过客"的旧体诗

(四)

鲸生特地进凫趋,浩荡龙门气象殊。恍入仙源忘魏晋,不知身世在江湖。

书空浓笑浑闲事,揽胜搜奇足自娱。投辖未曾嫌我晚,自惭白尽老髯须。(李庆年,1998:66)

这组诗中第三、四首是对左秉隆性格个性的描述,重要的是第一、二首诗,说明了左秉隆在新加坡的政绩。

第一首诗中"经纶巨细包涵尽,永固邦交苍圣朝",是关于左秉隆处理外交关系的能力的赞赏。左秉隆上任之初,面临的最大问题就是如何处理及避免与由英国殖民地政府掌控的华民护卫司(chinese protectorate)的冲突。因为中国领事与英国华民护卫司两者既都以新加坡华人为服务对象,行政设置的重复,在管理范围上必然有矛盾。李钟珏的《新加坡风土记》对于两者职权上的冲突,就有如下描述:

护卫司专管华人一切事,名为护卫华人,实则事事与华人为难。华人生聚既繁,事端日出,亦有领事可办之件,皆为护卫司侵夺,动多掣肘。(饶宗颐,1994:159)

左秉隆作为优秀的外交人才,不亢不卑、步步为营,尽量按照其他国家驻新加坡领事所奉行的惯例行事,避免冲突。因而在他任期内,中国领事与华民护卫司之间基本上维持良好关系。正如之后清政府驻英、法、义、比四国公使薛福成赴欧上任时,途经新加坡时,称赞左秉隆"左君在此为领事九年,精明练熟,谙洋语,与英官皆浃洽,办事颇称稳健,盖领事中之出色者"(薛福成,1985:199)。

第二首诗中"十年化育开文教,无愧头衔叠荷迁"是关于左秉隆在新加坡期间最大的成就——传播中华文化、掀起启蒙运动与兴学之风。如前所述,左秉隆到任后,一面倡办义塾,一面又倡设文会,以振兴华人文教为己任。不仅兴办培兰书室、毓兰书室、乐英书室、养正书室等义塾,创办会贤社、会吟社、雄辩会等文会,教育应试题目大多与儒家思想有关。更为受英文教育的华侨设立"英语雄辩会",自己亲任主席,每两周集会一次,就政治文化等问题公开辩论。这样的"雄辩"引导新加坡华人关注中国局势,培养他们的爱国热情。正如李钟珏评价:"近年领事官倡立文

社，制艺外兼课策论，稍稍有文风矣。"（饶宗颐，1994：159）

此外，卫铸生还著有一系列诗作表达对左氏的友情和仰慕，诸如《子兴都转又赐和章窃欣引玉复叠以酬》《三叠左都转见惠元韵》《步吟坛畏友左公五叠瑶韵》等。而左秉隆出于友情，有一系列著诗应和卫铸生，如《四叠前韵奉和铸生诗伯》《叠韵奉和铸生先生》《再叠前韵奉酬铸老》《五叠前韵奉和铸生我师》等，但是卫铸生毕竟是一介文人，没有固定的可以糊口的职业，加之久留新加坡，理想与实际还是有一定的差距。他玩世不恭的态度在追求实际的华侨社会中难免碰壁，"随意勾留不计年"的想法很难在华侨社会有所共鸣。终究有了"概世难消才子气，毕生只受美人气"的想法。因此，左秉隆对卫铸生的想法和诗作中就有了规劝之意。他应和卫铸生的诗作《叠韵奉和铸生先生》中就有了如下的看法：

除却诗名与酒勋，更熟裙裾伏羊欣。似枯实泽陶潜笔，虽老弥成庾信文。

共学火蛾趋蜡炬，谁怜野鹤立鸡群。 阳春听罢吾能和，著语输君重万金。（《叻报》1889年10月9日，第5版）

诗中将卫铸生比喻成陶潜、庾信。但是新加坡文学土壤荒芜，卫铸生在此常驻颇有飞蛾扑火、鹤立鸡群之意，倒不如"阳春听罢吾能和"。

在此，对于卫铸生的诗作还须赘述。除却与左秉隆，卫铸生与南洋文人间的酬唱和诗词往来还有很多。在此列举二人：

一是李清辉，李清辉是南洋影响颇大的商人，经营"丰裕"和"振裕"两大商号。1854年新加坡第一间有籍可查的华人共同设立的教育机关"萃英书院"设立后，李清辉热衷推动传统文教事业。卫铸生1889年抵新加坡后，李清辉除了以中国传统文人方式进行款待外，还有旧体诗赠予：

快哉宗国到耆英，何幸扰运见客星。天老奇材成晚节，人逾花甲等年青。

驰观异域曾沧海，涉尽山河若户庭。他日条陈中外事，群公推许法先型。（《叻报》1889年10月23日，第5版）

另一个人是胡亚基（Whampoa），胡亚基的一个身份是本书前面提到的领事。胡亚基（15岁南来新加坡，辅佐家族生意，成为影响巨大的华商）这样的文人兼商人的身份，常年在家和南来的文人聚首，他在宴请卫铸生时，卫铸生赋诗以报盛情：

  折简招邀绮席开，一时吟履印苍苔。升堂佳客及狂客，入座仙才杂鬼才。

  赌酒直呼明月下，催诗不觉玉山颓。天涯万里逢高会，乘兴何妨扶醉回。（《叻报》1889年12月19日，第5版）

2. 张荫恒

1889年，在李鸿章的推荐下，出使美、日、英三国钦差张荫恒在美国议定华工章程后回国途中历经新加坡。时任领事的左秉隆盛情款待，张荫恒返程后赋诗于左秉隆《舟泊星驾坡极承子兴太守东道之雅别后奉寄一首》：

  剖符津要阅人多，握手平生奈别何。此水便为中国海，望乡同指粤山阿。

  倦游聊复谈便备，往事惟应付醉歌。辄喜使君声实美，已敷文教迈南讹。（《叻报》1889年12月7日，第5版）

诗中不仅有对左氏招待的酬谢，更对于左秉隆"已敷文教迈南讹"的文章教化予以肯定。左秉隆对于张荫恒的赞赏显得谦虚有加，回应诗文一首《奉和张樵野星使见寄原韵》：

  可忧天下事方多，莫向临歧唤奈何。汉节送归张博望，商霖期作傅岩阿。

  备边君自有长策，颂德吾能赓载歌。圣教由来朔南暨，小儒宣示幸无讹。（《叻报》1889年12月7日，第5版）

第二句中"张博望"就是汉代的张骞，他身负联络西域各国共同抗击匈奴的重任出使归来，以功封博望侯，故后人称他"张博望"。左秉隆将张荫恒比作张骞，对其出使美国予以很高的评价。两个人的和诗充满互相赞美之情。

3. 王道宗

1890年的《叻报》上，左秉隆对南来文人王道宗赋诗一首《王君道宗见赠石塌字迹二种一书寒竹风松一书仙苑皆朱子笔也诗以报之》：

  我本炎洲一冷官，无风座上自生寒。况今得对松兼竹，更觉清凉世界宽。

  石刻当年没水中，曾问光气上腾空。而今移在芦溪畔，扪读

犹如见晦翁。(《叻报》1889年5月9日，第5版)

这首诗的成文时间距离1891年任满不足半年之遥，此时的左秉隆一方面面对的是19世纪英国殖民力量的上升和清政府的国势衰微、苟延残喘，左秉隆凭借弱国领事官的身份为祖国的尊严与华侨的尊严艰辛泣血，身心疲惫；另一方面，国人思想意识的局限性，"天朝上国"对于外交事业的忽视，甚至在一些人眼中，海外领事有投敌叛国之嫌。左秉隆心思黯淡，就有了"我本炎洲一冷官，无风座上自生寒"的看法。

对此，王道宗应和诗一首《炎洲冷官于月之念一日以诗二绝寄示并命和韵奉读之下具见大雅古风跃然纸上殊深钦服因苦索枯肠敬步元韵聊志葵倾之意工拙不暇计也》：

奉到诗筒胜得官，古风跃纸令人寒。焚香瀹茗回环诵，具见胸罗宇宙宽。

使君持筒出云中，倡建骚坛插远空。莫谓炎洲官舍冷，千年蜀郡一诗翁。(《叻报》1889年5月13日，第5版)

诗中一方面"莫谓炎洲官舍冷"有开导劝解之意；另一方面，就左秉隆的诗文予以很高的评价"千年蜀郡一诗翁"。

4. 慧堂僧人

左秉隆作为新加坡领事，不仅政绩显著、威望颇高，而且收入不菲，"其薪俸月给五六百两"（朱杰勤，2008：320）。因此，才有能力兴学并招待南来的文人。故乡南来知人都视南洋是一片阔绰之地，华侨都应无私奉献。1890年初，浙江普陀山僧人慧堂也找到左秉隆，希望得到募捐，修葺佛堂。二人之间也有一番唱和。左秉隆著《赠普陀上白华寺慧堂上人》一首：

潘生才貌贾生平，金印何难肘后悬！经肯出家修苦行，应知与佛有前缘。浮杯渡海浑闲事，托钵沿门岂偶然？好应慈悲方便意，一亭修葺莫身先。

海岸何方最孤独，巍巍菩萨顶难扪。金沙布地疑无路，峭壁通天别有门。瑞现佛牙仙掌异，香生凤尾牛毛燠。他年汝访白华寺，携手同瞻大力尊。

抽抽得闲身远市嚣，是非应付海门潮。任教几宝书饥饱，莫管六峤呼鹿桥。水月堂虚晨磬击，松风阁静夜香烧。于焉已入三

第三章 诗在南洋——新加坡"过客"的旧体诗

摩地,何用从事讲教条。

平生爱作烟霞语,吟对高僧兴被高。岂必唱酬频击钵,自搔胸臆恣挥毫。名山有约三生石,宦海无风百尺涛。底事宰官身久现,不教归著旧时袍。(李庆年,1998:74)

这首诗中,左秉隆首先对慧堂赞赏一番,佛门讲究清净,自己很向往,只是有任在身,社会角色所限,自己作为领事,轻易发动或者自行捐款,难免有闲言碎语,对他难以帮助,还客套道:"他年汝访白华寺,携手同瞻大力尊。"而他和慧堂的交际只是彼此私交唱酬而已,无需击钵,"岂必唱酬频击钵"。这首诗中左秉隆之所以不愿意施以援手,应该还有宗教上的原因,左秉隆早年在同文馆受教于美国人丁韪良,丁韪良是美国基督教长老会传教士,受其影响,左秉隆本人信奉基督教。但是新加坡本土又是一个多元化宗教、族群的国家,左秉隆为了维护各宗教、族群间和谐共处,促进华人社团的团结。对其他宗教采取"统一战线"的策略。

这使当时华社帮会林立、一盘散沙的局面大为改观,也在相当程度上让英国殖民当局对华社"分而化之"的招数失灵。左秉隆维护道教信徒,为当地供奉不同神像的华族庙宇天福宫题匾"显彻幽明",城隍庙题匾"聪明正直",左秉隆在宗教问题上包容思想可见一斑(图3.2)。

图 3.2　左秉隆为新加坡天福宫的题匾

那么面对佛教的慧堂僧人,左秉隆虽然不会予以帮助,但是又主动赋诗,表明态度。慧堂酬唱左秉隆一首《蒙左子兴都转见赠律诗四首即依原韵奉和》。诗中依然希望左秉隆可以支持"可惜梵王宫已坏,重新借重片言先"。而且视左秉隆为佛坛知音"谁云海外知音绝?雅诲谆谆舌不扪"(李庆年,1998:75)。慧堂希望借助左秉隆的领事力量募捐成功,但是后来终于明白，在南洋筹得募捐实际上已经几无可能，终究了断求人之念"书传货殖会渊深。独擅居奇不虑侵"（《前蒙在家僧斋友见赠七律一首今拈原韵和成》）（李庆年，1998：75）。

（二）与时俱变的感怀寄情

左秉隆的古典诗歌上最突出的成就就是感怀诗，正如蔡钧《出洋琐记》中说："左司马出感怀诗见示，缠绵跌宕，情韵斐然，司马既精英文，而汉文又如此超卓，殊令人钦佩无已。"（朱杰勤，2008：321）而左秉隆的感怀诗与自身的经历是分不开的，纵观左秉隆在新加坡期间的旧体诗风，也是从初访时的新奇、豪情，到感受到外在压力后的郁闷、感伤，直至后期的无奈。

左秉隆初抵新加坡时，大量的作品集中在对于南洋风光的描述及对于清政府的忠心和信心。例如，左秉隆的《中国新购铁船抵坡喜而赋作》中的"喜见天家神武恢，新从海外接船回，龙旗四面摇云日，鱼艇中心伏水雷"（左秉隆，1959：113）。但是，左秉隆上任后很快发现，南洋的外交工作远非预料的那么容易，因为殖民地政府华民护卫司对清领事官诸多羁绊，为侨民立命，就会引起殖民地政府的不满，从而导致外交争端，左秉隆出任期间几乎是抱着如履薄冰的心态，"人纵不我妒，天宁能无慎？静坐我思之，悄悄怀冰渊"。在位期间更是"寓言于宽，镇哗以静"（李庆年，1998：94），正如他在《别新加坡》中所言：

十载经营荒岛间，不堪双鬓已成斑。有心精卫思填海，无力

蠢蠢惧负山。

圣主恩深多未报，使君辕去不须攀。汉家循吏推黄霸，为取

声威慑百蛮。（左秉隆，1959：129）

与此同时，左秉隆作为官阶四品的外派官员，官运却并不亨通。宦海浮沉却仅落得荒岛领事——"南岛蛮夷长"的头衔。实际上左秉隆对于领事官的职位并不满意，所以自称"炎洲冷宦"。他于1891年5月期满，但接任的黄遵宪迟迟未能到任时，左秉隆心情落寞，诗云："已是秋风凉冷候，迟君不至益凄如。"（左秉隆，1959：128）

而1891年，左秉隆得令被调回新加坡时，心情愉悦，用欣喜若狂形容是不为过的，"几度陈情未许归，今朝喜气动慈闱。鱼冲波浪群争跃，鸟念山

林自退飞"。1891年11月1日黄遵宪抵达新加坡，正式接任总领事，结束了左秉隆在新加坡十年的领事生涯。这十年，正是中国近代史上鸦片战争门户开放以后，甲午中日战争之前，改良主义迷漫中国的时期，这种思潮为左秉隆第二次执任埋下伏笔。而念于左秉隆十年来的政绩，在他离任时，当地华人按照中国传统奉其"万民伞"而他低调回国，深夜三时上船却依旧车水马龙。左秉隆是以轻松的心情离开新加坡的，正如《谢事后隐居息力作》所述："名利脱缰锁，妻孥割赘瘤。市从三岛入，舟向五湖游。招隐来松鹤，忘机狎海鸥，故园回望处，斜日满林邱。"（左秉隆，1959：77）

1907年，左秉隆以新加坡总领事的身份再次到达新加坡时，可谓物是人非，革命浪潮风起云涌。国内政局令他忧心忡忡，再抵新加坡时年事已高，旧的管理经验已不能适应新的海外形势。作为腐败满清王朝的海外代表，已然成为国内轰轰烈烈的革命党人眼里的反面人物。往日的豪气已经不复存在。心里顿生"赢得头衔一字荣，翻令心结万愁生"（左秉隆，1959：168）的沧桑之感。他在《重领新洲七律四首》中的第一首就表明了对待事物任其自然的态度：

十七年前乞退休，岂知今日又回头。人呼旧吏作新吏，我视新洲成旧洲。

四海有缘真此地，万般如梦是兹游。漫云老马途应识，任重能无颠蹶忧。（左秉隆，1959：168）

因此，在他第二次出任新加坡期间，晚清政府的没落与低势，使得左秉隆再次处理外交关系上显得无可奈何、息事宁人。面对殖民地政府的挑衅、欺负，他也显得无力干预，他在《华侨有以受侮投诉者作此示之》中写道："世无公理有强权，舌敝张苏总枉然。"（李庆年，1998：102）这已然不是一个大国外交家应有的态度。

（三）描写新加坡风光的记游山水

将新加坡称为"新洲"始于左秉隆，1887年一天游廖内岛，回来赋诗云："朝辞廖屿上轮舟，一片帆开逐顺流。绿树青山逢处处，和风丽日意悠悠。漫歌雅调惊云雀，乱拨鸥弦狎海鸥。乘兴不知行远近，又见渔火照新洲。"

左秉隆任新加坡领事期间，面对地理生态环境的改变，以旧体诗的形式进行记录。左秉隆在新加坡期间创作的游记类诗作贵在自然流露，真情顺势而出。这种"清景妙和，风格自上"（王世贞，1983：1024）的情景交融是我国古典诗歌的上乘境界。其外甥黄荫普评价左秉隆的诗歌"诗格清新隽洁，尤多新意"，如左秉隆的《偶成》：

好鸟鸣春自得意，闲云出岫本无心。静观时到欣然际，我不吟诗诗自吟。（左秉隆，1959：236）

再如《郊外晚行》：

雨过山村带斜阳，杖藜随意趁风凉，偶惊飞鸟穿林出，时有落花浮水香。

夹道高椰张似盖，沿溪短竹剪成墙，闲行不觉归来暮，又见银钩露细光。（左秉隆，1959：112）

左秉隆善于捕捉富于生活情趣的形象，构成美妙的意境。"雨过山村带斜阳，杖藜随意趁风凉"赋予画面一种真实而浓烈的生活气息，使人如临其境。而"偶惊飞鸟穿林出，时有落花浮水香"运用远近景象的交错，使其笔下的南洋风光显出层次，而又动静相宜，静时不阴森死寂，动时又不喧哗吵嚷，从而构成了色彩明丽而又清新活泼的优美意境。

又如诗作《咏蕉》：

昨从郊外踏青回，乞得灵苗手自栽。一夜小窗春雨足，朝看日射雀屏开。（左秉隆，1959：236）

"昨从郊外踏青回，乞得灵苗手自栽"一句，宛如浮雕似的刻画，把特写镜头直推读者面前。"一夜小窗春雨足，朝看日射雀屏开"令人驰骋想象，仿佛身临其境。在"黄昏阵雨过"，产生引人入胜的魅力。全诗近乎叙述性语调，更无雕凿痕迹，正是这平淡自然的描绘却仍使得诗意盎然，不是滔滔洪水，而像涓涓细流沁人心脾，给人以丰富新鲜的美的享受。

左秉隆作为晚清的外交官，最大的成就就是对于新加坡华人华侨的贡献。在相对于中国更加开放的社会格局中，南洋民俗文化景观强烈的地方色彩和民族风情格外引人注目。在诗人的创作视野中，除了借日常小景进行情感的表达外，面对新加坡的民俗文化景观特殊的吸引力，左秉隆任职期间留下许多直接描写南洋风景的旧体诗作，例如：

息力

息力新开岛，帆樯笑四方，左复中国海，酉接九州乡。

第三章 诗在南洋——新加坡"过客"的旧体诗

野竹冬仍翠,幽花夜更香,谁怜云水里,孤鹤一身藏。(左秉隆,1959:86)

客息力作

南去亚洲尽,苍茫孤岛间,游踪羁旧史,隔岸是新山。

竹径清风扫,柴门白昼关,数珠生老蚌,相对一开颜。(左秉隆,1959:86)

息力又名昔里、息辣,是马来语 selat(海峡)的译音,《清续通考》卷三三三中提到此地,"又(马六甲)南端一小岛,旧名息力,英人名曰新加坡……亦古通道也"。据此,左秉隆诗作中这两首关于息力的作品正是对新加坡的描写。诗中既有关于新加坡地理地貌"左复中国海,酉接九州乡""南去亚洲尽,苍茫孤岛间"的描述,也有描写南洋热带气候条件下,"野竹冬仍翠,幽花夜更香"的四季常青生态环境。

同类的诗作还有:

柔佛王宫早眺

清晓倚高楼,云烟四望收,山雾环阙秀,海色映帘幽。

此地通华夏,何人务远谋,大旗遥对处,指点是新洲。(左秉隆,1959:66)

柔佛隶属马来西亚,毗邻新加坡。左秉隆笔下的柔佛"山雾环阙秀,海色映帘幽",清新、大气,流溢清芬。诗人寄情于景,作为新加坡领事,在此地大有指点江山的豪迈,"大旗遥对处,指点是新洲"。

此外,左秉隆在新加坡期间还留下其他主题的旧体诗作。首先,作为旧时代的文人,在他的旧体诗诗作中少不了其时宴饮娱乐的主题。当然这类诗歌大都是对于宴请主人的答谢奉承,甚至对于所见所得的阿谀表达。左秉隆《十一月十五日夜宴胡氏园醉题一首呈主人暨同席诸君即请正和》正是这方面的作品:

九冬过半气犹和,雪色平铺月满坡。玉醴酌来甜似蜜,冰盘擎出小于荷。

主承弓冶衣冠古,客比神仙笑语多。景仰前徽应愧我,醉余聊复一高歌。(李庆年,1998:81)

诗中所描绘的夜宴场合,饮食丰盛、欢声笑语。诗人更是匠心独运,本来神话中的神仙的洒脱,人间再美也是比不上的。而诗人却倒过来说,将席间诸人的仪态比喻成"客比神仙笑语多"。这类诗作中类似的客套、奉承之言不在少数。再如《宴柔佛王宫》：

绮席开珠阙，金灯照玉宾。杯盏星月皎，酒玉海山陈。乐奏彤阶细，花铺宾座匀。醉余携手去，满户拥朱轮。

归来夜正中，山径踏玲珑。报晓鸡啼月，知途马御风。乍经村树绿，遥见海灯红。回收追欢会，华胥一梦空。（左秉隆，1959：76）

柔佛王宫内充斥的是歌舞喧阗、花团锦簇的豪华场面。首句"绮席开珠阙，金灯照玉宾"中，雕饰精美的门庭，灯烛辉煌，像是红烛夜市一般。诸人把盏言欢，"醉余携手去，满户拥朱轮"益显尽兴之意。诗的后半段，笔锋陡转，诗人夜半回家，自然流露出向往自由的超脱心境，再回首宴会情景只是"华胥一梦空"。所谓华胥，是传说中的国名，中国历史有黄帝梦游华胥国，而后天下大治的传说。华胥国后被指为梦境、仙境。李商隐有"不见华胥梦，空闻下蔡迷"之句，陆游亦有关于"世言黄帝华胥境，千古蓁荒孰再游"的诗句。左秉隆酒后回忆宴会时，认为只是一场空梦而已。所谓的娱乐夜宴在其看来只是不得已的应酬而已。

其次，左秉隆具有极高的诗学造诣，诗作意境深远，抑扬顿挫，谈诗论艺方面自有见解。蔡钧在《出洋琐记》中评价左秉隆："左司马出感怀诗见示，缠绵跌宕，情韵斐然。司马既精英文，而汉文又如此超卓，殊令人钦羡无已"。田嵩岳在《晚霞生述游》中也对左秉隆给予很高的评价："中朝领事官为左子兴都转，倜傥有大才……多学工诗，曾一识其风范。"由此可见，左秉隆的诗文在当时是具有很高的评价的。而左秉隆更值得关注的是，由于其长时间的接触域外事务，又受到西式教育，因此他的诗作不拘泥于传统，而是大胆地加入新词俚语，主张新词入诗。他的诗作《新名词》清楚地表达了他要给旧诗赋予新生命的主张：

新理日以开，新思日以发，不有新名词，焉能意尽达？

老宿拘守旧，誓欲软藤葛。岂知创造功，未容概抹煞。

我初亦恶之，目钉恨难拔。习久乃相安，喜其简而括。

诚哉字训挚，生机不可遏。（左秉隆，1959：13）

最后，左秉隆任职的新加坡，是中国与西方沟通的重要埠口。晚清官员途经新加坡时，左秉隆也创作了部分诗词以即兴。经笔者向左秉隆后人求证，得知左秉隆赋诗《劼侯奉召还朝舟过新洲恭送以诗》系赋予曾纪泽，其中，故有"侯曾索还伊犁"（朱杰勤，2008：321）之说。

  圣朝欲振海军威，特召崆峒使节归。舟过百峦花竞秀，帜摇君岛日增辉。相如已抱连城返，诸葛仍烦羽扇挥。闻道紫光添画像，论功谁继老侯巍。

  久别重逢又解船，茫茫后会定何年？戴公德似鳌山重，愿我身如兰绪缠。驽钝深惭犹恋栈，乌丝未逐欲归田。不嫌他日门生老，愿与吾师再执鞭。（左秉隆，1959：73）

左秉隆在新加坡创作的旧体诗的研究价值还有待进一步认识。考述左秉隆诗作的具体活动，既是细致呈现处于新加坡华族社会发展成熟期的需要，也便于梳理国内关于新加坡华文旧体诗的创作历史，是域外汉学的重要组成部分。

三、黄遵宪：驰域外之观，写心上之语

  光绪十六年，驻伦敦公使薛福成上书清政府，提出在南洋扩领的建议。光绪十七年正月，再次上书《为濒海要区请添领事折》，建议将新加坡领事升为总领事，并推荐当时驻英二等参赞、二品衔选用道"精明干练，措置裕如"（吴天任，1972：40）的黄遵宪任新加坡总领事，将任职十余年的左秉隆调任香港领事。（中国第一历史档案馆，1998：67-68）七月，总理各国事务衙门奏准了薛福成的建议，光绪十七年十月初八（1891年11月9日）黄遵宪抵达始任总领事，兼辖槟榔屿马来西亚西北部岛屿、马六甲、海门等处。

  黄遵宪到任后，新加坡作为南洋华侨聚集地，华侨不仅受到列强欺侮，并且社会治安堪忧，"星洲往来华侨，常于登岸时有劫杀事件发生"，因此，黄遵宪通过开海禁、增设副领事、颁布法律条文等手段保护华侨权益。在对南洋移民的调查询问中，发现新加坡移民的社会心理表现为两个特征。

  第一，表现为对中国故土的牵挂和留恋。当时的南洋各地是华侨人数最为集中的地方，而且在南洋所占比重非常大，"南洋各岛，华民不下百余万人"（黄遵宪，1991：272），与此同时，华侨在新加坡产业和经济实力举足轻重，"详查南洋各岛情况，知英属新加坡等处，流寓华人日增，所有落地之产业，沿海之贸易，华人占十之七八，欧洲阿剌伯巫来由仅居十之二三"（黄遵宪，1991：270）。这些海外华人在海外保持中国传统，为故土出钱出

力,"虽局外洋已百余年,正朔服色,仍守华风,婚丧宾祭,亦沿旧俗。今年各省筹赈筹防,多捐巨款,竞邀奉衔翎顶,以志崇章,观其拳拳本国之心,知圣德之浃洽者深矣"(黄遵宪,1991:273)。同时,保持着对中国文化的尊崇,"南洋诸岛,自海道以通,华民流寓者甚重,远者百数十年,颇有置田园,长子长孙者,大都言华言,服华服,守华俗,富豪子弟,兼能通象寄之书,视佉卢之字,文质彬彬,可谓盛矣"(黄遵宪,1991:272)。

第二,黄遵宪发现许多制度和观念上的禁锢极大地限制着华侨和故土的联系。例如,侨民和内地发生联系者,都是问题重重,"其贸易与内地互相关涉者,约有数端……一曰船舶……一曰财产……一曰逃亡……一曰拐诱……一曰诬告"(黄遵宪,1991:270)。此外,"凡挟资回国之人,有指为捕逃者,有斥为通番者,有谓为偷运军火,阶级海盗者,有谓其贩卖猪仔,要结洋匪者,有强取其箱箧肆行瓜分者,有拆毁其屋宇,不许建造者,有伪造积年契券,藉索逋欠者"(黄遵宪,1991:273)。在任期间,了解到华侨生活的艰辛,黄遵宪积极为华侨据理力争,并上书薛福成,请其代奏开海禁、保护归侨。之后,黄遵宪为华侨创立了为人称道的"护照"制度。

左秉隆在担任新加坡总领事的三年(1891年11月—1894年11月)时间里,主要是在左秉隆原有的事业基础上开展。他上任第三天,就在报纸上公告:"凡新加坡总督所辖之地所有寄寓华民,本领事均有保护之责。……凡总领事职分之所当尽,权力之所能为,断不敢不殚竭心力,上以抒报国之忧,下以尽护民之责。"(《叻报》1891年3月20日,第5版)黄遵宪的到任是得到广大侨民期待的,"将来吾民有事,即可为之吁请,并无官民阂隔之虞"(《读中国驻叻总领事官黄公度观察下车告示喜而书后》,《叻报》1891年3月20日)。黄遵宪任职期间,除了积极保护南洋华侨的权益外,和左秉隆一样积极推动侨民的文化教育活动。了解到华人文化程度低下,"一丁亦不识",常常面对通商合约无法修改,让人戏谑。黄遵宪认识到这是由于弱国地位所致,认识到教育的重要性,期望以教育来"开民智",那么"番地应设学"(《番客行》)(陈铮,2005:133-135),才能拯救华侨。

黄遵宪任新加坡总领事期间文化方面的成就主要集中在主持文社和旧体诗创作两个方面。一方面,黄遵宪在新加坡期间,为会吟社和仰光文社评选文社课题。但是黄遵宪在课题的评判标准上和左秉隆有所不同,根据

《星报》刊载的会吟社第二期课题榜所言：

  犹忆前任领事官左子兴都转，每当吟课批发多有应题拟示数联，为多士矜式，士林至今颂之。

  今读黄观察批评元卷，示人以规矩准绳，更觉精切，不易其谆谆善诱之心，可想见矣。（会吟课题榜，《星报》，1892年12月26日）

在同一天的报纸上，黄遵宪对于当期的获奖者进行点评时，所采用的准则就是"力避恒蹊，务求新颖""但求有书有笔，能以己意融化故实者，虽务去陈言，仍以不失自然者为贵"（会吟课题榜，《星报》，1892年12月26日）。这和黄遵宪提倡的"我手写我口，古岂能拘牵"的新派诗歌创作手法是一致的。在此，整理出黄遵宪时期会吟社的评选课题和第一名的联句及黄遵宪给予的评语如表3.3所示。

表3.3　会吟课题与第一名联句及评语

期数	吟题	第一名联句	黄遵宪评语
一	潮〇〇〇〇〇， 〇〇〇〇〇来。	潮似知时朝复暮， 春来有脚去还来。	顾视清高气沉稳 对句不即不离 益见心灵手妙
二	〇问〇〇〇〇〇， 〇〇〇〇〇多。	学问驹阴人惜少， 功名鸡肋我尝多。	隽永有味 含毫邈然
三	鱼〇〇〇〇〇， 〇〇〇〇〇人。	鱼不易求虚负我， 马犹难识况知人。	自然浑雅而思表纤旨 弥然有趣
四	老木声酣认雨来， 〇〇〇〇〇〇〇。	老木声酣认雨来， 空山影缺呼云补。	思入环中　意超象外 可谓大雅不群
五	南〇〇〇〇〇， 〇〇〇〇〇声。	南国衣冠崇雅望， 北门销钥夺先声。	冠冕堂皇 气宇不凡
六	新〇〇〇〇〇， 〇〇〇〇〇书。	新军大漠囊弓返， 太史明廷弨笔书。	典重高华　如读高岑 应制诗
七	书〇〇〇〇〇， 〇〇〇〇〇生。	书到误处添多少， 节全到时置死生。	目空一切 胸有千秋
八	秋〇〇〇〇〇， 〇〇〇〇〇声。	秋水光芒刀出鞘， 骕骦遗赠马留声。	气韵沉雄 余味曲包
九	闲〇〇〇〇〇， 〇〇〇〇〇来。	闲来一事栽花去， 时有谋生问字来。	俯拾即是　妙造自然 何蝯叟有一联云 坐到二更合眼即睡 心无一事敲门不惊
十	寿〇〇〇〇〇， 〇〇〇〇〇龙。	寿世大文高五凤， 藏山古籍护双龙。	高华沉实　典丽斋皇 有涵一切气概

另一方面，改组会贤社创立图南社，黄遵宪上任后为在当地华人之间积极倡导中华文化，促进国家认同和民族效忠意识，将会贤社易名图南社，取自庄子"鹏之徙于南溟也，风之积也不厚，则其负大翼也无力。故九万里，则风斯在下矣，面后乃今培风；背负青天而莫之夭阏者，而后乃今将图南"。继承前任左秉隆的做法，亲任图南社督学，按月出题比赛。并且捐出饷银，以资奖励。同时，黄遵宪还经常亲自批阅文稿，决定等级。"月课题目，皆南洋时务，实欲藉知风土民情。"而根据现存二十五期课榜名录估算，黄遵宪在职期间，呈交课卷的文人应该有千余人；而参与月课的人数，更是多余左秉隆时期的会贤社。"每课收卷至百余本，多有从麻六甲、槟榔屿等埠寄来者""其拔选前茅者，粤之中西报、上海之沪报，辗转钞刻，互相传诵"（叶钟玲，2002：1）。每次比赛的咏题、获奖作品和名单都刊登在《星报》，这在当时的新加坡及其临近地域产生巨大影响。

黄遵宪主持图南社期间，所出的课题包括论文和诗歌都对时境有所着重。但是从数量上看，图南社的课题更是以论文为主，而论文主要以华侨事务和新加坡社会文化为主，兼及中国问题。根据叶钟铃在《黄遵宪与南洋文学》统计，图南社的课题涉及南洋方面的：政治的有1卷，经济1卷，礼俗8卷，医药3卷，教育2卷，新闻2卷，语言1卷，科技2卷。涉及中国方面的，政治1卷，经济5卷，军事3卷，侨务7卷。在此，列举一些图南社的月课论文：《拟请派海军保护出洋华民论》《劝华人多阅新闻纸以扩闻见说》《问：领事官应办之事，诸生各举所知以对》《南洋各商宜效西法设立商会议》《巫来由文字考》《重商论》《新加坡风俗优劣论》《美国限制华人新例论》《出洋华民日多，有倡议禁止出口者，试详论其利弊》《拟华人公立施密总督德政碑记》《问：各国管理地方均于街道设立巡捕，而中国独立，今欲增设，其利弊若何》《暹法交涉拟请派战船保护华人论》《问：华人以夫为妻纲，于律妇人有罪，罪坐夫男。而西律男女同权，各得自主，离婚之案。不可胜数。我华人等既居西地，宜遵西律，而于华人政俗，大相乖异。宜有何法，可以挽各救，举所知以对》《泰西诸国均禁娼禁赌，而西人于属地或禁或不禁；又有许娼领牌，令商人充赌饷者。其异同得失何如？试详陈之》《南方草木赞》《中国于暹罗事宜，宜如何处置，以保华人而收实宜》《丁军门统率战舰南巡记》《论南洋生

第三章 诗在南洋——新加坡"过客"的旧体诗

长华人宜如何教养以期利益》《外国之富在讲求技艺，日新月异，所以制造多，商务盛，藉养穷民无算，未悉泰西技艺书院分几门，学几年，艺乃可成。我中国何以尚未设技艺书院，各省所设西学馆、制造局、多且久矣，未悉有精通技艺机器之华人，能独出心裁，自造一新奇之物否，必如何振兴其事，斯不借材异域，请剖晰论之》《南洋妇女流品淆杂，风俗浇薄，今欲清流品而挽俗。一是凡良家妇女欲来南洋者，拟由各帮绅董查明良善，取具保结，呈请领事发给护照，寄回内地，以利端行。其无护照者，必严查细察，是否诱拐，以分良贱。二是南洋各处有节烈妇女，拟由各绅董茶坊具报，禀由总领事奏请旌表，以昭激劝。三是凡妇女呈请离异者，拟由绅董联衔，禀请地方官体察华俗，变通英例，务得确情，以杜背叛。以上三策，是否可行，有无利弊，诸生其祥陈之》《世俗通行风水、卦卜、相面、择日各说，有何裨益？何者较为可信？试详陈之》《亚细亚洲当力战以图强论》《恭读慈禧太后懿旨将给牙山战士银贰万两书后》等。相形之下，旧体诗的课题大都以风景、山水为主，有意突出南洋色彩，如《新加坡海堤望月感怀》《新加坡竹枝词》《每逢佳节倍思亲》《新加坡草木诗》《南方草木赞》《万顷光波上下》《铜鼓赛江神》《骂死边草拳毛动》《东征歌》《与客携壶上翠微》等。

图南社征选的论文和诗歌大都刊载在新加坡华文报刊《星报》（1890—1898年）和《叻报》上。这些文稿的登录，从不同角度记载当时南洋华人的社会活动。不但提供了研究新加坡华人社会的宝贵资料，并且这些以华人的语言、文字、文学、艺术、历史、文化等社会意识形态为研究对象的论文和诗歌，对中华文化的推广与普及起到重大作用。正如《星报》所言：

> 自海禁开而遐陬僻壤之区，莫不有骚人墨客托迹其间，或屡兴善社，或创建吟坛。文运虽由天开，文衡实赖人群，故自我中国派设领事来驻是邦，风俗民心虽有渐次转移，而与振兴文教，又去彰明著者也。
>
> 即如本坡会吟社诸同人，较以吐凤之奇才，作雕虫之末技，抽黄对白，遣兴陶情，迭蒙黄公度观察评阅，奖励有加。本馆亦乐闻其事，凡有课作，悉录报章，藉以表扬声教四记之盛治，俾远近各风兴起也。（《吟社继兴》，《星报》，1893年4月21日》）

黄遵宪改组会贤社为图南社的意图在于发扬南洋华人华侨的学术文化，更重要的是加强对中国的认同和效忠意识。正如他本人在《图南社序》中所言："遵宪不才，承乏此间，尤愿与诸君子讲道论德，兼及中西之治法，古今之学术，窃冀数年之后，人才蔚起，有以应天文之象，储国家之用，此区区之心，朝夕引领而企图矣。"（《叻报》，1892年1月1日）所以对于图南社的改组成立，当时的新加坡报纸也指出其"三善"，即尊王、重道和体恤寒畯。

黄遵宪在任新加坡总领事期间，第二方面的成就是他旧体诗方面的贡献。他的诗作文献留存相比左秉隆简单一些，一是没有在当时新加坡的华文报刊上发表，二是没有和当时南来的文人进行诗文上的唱和。他的作品主要收录在《人境庐诗草》卷七和卷八上，即卷七的《夜登近海楼》《新嘉坡杂诗十二首》《以莲菊桃杂供一瓶作歌》《眼前》《寓章园养疴》《番客篇》《养疴杂诗》，卷八的《悲平壤》《东沟行》《哀旅顺》三首，由于发生的时间都是在黄遵宪任职回国之前，所以"很有可能是作于新加坡"（李庆年，1998：108）。

但是由于卷八的三首诗作并非以新加坡为主题，所以不在本书的研究视域之内。对其诗作体现出的新主题、新语词、新意境，拟分而论之。

（一）驰域外之观，写心上之语：黄遵宪的南洋主题诗歌

清末民初"同光体"诗歌的代表人物陈三立在为黄遵宪《人境庐诗草》卷五至卷八作跋时，对其诗歌赞誉为"驰域外之观，写心上之语，才思横轶，风格浑转，出其余技，乃近大家。此之谓天下健者"。黄遵宪的诗作以五、七言古体长篇最具代表性。五古善于铺陈，七古纵横变化，而均有笔力雄健、富于气势之长。黄遵宪在南洋期间的诗作一方面写"古人未有之物，未辟之境，耳目所历，皆笔而书之"，在诗歌中全面展现新风情、新事物、新气象和新诗境，为读者展现了19世纪后期的新加坡社会生活及风土民情；另一方面，更是在诗中融注了个人的情感和情操，展现诗人的创作风格。

1. "冬亦非冬夏非夏，案头常供四时花"：南洋的风光诗篇

黄遵宪长年出使海外，游历四方，南洋独特的风物景色，引起他极大

的兴趣并反映在诗歌创作之中，有不少描写热带地区物产民俗及风光景色的作品。

第一，关于气候，黄遵宪注意到新加坡一个非常有趣的气候现象，中国本土四季分明，花卉通常应时开放，但在接近赤道的新加坡却出现"冬亦非冬夏非夏，案头常供四时花"。这样花卉四季常开的情况。因此在穿衣方面，"单衣白袷帐乌纱，寒暖时时十度差"。（《养疴杂诗》）（陈铮，2005：136）纵观黄遵宪的海外游历诗歌，常常通过衣物反映所经之地的气候状况。例如，在其晚年所作的《己亥杂诗》中写道，"余客旧金山四年，全用夹衣；居英伦一年，未脱棉衣；庚寅六月间，曾御裘；住新嘉坡三年，仅一单衣，正二月或用薄纱。惟甲午十一月中旬，由坡回华，十日间炎风朔雪，每日更换，到上海乃重裘矣"（《己亥杂诗》）（陈铮，2005：160）。

黄遵宪回国后又在《己亥杂诗》中诗云："云为四壁水为家，分付名山改姓佘。瘦菊清莲艳桃李，一瓶同供四时花。"并在诗文末附注云："潮州富豪佘家，于新加坡之潴水池边，筑一楼，三面皆水。余借居养疴。主人索楼名，余因江南有佘山，名之曰佘山楼。杂花满树，无冬无夏，余手摘莲菊桃李同供瓶中，亦奇观也。"这种可以将一年四季的花同种一起的奇特景象给黄遵宪深刻的印象。

第二，关于南洋作物。黄遵宪的南洋诗常常利用寥寥数语，表现早期新加坡风光。最有代表性的就是《新嘉坡杂诗》十二首，这十二首诗分别描述新加坡地形、作物、饮食、当地人的装束、柔佛古国（历史上的马来半岛封建王国）、英国对新加坡的统治、殖民地官员等。

例如，其《新嘉坡杂诗》中的第十首：

舍影摇红豆，墙阴覆绿蕉。问山名漆树，计斛蓄胡椒。

黄熟寻香木，青曾探锡苗。豪农衣短后，遍野筑团焦。

诗中的"红豆""绿蕉""漆树"（橡胶树）"胡椒""香木""锡苗""青曾"（青石）都是具有亚热带气息的新加坡特有的物产。而诗中"豪农衣短后，遍野筑团焦"则是早期下南洋胶园、锡矿的工人们满山遍野建筑茅舍以居住的"团焦"情景。

再如第九首：

绝好留连地，留连味细尝。侧生饶荔子，偕老祝槟榔。

红熟桃花饭，黄封椰酒浆。都缦都典尽，三日口留香。

其中"留连""荔枝""槟榔""椰子"都是别具风味的南洋本土水果，尤其是留连，即今日之榴莲，"都缦"即沙笼，是东南亚地区独特的装饰之一。南洋本地有"当了沙笼吃榴莲"的说法，所谓"都缦都典尽，三日口留香"，这个大概是黄遵宪的挚爱，因此他在本诗后面自注曰："留连，果最美者。谚云：典都缦，买留连；留连红，衣箱空。"（黄遵宪，1981，596）

其实，关于榴莲的旧体诗，清末文人林豪（1831—1918）在 1907 年游历南洋期间也有一首类似的诗作：

未食不敢尝，既尝方知味。士女剧流连，人情有同嗜。

树高刺如蝥，墙角凭亲植。佳果能避人，夜深方落实。

住久始闻香，大嚼不能罢。臭味本差池，习乃兴俱化。

厚貌饰顽皮，心中藏热脑。有刺欲砭人，负腹无乃可。

祁伟亲薰犹，闻根为之异。俨同剖如何，随刀能变味。

吾闻换心山，住久不言旋。世上心能换，何止一流连。

坠地当残夜，知无阿世心。朵颐为谁使，汝字尽情深。

谏果甘徐回，蔗境善其后。人情亦宜然，謦闻重末路。（饶宗颐，1994，294）

不难看出，榴莲这种新鲜的南洋水果对于南来的文人们还是充满新鲜感的。

第三，关于南洋风景，写景诗是黄遵宪南洋作品中的主要内容，南洋群岛那"舍影摇红豆，墙阴覆绿蕉"（《新加坡杂诗》）（陈铮，2005：132）"椰子树千行，丁香花四放。豆蔻与胡椒，岁岁收丰穰"（《番客篇》）（陈铮，2005：134）"万山山顶树参天，树杪遥飞百道泉"（《养疴杂诗》）（陈铮，2005：136）的旖旎风光都融入诗人的作品之中。例如，《新嘉坡杂诗》十二首中的第一首就是描写新加坡作为南洋门户的险要地理形势：

天到珠崖尽，波涛势欲奔。地犹中国海，人唤九边门。

南北天难限，东西帝并尊。万山排戟险，嗟尔故雄藩。

而黄遵宪到新加坡的第二年，南洋一带疟疾盛行，黄遵宪并未逃过一劫，就此染病。在福建籍商人章芳林的别墅疴章园写下《寓章园养疴》：

  海色苍茫夜气微，一痕凉月入柴扉。独行对影时言笑，排日量腰较瘦肥。

  平地风波听受惯，频年哀乐事心违。笠檐蓑袂枕椰杖，何日东坡遂北归？

  之后，由于"病疟经年，医生劝以出游，遂往槟榔屿、麻六甲、北蜡等处，假居华人山庄。所见多奇景，随意成吟，亦未录草。病起追忆之，尚得数十首"（《养疴杂诗》）（陈铮，2005：136-137），在游历槟榔屿、马六甲和霹雳的途中，诗人写下《养疴杂诗》，这更是黄遵宪写景诗的集大成之作，由于前所未有的景色，诗人在"海色苍茫夜气微，一痕凉月入柴扉"（《寓章园养疴》）（陈铮，2005：133）的寓章园之夜"穿云渡水偶行吟"。远望山顶"万山山顶树参天"，近看山间"树杪遥飞百道泉"，夜晚时间倾听"鸟嗓虫息夜愔愔"，清晨又闻"喔喔鸡鸣病渐苏"。在这"高高山月一轮秋，夜半椰阴满画楼"之间，"分付驯猿攀摘去"，面对"水软波柔碧四围"，居然有"小儿谨曳鳄鱼归"；在此间诗人发出"一声长啸海天空，声浪沈沈入海中，又挟馀声上天去，天边嘹唳一归鸿"的感慨。亚热带群岛风情独特，可见一斑。但是《养疴杂诗》的内容相比《新嘉坡杂诗》十二首的气势磅礴则显得清幽恬静。这也是和诗人病中的心情相关。

  甚至在黄遵宪回国后所作《己亥杂诗》中回忆道："上山如画重累人，结屋绝无东西邻。襟间海上一丸月，履底人间万斛尘。"并自注道："余养疴至槟梛屿。有谢姓者，邀余住竹士居。居在万山顶，初用土人舁篮舆而往，至峻绝处，则引手攀援而上，如猿猱然。再用一人护余足到山顶。绝蚨俯海，一无所见。惟月初出时，若在我襟带间矣。"（《己亥杂诗》）（陈铮，2005：160）诗人受到邀请居住在万山顶上的竹士，山上风景宜人，但爬山却艰难重重。首先要"用土人舁篮舆"前往，到险要之处，像猿猴一样"引手攀援而上"，但是到达山顶后，俯视海面，风景绝佳。

2. "凡我化外人，从来奉正朔"：新加坡的独特文化

  黄遵宪的南洋诗中既有对南洋本土风土人情的描述，更有对华侨社会的关注。例如，《新嘉坡杂诗》中的第八首："不着红叶袜，先夸白足霜。平头拖宝屣，约指眩金钢。一扣能千万，单衫但裲裆。未须医带下，药在

女儿箱。"描绘的是新加坡当地马来妇女的装束：身穿纱笼，赤脚趿拖鞋，这是典型的马来妇女和娘惹的打扮。至于诗文后半段描述的昂贵"约指"，珠光宝气的扣子，则说明诗作的对象是南洋当地的富家女。再如第六首"纣绝阴天所，黎鞬善眩人。偶题木居士，便拜竹王神。飞虫民头落，迎猫鬼眼瞋。一经簪笔问，语怪总非真"则是描写南洋土著的奇异民风习俗。

而最能反映南洋华侨生活的当属五古长诗《番客篇》，全诗408行，通过赋的手法，对一家华人富豪的婚礼场景的描写，反映了新加坡华族的发迹史、饮食、仪容、习俗，反映了以下社会文化。

第一，当时的华侨社会习俗在很大程度上保留华族传统。黄遵宪曾在《上薛公使书》中称赞新加坡华人："正朔服色，仍守华风，婚丧宾祭，亦沿旧俗。"又在《皇清特授荣禄大夫盐运使衔候选道章公墓志铭》中表示当时的新加坡华人："正朔服色，仍守华风，婚丧宾祭，各沿旧习，余私心窃喜。"在《番客篇》一诗中，黄遵宪同样自豪地表达："凡我化外人，从来奉正朔。"在婚礼中，描写了华人遵守和传承华族传统，婚礼场景的布置是典型的中国风"今日大富人，新赋新婚行。插门桃柳枝，叶叶何相当。垂红结彩球，绯绯数尺长。上书大夫第，照耀门楣光"。"大夫第"的匾额高悬门楣，反映了早年华侨捐资鬻官购虚衔的史实。就连室内装饰也是如此："遍地红藤簟，泼眼先生凉。地隔衬菟白，水纹铺流黄。深深竹丝帘，内藏合欢床，局脚福寿字，点画皆银镶。"婚礼上新人的服饰是"头上珊瑚顶，碎片将玉璜；背后红丝絛，交辫成文章；新制绀绫袿，衣补亦宝装；平头鹅顶靴，学步工趋跄"。婚礼的仪式也是中国传统古礼跪拜礼节："第一拜天地，第二礼尊嫜，后复交互拜，于飞燕颉颃。"所谓"风水讲龙砂，卦卜用龟灼，相法推麻衣，推命本硌碌，礼俗概从同，口述仅大略"。可见虽然远隔重洋，早期华侨过着富裕的生活，但装饰、摆设、仪式等都在遵循中国传统的风俗习惯。

第二，当时的华侨已经开始吸收当地及西方的生活习惯，形成独特的南洋华人习俗。因此在婚礼的过程中出现了"渐染异俗"（黄遵宪的《皇清特授荣禄大夫盐运使衔候选道章公墓志铭》）（陈育崧，1970：307）的表现。例如，婚礼的礼乐方面，除了华乐、还有西乐和当地土著的番乐，"庭下众乐人，西乐尤铿锵。高张梵字谱，指挥亦复扬"；中乐"此乃故乡音，过耳音难忘"，蕃乐"番乐细腰鼓，手拍声锽锽。喇叭毕粟，骤听似无腔"。这三种音乐齐奏"诸乐杂沓作，引客来登堂"。乐器虽杂，却奏出和谐的迎宾曲。在新娘的装束方面："举手露约指，如枣真金钢。一钚五百万，两钚千万强，腰悬同心镜，衬以紫荷囊。盘金作绳带，旋绕九回肠，上下笼统衫，强分名衣裳，平生不著袜，今段破天荒，明珠编成履，千绯当丝缡。"衣着华丽，脚不着袜，是典型的中华传统和马来风俗的混合体——岜岜文化。

婚礼的饮食方面更是如此："点心嚼月饼，钉座堆冰糖，啖蔗过蔗尾，剖瓜馀瓜瓤，流连与波罗，争以果为粮。赤足络绎来，大盘芦臁芛，穿花串鱼鲊，薄纸批牛肪。"除了中国传统小吃，还有新加坡当地食物。前来道贺的宾客："白人洁妇来，手携花盈筐。鼻端撑眼镜，碧眼深汪汪。裹头波斯胡，贪饮如渴羌。蛮蛮巫来由，肉袒亲牵羊。余皆闽粤人，到此均同乡。"迎接前来贺喜的宾客，有侨胞、洋人、阿拉伯人、当地的土人，这从一个侧面反映了多种族文化的交融相汇，当时华族与侨居各族人民的友好关系。

第三，诗文后半部分以较长篇幅，借与婚礼席间一个"蒜发叟"的谈话，反映早期南洋华人的发迹历程，以及有的晚年意图归国，却由于"国初海禁严"，回国时被清政府"诬以通番罪"，受到无辜欺辱及勒索的心态悲凉和意图"群携妻子归，共唱太平乐"（《番客篇》）（陈铮，2005：133-135）的愿望。

3."传语天下万万花，但是同种均一家"：新加坡的社会时事

《新嘉坡杂诗》中的第二首反映新加坡原先被柔佛苏丹控制，后来沦为英国殖民地："本为南道主，翻拜小诸侯。巧夺盟牛耳，横行看马头。黑甜奴善睡，黄教佛能柔。遂划芒芒迹，难分禹画州。"其中"黑甜奴善睡，黄教佛能柔"不仅将柔佛巧妙嵌入，更指出英国轻易占领新加坡的原因。

更妙的是第三首"花离不成国，黔首尚遗黎。家蓄獠奴段，官尊鸭姓奚。神差来却要，天号改撑犁。益地图王母，诸蛮尽向西"中描述的英国人占领新加坡后的两点情况，一是新加坡当地人称英国人为 tuan（先生），故称谐音"奴段"，而"獠"在《说文》中"獠，猎也"。同时借用了杜甫《示獠奴阿段》一诗："山木苍苍落日曛，竹竿裊裊细泉分。郡人入夜争馀沥，竖子寻源独不闻。病渴三更回白首，传声一注湿青云。曾惊陶侃

胡奴异，怪尔常穿虎豹群。"二是其中的"官尊鸭姓奚"是黄遵宪和当时华民护卫司奚以智关系日益恶化的反映，在此诗中诗人自注云"英官护卫司用华文译其姓为奚，最贪秽"（黄遵宪，1981：590），可见"益地图王母，诸蛮尽向西"中的西王母应该就是英国的女皇。在黄遵宪养病期间，住所"潴水池边筑一楼，三面环水"，诗人"手摘莲菊桃李同供瓶中"，以此"奇观"（《己亥杂诗》）（陈铮，2005：159-160）赋诗《以莲菊桃杂供一瓶作歌》，借花喻人，反映新加坡各族杂处的现实。但是不少研究者认为该诗是世人对新加坡社会的正面赞赏，"四海一家要携手共进……展现了诗人博大仁爱的胸怀以及对世界大同的憧憬""种族平等、世界大同思想的表现，也是此诗的一个显著特征"（王力坚，1997：120）。实际上，我们研究发现，黄遵宪的意图是要讽刺英国殖民统治下的种族压迫，他用"瓶"隐喻新加坡多元社会，"莲""菊""桃"分别隐喻黄、白、黑三色人种，其中白种人天生优越，傲视于其他种族至上，"一花惊喜初相见，四千余岁甫识面；一花自顾远自猜，万里绝域我能来；一花退立如局缩，人太孤高我惭俗；一花傲睨如居居，了更妩媚非粗疏"（《以莲菊桃杂供一瓶作歌》）（陈铮，2005：132）。在态度上更显得"有时背面互猜忌，非我族类心必异；有时并肩相爱怜，得成眷属都有缘；有时低眉若饮泣，偏是同根煎太急；有时仰首翻踌躇，欲去非种谁能锄；有时俯水瞋不语，谁滋他族来逼处；有时微笑临春风，来者不拒何不容"。种族之间的矛盾和猜忌显而易见，对此，黄遵宪急切呼吁中华民族自尊心的树立："唐人本自善唐花，或者并使兰花梅花一齐发。飙轮来往如电过，不日便可归支那。此瓶不乾花不萎，不必少见多怪如橐驼。地球南北倘倒转，赤道逼人寒署变，尔时五羊仙城化作海上山，亦有四时之花开满悬。"

4. "烂烂斗星长北指，滔滔海水竟西流"：黄遵宪的情感流露

黄遵宪在南洋当总领事期间，政治清政府几近日落西山之时，回想历史上中国周边国家对朝廷的仰慕和供奉，对比今日由于列强的欺凌、政府的无能导致中国外交地位的衰落，作为常年周旋于列强与腐朽清政府之间的外交官，诗人哀叹："曾非吾土一登楼，四野风酣万里秋。烂烂斗星长北指，滔滔海水竟西流。昂头尚照秦时月，放眼犹疑禹画州。回首宣南苏禄墓，记闻诸国赋共球。"其失望与悲哀更为深切而浓重。

仕途上的忧郁，加之黄遵宪身体上的不适，其诗作中更多流露出颇为消极的情绪。例如，《眼前》一诗前半段："眼前男女催人老，况是愁中与病中。相对灯青恍如梦，未须头白既成翁。"描述的是愁病交加，夜阑灯青，岁月催人的情景，渲染出消沉惆怅的情绪气氛。后半段："添巢燕子双雏黑，插帽花枝半面红。不信旁人称岁暮，且忻生意暖融融。"虽由燕子添巢、花枝映面的喜庆，但是终有强颜欢笑、苦中作乐之嫌。整首诗中流露出凝重、消沉的气氛。再如，《寓章园养疴》中营造出"海色苍茫夜气微，一痕凉月入柴扉。独行对影时言笑，排日量腰较瘦肥"这样一个苍凉意境：海色苍茫，夜气微稀，一抹清冷的月光。这是自然物境，更是诗人之心境。此情此景，诗人只是顾影自怜。

其后的养病期间，黄遵宪遵医嘱外出疗养，心情依然纠结，在《养疴杂诗》中写道："处裈残虱扫除清，绕鬓飞蚊不一鸣。高枕胸中了无事，如何不睡又天明？"这里诗人明明可以高枕无事却又终宿不眠，可见平静的疗养生活并没有让诗人内心恬静悠逸，反而沉沦于难以舒释、难以言喻的情绪中。

（二）我手写我口，古岂能拘牵：黄遵宪南洋诗歌的新语词

所谓新语词，指有别于传统典籍词汇的汉语新词和近、现代通过翻译从其他语言吸收的词汇。在历史上，中国文人也偶尔有将外国传来的新鲜与诗词之中的，佛教中的梵语词汇最为突出，但就黄遵宪这样大量的新词入诗来增加诗词的原创性和新鲜感的却绝无仅有。黄遵宪就诗界革命而言，最大的功绩莫过于将新语词应用到旧体诗中，他感慨于传统诗歌创作的拘泥，在《杂感》诗中谓："俗儒好尊古，日日故纸研。六经字所无，不敢入诗篇。"所以，在《人境庐诗草》自序中写道，"今之世异于古，今之人亦何必与古同""凡事名物名切于今者，皆采取而假借之"（《人境庐诗草自序》）（陈铮，2005：68-69），他认为"切于今"的语言更好地反映"今之世"与"今之人"。他主张"古人未有之物，未辟之境，耳目所历，皆笔而书之"（黄遵宪，1981：3），既然是未有之物、未辟之境，就难免要用新词表现（黄遵宪，1981：42）。可见其好用新词、新事入诗。黄遵宪自称新派诗人，在他的《酬曾重伯编修》中就有"废君一月官书力，

读我连篇新派诗"（黄遵宪，1981：762）之诗句。他通过对古典诗歌的体裁、语言和表现技法的传承，将古典诗词的形式与接触到的新词语巧妙融合，用亲见之景与身历之事来抒发心灵感受。

黄遵宪的外交经验及异域生活的视野，使得他辨识到诗语言变革的意义。他以俗语、新名词、新概念入诗，表现了南洋特色的文化格局，我们试以两首诗（表 3.4 和表 3.5）为例进行说明。

表 3.4　《番客篇》

原文	新语词
喇叭与毕栗	喇叭、毕栗
鼻端撑眼镜	眼镜
裹头波斯胡	波斯胡
点心嚼月饼，钉座堆冰糖。	点心、月饼、冰糖
赌钱亦无妨	赌钱
倾壶挑鼻烟，来自大西洋。	鼻烟、大西洋

表 3.5　《以莲菊桃杂供一瓶》

原文	新语词
地球南北倘倒转，赤道逼人寒暑变。	地球、赤道
动物植物轮回作生死	动物、植物
不日便可归支那	支那
化工造物先造质	化工

分析以上新语词，我们可以得出以下结论。

第一，黄遵宪入诗的语词基本上是名词，动词和形容词非常少见。这原因有二，一方面是词语本身性质决定，新语词主要是新名词，社会发展，新名词不断涌现，而动词和形容词则更新较慢；另一方面，名词用在诗词里动词前后，没有动词显眼，即使读起来新鲜，也不会冲击诗词原貌。

第二，这些入诗的新词大都是二字词，像"大西洋"这样的三字词非常少。这是因为二字词可以自由安放按句式放在每个诗句的开头、中间或押韵位置。而三字词之所以少见，是因为旧体诗大式多以两字为停顿，因此，三字词的使用可能应用新词时就须割裂句式，入词时通常放在每句开头或句末位置，如"倾壶挑鼻烟，来自大西洋"。

第三，我们把这些新词可以分为两类，一类是音译词，如"波斯胡"

（Persis）、"支那"（China），还有一类值得关注的是，黄遵宪诗中出现的不是外语的音译词，而是他充分利用中国古典语言资源基础上的新造词，如"喇叭""毕栗""眼镜""点心""月饼""冰糖""赌钱""大西洋""地球""赤道""动物""植物""化工"等。后一类是黄遵宪本人非常感兴趣的，1902年他给严复的信中就针对外国语词难以通过其他方式翻译时，要根据自己情况创新语词：

> 公以为文界无革命。弟以为无革命而有维新。如《四十二章经》，旧体也。自鸠摩罗什辈出，而内典别成文体，佛教益盛兴矣。本朝之文书，元明以后之演义，皆旧体所无也，而人人遵用之而乐观之。文字一道，至于人人遵用之而乐观之，足矣。（严复，2004：1573）

在黄遵宪看来，早期佛经之所以没有引起学界的关注就在于没有创造出一套既表达佛经原意又合乎汉语语法的语词。但是鸠摩罗什创造出新的汉语佛教词汇后，翻译就引起中国古代学者关注，导致佛教的盛行。关于黄遵宪新词入诗，后人毁誉参半，例如，梁启超就称赞黄遵宪"近世诗人，能铭铸新理想以入旧风格者，当推黄公度"（梁启超，1989：2），袁祖光《绿天香雪巷诗话》也赞其："海外景物，近人人诗者多。求其雄阔淋漓，不负万里壮游者，惟黄公度一人而已。"（袁祖光《绿天香雪稼诗话》中语，黄遵宪：《人境庐诗草笺注》下册附录三《诗话上》）（黄遵宪，1981：1278）但是也有一些文学评论家对黄遵宪的做法持反对意见，如夏敬观就认为黄遵宪新诗欠缺细意剪裁，元气舒伸，未达极致："黄公度、康更生之诗，大气磅礴则有之，然过欠剪裁，瑕累百出，殊未足称元气淋漓也。"（胡先骕：《读郑子尹巢经巢诗集》，黄遵宪：《人境庐诗草笺注》下册附录三《诗话下·各家杂文》）（黄遵宪，1981：1305）而批评最为激烈的当属钱钟书：

> 近人论诗界维新，必推黄公度……五古议论纵横……语工而格卑，伦气尚存，每成俗艳……大胆为文处亦无以过其乡宋芷湾，差能说西洋制度名物，持执声光电化诸学，以为点缀，而于西人风推之妙，心性之微，实少解会，故其诗有新事物，而无新理致……新学而稍知存古，与夫旧学而强欲趋时者，皆好公度。盖若辈之言诗界维新，仅指驱使西故，亦扰参军蛮语作诗，仍是用佛典梵

语之结习而已。(钱钟书,1992:1309)

他认为黄遵宪诗风俗艳,虽然喜好在诗中用外来语词方物点缀,对概念的风雅、心性只知皮毛,因此所谓的新诗是有名无实,有新事物而无理念。钱钟书的评论显然过激。但是新词入诗对后世的旧体诗创作却有很大的启发。例如,旧体诗的写作不可因为新语词的使用丧失古典美的韵味,不可因为语词的创新,丧失古典诗词的立意。在新词的使用上应用外来语句的内涵是写新诗的重要方向,要具备新理致,以免流于立意陈腐、徒具形式。

(三)须从旧锦翻新样,莫以今魂托古胎:黄遵宪南洋诗的新意境

中国古典诗歌的发展兴盛到清朝已经几近终结,"虽有奇才异能英伟之士,率意远思,无有能出其范围者"(《致周朗山函》)(陈铮,2005:291)。面对此情,黄遵宪反对"俗儒好尊古",主张诗歌革新,"我手写我口"希望"别创诗界"。戊戌变法前夕,其诗作自称"废君一月官书力,读我连篇新派诗"(《酬曾重伯编修》)(陈铮,2005:149),正式树立起"新派诗"的大旗。他希望能摆脱古典诗词创作的束缚,另辟境界。对此,在《人境庐诗草自序》中解释:作诗应"诗之外有事,诗之中有人",理想的诗境应该是"一曰复古人比兴之体;一曰以单行之神,运排偶之体,一曰取《离骚》乐府之神理而不袭其貌;一曰用古文家伸缩离合之法以入诗",取材"自群经三史,逮于周、秦诸子之书,许、郑诸家之注,凡事名物名切于今者,皆采取而假借之",述事"举今日之官书会典方言俗谚,以及古人未有之物,未辟之境,耳目所历,皆笔而书之",炼格"自曹、鲍、陶、谢、李、杜、韩、苏讫于晚近小家,不名一格,不专一体,要不失乎为我之诗"(《人境庐诗草自序》)(陈铮,2005:68-69),这是"诗歌革命"的先声。

黄遵宪的诗歌在努力保留诗歌传统民族风格的同时,致力于用新题材营造新意境。意境是中国古典诗歌美学的一个核心范畴,指的是在意象的基础上产生的通过意象的组合而形成的既独立自足又渗透着诗人主观情智的语言符号体系。它要营造一种"情景交融""神形兼备"的艺术境界。因此"新派诗"广为流传,其弟黄遵楷描述了"海内文人学士,折柬相追,欲读其诗而知其人者,迄无虚岁"(《黄遵楷初印本跋》)(陈铮,2005:69)的盛况,柳亚子也曾在《论诗六绝句》中透露了"时流竞说黄公度"

第三章 诗在南洋——新加坡"过客"的旧体诗

（郭延礼，1991：902）的风潮。梁启超更是给予"新派诗""以旧风格含新意境"（梁启超，1959：51）"镕铸新理想以入旧风格"（梁启超，1959：2）的评价。"风格"即格调、格律，"旧风格"是中国传统诗歌的艺术形式，如体裁（古体诗、近体诗）、格律（五言、七言）、表现手法（赋、比、兴）。黄遵宪虽然重视"旧风格""公度诗全从万卷中酝酿而来"（钱仲联：1986：162），但更擅长用古典来创新。

这方面最具代表性的就是《以莲菊桃杂供一瓶作歌》一诗，不仅有许多佛经典故，更是将现代科学技术的引用融入诗作。诗中"南斗在北海西流，春非我春秋非秋。人言今日是新岁，百花烂熳堆案头。主人三载蛮夷长，足遍五洲多异想。且将本领管群花，一瓶海水同供养。莲花衣白菊花黄，夭桃侧侍添红妆，双花并头一在手，叶叶相对花相当。浓如栴檀和众香，灿如云锦粉五色。华如宝衣陈七市，美如琼浆合天食。如竞箎鼓调筝琶，蕃汉龟兹乐一律。如天雨花花满身，合仙佛魔同一室。如招海客通商船，黄白黑种同一国"连用七个比喻形容花类繁多，用以象征新加坡社会的多元化。例如，"蕃汉龟兹乐一律。如天雨花花满身，合仙佛魔同一室"用来比喻各种鲜花，却象征各种表面差异纷杂的食物背后却隐藏着内在的一致性。而所谓的莲、菊、桃暗指"仙""佛""魔"。黄遵宪在诗后自注"以菊为仙，莲为佛，桃为魔"，它们之间也是表面有差异，但是内在却又关于"轮回"的相似性，所以才会"同一室"。这里的比喻大都源于佛教之中，例如，"栴檀"源于梵文"栴檀那"（candana）的简称，即檀香。"宝衣"是佛教中僧人的衣服。例如，《法华经·譬喻品》中就有"无量宝衣，及诸卧具"一说。

此诗第二部分中，各种花虽然争奇斗艳，但是却有可能被宽容的精神冰释前嫌，诗中"有时背面互猜忌，非我族类心必异；有时并肩相爱怜，得成眷属都有缘；有时低眉若饮泣，偏是同根煎太急；有时仰首翻踌躇，欲去非种谁能锄；有时俯水瞋不语，谁滋他族来逼处；有时微笑临春风，来者不拒何不容"反复出现"有时"，暗示"轮回"的主题，指代生命循环往复过程中相对稳定的阶段。

第三部分，"即今种花术益工，移枝接叶争天功，安知莲不变桃桃不变为菊，迥黄转绿谁能穷？化工造物先造质，控搏众质亦多术，安知夺胎换骨无金丹，不使此莲此菊此桃万亿化身合为一。众生后果本前因，汝花未必原花身，动物植物轮回作生死，安知人不变花花不变为人"，黄遵宪本人以第一人称的角度插入，通过论理缓和各种花木之间的矛盾，花儿们也自愿停止纷争，听从更高力量的安排。"众生后果本前因，汝花未必原花身，动物植物轮回作生死"，黄遵宪将佛教中"超生"观念和现代物种变异的理论合成，说明不仅花儿间，包括人种之间的不同都是外在的，经过轮回，精神都会从一个种族转移到另一种族的肉身上。包括诗人自己，因果相生的轮回都会让他成为一朵鲜花，而此时的鲜花转化成人，"待到汝花将我供瓶时，远愿对花一读今我诗"，这些花儿会将他插入花瓶，在当他的面吟诵这首《以莲菊桃杂供一瓶作歌》。

黄遵宪强调诗歌的社会功用，主张作诗"言志"，他的南洋诗篇体现出的异域风情、民族平等、科学意识都是在古典诗歌审美范围内不曾出现的。他所关注的是对拯救时弊、社会改革有用的价值理念。他对于古典诗词取材、述事的风格接纳是全面的，但又能把现代性的事物，妥帖地安置到古诗的表达中去。这也是黄遵宪本人作为精英，传统的审美习惯对诗歌的创作有着很强的约束力的一种文化体现，古典诗歌的美学原则深深地积淀在他的审美心理之中。

四、杨云史：炎洲往事堪流涕

杨云史名圻，常熟人，御史杨崇伊之子，李鸿章孙婿。杨云史于清光绪二十八年（1902 年）参加顺天乡试，名列第二，旋奉邮传部奏调，任郎中一职。后因岳父李经方（李鸿章之子）以钦差大臣身份出使英国，经外务部奏请，光绪三十四年（1908 年），杨云史被派驻新加坡任副领事。在旧体诗创作上，和前文所提到的左秉隆、黄遵宪一样曾经作为清政府派驻新加坡的官员，并留下大量诗作。光绪三十四年（1908 年）出任清政府驻新加坡领事馆翻译并兼任书记一职。三年任期，杨云史在新加坡任职期间，看到华商因橡胶产业致富，继而萌发种植之念，回国变卖部分资产，在新加坡组建树胶公司。但后来因国际战争局势影响，橡胶价格大跌，杨云史的产业溃不成军。经商受挫，又逢国内政体变动，不得已在辛亥革命后回国。著有诗集《江山万里楼诗钞》和《江山万里词钞》。其中，《江山万里楼诗钞》卷二有 62 首诗作于新加坡，卷三有 109 首作于新加坡。杨云史往新加坡任职，如他自己所言"非迁谪，宜无所哀，且得其乐矣"（杨云史，1926：3）。所谓自得其乐，是杨云史前往新加坡时携带"一妻二稚子"，与世事无争，在新加坡期间乐于和当地马来人交往，"习蛮语，问土风"正如其《宿巫来人野舍夜雨》一诗中所言："我爱番人家，醉后清眠足，雷雨到天明，屋后一峰绿。"由于平日多和家人在居所附近游玩，因此诗文多是与山居生活有关，在此不一一列举。杨云史毕竟是一个文人，在官场和华侨事业上的建树远不及左秉隆和黄遵宪。

就新加坡华文旧体诗的创作主体而言，学界大都认为是邱菽园开辟了本土关怀的先河，事实上，早在邱菽园之前，就不乏有对于南洋风貌的整体书写。早期的新加坡"过客"踏入新加坡后，映入眼帘的首先是不同于中国的热带风景和各色人种。新加坡华文旧体诗的内容涵盖方方面面，值得关注的除了对于南洋风貌的书写外，还有个别作品涉及民间传说。例如，杨云史的《巫来江歌》就是以哀艳荒忽的笔调描绘马来民间传说的作品：

> 柔佛为巫来岛国之一，相传古时，其王有男女，相悦感情，投水死，化为蝴蝶，至今有见之者，殆陈思宓妃之流欤！哀哀艳情，乃在荒服，惜无才子文人以寿之！宇宙之大，何地无情？解佩留枕，知者能几？哀已！

> 巫来江水碧如油，炎方帝子乘兰舟。江女摇珰烟花洲，绿发参差珠玉秋。红肌香泪出风雨，耿耿银河隔天语，埋骨无人吊碧山，狒狒来时猩猩去。蛮云莽莽骑红鲤，苍桔子露冷迷湘水。早知天上胜人间，一笑相逢都未死。水云破碎月脱衣，夜来化作寒蝶飞。青陵台畔行人稀，荒官梁殿花草非。湿萤暗照雷塘夜，幽魂归去青山下。（杨云史，1926：156）

近代华族意识不仅促使这些官员关注现实中的南洋华侨华人问题，也深刻影响了他们对南洋问题的整体认识。具有战略眼光的海外官员认识到这一点，黄遵宪在《新加坡杂诗》对清政府在"远拓东西极，论功纪十全"时未能重视南洋地区的战略价值而将其纳入版图而感慨。具有同样看法的还有杨云史。

杨云史认为清政府坐失对南洋地区的控制权，最终会危及中国自身的安全。他在《哀南溟》的序中讲道：

> 当时中国全盛，四夷震慑，苟有人羁縻之，则若辈子孙，列若藩封。而今之英属五万方里，荷属七十三万方里，如荼如火之南洋群岛，为我中国有可也。乃有司暗于国势，无远谋，昧乎因利之势，坐失乘便之机，使群雄者胜无可归，败无可救，或夺于英荷，或侵于土人，以至渐灭，甚至事迹不彰，姓氏不著，谁之过欤？追乎欧人登陆，见其土肥物庶，宝藏丰富，尽力经营，百余年间，遂有今日，而东南自此多事矣。

在《哀南溟》中，杨云史对华人与南洋的开发还进行了这样的描述：

> 炎洲往事堪流涕，五百年间失载记。取而代之大有人，大国小国不可纪。轩辕子孙真龙种，虫匕髯自王佗自帝。磨刀割破沧溟水，快哉我取人所弃。目光熊熊烛宇宙，昂头天外擢土地。岂不有意图中原，一笑置之今何世！其间称王十余传，或数十年或百年。一二故事但口述，考之文字殊茫然。当时百蛮皆慑服，或以兵力或以贤。洪氏叶氏为最盛，洪武以后嘉道前。其人类皆雄俊悲不遇，掉头入海不回顾。云梦八九多巨区，天下之事容可图。国有真人走扶余，为人不为真丈夫。伏波铜鼓征南服，渡沪深入文身俗。但闻地角有干戈，不知天上何年月。南荒吁陌起人烟，斩棘披荆不计年。大泽云深驱象阵，春山日暖种桑田。火齐木难夸宝藏，星罗棋布膏胶壤。何曾葫敞献冰蚕，尽有珊瑚搜铁网。越王台殿浪花中，鼓角相闻大海东。天池一击歌大风，射杀鲸鱿屠蛟龙。当年跃马亦天意，得志全凭苍莽气。鞭笞异族如牛羊，前仆后起一再厉。

一方面，华人在海外披荆斩棘；另一方面，在外飘零得不到中国政府的庇佑，这样的"霸业"只能逐渐衰落。这段描述，杨云史结合自己的失败经验而谈，笔触凄迷低沉：

> 可怜北户谁相劳，天限南风不能到。真定虚闻报汉书，西京犹下珠崖诏。狼荒水草动愁思，遗恨吞吴失此时。花里但余秦父老，草间犹见汉旅旗。空令叱咤惊四裔，成事艰难失之易。中使频传载宝归，疆臣未识怀柔计。楼船白鸟自西来，金剑尘寒铁索

开。霸业寂寥何处问，渔樵踪迹水天哀。

《哀南溟》是近代南洋题材旧体诗中最具有总结性的作品。不仅描述了南洋的侨民生活，通过诗人经历的具有历史意义的阶段，为后世的南洋研究保留史料；更具有战略眼光，有意识地试图勾勒出南洋和中国本土兴替之变的精神，比较和借鉴中国落后和侨民受辱的种种原因。

第三节　更望佗城作故乡：出访南洋的文人

19世纪上半叶，新加坡由于地处赤道边缘，气候炎热，这块被称为"化外之民"居住的海疆殊域，许多文人雅士都不愿到此。这块"南洋乃化外之邦，榛莽之疾地"，并无文化可言，因此移民新加坡的华人，绝大多数目不识丁，"地气人俗殊中华，从来名士至者寡"。19世纪下半叶开始，中国许多文人政客，因为政治因素，纷纷南来。留下不少旧体诗作品，对新加坡风貌和社会有所记录，既是研究新加坡华文社会的史料，也是我们研究中国文学海外传播的重要文化遗产。

关于出访南洋的文人在新加坡留下的旧体诗，篇章数量其实并不太多。主要代表人物有前文提到的卫铸生，他的新加坡华文旧体诗代表作如《寿荣华酒楼即句》八首。除此之外，还有丘逢甲、许南英、潘飞声等。

一、丘逢甲：我是渡海寻诗人，行吟欲遍南天春

南来文人中最突出的旧体诗人代表，当属丘逢甲。丘逢甲（1864—1912），清末有影响的教育活动家和爱国诗人。1900年3月丘逢甲的南洋之行，是他一生中唯一的一次出国考察。丘逢甲三月初从潮州出发，经香港、西贡、高棉，于同年3月18日抵达目的地新加坡。

关于这次出行的目的，据《仓海先生丘公逢甲年谱》所述："是年，公为粤政府派往南洋，调查侨民，监事联络。历英、法、荷等属，讲教说义，人心翕然；并筹款在汕头立校教授新学。"（《岭云海日楼诗钞》附录：邱琮《仓海先生丘公逢甲年谱》）（邱琮，1984：433）再据1900年丘逢甲给惠潮嘉道沈絮斋的信中所云："由台来粤，蛰伏五载，无有能知其为人者，荷公以国士见待，感何可言！某虽京朝末官，放弃海曲，而忠愤耿

耿，未尝不日思为朝廷稍尽心力。联合南洋各埠粤商民之举，谋之数年，岛中豪杰略能得其要领。今岁联合之机已动，彼中人士屡书恳往主持，所以迟迟不行者，正恐人以新党目之耳。承公以文牍宠其行，他日使各埠商民能以财力上报国家，某亦薄有建树，皆公赐矣！"（丘逢甲，2001：31）两段文字中，我们可以归纳出丘逢甲南洋之行的目的有二，一是联合南洋各埠闽粤商人，日后使之"财力上报国家"，二是调查侨民，进行文化教化。

丘逢甲之所以意愿在南洋积极推动新学，一个重要的原因是他认为台湾的沦陷由于民智未开，"自刘铭传任巡抚，铁路电线等新政，渐次兴举，故士绅思想较新。民主国自筹备，而成立，而败亡，虽为时不久，然宪法、议院、邮政、币制均具。其政制有足多者。惜人民仍缺乏教育，不知国族关系，当时民主国叠申大义请援于闽粤商民、沿海督抚，迄无应者。即岛中绅民，闻朝旨已许割让，倭军又海陆并临，亦渐多不愿输饷械，不愿作牺牲者。使当时民智已如光宣之际，则倭之吞台，宁能如是之易？"但是丘逢甲的抱负在中国本土却因为保守派的反对而挫败。而与此同时，南洋以邱菽园为首的华侨，在新加坡的儒教运动却反映良好，丘逢甲希望借此向南洋华侨宣传自己的办学理想，服务于维新运动。因此丘逢甲是以兴奋与期待的心情，对待这次南游的。他在《将之南洋留别亲友》之一写道：

一水茫茫络五洲，此行心已遍全球。衣冠异代图王会，书剑平生快壮游。

花幔俗探柔佛国，锦袍人上谪仙舟。要知吾道其南意，鲁叟先言海可浮。

丘逢甲对南行充满向往，除了对热带风光的新奇外，更重要的是可以宣扬推动新学的主张。因此，他在诗中引用了孔子"道不行，乘桴浮于海"的典故。而上文中的"彼中人士"是我们在第四章中重点论述的新加坡著名诗人邱菽园。之所以提到此人，是因为邱菽园是丘逢甲南洋之行得以实施的重要条件。两个人有共同爱好诗歌创作，以及共同的政治理念维新思想，使得二人惺惺相惜，互为知己。

一个非常值得注意的现象就是，在本章所论述的"过客"型旧体诗人中，丘逢甲的诗作数量之大，仅次于新加坡总领事黄遵宪。据统计，从1898年5月26日至1900年11月10日近两年半的时间里，《天南新报》连同其

第三章 诗在南洋——新加坡"过客"的旧体诗

他侨报,诸如《叻报》《槟城新报》《日新报》共刊登了丘逢甲的诗歌135首。之所以丘逢甲选择在《天南新报》上发表自己近乎半数的旧体诗作,是因为与邱菽园笃深的情谊。因为创刊于1898年5月28日的《天南新报》是邱菽园自己独自经营的华文报刊。而丘逢甲在南洋时期的旧体诗作主要被收录在《岭云海日楼诗钞》卷七和"选外集"中。丘逢甲的南洋诗以情景诗和酬唱诗为主。

作为第一次远行的丘逢甲,走出国门,所见所闻自然不同于境内,眼界的变化,反映在诗作中自然有别样的反映。用旧体诗表现新土地、新生活、新经验是作为晚清新加坡土地上的"过客"的共同选择。其中最为南洋文人传颂的就是《自题南洋行教图》:

莽莽群山海气青,华风远被到南溟,万人围坐齐倾耳,椰子林中说圣经。

两千五百余年后,浮海居然道可行,独向斗南楼上望,春风回处紫澜生。(丘逢甲,2009:169)

在诗作中的"莽莽群山海气青"是诗人建构的海洋经验,丘逢甲的旧体诗中,有许多关于海洋的描写,例如,"我生自是东海客"是丘逢甲内渡后的人生体验,"我家沧海东"是诗人跨海避难不得已的选择。在《自题南洋行教图》中诗人选择的现实情境是依山傍海的"南溟",即南洋,椰子林之中,万人围坐在一起,聆听"圣经",就是中国儒家典籍,这壮观的场面在而诗中流露出的强烈的文化优越感也让人震撼。而"圣经"二字,诗人实践的不仅仅是晚晴诗界革命中强调的"新词语、新意境"的变化,而是新知识带来的空间经验重组了旧体诗对文化景观的描写。

需要指出的是,丘逢甲的南洋之行,虽然笔下也有关于异域风景的记录,但是他笔下的新加坡,不仅仅是迥异于中国的旖旎风光,更多的是以景观入诗,反映自己的民族情怀。例如,在前往新加坡的途中所做的七古《海中观日出歌由汕头抵香港作》中的"我是渡海寻诗人,行吟欲遍南天春。完全主权不曾失,诗世界里先维新"。里面"诗世界"的"维新",要求的是对以往经验结构的改变。他已然认识到,改变并不会导致主权的丧失,该改变反而带来的是新空间的拓展。再如途经西贡时,他所做的《西贡杂诗(十首)》,有面对异域遭遇殖民者的惊诧"谁知富贵夸真腊,竟属黄须碧眼人"，有面对汉文化在海外失传的忧郁"传经但读佉卢字，遗教无人说士王"。这些诗句表面上是对游览风景的记录，但实际上是诗人内心情绪和政治态度的直接反映。

丘逢甲诗歌基本是旧体诗，其诗材取向较注重民间色彩和普世效应，正如其南洋旧体诗，自民间生活中发现题材，自世俗乡风中吸取养料，这种来源于民间、作用于社会的特点被梁启超称为"以民间流行最不经心之语入诗，而能雅驯温厚"。

丘逢甲一路之上，新奇惊喜之心，在抵达新加坡后和当地诗人酬唱自不能免，传统文人的游冶之趣随之可见。面对国家兴亡的政治抱负，对于传统文人眼中"蛮荒之地"街角的名士，丘逢甲既兴奋又感慨，诗文往来十分频繁。在新加坡期间的酬唱诗最具有代表性的是和叶季允、邱菽园的往来诗作。

叶季允（1859—1921），名懋斌，号字行，江西人，少年流寓至广东。从1881年薛有礼创办《叻报》到1932年，主笔书十年如一日。叶季允幼年受私塾教育，擅作诗文，诗风稳健，是典型的中国传统知识分子，而且是新加坡华侨社会中罕见的多才多艺者。其在《叻报》也有旧体诗作品发布。丘逢甲到达新加坡，受到叶季允的热切欢迎和关注，叶季允在《叻报》作诗《赠邱仙根工部兼东王晓沧广文》为其接风，坦露新加坡华人移民的孤独心态和遇见故土文人的欣喜之意。

当涂月旦才人忌，叔世衣冠志士羞。

只有诗情抛不欲，愿随吟履细赓酬。

丘逢甲以诗《答葉季允懋斌見贈》（四首）答谢：

平生风义柳堂门，雄直依然粤派存。谁料南荒柔佛国，听松庐更有诗孙。

万里飞腾志未乖，海山苍莽遣吟怀。他年岛国传流寓，诗屋人寻豆腐街。

廿载风尘粤客装，〈白宛〉公山远郁苍苍。自来海外称诗老，更望佗城作故乡。

劳赠才人绝妙词，天涯有客遍搜奇。独怜荒峤来相语，绝少韩陵一片碑。（丘逢甲，2009：166）

丘逢甲借对叶季允才情的赞赏，表达了对传统印象中荒蛮之地文人

第三章 诗在南洋——新加坡"过客"的旧体诗

才子的惊喜,只可惜这些新加坡文人的好文章、学风并不被中国人所了解,自己也是到了这样的处境才有机会领悟和拜读。他借助"独怜荒峤来相语,绝少韩陵一片碑"暗示流寓新加坡的文化名士正如南洋那些梳理与山上无人辨识的碑文一样,被埋没在荒草地之中。面对丘逢甲作为文人的惺惺相惜,叶季允再以诗文《书感次邱仙根水部见赠元韵》唱和,"嫁衣金线年年压,输欲人间没字碑",叶季允表明自己无意留名,甘愿帮他人作嫁衣裳。两日之内,以报纸为媒介诗作往来,见证了新加坡文化社会的早期境地。

和邱菽园的《饮新加坡舫咏楼次菽园韵》也是酬唱代表作之一。邱菽园夜宴丘逢甲,期间谈论到国事,此时正值戊戌变法失败,不断有保皇党南来,邱菽园在与其接触后,情绪逐渐低落,在与丘逢甲的夜宴过程中,就流露出这样的消沉情绪,随即赋诗《二十夜宴呈同席王晓沧黄黻臣徐季钧陈仪侃家仙根诸君》:

> 天台天半起笙歌,岛上风云感慨多!倘若德星书太史,广寒宫阙托微波。
>
> 海外真看大九州,从军王粲复登楼。可怜一片南溟月,双照卢家有莫愁!
>
> 银屏记曲渺愁余,酒令惊看军令如。同时江湖心魏阙,何时天上出朱虚?
>
> 名花次第拂春风,十万金铃代化工。我爱信陵魏公子,从来儿女出英雄!(李庆年,1998:189)

丘逢甲见此情景,唱和诗《饮新加坡舫咏楼次菽园韵》一首,规劝邱菽园应该振作起来:

> 春风海上客征歌,消受群花眼福多。我比石斋尤豁达,不妨坐抱顾横波。
>
> 风云万里郁神州,人醉天南第一楼。唱遍南朝新乐府,最难天子是无愁。(丘逢甲,2009:165)

通过丘逢甲和南洋文人的旧体诗酬唱,我们也可以反观出当时南洋的文学现场,无论是叶季允还是邱菽园,都是流寓新加坡的传统诗人,面对新加坡有待发展的文化社会,内心寂寞,当故土有人往来,内心喜悦之下,内在文学情感的爆发，向故土来的人展示了别具一格的南洋风采，构建了一个与故土文人共享的旧体诗学空间。

此外，丘逢甲在新加坡期间留下大量的诗作附赠友人，如《赠林文庆》《病中赠王桂山》《赠罗叔羹领事》《与林谷宜比部夜话》《钟文南太守自美洲回里赋赠》等。而丘逢甲的此类诗作与许多"过客"诗人的不同在于，其诗作不是客套应酬，而是情感真诚而其诗中都流露出其忠心报国的情怀。即便赠诗的对象是海外华人，他也不忘提醒对方勿忘祖国。例如，《赠罗叔羹领事》云：

十丈黄龙卓国旗，南荒群识汉官仪。只今都护仍开府，从古行人必善辞。

海臂中分浮世界，天心难测厚蛮夷。登山四望青山色，何处先朝御制碑。

万里家山梦八闽，一尊海岛话三春。对棋再感中朝事，属籍偏多故国民。

落落星辰明赤道，茫茫车马走黄尘。要知吾道其南意，此任终当付伟人。（丘逢甲，2009：409）

此诗的附赠对象罗叔羹即将去巴达维亚担任领事，丘逢甲建议其"对棋再感中朝事，属籍偏多故国民"，注意外交事宜和侨民的问题。

对在南洋以卖药行医为主业的王桂山，丘逢甲在诗作中以"未报国仇心未了，枕戈重与赋无衣"的诗句鼓励王桂山不要因为"无力能消古劫尘"的时局消沉而对报效祖国之心有所懈怠，赠诗《病中赠王桂山》：

海山斜日郁苍苍，回首神州意黯伤。热血满腔凉不得，苦教杅药累真长。

无力能消古劫尘，愧君卖药济斯民。千金妙有神方在，着手先成海上春。

所须药物是当归，有客天南叹式微。未报国仇心未了，枕戈重与赋无衣。

色舞眉飞夜论文，天涯意气最怜君。相期海上归来日，王寿山头话白云。（丘逢甲，2009：408）

类似的诗作还有丘逢甲赠予清政府第一位留学美国的容闳的《星洲喜

晤容纯甫副使闳即送西行》三首诗：

(一)

吾国有爹亚，将为欧美游。艰危天下局，慷慨老成谋。
新运开三世，雄心遍五洲。南华楼上话，一夕定千秋。

(二)

七十尚如此，吾徒愧壮年！排云叩阊阖，救日出虞渊。
异域扶公义，神州复主权。柬之原未老，终仗力回天。

(三)

廿载知名久，相逢瘴海春。亚洲数先达，岭表有奇人。
南出终张楚，西行更哭秦，风云看勃郁，万里送飞轮。

此诗是容闳 1900 年加入了唐才常的自立会，并被推为会长，负责起草英文对外宣言，后来自立军起义被镇压时，容闳遭清政府通缉，辗转流亡美国，途中经新加坡时遇见丘逢甲。丘逢甲称赞其出国游历的胆识和雄心时所作，将赞其为"爹亚"。这首诗体现了丘逢甲"诗界革命"的贡献，此诗正是"以旧风格含新意境"的新派诗。反映的是诗人睁眼看世界后的思索，其中，"欧美""三世""五洲"等新名词的熟练运用，丝毫没有生硬的感觉，反而为丘逢甲诗歌增色许多，说明其对"诗界革命"的热情支持和积极参与。

关于丘逢甲在新加坡的活动评价，引用其在南洋期间的最后一首作品《客楼夕感》："海色天容入梦遥，凭栏心事涌如潮。茫茫泥雪征鸿急，隐隐车雷房马骄。万迭蛮云开热带，一轮娥月送凉宵。好风不为吹愁去，银烛清樽伴寂寥。"丘逢甲已经完成了南洋的文教活动，包括筹款、说教等活动。但是相对于国内的局势"隐隐车雷房马骄"，丘逢甲仍是壮志未酬。

二、许南英：独客已无家，客中重作客

作为出访文人的另一个代表人物许南英，祖籍广州揭阳，生于台湾府城（今台南市）。许南英号蕴白（允白），又称窥园主人、留发头陀、龙马书生、昆含耶客、春江冷宦，是台湾近代著名诗人。乙未割台，许南英奋起抗日失败后，为了躲避日军的追捕，遣返大陆，却因为无法认祖归宗而无法定居，于是在 1895—1897 年，携家小流亡至南洋。他的旧体诗主要

集中在诗集《窥园留草》中，里面收录了其在新加坡避难期间的竹枝词六首及部分感怀诗词。

"竹枝词"作为一种诗体，最早记载见于唐代《旧唐书·刘禹锡传》，是由古代巴蜀间的民歌演变过来的。它的创作特点朴实自由、平仄押韵灵活，语言通俗易懂。唐代之后的文人乐于用这种形式记载民间社会风貌、讽喻政治、寄托情感。这种创作形式发展的高峰就是清代。康熙时期的朱彝尊、高士奇、孔尚任、查慎行等都有佳作，乾隆时期，皇帝本人也作竹枝词，并写有《荔枝效竹枝词》三首。可以说在清朝年间，尤其是晚期，竹枝词作者迅速增加，上至官员小吏，下至中小知识分子，在社会急剧变化的促使下，纷纷拿起笔来。以竹枝词为体，"或抒过眼之繁华，或溯赏心之乐事""运龙蛇于掌上，抒垒块于胸中""借眼前之闻见，抒胸际之牢愁"。写作题材越来越广泛，在地域上从通都大邑到大部分省区、少数民族地区，甚至华人所在的域外诸国也有作品出现。例如，郁达夫有《日本竹枝词》、郭则沄有《江户竹枝词》、潘飞声《柏林竹枝词》《伦敦竹枝词》、前文提到的尤侗的《海外竹枝词》等。这些外国竹枝词，以其独特的风貌成为中外文化交流和互视的重要文本。而晚清之所以使用竹枝词形式记述海外见闻，是因为竹枝词本身轻巧灵活的特点，对于那些急于记述又不好精雕细琢难以把握的事物十分合适。

例如，许南英《新嘉坡竹枝词》中"海水雄镇水之涯，商贾云屯十万家；三岛千洲人萃处，此坡合好号新嘉"（许南英，1993：40）"傍晚齐辉万点灯，牛车水里闹欢腾；笙歌一派闻天乐，人在高楼第几层？""花布红衫浅绿裤，鞋拖鸭舌步温存，金刚钻石簪螺髻，不着胭脂也断魂"这三首诗，在表现内容上，展示的是新加坡灯红酒绿的商业空间，"晚齐辉万点灯，牛车水里闹欢腾"里描述牛车水作为华族移民落脚生根的重要场所。里面热闹的娱乐场所是诗人作为旁观者的外在审视。在风格上，重民俗风情，语言通俗，以轻佻诙谐见长，诗人自身的趣味融入其内；在结构上，作为七言四句的竹枝词，在清朝强化了说理和议论的功能。这三首诗中使用比兴的手法，都是通过前两句进行肯定、欣赏的语气描述新加坡的社会群体、市容市貌和衣着打扮。但诗后两句都会加入诗人主观的看法。在表达情感上，"笙歌一派闻天乐，人在高楼第几层？"对应欧阳修《蝶恋花》

第三章 诗在南洋——新加坡"过客"的旧体诗

中的"玉勒雕鞍游冶处,楼高不见章台路"。高楼大厦挡住了路的方向,诗人将滋生的情感附着于外在的景物上,流亡海外,不知身在何处,透露着诗人远离故土的哀愁。

许南英客居新加坡期间,摆脱不了浓浓的思乡之情,诸如他的《和宗人秋河四首》中就有这样的诗句:"清福合宜居此地,好山竟是胜吾乡。穷途顿触流离眼,瘦菊疏篱自夕阳。"(许南英,1993:37)这首诗表面上是诗人苦中寻乐,自诩"异地"比家乡更好。但是几个"瘦菊""疏篱""夕阳"黯淡的意向,借景抒情,显得有些怅然。这远离家乡的英雄末路和诗人自身的经验是分不开的。再如,他在《客新嘉坡除夕作》一诗中写道"独客已无家,客中重作客"(许南英,1993:40),其中"独客已无家"的悲凉,是诗人对无家可归的自己人生际遇的忧愁,而连用三个"客",相互转折,作者新加坡过客的身份再次被强化,这是作者身处异域的表征,是不断远离故土的处境。再如,《秋河再燕咽也是园倒叠前韵》里的第三首:"风景重阳近,楼头望故乡!冷蝉终乏韵,断雁恨分行。"重阳登高远望,"独客已无家,客中重作客",思乡之情喷薄而出。

作为一个文人的许南英在新加坡期间,受到当地文人的接待,彼此之间唱和往来,集结雅集。在酬唱过程中交换经验抒发情感。例如,和邱菽园的唱和诗《邱菽园观察招讌南洲第一楼分韵,得一字》中所言:"自从小劫历红羊,身似孤臣遭屏黜。犹如巢破乱飞蜂,依草附花难酿蜜;落拓江湖杜牧之,懺除结习王摩诘。"流落至南洋的诗人,心里牵挂的依然是对乙未割台后政治处境的忧虑。而许南英本人,从在台湾奋起抗日到失败后内渡大陆,都没有得到清政府的认可和庇佑,使人觉得自己就像一只巢穴被破的蜜蜂,无家可归、无蜜可酿。这种远离故土的飘零来自清政府的"屏黜",许南英身上呈现的是作为新加坡"过客"的另一幅景观。当然,诗人的这种情绪不是在南洋形成的,而是在乙未割台就已有之,而且这样的经历已然成为他人生困顿的根源,如他的《和王泳翔留别台南诸友原韵》中的"竹枝唱罢泪如丝,庶务纷更异昔时。一样灾黎遭小劫,幽怨谁诉与天知?"政治、战争的灾难给自己的人生带来巨大的劫难,国仇家恨与生活的被迫飘零,让世人安身立命的愿望飞灰湮灭,让他流亡异乡却无人过问,这种飘离故土,难以安定,是新加坡"过客"许南英的现实体验。这种体验，使得许南英的旧体诗作中显露出流落他乡的孤独和漂泊，在他的诗中就出现诸如"无家""游子""客""萍踪"等关键字。例如，《送邱菽园观察回海澄》中的"穷途作客真无奈"，《题林云臣还来就菊花小照》中的"归来欲赋已无家"，《和宗人秋河四首》中的"萍踪聚散浑无定""避地自怜非海客"，《题蔡得路司马北堂承欢图》中的"触予游子恨"。

而潘飞声在新加坡期间留作仅有一首。潘飞声（1858—1934），字兰史，中国近代著名诗人，为柳亚子南社"四剑"（俞锷字剑华，潘飞声号剑士、傅屯艮号君剑、高天梅号钝剑）之一，著有《说剑堂集》。他于1887年（光绪十三年）8月应德国聘请，执教柏林大学汉文学教授，讲授中国文学。客居海外期间，结交了一些国际友人，并游历诸国，域外的文明及进步，使其眼界大开。1890年（光绪十六年），潘飞声途经新加坡时游历豆蔻园时赋诗《游豆蔻园喜晤胡叙东赋赠》一首，收录其《天外追槎录》。豆蔻园就是今天新加坡全境最繁荣、时尚的商业街乌节路，英文名为Orchard Road，即"果园路"（今日已然成为高档百货聚集地）。19世纪前后，这里是成片的豆蔻园。

> 名园负郭出楼台，半日清游得暂陪。四再忽惊为客九，重来真喜对花开。池塘指点疑寻梦，鱼鸟亲人不我猜。多谢故人相慰问，老薪漂泊愧非才。
>
> 萍踪偶合更新然，天为归人巧结缘。不信相逢仍海外，敢辞烂醉在花前。当年题壁诗应续，今夜开帆月正圆。可惜匆匆负佳节，未能借塌竹窗眠。（潘飞声，1934：126）

上述的南来文人的旧体诗大多寄情山水，对于南洋这片土地并没有归属感。他们眼中的南洋尽管繁荣开明，却很难让南来的诗人们有"有我之境"，自己的身份始终被定位为"过客"。从个人层面说，无论是潘飞声还是许南英甚至丘逢甲本人，既不是清政府要员，更不具有专业外交家的身份，作为中国文人，并且工文能诗，他们在南洋期间传统文人的特色却得到了更大的发挥。正因如此，在他们的诗作中，我们看到的不是南洋的社会政治、阶层分化，而是中国士大夫的诗性品格、闲情逸趣和被迫出访的苦闷情绪。

第四节　去国离家岁又终：政治原因流亡到新加坡的诗人

这一类诗人主要是由于政治原因流亡新加坡，依其背景分为两类，一是因为"戊戌变法""百日维新"流寓新加坡的康有为、梁启超；二是抗日战争时期远走南洋的郁达夫。

一、康有为：天荒地老哀龙战，去国离家又岁终

1898 年 9 月 21 日，慈禧太后发动戊戌政变。幽禁光绪帝于中南海的瀛台，并假光绪帝之名，发布吁请太后训政的诏书。下令捕杀谭嗣同、林旭、杨锐、杨深秀、刘光第、康广仁等"戊戌六君子"并通缉康有为、梁启超，百日维新宣告破产。得到消息的康有为连夜离京，在英使馆的帮助下，转赴香港，继而避难日本。期间，一直受到清政府所派刺客的追杀。他流亡海外性命堪忧的经历及其时为救国救君奔波的辛劳感动了爱国华侨邱菽园。受邱菽园之邀，1900 年 2 月 2 日，康有为抵达新加坡，旅居邱菽园的客云庐，邱菽园敬仰康有为的政治作为，对其热情款待，随后安排其移居至邱菽园拥资的南华楼。初到新加坡，依然避免不了西方报纸记者的骚扰和清政府的追踪，康有为几易其居，后又去恒春园、林文庆宅、茂林园。内心的紧张、政治理想的挫败和远离故土的忧思，使得其心绪不宁，留下一系列诗篇。邱菽园为解其忧，为他举办四次诗歌题咏活动。这些创作于新加坡的 32 首诗后来收录于《大庇阁诗集》。1900 年 8 月，清政府追捕力度的加大，康有为离开新加坡前往马来西亚。

之后 10 年，康有为辗转印度、意大利、英国、加拿大、美国等地。直至 1910 年 3 月，辛亥革命前夕，53 岁的康有为再次来到新加坡、马来西亚静观局势变动。期间，作诗 52 首收入《憩园诗集》。因此，康有为在新加坡期间的旧体诗作主要就集中在《大庇阁诗集》和《憩园诗集》两本诗集中。最后一同录入《南海先生诗集》。

（一）《大庇阁诗集》中的南洋主题诗歌

康有为初到新加坡，面临新的处境，心里惴惴不安。对于戊戌变法的失败、深刻而持久的专制阴霾、保皇的不测哀叹不已，国家和政局的发展

使得他看不到未来。重大的政治变革给不得不逃亡海外的康有为留下了极其深刻的政治隐痛。从他刚到新加坡时所作的《己亥十二月廿偕梁铁君汤觉顿同富侄赴星坡海舟除夕听西女鼓琴时有伪嗣之变震荡余怀君国身世忧心惨惨百感交集》就可以看出这种心境：

> 天荒地老哀龙战，去国离家又岁终。起视北辰星暗暗，徒图南溟夜蒙蒙。
>
> 乱气遥接中原气，黑浪惊回大海风。肠断胡琴歌变徵，怒涛竟夕打艨艟。

流亡新加坡的康有为背对血腥的宫廷斗争，面对眼前"天荒地老""星暗暗""夜蒙蒙""乱气""怒涛"的意象。帝星暗淡无光，臣子漂泊海外，此时的中原纷乱四起，满腔悲愤无处宣泄，听着胡琴声的康有为心情就像澎湃的海浪，苦于身在海外不能回国，力挽狂澜，只是忧郁难解。诗中书写了对于去国别离的抑郁和南洋未知景象的担忧。

之后，为了安抚康有为的情绪，邱菽园对其热情款待，安排住所。使得康有为的情绪逐渐平和。因此，1900 年康有为的新加坡之行所作的旧体诗许多是与邱菽园的赠诗，或者是为住所有感而发。面对邱菽园的接待，康有为竟然有了家一样的感觉。例如，康有为到达新加坡之初，被安排在新加坡驳船码头邱菽园在勿基（现称驳船码头 Boat Quay）开设的恒春号店屋楼上的"客云庐"（图 3.3）。这里是邱菽园经营粮食的地方，三楼为客房，取"客如云来"之意，故称之。康有为每天远眺新加坡河，觉得此处非常像自己的家乡广东南海，所以赋诗《寓星坡邱菽园，客云庐三层楼上，凭窗览眺，环水千家，有如吾故乡涯如楼风景，感甚》：

> 小桥通海枕波流，两岸千家数百舟。
>
> 廿载银塘旧山梦，忘情忽倚涯如楼。

再如为感激邱菽园慷慨解囊，筹得善款。康有为感激之余赋诗《邱君菽园哀我流离，赠予千金、感咏高义，赋谢》以对，感激之情溢于字里行间：

> 天下谁能怜范叔，余生只欲托朱家。
>
> 英雄末路黄金感，稽首天南一片霞。（《岭南文史》）（康有为，1983：121）

此外，还有《庚子二月四十三岁初度。寓新坡之恒春园一楼，名曰南华，梁铁君、汤觉顿为吾置酒话旧,慰余琐围》《题邱菽园风月琴尊图》《正月廿日迁居恒春楼,二月廿日离去,凡局一月。楼亭花木未免有情。得四绝句。写付菽园主人》《正月二日,避地到星坡,菽园为东道主。二月廿六,迁出之日,于架上乃读菽园所著〈赘谈全录〉。余公车上书,而加跋语过承存,谈沧桑易感,往人多伤,得三绝句,示菽园并邱仙根》《久不见菽园,以诗代书》《闻菽园居士欲为政变说部诗以速之》《闻张之洞购捕菽园以三万金思昔捕狐狸豺图寄菽园》《菽园寄示哭唐烈士才常诗稿指血作点惨淡模糊如目睹汉难志士哀哉至矣》《邱菽园孝廉刻先师朱九江先生论史说书成赐赋谢》《赠菽园以焚余楞伽经》等诗篇,均是与邱菽园相关的诗作。

图 3.3　邱菽园接待康有为的客云庐,如今的大华银行办公楼,地处新加坡的金融商务区

　　邱菽园是康有为南来的慷慨接待人,也是其被迫离开新加坡的原因。康有为在新加坡去住三个月后,受孙中山的邀请,支持中国革命的日本友人宫崎寅藏前往新加坡,企图说服这个保皇党领袖放弃保皇立场,和孙中

山一起推翻清朝专制。但是顽固的康有为不仅不愿意和孙中山合作，反而密报新加坡殖民当局，说宫崎寅藏是清政府派来进行暗杀的杀手。于是，宫崎寅藏被永久驱逐出境，而孙中山也被勒令五年内不得进入新加坡。与此同时，国内政局混乱，原维新运动的要员唐长才决定起兵保护光绪，推翻慈禧太后的专职统治。而起义所需的经费，应由康有为负责在海外筹资购买军火的日常开支的经费却一直没有汇到唐长才那里。时局所迫，唐长才8月20日匆忙发动大通起义失败，被湖广总督张之洞镇压，唐长才等30余人被捕后在武昌被处决。这让邱菽园十分不满，因为由他本人筹措的25万两白银早已交付康有为。

这两件事引发两个结果，一是邱菽园和康有为的绝交，二是自立军统领秦力山在1900年8月的大通起义失败后，有幸逃出并赴日本，之后来新加坡专门查询康有为拥资自肥的事情。康有为无奈之下出走马来西亚。需要指出的是，秦力山在新加坡期间也有旧体诗作留存，其诗作多是根据时局有感而发，格调慷慨激昂。在此仅举一首《将之星洲留别同志》为例：

已分鸿飞逃弋慕，忽掀螳臂向车前。黄龙痛饮他年事，遗恨空嗟海不填。

此生消得万头颅，何用芳名党籍勾。恨不椎嬴传博浪，亡韩犹是索留侯。

半生胆识别离中，三败毫端尚一雄。家国几多悲感在，犹来心事折东南。

公义私仇君记取，行行我去哭秦廷。洪涛巨涌如山立，洗净神州一抹膏。

值得考究的是康有为对邱菽园的指责和断交的态度，康赋诗一首《赠菽园以焚余楞伽经》：

此为震旦证心书，我往南洋挟与居。

大海波涛渺无往，闻狮子吼证如如。

《楞伽经》作为震旦禅宗初祖达摩祖师传灯印心的无上宝典，因此是历来禅者修习如来禅、明心见性最主要的依据之一。康有为将此经书赠予邱菽园，暗示邱菽园对他的指责全由心生。从在危难时候拥资自肥的投机者到伪装成受侮辱与受损害的角色，可谓滑稽之至。

（二）《憩园诗集》中的南洋主题诗歌

1910 年 8 月，康有为第二次来到新加坡，目的是号召门人开办商业，意图实业救国。此时的中国，一方面是清政府的统治者在做垂死的挣扎，另一方面，辛亥革命大潮即将席卷中华大地。面对两股力量的激烈对抗，海外游历十年，足迹遍布数十个国家的康有为却依然坚持保皇主张。此时，在新加坡期间所做的旧体诗依然是执迷不悟的歌颂封建帝制，如《庚戌除夕居星加坡海滨丹容加东与旗理步海沙潘松石长椰夹道夕照人家接目皆巫来由吉宁人去国十二年伤存念亡云物凄凄遂有浮海居夷之感》：

大海波涛拍岸粗，疏椰夕照带蘼芜。居夷久矣年运往，吾道非耶旷野狐。

松石顽嬉笑山鬼，乾坤偌大着潜夫。拟闻朝议思随会，驻夏颠危谁与扶？

窦陈苏马自千春，放巫诛流痛党人！凤靡鸾吪经浩劫，天雪地转念维新。

剧怜埋骨多君俊，更痛攀髯转圣轮。汉相帝师伤拱木，楚囚学士又风尘。

出亡历历十三年，国事尘尘梦化烟。圣德神功帝何力，维新立宪史谁编？

云阴解驳明孤月，海色澄清通碧天。共痛冤飞柴市雪，昭回衣带日高悬。

宣统二年秋九月，大开喷室赞新谟。庙堂何意排群议，民献同心过百夫。

安国旧勋思乐毅，射钩往罪释夷吾。移书欲放谴臣返，云物凄凄尚海隅。

康有为此次抵达新加坡，邱菽园面对革命的变化无常、家业破产及信仰的改变，接受康有为，并前嫌再释。也正是邱菽园的大度和慷慨使得康有为在新加坡有了立足之地，这让康有为感慨不已，为邱菽园赋诗《庚戌十二月再还新加坡菽园三叔请助卒岁计并处新诗百余相示追思庚子立储之变菽园因迎吾来坡为之感慨》一首：

康郎前度今又来，桃花开落费疑猜。十年来往新坡梦，笑指桑田复几回！

昨夜云开见月明，天容海色渐澄清。钓竿拂得珊瑚树，尤听老龙嘘浪声！

此次康有为在新加坡的短暂停留还留下几首颇具南洋色彩的新加坡风光诗作。诸如《十二月二十三日在星坡海滨之丹容加东深夜起步看见观涛海裕有感》：

岸崩路折白沙横，卷雪惊涛拍案惊。碧海青天渐澄澈，疏星孤月见光明。

二三灯火知船泊，数四渔灯趁夕行。岁晏幽人依绝岛，夜来海浴听潮声。

康有为诗作多偏重雄刚之美，即便是面对南洋山水亦不例外。"卷雪惊涛拍案惊"气势雄健，将新加坡海边碧海青天、疏星孤月、密林湿润的清净而幽深的独特景色，表现得动静相宜，有声有色。兼有豪放、浪漫的特点。

还有一首是康有为携带小妾何旃理在新加坡漫步时的诗作《憩园北坡晚望携旃理同凝》：

北坡烟树悒槎枒，被径皋兰芍药花。

却指高邱楼抗顶，周遭绿树倚红霞。

相对于中国本土激变的革命大潮，康有为在新加坡这个"世外桃源"的生活与世无争。一面是康有为挚爱的第三任夫人何旃理，一面是树木、芍药、绿树、红霞。与爱人执手相望，周遭自然界清新的景物给康有为带来视觉享受和感官冲击。南洋的独特风貌让诗人暂时忘却了逃亡之苦，不再忧虑。

二、郁达夫：故园归去已无家，传舍名留炎海涯

1945年9月17日失踪于苏门答腊的郁达夫，被视为中国文学史上陨落南洋的爱国文人。其作品以个人浪漫主义和忧郁沉沦色彩浓重的私小说而闻名。因而学界对其研究的重点多在小说和散文，而对于其诗歌创作未置一词。事实上，"五四"新文化运动之后，中国不少现代文学家在致力于

新文学体裁的创作时，从未放弃旧体诗的创作，郁达夫亦是如此。

郁达夫一生从"九岁题诗四座惊"（《自述诗》）（郁达夫，1992：185）到客死南洋 40 余年间，共创作旧体诗近 600 余篇（依据 1992 年浙江文艺出版社出版的《郁达夫全集》诗词卷，共收录旧体诗 590 首，加之散落于新加坡华文报刊的，约为此数）。对其旧体诗做的评价，学者们赞誉颇高，其老友国画大师刘海粟称："达夫感情饱满细腻，观察深切，才思敏捷，古典文学、西洋文学根基都雄厚。从气质上来讲，他是个杰出的抒情诗人，散文和小说不过是诗歌的扩散。他的一生是一首风云变幻而又荡气回肠的长诗。这样的诗人，近代诗史上是屈指可数的。在新文艺作家的队伍中，鲁迅、田汉而外，抗衡者寥寥。沫若兄才高气壮，新诗是一代巨匠，但说到旧体诗词，就深情和熟练而言，应当退避达夫三舍。这话我当着沫若兄的面也讲过，他只是点头而笑，心悦诚服。达夫无意作诗人，讲到他的文学成就，我认为诗词第一，散文第二，小说第三，评论文章第四。"（刘海粟，1985：8）因此，郭沫若也认为："他的旧诗词比他的新小说更好，他的小说笔调是条畅通达的，而每每一泻无余，他的旧体诗却颇耐人寻味。"（郁达夫，2006：1）郁达夫的好友孙百刚也当着其面称："你将来可传的，不是你全部的小说，而是你的诗。"（郁达夫，2006：1）甚至就连当代鲁迅研究学者张恩和都将其视为："郁达夫诗词的艺术质量，在其他也写旧诗的新文学家中，除鲁迅以外，就没有人可以和他相匹敌了。"（张恩和，1989：282）这些评论颇具代表性而不失公允，但从现存的旧体诗数量上，我们也不难看出旧诗对于郁达夫本人的重要性。因此郁达夫自己也承认："性情最适宜的，还是旧诗。"（郁达夫，2006：1）

学界对于郁达夫旧体诗的分类基本上都是以属地为原则，按照创作区域分为"日本诗""国内诗"和"南洋诗"。这样的分类清晰地记录了作者的人生轨迹，1921 年以前的留日作品，词句清新，有 330 余首。从 1922 年至 1938 年，郁达夫的国内经历，促使其诗作成熟，有 160 余首。而 1938 年底至 1945 年流寓南洋期间，家庭变革、政局动荡促使郁达夫人格转变，这期间的 90 余首诗系其创作的巅峰，这一时期的《乱离杂诗》是最高水平的体现。需要值得一提的是，关于郁达夫在新加坡停留的三年时间里，创作的主要文体中旧体诗占 1/3。按照新加坡姚梦桐统计，期间郁达夫发表政论 104 篇，随笔 112 篇，而古诗词有 99 篇，期间没有创作小说（姚梦桐，1987：163）。而在这所谓的 99 篇古诗词中，实际上全部为旧体诗，但是 90 余首作于南洋的旧体诗并非皆完成于新加坡。诸如《远适星洲，道出香港，友人嘱题〈红树室书画集〉，因题一绝》系 1938 年从福州前往新加坡时，途径香港时所作。而《廿八年元旦因公赴槟榔屿，闻有汪电主和之谣，车中赋示友人》《抵槟城后，见有饭店名杭州者，乡思萦怀，夜不成寐，窗外舞乐不绝，用谢枋得〈武夷山中〉诗韵，吟成一绝》《云雾登升旗山，菊花方开》《关君谓升旗山大似匡庐，因演其意》均系 1939 年 1 月作于马来西亚槟榔屿。《游金马仑》的两首诗则是诗人 1941 年 7 月作于马拉西亚的金马仑高原。此外，《题友人郑泗水半闲居》《乱离杂诗》系列组诗、《去卜干峇鲁赠陈金绍》《无题四首，用〈毁家诗纪〉中四律原韵》《胡迈来诗，会有所感，步韵以答》和《题新云山人画梅》都是在郁达夫人生的最后落脚点印度尼西亚的苏门答腊岛所作。而本书的研究对象系仅限定于新加坡本土创作的旧体诗，因此合计应有 66 首。

关于郁达夫之所以"下南洋"的原因，一直众说纷纭。一致的是 20 世纪 30 年代抗日战争正直激烈之时，海内外的中国的知识分子经历着同样的痛苦纠葛。1938 年底，郁达夫接受新加坡《星洲日报》编辑部的邀请，前往新加坡。此时的郁达夫已有意前往新加坡发展，蔡圣焜在《忆郁达夫先生在福州》中分析了其动机："我这次来星洲日报做工，打算常住在南洋，不愿再回中国去了。"（陈子善和王自立，1986：372）事实上，郁达夫远走南洋任《星洲日报》的编辑只是契机。对于真正的原因有如下几个方面，一是因带有官方使命，在海外另辟抗日战场。因为抗日战争时期，国内许多文学家、艺术家纷纷奔赴南洋做爱国宣传，募集捐款，为抗日战争出力，如徐悲鸿、刘海粟等。在郁达夫的旧体诗作中，就有给此二人的赠诗。二是家庭变动的原因，这一时期的郁达夫家庭经历两个方面变动，一方面是母亲饿死、兄长被暗杀，心中充满的悲愤之情急需调整心情继续工作；另一方面，郁达夫和妻子王映霞出现感情裂痕，郁达夫很有可能借南洋之行修复和妻子的关系。第三个原因依然和其妻子王映霞有关，王映霞是其时特务头子戴笠的姘头，郁达夫的新加坡之行，"主观上只是为了摆脱特工王戴笠的迫害"（丁仕原，2006：202）。就此看，郁达夫的南洋之行，与

第三章 诗在南洋——新加坡"过客"的旧体诗

其妻子王映霞的感情纠葛不无关系,也是为了彻底斩断王映霞与戴笠之间的联系,他带着王映霞远赴南洋。从1939年元旦所作的《雁》中"指点云间雁,应从海外归。弯弓思射取,只恐拆双飞",就可以看出郁达夫实际上并不愿意使家庭破裂,还是希望借新加坡之行重归旧好的愿望。

然而到达南洋后,郁达夫公开发表了《毁家诗纪》,把与王映霞的矛盾以19首诗的形式和盘托出,并公开发表。这直接导致二人感情破裂,王映霞返回重庆。郁达夫面对家庭的最终解体和国事危亡,不得已将男女之事看淡。这正是其《感怀》所描述的:

六陵遥拜冬青树,笑掷乾坤再出家。铁有寒光消郁怒,集无名句比秋笳。

朝云末劫终尘土,杨爱前身是柳花。参透色空真境界,一瓶一钵走天涯。(郁达夫,2006:479)

第一句中"笑掷乾坤再出家"缘于1932年郁达夫为王映霞所作的"病肺年来惯出家"。而"参透色空真境界,一瓶一钵走天涯"颇有看淡红尘之意。佛家色即是空,万物有缘起缘灭,最终化为乌有,和王映霞的感情也难逃此劫。最终自己像僧人一样一瓶一钵漂泊天涯。此外,《南天酒楼饯别映霞两首》和《寄王映霞》亦是在妻子决然离婚而去后的感伤之作。郁达夫叹息自己的家庭不幸,赋诗《自叹》一首,曰:"相看无复旧家庭,剩有残书拥画屏。异国飘零妻又去,十年恨事数番经。"这种"异国飘零妻又去"的感时忧国情绪可见一斑。

关于郁达夫出走南洋的真正原因,比较公正的是日本学者铃木正夫的说法,铃木正夫穷其精力证明郁达夫最终确实为日本宪兵所杀害这一震惊的事实,而学界赞许在其著作《郁达夫:悲剧性的时代作家》一书中指出:"考察一下郁达夫在新加坡的活动,他在抗日宣传和文化启蒙方面所做出的努力是一目了然,而南洋,尤其是新加坡,福建籍的华侨居多,因而他受命于陈仪,到南洋去作有关福建行政的宣传,似乎是极有可能的一件事。"(铃木正夫,2000:183)

而我们以郁达夫在南洋方面的工作来看,一方面坚持办报三年零三个月,另一方面,积极传播"五四"新文学精神,培养南洋本土文艺青年。因此,我们认定郁达夫新加坡之行的主要原因还是政治原因。

关于郁达夫在新加坡期间所作的旧体诗，按照内容分为以下几类。

首先，是关于新加坡风貌的描写的，郁达夫的旧诗中，专门描写新加坡风景的实际上只有《咏星洲草木》一首，这首诗是 1940 年所作，原为刘海粟的弟子黄葆芳的收藏册页所作。

星洲草木最繁华，年去年来绿满涯。月里风车椰子树，林中火焰凤凰花。

鸡头新剥尝山竹，粉颊频回剖木瓜。为爱榴莲香气味，有人私典锦笼纱。（郁达夫，2006：494）

诗中罗列了新加坡最具特色的草木瓜果。第一句"星洲草木最繁华，年去年来绿满涯"是新加坡得天独厚的气候适合植物生长，植被覆盖率极高。第二三句中的"椰子树""凤凰花""山竹""木瓜"都是热带地区特有的水果。第四句中的"锦笼纱"原指锦笼中的纱绸，象征极其珍贵之物，在诗中连这样珍贵之物都被典当换榴莲。不仅和黄遵宪《新嘉坡杂诗》中的"都缦都典尽，三日口留香"一句有异曲同工之妙，更说明榴莲在新加坡本土受喜爱的程度。

其次，郁达夫身在新加坡，一直保持对国内时局的关注。郁达夫早年的文学观念中"文学作品都是作家的自叙传"，在抵达南洋后，抗日战争的爆发和妻子的离异使得郁达夫感时忧国的情绪占据主流，认为文艺必须和社会政治保持紧密的联系，"文艺假使过于独善，不与大众及现实政治发生关系的时候，则象牙之塔，终于会变成古墓"（郁达夫，1939）这一观点影响到南洋的文学创作的方向性问题。在郁达夫看来，文学是时代的产物，必须紧随时代的步伐。20 世纪 40 年代的抗战是时代的大潮，作家必须以此为文学创作的主题。郁达夫把文艺与政治紧密地联系在一起说明他是站在时代的高度来审视文学创作。他本人在新加坡期间的旧体诗创作就有反映对于时局关注的作品。例如，1940 年创作的《祝中兴俱乐部两周年纪念》：

国祚阽危极此时，中兴大业赖扶持。两年辛苦功初见，一体忠诚众自知。

楚必亡秦原铁谶，哀能胜敌是奇师。黄龙痛饮须央事，伫待南颁报捷辞。（郁达夫，2006：510-511）

此诗是借助中兴俱乐部成立两周年之际,表明自救抵御抗日战争胜利的信念。"国祚阽危"是指国家遭遇危难,"中兴大业"更有一语双关的意味,明指中兴俱乐部成立,暗指国内抗战中兴国家。不屈的抗争精神、拳拳的爱国之心和恢复山河的豪情溢于纸上。

再如 1941 年 3 月创作于新加坡的《黄花节日与星洲同仁集郭嘉东椰园遥祭,继以觞咏摄影,同仁嘱题照后藉赠园主》一诗中,所谓的"黄花节",是 1911 年 4 月 27 日发生的同盟会广州起义,孙中山领导的同盟会为推翻清王朝的统治,于 1911 年 4 月 27 日发动起义。其时,黄兴率敢死队 130 人进攻两广总署、督练公所等处,奋战一昼夜,最终被清军击败。战争中,喻培伦、林觉民等 86 人死难。后同盟会会员潘达微组织群众收敛烈士遗骸 72 具,合葬于城郊黄花岗。后来就以广州起义爆发的农历时间 3 月 29 日作为黄花节。远在新加坡的郁达夫在友人郭嘉东的住所椰园对革命者进行祭拜:

椰林风月比平泉,遥祭黄花海角天。

难得主人能好客,诸孙清慧令公贤。(郁达夫,2006:536)

1941 年 9 月 16 日,中日第二次长沙会战爆发。中日军队在湖南长沙进行过三次大规模的激烈攻防战,史称为"长沙会战"。战争中,日军出动兵力 66 万人次,中国出动 100 余万人次,是抗战中双方出动兵力最多、规模最大、历时最长的一次大会战。最终以日军失败告终。当时的郁达夫远在新加坡,由于通讯条件的限制,对于长沙战况了解不甚及时,对于故土忧切关注,继而作诗《中秋口号》一首:

三湘刁斗倍凄清,举目中秋月正明。

索句深宵人寄感,倾杯对坐客多情。

每怀旧雨天涯隔,尚有疑云海上生。

圆缺竟何关世事,江流不断咽悲声。(郁达夫,2006:556)

诗中第一句"三湘刁斗"中的三湘泛指湖南,"刁斗"是古代行军用具。白天用作炊具,晚上击以巡更。《史记·李将军列传》中:"及出击胡,而广行无部伍行陈,就善水草屯,舍止,人人自便,不击刁斗以自卫。"在诗中象征正在进行的战事。在郁达夫的新加坡经历中,除了作为"五四"新文学精神的传薪者和培养南洋文化人的贡献外,更令人瞩目的就是其爱国精神。对于战局和时政的关注,鼓励南洋侨民抗日救亡运动的开展,更是坚定了民众碎玉抗日战争必胜的信心。引用王赓武的评价："在二十年代和三十年代那个时期，这一历史认同，受到了来自中国的一种新的来势汹汹的民族主义的攻击，这种民族主义是建立在孙中山的民族观念之上的。"（王赓武，2002：240）而在第二次世界大战后正值新加坡华人社会的国家认同发生改变时期，郁达夫等人的贡献正在于对这种认同所做的贡献，他们这些"对当地华人变为日渐真实的中国民族主义认同，那是归功于从中国招聘来的许多教师和报人对这样一种认同的努力宣传"（王赓武，2002：240）。

再次，郁达夫在新加坡期间所作旧体诗的一个主要内容，就是表达对于故国家园的怀恋。身处异域，萦回不去的怀乡意识成为其怀乡诗的主要基调。1938年初抵新加坡所作的《星洲旅次有梦而作》抒发的正是这种去国怀乡的悲伤：

钱塘江上听鸣榔，夜梦依稀返故乡。

醒后忽忘身是客，蛮歌似哭断人肠。（郁达夫，2006：476）

诗中第一句，诗人仿佛回到魂牵梦萦的故乡，听到的是钱塘江畔渔民的"鸣榔"声。诗文隐含郁达夫内心深处巨大的隐忧与创伤：身世飘零之感、骨肉分离之悲、环境险恶之哀、政治生活道路上再次蹉跌之幽愤。梦醒之后"醒后忽忘身是客"，故园之思、家国之梦颇有李煜"梦里不知身是客"的意境，"蛮歌似哭断人肠"一句，听到"蛮歌"使得诗人肝肠寸断。但是需要指出的是"蛮歌"二字，是中国古代长期以来对于南方少数民族的称谓，里面不乏鄙夷之意，新加坡处于中国南方，民歌居然也被诗人称为"蛮歌"，作为南来文人在文化上的居高临下也可见一斑。

之后所做的《前在槟城，偶成俚句，南洋诗友和者如云。近有所感，再叠前韵，重作三章，邮寄丹林，当知余迩来心境》这三首诗中，"归去西湖梦见家，衣冠憔悴滞天涯"中诗人只是在梦中回到杭州故居，现实中却形容憔悴，天涯滞留，"新得天随消遣去，青泥梳剔濯莲花"里，乡愁萦怀的郁达夫并没有真正融入当地的生活，只能用无聊而看似高洁的活动打发时日。

《三月一日对酒兴歌》和《〈温陵探古录〉》也是诗人久客异域的忧郁情绪表达，是郁达夫诗中常见的。在这些诗句里"天涯""旅雁""炎荒"等频繁出现的语词，不仅是他对现实世界的真实情感流露，更是对于人生如寄的处境所描绘的特殊隐喻和意象。

第三章 诗在南洋——新加坡"过客"的旧体诗

最后,是关于酬唱题赠类的旧体诗,这在郁达夫新加坡期间创作的旧体诗中所占比重最大。如前所述,1938 年冬,郁达夫受邀主编《星洲日报》文艺副刊,任职的三年期间,除了撰写的 400 多篇抗日政论外,和当时途经或旅居新加坡的徐悲鸿、刘海粟亦有往来。期间还赋旧体诗留存。例如,1940 年,郁达夫应邀到醉花林饮宴,席中作诗一首:

李伟南、陈振贤先生招饮醉花林,叨陪末座,感惭交并,陈先生并赐以佳章,依韵奉和,流窜经年,不自知辞之凄恻也。

百岁常怀千载忧,干戈扰攘我西游。

叨蒙宾主东南美,却爱园林草木秋。

去国羁臣伤独乐,梳翎病鹤望全瘳。

穷来欲问朝中贵,亦识流亡疾苦否?

诗中涉及的醉花林,创立于 1845 年(道光二十五年)。创立之初是南洋潮商敦睦乡谊的会所。创立至今,许多文人墨客曾到访醉花林俱乐部,被醉花林的幽雅景致所感,而吟诗作对。郁达夫的这首诗作亦被翻印在"品潮轩"的墙上。

郁达夫的酬唱诗词中既有单纯的礼仪往来诗作,但更多的是借此以诗歌的形式做心灵的自我解脱,而并非真的忘情于世事的客套往来。"偶有触动,也会用旧体诗记述其感怀,然后给朋友们传阅。"(铃木正夫,1996:69)这应该是其此类型诗作占主流的原因。与往来新加坡的文人和官员不同的是,郁达夫的酬唱题赠诗并非单纯的"礼尚往来",更多的是借此表达自己对于国破家亡的感伤。即便是此类诗,也包含着郁勃之情。所谓"各记兴亡家国恨,悲鸿作画我题诗"(《题悲鸿画梅》)是他感愤于国难当头的现实而与画家徐悲鸿的互勉。他为画家、挚交刘海粟所题的"独立乾坤孤树顶,炎荒可有鹤飞来"(《为秋杰兄题海粟画松》)是他借咏松抒发自己在异域的落寞之情。他为曾经在武汉教过的学生刘大杰所赋的"托翅南荒人万里,伤心故国梦千回"(《月夜怀刘大杰》)更是表达了浪迹天涯的故园之思。

在此,必须提及的是郁达夫为杨云史写的讣诗,二人私交甚好,郁达夫知晓杨云史逝世时,当即赋诗《星洲闻杨云史先生之讣》:

庾信哀时赋未完,将星遽报陨诗坛。

江东渭北萦怀久，王后卢前位置前。

交谊死生尊季札，参军盐铁识桓宽。

最怜家祭传遗训，犹盼王师灭贺兰。（郁达夫，2006：548）

正是由于杨云史擅长作诗，郁达夫在第一句中将其比为诗坛"将星"。更是将与其的友谊比作"交谊死生尊季札"，生死之交。

郁达夫之所以在新加坡期间著作大量旧体诗，是因为"历年来当感情紧张，而又不是持续的时候，或有所感触，而环境又不许可写长篇巨论的时候，总只借了五七字句来发泄"（郁达夫，1999：2）。可见郁达夫这样的新文学家，即便掌握娴熟的新文学写作能力和技巧，但是旧体诗始终是基本能力。所谓的"发泄"是因为旧体诗在形式上更接近其生命的履历，旧体诗已然成为其生活的真实记录和情感的直率表露，是一种心理上的诉求。当然这也是中国古典文学在国家支离破碎的危亡时刻，大都发挥着避难涵养的美学功能。旧体诗的写作也是诗人集体无意识地将个人的境遇投向文化母体的心理机制。郁达夫的诗作中处处显现的是中国古典诗歌的特质，例如用典、对仗、比兴、铺陈等手法的熟练运用。此外，郁达夫的旧体诗绝大部分是格律诗，而少有古体之作，但对于格律和内涵的附和，并没有出现格律诗创作中常见的晦涩与板滞；音韵方面展示出格律诗所具备的声律之美。毫不夸张地说，郁达夫的旧体诗是代表新加坡"过客"类型诗人创作的最高水平。

第五节 异域人生与文学定位

本章所描述的新加坡华文旧体诗，它们的创作主体都是从中国本土出发，在新加坡因为各种原因停留的"过客"。他们创作的文本属种关系并不是新加坡文学的组成部分，而是中国古典文学的海外移植。我们通过分析可以得出以下结论。

一、"过客"眼中的新加坡"形象"

"过客"诗人具体出访境遇和个体心理状态的不同，使他们在旧体诗中表达出了不尽相同的新加坡形象。

第三章 诗在南洋——新加坡"过客"的旧体诗

研究作为"过客"笔下的新加坡具有的形象学意义。形象学作为一国文学中异国形象的研究，是从法国学派的影响研究中发展起来的一个重要的比较文学研究类型。按照巴柔的界定，这里的"异国形象"是"在文学化同时也是社会化的过程中得到的对异国认识的总和"（孟华，2001：4）。正如亨廷顿的推断，21世纪，发生冲突的根本原因将不主要是意识形态因素或经济因素。人类的最大分歧和冲突的主导因素将是文化方面的差异。目前随着文化因素在国际事务和国家安全中的地位和作用显著上升，通过对外文化传播来塑造和传播"形象"的重要性越来越受到形象学研究者的青睐，也越来越受到现代国家的重视。文化传播与国家形象塑造的重要性，不仅在于直接塑造国家形象，并且对与国家形象密切相关的诸多方面产生影响和作用。反观形象学中的异国形象有两种功能，意识形态和乌托邦。"凡按本社会模式、完全使用本社会话语重塑出的异国形象就是意识形态的；而用离心的、符合一个作者（或一个群体）对相异性独特看法的话语塑造出的异国形象则是乌托邦的。"按照这种解释，"意识形态"是对异国形象贬斥，"乌托邦"是对异国形象的美化。而对形象的塑造只有这两种形态。这在一定程度上意味着，"形象"是不存在与现实相符的可能，也意味着"形象"是不真实的。就连法国学者巴柔也提出过，形象学并不研究形象的真伪程度，就表述而言"形象"无真实可言。

另外，形象学形象的形成有自己的文化背景，谈及形象更是规避不了文化的因素，所以学者们对其意义做出这样的论述："形象是对一种文化现实的描述，通过这一描述，塑造（或赞同、宣扬）该形象的个人或群体揭示出并表明了自身所处的文化、社会、意识形态空间。"（孟华，2001：202）

可见，形象学研究主张在研究作品所描绘的异国的时候，研究的是其与所属国家对该异国的社会集体想象之间的关系，而排除了形象真伪的问题。晚清"过客"的新加坡华文旧体诗写作虽然形式上属于传统写作，风格上也体现出传统旧体诗的特点。但是，从内容上，我们看到的不是"真实的新加坡"，而是"我眼中的新加坡"，是一个代表清政府的中国人的观察、体验和认证。在他们的诗作中，儒家的理想人格，作为中国人的文化身份，成为这个类型作者旧体诗的基本叙述支点。所以，在解读过程中，避免不了自身文化影响下的"误读"。但是，当形象学开始对所谓的"误读"进行研究时，首先必须面临的一个问题是形象本身到底是什么样的？正如孟华指出的："既然'形象'是对异国的误读，要想真正分析清楚'为什么'，首先就得搞清'怎么样'。而研究接受者，就不能不研究他对原文的误读。只有搞清了原型是怎么样的，才能了解接受者如何和在多大程度上偏离了原型，然后才是回答为什么的阶段。"

　　一个非常有代表性的例子就是王芝，王芝在自己的旅行日记《海客日谭》中自称驻腾越的清军人，他们于1871年底进入缅甸，在仰光通过海路去伦敦。故而，史学界亦有人认为王芝是刘道衡的随行文人（张治，2014：35）。王芝的出访，途经新加坡所作的旧体诗录入他的游记《海客日谭》第五卷，具体有《月中望南洋诸岛国》《晚泊星架坡》《雨后望柔佛》及《白雉吟》四篇。而王芝笔下的新加坡同样是对其风景的记录，在此摘录两首王芝旧体诗作品。

月中望南洋诸岛国　二首

　　东望星奇夜色开，春帆新自泰西回。红毛浅外风初陡，白石门前潮正来。

　　鱼蹴晶球银世界，蜃吹珠气玉楼台。一声长笛姮娥笑，快把清光入酒杯。

　　龙牙溜里隐烟霏，古达文莱望里微。山瘴难名明草木，航珍争贡宋珠玑。（南洋诸岛自宋明已通贡中华）

　　如芦岛树撑云短，似塔风帆带月飞。欲访虬髯问奇事，春潮声佐海天威。

晚泊星架坡

　　两山中断一帆拖，春树斜阳星架坡。满鏊烟云藏墨豹（坡中多炭），层峦灯火点青螺。

　　魑魈狡黠含沙毒，鱼鸟贪馋近市多。潮挟海风催月上，鲸声蟾影壮诗魔。

　　从"鱼蹴晶球银世界，蜃吹珠气玉楼台""欲访虬髯问奇事，春潮声佐海天威""鲸声蟾影壮诗魔"等句中，不难看出王芝笔下的新加坡风景多了几许魔幻色彩。这当然和他本人的经历是分不开的。一方面，王芝少年早慧，早在1870年，18岁就从四川到滇缅边防上办理文案，次年，就奉派偕缅人由漾贡（今仰光）出发赴英，同治七年又出使泰西，少年得志急于写书自见，更多仰仗自己才思敏捷的文采和少年充沛的想象力。他的出访游记和诗作，被钱钟书视为无稽之谈："一些出洋游历者强充内行或吹捧自我，所写的旅行记——像大名流康有为的《十一国游记》或小文人王芝的《海客日谭》——往往无稽失实，行使了英国老话所谓旅行家享有的凭空编造的特权（the traveler's leave to lie）。"（钟书河，1985）。而钟书河本人也在评价王芝的出访实录时说道："他的'敢想敢说'，显示出少年人的幼稚和盆地居民的固陋。"（钟书河，1996：67）

新加坡过客笔下的新加坡形象是中国近代诗人对新加坡的一种文学想象，是以中国文化为基点，通过诗人自身选择性聚焦折射和构造出的对南洋的镜像，它们是中国文化同南洋文化共同作用下的产物。必须强调的是，这种异国形象的形成必须依赖"过客"们观感和直觉。在异国形象的建构过程中，跨国旅行是必需的先决条件。新加坡的题材，从初期的神秘期待到对异域风土人情、异国情调的简单表述，再到后期对自己和异质文化的深层考察和跨界反思，这些都离不开"过客"的描述。因此研究一国文学中的异国形象，正如基亚所言，"依靠旅游者设法了解在某个时期，某个民族是怎样理解另一民族的"，"研究某个旅行者，他的成见、他的单纯幼稚和他的一些发现"（基亚，1983：22-23）。"过客"的经历对异国形象的形成起着至关重要的作用，他们经历的其实是一种穿越时空的文化遭遇，他们旧体诗中的新加坡在很大程度上是中国文化同南洋文化互动的过程。正是充斥于新加坡华文旧体诗中的无数次的新加坡之行，"过客"们创作的旧体诗中的新加坡形象才得以不断强化，最终清晰呈现。

如前所述，无论是出访还是出使都是一种旅行，新加坡华文旧体诗，是中国文人或政客离开本土文化空间，对异域文化的体验记录。作为这一类型旧体诗作者的主体文化与所达地客体文化互相比较和交换的产物，新加坡华文旧体诗不仅反映了南洋这个他者，也反映了中国这一"自我"。这种反映最基本的表现，就是文化认证（cultural identity）。这些旧体诗作者在接触异文化后，通过比较、思考与认证，对自身文化和南洋文化所做出的理解分为几个层次，第一层次，是他们与异质文化对象的相遇；第二层次，是通过了解，产生包容与排斥两种情况；第三层次，通过对异质文化表现出的情绪，产生优势认证和劣势认证两种不同的文化认证结果。正是由于这一类作者"过客"的身份，这些早期的新加坡华文旧体诗中更多描绘的是一种文化的差异性，在描写新加坡这样的异国他乡时，或者通过偏远荒蛮、奇风异俗的话语模式描述，或者通过南洋风情、异域风光的表露，来显示汉文化的优势地位这里面不免有通过文化想象构筑自身优势文化认证的成分。

当然，这里有一个问题，什么是真实的？真实的形象是什么。正如我们回答中国的国民性是什么？中国的形象是什么样的，很难做出一致的回答。但是又有一些外国文学作品中的中国形象是我们一看就知道的虚假和夸大。因为，中国长期以来在文化上俯视新加坡，在这样悬殊极大的文化定势之下，新加坡文化在诗人们看来是具有极大的差距。在文化大国的俯视下，新加坡图像已然失真。从这个意义上看，以中国文化为背景的旧体诗中的新加坡图像也不可能是真实的"图像"，而是"社会总体想象物"（imaginaries social）。因此，详细探究旧体诗人们所谓的优势文化心态及这种心态对创作产生的影响，对我们深一层理解旧体诗中反映出的新加坡形象非常重要。那么，分析和把握过客诗人们的文化优越心态，是正确理解他们诗作中反映出来的形象的关键。对于这一点，本人的看法是，第一，由于评判标准的不统一，当我们在利用"真实性"对新加坡形象进行界定时，这个形象只能是相对真实的形象。第二，因为文学形象的"真实性"是其核心价值所在，这种"真实性"主要指的是渗透在旧体诗作品中的主体情感的真实性，即主体的主观真实性，而主观真实的母体毕竟是客观真实性。这种"真实"在另一层面就只是"审美"的真实。

二、就文学隶属关系而言，新加坡"过客"诗人创作的旧体诗作品，属于中国文学的组成部分

"过客"诗人从个人身份、思想意识到创作的题材主题、语言风格都是完全中国化的产物。作为"过客"的新加坡华文旧体诗作者的作品，虽然创作地在新加坡，但是文学隶属关系应该是中国文学的组成部分，依附于中国文学，与之亦步亦趋地发展，散发着强烈的中国性。这有以下几点原因。

首先，从创作主体的角度而言，这些诗作大都具有传统士人入世情怀为

第三章 诗在南洋——新加坡"过客"的旧体诗

基础的强烈的政治意识,特别是作为新加坡官员和晚清出走南洋的革命者,他们诗作中不仅是形式,更包容有为天地立命、为万世开太平的入世态度及悲悯生民的情怀。尽管从传统诗歌继承与创新的角度来看,"过客"诗人作品在诗体和新语词方面的尝试,源于他们对传统文化的迅速变革、对异域文化的强烈冲击下的深刻感受。但是,虽对以往的旧体诗创作习惯有所继承,但仍以创新与变革为主要特征。但这种创新和变革并不违背旧体诗的创作趋势,反而体现旧体诗创造与变革的重要声息。与此同时,从中国近代史特别是政治史、革命史的角度来看,"过客"诗人诗作中反映的新加坡形象实际上也具有独特的史料价值。馀事为诗的"过客"诗人对于政治的热衷是非常突出的,这种情愫即便在经历了种种罹难和流亡之后依然如初。而作为一系列重大历史事件的经历者和当事人,"过客"诗人旧体诗中留下这些形象载记的史料价值是无可替代的,具有特殊的史料价值。

其次,从传播的接受者角度而言,早期新加坡华人社会主要由中国华南沿海闽粤两省移民及其后裔所组成,因为自然灾害或者自身发展必须到异域谋生。主体自然是农民、手工业者、小商人及文书很少的文人。这些人到新加坡后通过做苦力、克勤克俭以积聚财富。但是作为漂泊海外的游子,又如浮萍一样,无根无落,更没有国内那样以强大的宗族势力为保护。这样同文、同种、同样境遇就成了早期华族乡党、宗亲之间相互依存的纽带。由于儒家伦理是建立在宗法制度基础之上,又可以成为传统伦理的指导思想,既强调宗族内要以强扶弱、休戚与共,对外更要仁者爱人,这种儒家思想中的伦理观念特别适合早期华族的需要。而对于移民中的社会上层,也可以从儒家思想的长幼有序中找到自己的尊荣感,借以维持现存领导秩序的依据,所以,早期华人社会的任何社区、阶层、宗族,都可以从儒家伦理中找到行为依据和心灵慰藉。旧体诗在此就成为一个非常好的传播手段,诸如"箕眼已无侯与王,唯有忠孝一腔热"(谢昭珊《剑仙》)"伪报平安怡老母,未能下笔已潸然"(康有为《幼博之丧未敢白老母时伪作家书以报平安今日始觉顿写之心痛泪下》)"谁料南荒柔佛国,听松庐更有诗孙"(丘逢甲《答叶季允懋斌见赠》),它不同于西方传教士的福音传播,更不是中国本土儒家思想作为政治意识形态的主导,更多是作为伦理观念进行情感的社会秩序的传递。

再次，从身份认同的角度而言，个体对一己身份之所属的辨认和他人对自己身份的认同是互为表里的，作为"过客"身份的创作者都是从中国南来，在身份意识上认为自己是个不折不扣的中国人，他们的创作往往强调自己的"中国"身份，他们清醒自己的处境，也努力于中国与异域文化空间的出入。这类诗人很显然不用面对文化认同和国家认同的矛盾冲突。他们非常自然地在亲近南洋土地的真挚人性中来看待自身的身份认同。"中国"这一形象在他们笔下，不仅表现为精神的、伦理的、审美情感的等文化层面的内容，更多的还有政治的、经济的、领土的、军事的等民族国家层面的。即便个别诗人诸如郁达夫、黄遵宪偶尔也含有强烈的在地情怀，但在精神指向上无一例外地属于中国，因而在某种程度上我们已经很难将他们的创作与中国古典诗词的创作严格区分开来。

综上所述，旧体诗这种旧文学在新加坡是受中国本土文学的影响形成的，新加坡本地学者也持有此种观点："在旧文学时期，马华文学是无条件且无选择的接受中国文学的哺育、扶植，并作为中国文学的一部分而存在。"（方修，1986：38）需要指出的是，由于1965年以前新马尚属一家，故此处以马华文学统称。

三、就文本创作趋势而言，新加坡"过客"诗人创作的旧体诗作品是与中国社会发展同步的

新加坡"过客"诗人之所以是整个新加坡华文旧体诗的最高水评，还在于这些诗人本身的文学地位，引用钱仲联先生对清末诗人的评述："……乃至黄遵宪、丘逢甲、康有为、梁启超等人以清末朝政和国际时事为主题的作品，以诗歌叙说时政、反映现实成为有清诗坛总的风气。国家大事往往在诗中得到表现，长篇大作动辄百韵以上。作品之多，题材之广，篇幅之巨，都达到了前所未有的水平。"（钱仲联，2004：1-5）这段评述中涉及的诗人在新加坡都有作品留存。晚清以来中国知识经验的敞开，对于往来新加坡的"过客"而言，将对中华的故土情结融入自身的民族国家观念。新加坡不仅变成了"过客"诗人们演练国内事务的海外政治文化空间，面对中国想象的共同体，其所遭遇的内忧外患更是成为海外知识分子话语关注的中心。在本章论述的诗人笔下，中国的社会政治便是一个永久的主题。

社会生活包括政治是人类生存活动中不可避免的恒久的现象，作为新加坡华文旧体诗创作的"过客"，他们政治身份隶属中国，在新加坡是因为各种原因短暂停留，他们对中国的情感关注远远超过对于南洋的热爱。这样的社会身份，以及部分官员和文人与生俱来的中国传统官员大国心态和文人士族的浪漫趣味，其笔下的南洋旧体诗与描写对象人文相长，显现出作为主体的关照和异质文化环境的新奇。这批官员是以中国传统文人儒士的形象和风度空降南洋社会的，他们通过结交当地文人、诗词唱和展现中国本土的优越性。

他们的创作必然直接或间接的涉及社会生活，并通过作品对特定环境下的政治现象做出不同的反映。清政府的出访使臣笔下的新加坡更多是作为异域风光、蛮夷之地一笔带过。甲午中日战争时期在新加坡任领事的左秉隆、黄遵宪纵然为官颇有政绩，但是也不敢纵意书写对于清政府懦弱无能的感受，更多的是去国忧思、离家哀叹。反而是辛亥革命后的康有为、抗日战争爆发后的丘逢甲更多地在自己的诗作中表达对于国家诗句的关注。而这种具有强烈政治意识的诗作不仅没有使其贬值，反而是其在特殊历史时期创作价值的重要保证。

另外，本章所论述的旧体诗人，都是往来新加坡的过客。他们的写作终究是中国经验"谁能招岛民，回来就城郭"（《番客篇》）（陈铮，2005：133-135）的想象。最终的归乡意识才是发展的脉络："天道地气，皆自北南来，而吾道亦随之南来"（《番客篇》）（陈铮，2005：133-135）。

因此，新加坡华文旧体诗的创作和中国的社会发展同样也是一种"召唤—应答"模式，即在一种特定历史文化语境中双向互渗互动的功能性关系。中国社会发展和政治局势向华文旧体诗的作者发出召唤，使得这些"过客"有意无意地在创作中做出应答。这种应答既可能是认同性的，也可能是对抗性的，甚至是偏离、逃避的姿态。

四、就文本创作整体风貌而言，新加坡"过客"诗人创作的旧体诗作品开始展现一定的南洋风貌

本章论述的"过客"诗人大都是中国的士大夫之流，他们的南洋之行，有着完全不同的象征意义。作为个体的他们，其实更具有集体的意味，全

方位的渊博、士大夫的养成教育，让他们成为那个时代少数的文化代理人之一。这类人能更好地、更准确微妙地、丰饶地表达他们的知性和感受，能借由文字印刻下他们的世界及他们对南洋社会的理解，并通向传统的旧体诗进行表达。在他们的作品中开始了对南洋世界的记录。

这些具有南洋色彩的旧体诗作，在一定程度上起到了对新加坡早期文坛的启蒙作用，而且对新文学的传播奠定了文化基础。南洋文人间频繁的诗歌酬唱，使南来文人和本地文士在同共事、共游宴的交流中，促成了中原文风和南洋碰撞的发生。例如，这些南来的"过客"与本地诗人的唱和对答，早期左秉隆、黄遵宪的文课题目直接刺激到新加坡的文教热潮。之后的康有为等人南来之时，新加坡已然成为中国国民的海外据点之一，甚至是流亡的革命志士的之所。这些革命者与当地华侨志趣相投，诸如邱菽园、林文庆、叶季允等人正是其中之翘楚。康有为、郁达夫为代表的革命者在南洋宣传改良、建立新式的教育、华文报刊，在精神上哺育了新一代华侨的文教精神和民族凝聚力。

"诗史"意识是中国传统叙事诗创作的重要概念。伴随南洋社会变革，加之中国国势陆危，民族危亡之际，有良知的海外华人关注时局。旧体诗的题材范围扩展到了国内政局，南洋风云，国际变幻等国内外时事，表现手法也呈现出多元化的面貌。不仅通过旧体诗来表达自己的忧思，同时这些以时事为题材的旧体诗，在一定程度上亦延续了源远流长的"诗史"风骨。除了"以诗存史"的纪事诗外，以南洋叙事与抒情故国结合为主，达到情事交融的境界。但是，旧体诗由于用词、声律和篇幅的限制，不可能和中国传统的乐府歌行一样，可以达到对现实较为详尽的描述。

五、就创作形式而言，广泛地沿用以往的诗歌题目命名方式之外，"过客"诗人创作的一个非常突出特点就是善于长题

古典诗歌的题目，所谓作品的有机组成，帮助读者正确的理解作品的表达方式和思想内容。虽然在早期，诗词并没有题目，诸如《诗经》。但唐朝开始，诗歌的题目有了较高的要求。清初的王士禛对此指出："予尝谓古人诗，且未论时代，但开卷看其题目，即可望而知之；今人诗且未论雅俗，但开卷看其题目，即可望而辨之。如魏晋人制诗，题是一样，宋、

齐、梁、陈人是一样，初、盛唐人是一样，元和以后又是一样，北宋人是一样，苏黄又是一样；明人制题泛滥，渐失古意；近则年伯、年丈、公祖、父母，俚俗之谈尽窜入矣，诗之雅俗又何论乎?"（王士禛，1961：761）很显然，诗词的题目不仅一直受到大方之家的重视，王士禛本人也对题目的俚俗、随意大为斥责。对于题目的要求，正如贾岛在《二南密旨·论题目所由》中所言："题者，诗家之毛也；目者，名目也。如人之眼目，眼目俱明，则全其人中之相，足可坐窥万象。"题目在唐朝要求简短、醒目。而事实上，正如当代学者吴承学先生在从文体发展和文学批评角度研究诗歌题目时指出："中国古代诗歌经过从无题到有题，诗题由简单到复杂、由质朴到讲求艺术性的演变过程，总之，诗题制作有一定的时代风格。"（吴承学，2002：109）这对我们研究新加坡华文旧体诗提供了一个很好的思路。

作为"过客"的旧体诗的作者们，所处的时代多是晚清。处于中国古典诗歌总结期的诗人们，除了广泛地延用以往的诗歌题目命名方式之外，一个非常突出的特点就是善于长题。当然这种命名方式是与中国古典诗歌题目命名方式变化的总体趋势是同步的。正如吴承学先生总结："古代诗题初为短题，后遂衍为长题。……六朝开始出现长题的风气。"（吴承学，2002：113）这种给诗词以长题的风气在唐宋得到最快发展，杜甫、韩愈、苏轼、黄庭坚等唐宋诸家，长题已经很普遍了。晚晴"过客"诗人们使用长题，较之以往诗人的创作又有所变化发展，一方面使用比例增加，另一方面是诗题字数更多。

这些诗人们非常有意地以诗歌记述自己和同道者在新加坡期间的经历与感受，几乎构成了一部形象的新加坡社会"诗史"。在这部分诗歌中，长诗题对这些诗歌"诗史"特征的形成发挥了重要作用。例如，左秉隆的《王君道宗见赠石塌字迹二种一书寒竹风松一书仙苑皆朱子笔也诗以报之》、康有为的《到坡三迁舍馆数月中自庇去坡由坡而港由港而西贡后复还坡追旧感今而赋》、卫铸生的《甫抵息岛漫赋俚言三律录请诸大吟坛斧藻题》，以及丘逢甲赠予清政府第一位留学美国的容闳的《星洲喜晤容纯甫副使闳即送西行》等。

还有一部分长题是交代南洋地方风物、写作情境的，这部分长题不仅丰富了诗歌本身的内容并使之更加充分细致，对旧体诗的创作情境起到很好的说明、补充作用。例如，左秉隆的《首夏散步北郭观农人分秧》、黄遵宪的《以莲菊桃杂供一瓶作歌》、郁达夫的《黄花节日与星洲同仁集郭嘉东椰园遥祭，继以觞咏摄影，同仁嘱题照后藉赠园主》、王道宗的《炎洲冷官于月之念一日以诗二绝寄示并命和韵奉读之下具见大雅古风跃然纸上殊深钦服因苦索枯肠敬步元韵聊志葵倾之意工拙不暇计也》、康有为的《庚子二月四十三岁初度。寓新坡之恒春园一楼，名曰南华，梁铁君、汤觉顿为吾置酒话旧，慰余琐围》《题邱菽园风月琴尊图》等。

  南洋社会经历是"过客"诗人们旧体诗创作的一个非常重要的内容。由于近代南洋异域世界的新奇内容与以抒情性为主的传统诗词表达习惯有时存在明显的距离，因此长题用来充分记述、描写的特点就被彰显出来，长题在这类诗中再一次发挥了特别重要的作用，例如，张萌恒的《舟泊星驾坡极承子兴太守东道之雅别后奉寄一首》、郁达夫的《前在槟城，偶成俚句，南洋诗友和者如云。近有所感，再叠前韵，重作三章，邮寄丹林，当知余迩来心境》、康有为的《正月二日，避地到星坡，菽园为东道主。二月廿六，迁出之日，于架上乃读菽园所著〈赘谈全录〉。余公车上书，而加跋语过承存，谈沧桑易感，往人多伤，得三绝句，示菽园并邱仙根》等。

  就中国古典诗词的发展历程而言，古代诗人的创作实际上重视诗本身甚于诗歌题目的。诗题被重视命名并精心设计本身就经历了一个繁杂的过程。这种长题的趋势发展到清朝末期，情况发生了更明显的变化。包括康有为、郁达夫及早期新加坡华文报刊上的旧体诗的诗与诗题的关系来说，既重视诗本身又重视诗题，甚至有的长题诗作中，出现诗本身略显薄弱的情况。这种"题胜于诗"的现象不仅反映了晚晴诗人创作观念的显著变化，是中国古典诗歌发展历程的最后阶段出现的一个值得注意的现象，这一创作现象影响到了日后新加坡华文旧体诗的创作。

第四章 新移民的浪子

——新加坡"流寓者"的旧体诗

> 陶陶孟夏兮,草木莽莽。伤怀永哀兮,汩徂南土。眴兮窈窈,孔静幽默。
>
> ——《怀沙赋》

作为出生于中国本土又长年侨居海外的中国近代知识分子,在中国传统文化熏陶下成长,成年于新加坡的旧体诗作者,之所以称为流寓者,是由于他们早年接受了正统儒家传统教育,有深厚的中国古体文化的根基,后又经历社会沉浮却坚持儒家忧国忧民、心系天下的情怀,身在海外却一生维护中华文明。但是,一方面他们所经历的时代又是中华文明的巨变和转折期,因而难以对于传统文化全面继承;另一方面,新加坡华人社会不同于欧洲或北美洲华人社会,在这片土地上同时存在中华文化、欧洲文化及马来文化的角逐。因此,在这一类型的诗人作品中不仅彰显传统古典诗词的题材内容和艺术手法,同时流露出独特的南洋文化。其中最具代表性的就是"南洋才子"邱菽园和"国宝诗人"潘受。他们所扮演的是中国与新加坡的文学中介者的角色,表现出流寓文学的特色。

第一节 "流寓者"的身份背景特征

王赓武指出:"现代的东南亚华人,与当今的大多数人民一样,并不仅有单一的认同,而是倾向于多重认同。"新加坡作为东西文化的交融地,近代历史的发展受到不同文化的影响。西方文化、中国文化及马来本土文化在这里角逐、融合。此类型诗人相对于本书第一种类型的"过客"诗人的中国文化背景而言，其身份背景是双重的，中国本土作为出生和接受教育的地方，新加坡作为成年后的最终立足之所，是第二故乡。在这些诗人眼中，时刻关注中国社会的发展，致力新加坡华人社会的促进。但是相形之下，他们还是以中国为中心，是这样的社会背景对诗人们的创作产生巨大的影响，他们旧体诗的内容取向大都以中国为重心。反映在旧体诗中有"縢怀家国事，翻觉别情疏"（冷血热肠人《雨夜杂感》）的感慨；有"漫道天涯无别恨。每逢佳节倍伤心"（郑子明《中秋夜感怀》）的心酸；有"浪游湖海转蓬角，到处羁栖似逸民"（萧雅堂《垄川旅怀旧作》）的看似洒脱。

一、"流寓者"的文化认同

文化认同是身份认同的重要组成部分，从这个角度而言，身份认同也是文化建构的过程。任何个体都不可能脱离文化而存在。对于本书所研究的旧体诗的作者而言，要在文化上保持原生态的特质而不被南洋文化浸染是不可能的。"流寓"诗人既吸收了南洋文化的特征，同时又保有着本身的中国文化，形成了有别于中国原文化的形态。

19世纪的英国，经历社会变革和思想动荡之后，旨趣鲜明的文化精神覆盖政治、经济、文化各个方面，诸如功利主义、怀疑主义、自由主义等蓬勃发展。而英国开发新加坡、马来西亚，使得英国的文化模式在新加坡得到推移和整合。本章的主角之一邱菽园正是通过阅读《天演论》而受到达尔文主义进化论的影响，因此将自己的书房取名"观天演斋"（邱菽园，1899：11，30）。其诗作《寄怀梁任公先生》中亦有"以太同胞关痛痒，自由万物竞争存"对适者生存的论述。

与此同时，作为在传统文化熏陶下成长，成年后才接受到西方文化的知识分子在面对西方文化的冲击时，身在异域的流寓诗人依然保持中华民族强烈的文化优越感。所谓"因这岛国的社会，尚带有浓重的古旧气息，所以旧诗词、旧诗迷、旧诗钟……仍大受欢迎，有欣欣向荣只慨"。（冰人，1934）正如邱菽园自己所云："周礼至今数千年，早备西学之门户矣。"或者认为中国文化和西方文化并无可比之处："守中学者薄西学者而不为，竞西学者诋中学为无用，几何其不相柄鉴也哉！"

第四章 新移民的浪子——新加坡"流寓者"的旧体诗

本章所研究的旧体诗的作者在文化方面，受中华传统文化影响最大。邱菽园的父亲邱正中在新加坡亦官亦商，不仅是当地华人的领袖，同时花钱捐官。对于自己的儿子更是希望其走中国传统仕人道路，通过科举考取功名、光宗耀祖。因此传统的家庭、乡土观念极大地影响了儿子，在教育方面更是遵循中国传统的诗文教育："先师讲学，首重读书，以植根柢，分经史两大类，引来学所性之近者而教之，余少年尝手点史维全部，即于是时卒业也。"（邱菽园，1901：3，10）继承父亲庞大家产的邱菽园，以经济实力做后盾，交往对象大都是新加坡社会的精英如林文庆、宋旺相之流，或是往来中国与新加坡的维新志士如康有为、丘逢甲之辈。他热心南洋文教，创办华文报刊，纵观邱菽园的旧体诗作，大有"晚清士人那种合儒、侠、艳、佛为一体的生命态度"。（李元瑾，2000：39）称自己的理想是"愿得黄金三百万，交尽美人名士，更结尽燕邯侠子"。（《五百石洞天挥麈》，1899年粤亘雕刻木版大字本，第12卷）（邱菽园，1899）可见在文化认同方面，邱菽园主要归属于中华文化，对西方文化猎取不深，对马来文化是有一定程度的排斥。

潘受则是自10岁起，开始在福建泉州的培元学校就读，这所学校是中国第一批现代学堂之一。但是接受的依然是中国教育，潘受对于中国古代文人涉猎颇深，尤其推崇杜甫，仅仅就是从2400余首杜甫诗中可以集句50首，就可见一斑。但是潘受所处的年代毕竟晚邱菽园近半个世纪，他对于西方文化接受的显然比邱菽园更深一些。他的旧体诗涉及的西方文艺家就有荷马、亚里士多德、莎士比亚、拜伦、雪莱、狄更斯、歌德、泰戈尔、但丁、毕加索、梵高等。对于这些不同时代和国别的艺术家们，其创作观念和表达方式与中国传统大有不同，潘受却给予最大程度的尊重和包容。而对于西方社会的先进生产力和生产方式，潘受显然不像第三章所论述的"过客"们新奇和惊讶，而是表现出足够的敬佩之情。诸如1970年欧洲旅游，诗人首见地铁，于是赋诗《伦敦地下火车》："车轴纷纷地穴通，人群蚁队略相同。王城莫笑槐安国，等是南柯一梦中。"（潘受，2004：230）从蒸汽机、火车、飞机、南极探险、人造卫星、试管婴儿这些"舶来"的现代产品都有所涉及。更值得一提的是，除了对中国本土事件的了解外，同时对于风云变幻的国际政治与关系给予关注，诸如对于罗斯福当选美国总统的赞赏、对于海湾战争的感慨等。

这类诗人之所以选择旧体诗作为创作的文体，并且体现出相对深厚的文学造诣和系统修养，也和中国就现代的教育制度直接相关。在科举制度废除以前，旧体诗一直是中国传统教育的重要内容。在文化认同方面，对于中国传统文化接受最为深刻。

二、"流寓者"的政治认同

此类诗人身居海外多年，却始终视中国为祖国。我们从邱菽园的别号"星洲寓公"可见一斑。邱菽园一生68年，其中52年是在新加坡度过的，对于新加坡的强烈归依感在旧体诗中表露无遗。邱菽园是"星洲"一词的首创者，更因此乐得"星洲寓公"的称号。

> 新嘉坡本巫来由部落，其地浮洲，自成小国。……新嘉坡，犹云泊船口岸也。然余尝登高阜而望，每当夕阳西匿，明月未升。隔岸帆樯，满山楼阁。忽而繁灯遍缀，芒射于波光树影间者，缭曲回环，蜿蜒绵互，殆不可以数计。及与驰孔道、驾轻车，则又灯火万家，平原十里，与顷者相薄激。明月为之韬彩，牛斗为之敛芒。若是者，街鼓 如，东方发白，犹未阑也。乃顾而嘻曰：岛人尝称新嘉坡为星嘉坡，向以为评者之偶异耳。今而后知星字之为美，其在斯乎？况是坡也，一岛潆洄，下临无地。混然中处，气象万千。既以星嘉是坡，为之表异，何不以洲名是坡，为即纪实耶？乃号之曰星洲，而以星洲寓公自号。嗟夫！星坡一弹丸岛耳，容华人至廿余万有奇，其来作寓公者，固不只余一人。而余亦既偶然为此廿余万寓公之一人，江风山月，式好毋尤，其遂乐此而自足也耶。抑非斯人之徒与而谁与耶？（《五百石洞天挥麈》，1899年粤亘雕刻木版大字本，第1卷）（邱菽园，1899：25）

这样的表述中，一方面是邱菽园在这片土地上"乐此而自足也"，另一方面，所谓"寓公"一词在中国古代特指失去领地而寄居他国的贵族。诸如《礼记·郊特牲》中"诸侯不臣寓公，故古者寓公不继世"，再如范成大《东山渡湖》一诗中"吾生盖头乏片瓦，到处漂摇称寓公"。可见，在邱菽园的心中，星洲虽美，却终究是"他国"，其政治认同直指中国。

第四章 新移民的浪子——新加坡"流寓者"的旧体诗

20世纪30年代,潘受从福建南渡经香港,流寓新加坡。远在异乡,不忘故国,眼看中国政治动荡,日军侵华、国共内战背景下的社会局势风雨飘摇。潘受以旧体诗为媒介,表达去国之思、故土之恋,创作了一大批与中国的政治遥相呼应的旧体诗篇。

从邱菽园、潘受的旧体诗创作中,他们的政治认同是双轨的,一面是响应中国革命运动,一面是积极参与南洋本土的文教活动。我们从邱菽园笔下"能将文化开南岛,剩有诗情托国风"就可以看出其认同的双轨性。从流寓者的视野中,邱菽园和潘受作品中的在地性凸显,借传统诗词为新加坡确定书写体验。

三、"流寓者"的民族认同

我们之所以在讨论旧体诗的创作背景时讨论社会认同,是因为社会认同不是一个个体所具有的意识,往往与族群研究相联系并具有社会性。是个体面对社会化过程中所形成的对外在环境的归属心态,在这种归属心态建构过程,个体获得自我身份的建立及精神的归属。

邱菽园所在的时代是东西方文化在新加坡碰撞最为激烈的时代,但是相形于中国的战乱变动,新加坡还算得上是一个桃源境地。因此,邱菽园在为自己的诗作《庚子感事六首》作序称"从此余已决定议全家还外避地桃源之志"(《邱菽园居士诗集》,1949年印于新加坡,卷一,庚子稿)(邱菽园,1949)。

邱菽园的社会认同表现出以下三个特点。

第一,受传统中国意识形态影响,邱菽园依然以炎黄子孙自居。对于华人华社的内部问题关注更多。新加坡不仅是一个多种族的国家,即便华人也是来自各地的,各地方言不同导致的误会也被邱菽园入诗:"南腔北调待如何?闽粤方言禁忌多。绝倒头家娘叫惯,译来原是事头婆。"

第二,作为最早接触西方文化的海外华侨,邱菽园经历了中国天朝上国现实的瓦解并逐步认识了解西方文化,因此对于白皮肤的洋人表现出一定程度的赞赏。对黑色人种公开鄙夷。"黄种居亚洲,白种居欧洲,此两种最智最贵最古,有数千年之史籍,其种分布地球,执五洲之权利,黑种居非洲,其人愚陋,不足齿列于黑白二种。"(李元瑾,2000:186)同时,邱菽园对于英殖民的宽松管理予以认同："少长，家君自海外归，尽是而南，遂居息力——新加坡也。是为英属，政令较他为宽，盖其地为亚欧之冲，往来轮舶，皆出其途，所以优待客民，本如是也。"（邱菽园：1897:21）

第三，对马来人歧视："南洋群岛，天然美丽，巫族闭塞，有土不治。西来暂种，起而代之，田野辟，实业兴，商旅出，道路平。"（邱菽园：1897:21）

邱菽园将马来人称为"巫族"，认为马来虽有美丽的自然资源，但是马来人闭塞，不懂得治理开发，当前的民业发展全是归功于"西来暂种"。

从邱菽园的唱和诗的主要对象来看，他的主要来往对象是华人社群，对于西方白人社群并无交往，对于马来人更是少有接触。表现在其作品上，邱菽园的旧体诗更多的是以主人翁的角度描述新加坡。正如邱菽园自己描述的多元化社会："黄红棕白黑相因，展览都归此岛陈。十字街头聊纵目，亚洲人种各呈身。"

第二节　星洲明月无古今："南洋才子"邱菽园

邱菽园（图4.1）是新加坡影响最大的旧体诗诗人，是新加坡华文旧体诗发展最高水平的文人，是新加坡早期华侨文化事业及改变星洲文风的重要领袖。被誉为"南洋才子""南国诗宗"。邱菽园1874年生于中国福建漳州海澄县（今龙海县），在广东、澳门受教，于8岁暂住新加坡，15岁返乡参加科考，乡试中举意图走中举应仕之路。1896年，其早年来新加坡创业，通过经营粮食成为南洋著名商人和侨领的父亲邱笃信病逝，巨额财产由邱菽园全部接管。同年，邱菽园扶父柩回海澄安葬后，次年再赴新加坡。此后的岁月里，除了1920年赴厦门一次外，再没有踏过祖国的土地。

邱菽园对南洋的贡献还在于对南洋文教事业的推动。

首先，自主办报推广华风。"名篇佳作，不拘雅俗、长短均所欢迎。"（邱菽园，1922：23）

邱菽园作为早期流寓新加坡的华族，接受西学的熏陶又有雄厚的家产支撑，在新加坡开办一系列华文报刊。1898年5月26日自费创刊《天南新报》，1913年与人合办《振南报》。1929年开始，邱菽园担任《星洲日报》编辑。这些报刊与邱菽园的文社活动相互呼应。既是相应国内政局的窗口，

第四章　新移民的浪子——新加坡"流寓者"的旧体诗

又是文人唱和的园地。例如，最具代表性的《天南新报》专门开设旧体诗的专栏，如"来诗照刊""词章杂钞""来诗类刊""词人妙翰"等。邱菽园本人的许多未入诗集的诗词也刊登在内。

图 4.1　邱菽园（1874—1941）

其次，开创文社以文会友。左秉隆和黄遵宪开创了新加坡文社之风。然而他们的过客身份注定其影响力的是有限的。因此，在黄遵宪离任后的一段时间，新加坡的文坛并未有大的建树。邱菽园穷其一生经历，在新加坡开办华社，改变新加坡文风。1896 年家产丰厚的邱菽园创办丽泽社，之后又创设乐群社、星洲诗檀社，并主持会吟社。文社开办，大振星洲文风，"星洲远隔重洋，不沾王化，俗尚之陋，地非诗礼之乡，然而陆机入洛，即多著作之才华，韩愈来潮，一洗穷荒之气"（《五百石洞天挥麈》，1899 年粤亘雕刻木版大字本，第 2 卷）（邱菽园，1899：4）。

同时，邱菽园沿袭左秉隆、黄遵宪的做法，对于文社的优秀作品，自费予以嘉奖。甚至邱菽园在新加坡河畔专设一处房产称客云庐，专门接待文人墨客，1897 年发起客云庐征诗活动。

再次，推广华文教育。第一，邱菽园 1899 年自己编写华文教材《千字文》，1902 年又撰写出版《新出千字文》，改变中国传统诗文教育艰难晦涩的教学方式，使用浅显易懂的方式，更容易为在地华族认知。第二，邱菽园筹办萃英书院、道南学校等华文学校，让海外华人得以在域外习得华语知识，并邀请康有为等人前来讲学。第三，值得一提的是邱菽园虽然是中国传统伦常教育出身，但是却可以开明的传播女学，"重男轻女，有以致是，而不知日后改归西人保护，有男女平权之利益也……今欲匡正之，数百年之桩饰语言习尚仪节，实难猝移，亦不得尽人而移。匡在妇女辈为尤甚，则莫若先兴女学"（邱菽园，1899：16-17）（《五百石洞天挥麈》，1899 年粤亘雕刻木版大字本，第 11 卷）。

1928 年模仿袁枚，招收 13 名女弟子教授诗词古文。

邱菽园作为传统的晚清知识分子，诗作中表现出儒、释、艳于一身。作为身居异国的"流寓者"，他的诗作题材与中国革命时局遥相呼应；作为中国传统知识分子的代表，他的诗作中大都充满改变社会的理想，以及国内维新革命的关注；作为终老之地新加坡，他的诗作中同样有对南洋社会的反映和思考。他的诗作通过丽泽社、乐群社的社团，自办报刊及诗集的出版，传播中华文化、改善南洋文风，使得新加坡成为海外旧体诗的研究重镇，是海外旧体诗研究最杰出的代表。

其旧体诗主要收录在诗集《邱菽园居士诗集》和《啸虹生诗钞》中。其中，《邱菽园居士诗集》初编收录诗 696 首，二编收录诗 317 首，三编收录诗 32 首，合计 1045 首。此诗集是其女儿女婿王盛治夫妇所编，并由 1910 年康有为返回新加坡与邱菽园复交后，帮助邱菽园点诗稿，撰写《邱菽园所著诗序》，称赞其诗作"家虽日贫而道日富，诗亦以穷而益工"（《邱菽园居士诗集》，康有为《邱菽园所著诗序》，初编序）（邱菽园，1949：113）。

对此，邱菽园大为感激，特赋诗六首：《康更生先生检定拙稿复出大作属校》《康更生先生自五大洲游归，重晤新坡，蒙出诗稿全集属校感赋四首》《犹记一首寄康更生先生》。而《啸虹生诗钞》多是邱菽园后半生参禅事佛的作品，同样由康有为作《邱菽园诗集叙》，并出资印行。这部诗集与收录在《菽园赘谈》中的《庚寅偶存》收录诗作约 340 余首。此外散见于新加坡华文报刊诸如《天南新报》《叻报》《星洲日报》的旧体诗不在此列。对其旧体诗的成就，康有为两次作序大加赞赏，在《邱菽园居士诗集》中称邱菽园的旧体诗成就在冒辟疆和吴应箕二人之上：

  自戊己以来，感时抚事。沈郁之气，哀厉之音，俳恻之情，绵邈滂沱，顿挫浏亮以吐之。虽多托乎好色之言，而夷考风骚，可兴可怨，哀感顽艳，实正则也。吾与菽园共事，知菽园深。菽园才志类明季四公子、二秀才，就中尤类冒辟疆、吴次尾。佛称不生边地而生中国，其侧出旁生于域外蛮荒，成就尤难，则远过之。(《邱菽园居士诗集》，康有为《邱菽园所著诗序》，初编序)(邱菽园，1949：113)

《啸虹生诗钞》中更是赞赏邱菽园虽在异域，但是诗词成就堪比国内诗人，甚至可以和黄遵宪一争高下：

  (菽园)养晦肥遁，抱膝长吟。于是豪情胜概，一寄于诗。所谓"独寐寤歌，永矢不过"者非耶？菽园既好学能诗，虽僻陋在夷，而藏书甚富，无学不窥。口诵掌故、古今文词，滔滔若悬河。其为诗滂博夭范，雄奇俊迈。兴会飙发，浓郁芬芳。盖其天材之俊逸，与时事之迁移，合而成之。沈寐叟尚书叹赏之，谓可争长中原，北方之学者莫能先也，或与黄公度京卿骖靳联镳焉。

诚如李元瑾的评价，邱菽园的旧体诗"既洗涤小岛荒气，也使星洲成为南洋诗坛重镇，更让新马在中国近代诗史上找到衔接点。他于是成为中国近代海外诗人的特殊案例"(李元瑾，2000：39)。其作品深受中国传统文化的影响，在内容取向上又兼及中国与新加坡两地。

邱菽园的旧体诗作品在当今的新加坡社会依然影响深远，其诗集选编《诗韵人生：邱菽园诗选》于 2013 年被新加坡国家图书馆出版。这本小册选择邱菽园 21 首代表作，并由 Shelly Bryant 翻译成英文。

一、流寓异域，心属旧土：关于中国政治变迁

  邱菽园所处的时代，正是中国社会变迁最为激烈动荡的时刻，国内接连发生的太平天国运动、洋务运动、公车上书、戊戌变法、义和团起义、辛亥革命、五四运动、抗日战争。外有第二次鸦片战争、中法战争、中日战争、八国联军侵华、九一八事变等。作为海外游子的邱菽园热心国内改

良、积极参与维新。其旧体诗中表现出对中国时局的极大关注。

1898年8月，戊戌政变后光绪帝被幽禁，谭嗣同等六君子遇害，政变领导人康有为、梁启超逃亡日本，变法失败。邱菽园作诗《骤风》大为感伤：

迭迭商声撼旅窗，连樯猎猎拂旗幢。风过黄叶纷辞树，云拥青山欲渡江。

斜日光沈龙起陆，平沙影乱雁难双。飞扬猛士今谁属，天地无情自击撞。（《邱菽园居士诗集》，1949年印于新加坡，初编，卷一）（邱菽园，1949：9）

诗中以"风过黄叶纷辞树"隐喻戊戌政变失败时的惨痛、康梁流亡的情景，借景表情，而"天地无情自击撞"更是满含悲愤。身在域外的邱菽园看到国内政局动荡，除了倾尽财力予以资助外无能为力，只能无奈叹息。

邱菽园在政治上拥护维新派，戊戌变法失败后，政治主张转向保皇，和保皇党人建立联系、筹集款项，创办宣传维新思想的《天南新报》。1900年邀请康有为到新加坡，被推举为南洋英属各邦保皇分会会长。期间的诗篇流露出对帝制的向往，诸如其《叠韵赠姜君之行》中"皇图廿世纪，新运四千年。独击中流楫，能回落日潮。帝心遗北老，民气望平权。风雨相离合，精诚欲问天"。

1900年后，由秦力山、唐才常等人发动勤王起义失败，邱菽园又闻得康有为骗用华侨捐款，开始对维新活动失望，另外，清政府驻新加坡总领事对邱菽园以围捕海澄邱氏族人为要挟对其调查。邱菽园向清政府捐款1万元换取四品衔了事。1901年辞去《天南新报》职务，同年与康有为产生矛盾并与维新派决绝。

1903年所做的《酬陈香雪太史（海梅）兼示公孙惠亭（炳章）》一诗中"故国年来风雨深，江潭逐客狎微吟。剧怜美女伤谣诼，瘦尽腰肢力不任"（《邱菽园居士诗集》，1949年印于新加坡，初编，卷一）（邱菽园，1949：1），"故国年来风雨深"是国内动荡的局势，邱菽园自己又以"江潭逐客"自比。最后一句暗指慈禧专权，对于以"美女"指代的正直之士打击重创。

1904年日俄战争，邱菽园做有《中立》一诗，并有注曰："公历一九零四年，日俄战于满洲，吾国以不武故为变相之中立。"诗云：

第四章 新移民的浪子——新加坡"流寓者"的旧体诗

秦师未退晋师从,投骨凭人肆远封。岂是顿邱争隙地,无由烛武说横冲。

何年任戍东门钥,中立犹鄣卧榻容。如此江山谁是主,可怜行李往来供。(《邱菽园居士诗集》,1949 年印于新加坡,初编,卷一)(邱菽园,1949:1)

1913 年,40 岁的邱菽园经历人生几次大的起伏,看淡一切,这一年所做的《中年》一诗中已有"少日飞骞壮嗜奇,中年哀乐付琴竹。生何如死凭翻转,富不能贫是大痴"的平和淡漠。但是心境的改变并没有阻碍他对于中国的关心,这一年所做的《星洲远眺》《书事用建除体》《壮志》《挽隆裕皇后》《寄怀张菊生》《追挽老博士容闳》都是对于中国政局时事关心的作品。

20 世纪 20 年代,邱菽园依然保持对中国时局的关注,在诗作中多有表现。如《五禽言有序》《福州独立军起诗以纪事》《绝句寄谢榕垣旧游》《寄怀易实甫(顺鼎)香江旅次》《答胡翼南寄视弭兵咏之作》《酬林芷俦兄怀并寄吴质钦、邹翰飞》《闻梁绍文(空)欲习飞机诗以勖之》《阙题》《书事用建除体》《来日》《喻世变》《闽乡新客抵坡相访,为言内地流亡之痛,诗以志慨》等。诸如 1921 年的《寒心钓台和友人合作》中的"玩家凋零钓台寒,何日王孙返钓竿",正是对于中国本土政治式微、民生凋零的反映。

1931 年九一八事变前后,邱菽园对于日本帝国主义侵略,赋诗有《喻世变》《岛上春日感怀乡国》《走马引乐府有序》《瑞于法师以〈行脚图〉见示并属题辞欢喜赞叹得一十六韵》《送友人返国》《闽乡新客抵坡相访、为言内地流亡之痛,诗以志慨》《寓斋雨后观物有感》《冬首雨》等。

1937 年七七事变爆发,牵动海外华人的爱国之心,邱菽园的关切之情赋诗以表达,其"而今民族思潮烈,爱国还应普国人"(《邱菽园居士诗集》,1949 年印于新加坡,初编,卷一)《读王渔洋诗集(国士桥)一首后,意有所触,引伸之,得二十八字》)(邱菽园,1949:24)之心跃于纸上。其和抗战相关的诗篇有《送别张叔耐》《戊寅重九止园座上同赋时局感怀》《春首试笔》《春日偶成》《岛寓端阳》《遣兴》《庚辰中秋》《独夜》《重阳》《感时》《季冬三日晨作》《岛曙》《闻播音机战士鼓吹不乏之声感而有作》。

在临终前,他仍然极为关注中国的时局发展,1938 年的《戊寅重九止园座上同赋时局感怀》：

> 异乡抚序且登楼，故国烽烟阻远眸。不学过江名士恸，难忘倚杵杞人犹。
>
> 紫荧遍插成高会，黄菊纷开耐劲秋。戮力中原应视此，安排身手挽横流。(《邱菽园居士诗集》，1949 年印于新加坡，初编，卷一)（邱菽园，1949：24）

值得一提的是，正是由于邱菽园旧体诗对中国政治的关注，被国内学者指为"新派诗人"。邱菽园旧体诗中对政治的关注，是受到中国新派诗人创作风格的影响，他的诗作《题龚定庵诗集后》中谈道："哀乐无端绝迹行，好诗不过感人情。定公四纪开新派，赢得时贤善继声。"龚自珍所倡导的新派诗中对时政的干预影响到邱菽园旧体诗的创作。同时，由于邱菽园在新加坡受到的西方文化的影响，"诗歌创作上自然而然地便倾向于新派诗"（郭延礼，2008：126），因此在其诗作中，同样有新词入诗的现象，诸如《寄怀梁任甫先生二首限支微韵》中的"迹遍三洲亚美澳，道存黄种伏轩羲"，再如《寄怀梁任公先生》中的"以太同胞关痛痒，自由万物竞争存"。

二、咏史感怀：作为中华历史文化传统的文学表述

邱菽园的咏史诗最能表现其中国性的特色，台湾学者王志伟统计出邱菽园平生诗作中共有 125 首咏史诗，占其平生所作诗篇的 1/10。这 125 首诗作中，除了一首《观西史法皇帝拿破仑易妻故事有感而作》是关于拿破仑的，其余所咏诗篇皆是对中国历史的回望和寄怀。这更有力地证明了其旧体诗的浓厚中国性。邱菽园的咏史感怀诗大致分为以下几类。

第一类是针对历史人物的，历史人物是历史记忆的焦点，更是中华民族精神的象征。这些都成为邱菽园作品中书写的对象。诸如《臧洪》：

> 不因君不因民，困守孤城敢惜身。
>
> 我爱子源真义士，平生死友见斯人。(《邱菽园居士诗集》，1949 年印于新加坡，初编，卷一)（邱菽园，1949：6）

臧洪字子源，东汉人。汉灵帝末年，值董卓之乱，臧洪说服张超反董，与张超的哥哥张邈会同刘岱、孔伷、桥瑁等歃血为盟。后来臧洪归附于袁绍，并予以重任。194 年，张超与哥哥张邈、陈宫叛曹操迎吕布，第二年被曹操击败

第四章 新移民的浪子——新加坡"流寓者"的旧体诗

围在雍丘。臧洪请袁绍发兵相救,袁绍不准,张超被曹操所杀。臧洪由此怨恨袁绍并断绝关系,袁绍派兵攻打臧洪所驻东武阳,臧洪不敌,部下数千人被活活饿死,但未有一人叛逃。邱菽园在这首诗中称:"我爱子源真义士。"其对于臧洪的"义"十分敬爱。这也和前面维新失败、康有为克扣捐款等变故相关。

再如《承宫》:

北使何知愿见虚,捉刀前有大鸿胪。

侯逢翻愧平津相,同业《春秋》起牧猪。(转引自王志伟,2001:196)

诗中的主人公承宫,"少孤,年八岁,为人牧猪。乡里徐子盛明《春秋》经,授诸生数百人。宫过其庐下,见诸生讲诵,好之,因忘其猪而听经。猪主怪其不还,行求索。见而欲笞之。门下生共禁,乃止,因留宫门下。樵薪执苦,数十年间,遂通其经"。诗中"捉刀前有大鸿护,侯逢翻愧平津相"是邱菽园对其勤奋好学品格的赞赏。

其他以历史人物命名的有《伯夷》《太公》《范蠡》《张胜》《祢衡》《郑玄》《范增》《项伯》《项王恨》《刘备》《范雎》《杨雄》《周亚夫》《范祎》《鲁肃》《步骘》《宋弘》《东方朔》《汉武帝》《曹芳》《曹髦》《晋侯忿》《吴王刘濞》《董卓》《公孙瓒》《袁绍》《袁术》《贾谊》《郑玄》《赵云》《诸葛亮》《纪信》《夫差叹》等。

第二类是关于历史上的女性遭遇,如《读后汉书·和熹邓(皇)后传,感而书此》是对于东汉和熹皇后平生的一首 124 字五言长诗,所谓"邓后旧专制,盈廷多不谅。慷慨起杜根,批鳞得无妄……切莫吊穷黎,难为子嗣壮。感愤托谐辞,后来后居上",显然邱菽园对于和熹皇后的评价不高,整诗痛诉和熹皇后的独断专权。而历史上的和熹皇后邓绥是汉光武帝时太傅邓禹的孙女,后成为汉和帝皇后,和帝去世后,使邓皇后拥殇帝、安帝即位,自己临朝听政,后来屡次以皇太后的名义下诏书,并自称为朕,已然成为国家实质上的领袖,共摄政达 16 年之久。和熹皇后精于政治、力行俭约,在刑狱上精明体察,努力奖掖学术,善于用人。但是,我们看到成诗的时间是 1903 年,就会了解邱菽园之所以对女性专权有这般评价,实际上是讥讽慈禧太后大权独揽、对维新运动的破坏。诗中"后来后居上"显然在指慈禧的专权更甚于和熹皇后。1908 年慈禧太后去世,邱菽园同样有

"歌竹声从群侍恸，驱豺事感子皇先。还怜楚楚瞻朝士，长握金轮五十年"（邱菽园，1949：15）表示对慈禧的不满，更有其之前拥护光绪的保皇立场。

而邱菽园旧体诗中的历史女性，被描写最多的就是王昭君。邱菽园笔下的王昭君不似杜甫《咏怀古迹》、李白《王昭君》、王安石《明妃曲》、庾信《昭君辞应诏》等古人笔下的哀怨和无奈，而是多了几分大气和豪爽，诸如《明妃曲并序》中"明妃自请空复尔，羞煞汉廷众男子"（《邱菽园居士诗集》，初编，1949年印于新加坡，卷二）（邱菽园，1949：4）中昭君巾帼不让须眉的气势，再如《昭君咏十四首而有序》中"越席自饶同队上，当胡愤慨等当雄"（《邱菽园居士诗集》，初编，1949年印于新加坡，卷二）（邱菽园，1949：9）女中豪杰的形象。

邱菽园笔下的女性形象多种多样，有写秦朝女商人的《巴寡妇清》、写追求美好爱情的《阅明人所为〈张灵、崔莹合传〉感咏》，写不畏强权的烈女《皇甫规妻马氏》，写被始乱终弃的《阿娇怨》，写柔美忠贞的《项王虞美人》，写独断专权的《孝元王皇后》，写影响历史的美女《西施》《杨妃》《四美吟》，还有封建社会压迫下的女性不幸遭遇，如《香妃并序三首》《梅妃》等。

第三类是记录历史事件的。如《咏〈汉书〉女兵诳楚事二首》之一的"可骇高皇用女兵，三千柔弱一齐倾。荥阳东面宵尝楚，开国机谋善发明"（《邱菽园居士诗集》，初编，1949年印于新加坡，卷二）（邱菽园，1949：47）。根据《项羽本纪》记载："汉将纪信说汉王曰：'事已急矣，请为王诳楚为王，王可以间出。'於是汉王夜出女子荥阳东门被甲二千人，楚兵四面击之。纪信乘黄屋车，傅左纛，曰：'城中食尽，汉王降。'楚军皆呼万岁。汉王亦与数十骑从城西门出，走成皋。项王见纪信，问：'汉王安在？'曰：'汉王已出矣。'项王烧杀纪信。"邱菽园对于以两千女兵换取刘邦一己性命的做法大为愤慨，使用"可骇"二字表现诗人对于此事的看法。

总体来说，邱菽园的咏史诗并非单纯的记录，而是借史感怀。通过旧体诗进行文化的传递，邱菽园接受的是传统儒家文化的教育，因此咏史诗所宣传的也是儒家观念，诸如臧洪的"忠"、承宫的"勤"这是由于孑然一身飘零海外的华族移民在海外无所依靠，那么传统的宗亲、宗法关系尤其适合他们之间相处的需要，这种源于地缘结构的海外寓客从儒家经典中找到自己的情感寄托依据。

另外，由于邱菽园本人在海外接受西方文化的影响。其中的女权思想经过康有为、梁启超的学会和华文报刊的宣传，邱菽园对女权思想颇为认同。曾应邀为上海实务报不缠足会的南洋分会撰写有关不缠足的政论，耿玉林文庆、宋旺相一起开办了新加坡第一所华人女校。对于女性的诗作更是赞叹为"世言女子无才便是德，非也……诗三百篇，半出闺中之手，贞者自贞，淫者自淫，无才不才何也？"（李元瑾，2000：88）

此外，受中国传统文化思想的影响，在邱菽园的作品中还有数量相当的禅诗和艳诗：根据邱新民的统计，邱菽园的参禅诗一共80余首。邱菽园最初接触佛教是受到龚定庵等改良派人士的影响，对于佛教的理解也是用佛教进行社会改良考虑。诚如邱菽园自言："予少阅随园集，见其不喜佛释，心甚然之，故一向与佛无缘。戊戌岁，或观乡人严又陵氏译刊天演论，爱之綦笃，其中名理，颇有取佛印证者，最后得友人劝阅龚定庵集，佛藏奥义，络绎行见，由目达脑，渐与魂悦，于是知好佛学矣，惜南岛荒僻，一切大乘经文，无从借观，徒向集部各家，掇拾其一羽一鳞，以想象中之龙凤而已。"（《挥麈拾遗》，1901上海浇铸铅版小字本，第1卷）（邱菽园，1901：9）而后，国内改良运动的失败，生意败落而破产，邱菽园才真正意义上开始参禅礼佛，对于政治涉及甚少。

邱菽园礼佛是和自身的人生际遇及中国时局发展紧密联系的。而起因是1905年他因投资土地破产而转信佛教。其真正透露参禅礼佛最初动向的是1909年的《寄酬许久伯男英》，诗中"希文纵复先忧国，夸父难追已坠渊"和"抵余落拓星洲老，哀东关怀渐进禅"（李元瑾，2000：212）大有对清廷无力回天的感慨，决心终老星洲只为禅。三年后，其诗中已有和第二任妻子陆夫人参禅诵经的描写，他的《戏赠陆夫人》中"知尔金经勤背诵，谈禅吾亦病维摩"（《邱菽园居士诗集》，1949年印于新加坡，卷三，壬子稿）（邱菽园，1949）正是他们生活状态的真实写照。在妻子病故后邱菽园更有"解禅为汝说南华"（《邱菽园居士诗集》，1949年印于新加坡，卷六，丙子稿）（邱菽园，1949）慰藉亡魂。邱菽园的第一任妻子王夫人结婚不久病故，之后迎娶陆夫人。陆夫人嫁给邱菽园时，邱已经开始家产败落，陆夫人能富能贫，一直和邱菽园患难与共，为邱菽园诵经礼佛穷其一生。

邱菽园的禅诗反映在以下几个方面：首先，从邱菽园诗中提到的僧人来看，以《邱菽园居士诗集》为例列举（表 4.1）。

表 4.1 《邱菽园居士诗集》中涉及的与南洋僧人的往来诗词

僧人	涉及的旧体诗
寄禅和尚	《追挽寄禅和尚》（卷四，甲寅稿）
太虚法师	《答和太虚法师》（卷五，丙寅稿）
广通上人	《寄怀广通上人槟城》（卷五，丙寅稿）
印光法师	《有怀印光法师》（二编，庚辰稿）
广恰法师	《闻僧广恰欲来相访诗以速之》（二编，庚辰稿）
痴禅上人	《奉题痴禅开士圆通禅室》（卷六，壬申稿）
慧觉居士	《寄怀慧觉居士李俊承》（卷六，壬申稿）

交游的僧人对邱菽园评价颇高，例如，痴禅上人谈及邱菽园礼佛之事称："菽园老居士，与后学谈佛，每引经文'理可顿悟，事当渐修'八字，而再三致意，故其潜修默运之功，有诸内必行诸外。年逾花甲，而耳目不衰，满头黑发，无一茎白者，非偶然也。"（《邱菽园居士诗集》，1949年印于新加坡，卷六，丁丑稿，见《课心自证成揭四章》诗后评）（邱菽园，1949）邱菽园在去世写给痴禅上人的最后一首诗《余在沉病中，瑞与上人频函慰存作诗报之，并提净课，实获我心，因依前日赠慧觉韵以坚信愿》也是邱菽园对于参禅的领悟：

圆音久已拔三途，更趣楞严选佛图。举世杀机悲互剎，唯心静土泯他虞。

十万击鼓同时听，万窍含风一例呼，事理交融双不碍，弥陀结念串如珠。（《邱菽园居士诗集》，1949年印于新加坡，三编，辛巳稿）（邱菽园，1949）

其次，邱菽园的旧体诗涉及几处庙宇，如表 4.2 所示。

表 4.2 邱菽园旧体诗中涉及的几处庙宇

庙宇	涉及的旧体诗
极乐寺	《极乐寺》（卷三，辛亥稿）
普陀寺	《重经普陀寺，是昔年郑雨生延僧圆瑛讲经处》（卷五，丁卯稿）
普觉寺	《忆光明山普觉寺》（卷六，己卯稿）
居士林	《忆居士林小池鱼》（二编，庚辰稿）
凤山寺	《凤山寺山麓赁庑即事》（卷二，戊申稿）

第四章 新移民的浪子——新加坡"流寓者"的旧体诗

再次,内容方面诸如《参佛偈》中"习静分居古佛龛,朝来我与佛同参",《净中修》中"三业扫除身口意,自闻自诵净中修"。

慧觉居士谈及邱菽园参禅后与之前变化巨大,称通过邱菽园的诗作是真正的乐于礼佛,而不是一般"逃世者"可以同日而语的:"褪尽缘情绮靡故气,几与前后半若两人。昔人以诗喻禅,若公者,盖以禅为诗矣……一而以禅悦,吟咏终老,由其诗而观其志,可以知其先忧后乐之素,非绝人逃世者所可同日谈也。"(《邱菽园居士诗集》,1949 年印于新加坡,初编,序)(邱菽园,1949)

关于邱菽园所做的艳诗,是相对于第三章中的"过客"短居南洋时内心依存的抱负,邱菽园将新加坡作为自我寻欢作乐的人生落脚点,更在乎的是自身的心理感受,旧体诗的交际功能联络了南洋大批文人。同时离开了中国的文学现场,邱菽园最有对故土的思念留恋,却又不必顾忌传统的纲常伦理,以诗会友、以诗纵情。尤其是自其原配夫人王璋去世后,更是"迥面寨慰寂寞,留春容得几明朝。无情最是星洲水,已久催人早晚潮"(《啸虹生诗钞》,1917 年印于新加坡,第 4 卷)(邱菽园,1917:3),在欢场逐香猎艳,自称"此生我愿为情死,不管旁人说是非"(邱新民,1993:35)。邱菽园为自己编了《艳诗目录辑》,收录艳诗 204 首。邱菽园作为南洋风雅名士,加之早期拥资丰厚。一掷千金、欢场流连、忘情酒色,"爱汝红妆艳似桃,金尊檀板唱声高,鄙人英气磨还在,活到炼魂梦自芳"(邱新民,1993:35)。如康有为所云,"菽园以能诗好客名天下,又纵于生伎饮酒",其艳诗自然不在少数。《啸虹生诗钞》中有许多都是为妓女赋诗的作品。诸如《雪美人》《舞台口占赠游娘》《题画香草赠妓》《赠妓》《留别妓人》等二百余首。其中槟城妓女何录事被邱视为知己,他写给何录事的就有十余首之多。诸如《星洲送别何录事》:

江上青青送远峰,洛姬罗韤尚留踪。

贻来一幅惊鸿影,惹得青娥起妒容。(《啸虹生诗钞》,1917 年印于新加坡,第 4 卷)(邱菽园,1917:4)

再如《重过何录事故居》:

留春不如送春归,门巷斜阳燕子飞。

剩有宵来明月影,隋风淡荡入空帏。(《啸虹生诗钞》,1917 年

印于新加坡，第 4 卷)(邱菽园，1917：4)

两首诗既有邱菽园婉约的细腻情感，又有送别情人的留恋与惆怅。邱菽园使用旧体诗的叙事，表现的却是南洋的风月。流域诗人落地生根，在新加坡构筑自己的情感景观。

邱菽园对于南洋风月，不似前番"过客"们的旁观，而是热衷的投身其内。他曾在新加坡征得 36 位娘惹，主持选美活动，并赋诗曰：

窄袖蛮姬列坐稠，双清女侍听传筹。

分明自领群芳甲，又向当筵荐头牌。(《啸虹生诗钞》，1917 年印于新加坡，第 4 卷)(邱菽园，1917：7)

这些艳诗虽然是邱菽园沉迷风月的作品，但是也是当今了解新加坡民间风俗的重要资料。诸如《岛上观蛮族》《歌筵饯别》《侨友每向余夸说巫来由舞女之能，回召之至，使奏技于前，览观即毕，感而赋》等诗描述东南亚马来人当地的娱乐、玲珑舞都是客观地记录当时新加坡风物的实录。

1937 年抗日战争爆发后，邱菽园落叶归根已不可能，决定对自己修筑坟墓，留下一首《自题丁丑生圹》总结自己的一生：

海山无地筑仙龛，埋骨犹能跃剑潭。日下三徵终不起，星洲一卧忍长酣。

飞花恍悟前身蝶，抚碣思停异代骖。弗信且看坟草去，年年新绿道天南。

邱菽园以每年坟上的新绿往复于"天南"，指代自己流寓南洋后最终落叶归根的归属感。台湾学者高嘉谦在自己的博士论文《汉诗的越界与现代性：朝向一个离散诗学（1895—1945）》中对邱菽园做出了如下评价："重塑了南洋诗学的离散踪迹与地方认同。这应该是邱菽园留下的最大遗产。"

三、本土关怀：邱菽园笔下的星洲风物

新加坡的华文旧体诗作者，关于新加坡岛国的本土性论述，邱菽园是最多的。以下几首诗以南洋的风景和日常生活礼俗为主要对象，这不仅在同期诗人中高人一筹，更是我们今天参看南洋历史的文献。尤其值得一提的是，南洋色彩的大规模出现都是在 1925 年南洋文坛倡导南洋色彩写作之后。而邱菽园的南洋主题诗词却出现于 1898 年。他的论述主要是以下几类。

第四章 新移民的浪子——新加坡"流寓者"的旧体诗

第一类是关于新加坡的自然环境的。

新加坡华文旧体诗的创作，首先体现在地域文化的影响上。新加坡地理风貌体现到书写实践中表现出的独特样式。例如，作为该地域标志的山水风物、文化胜迹、风土人情等成为诗人主要的描写对象和抒情载体。早期过境者斌椿就留有"地在赤道南，天气极热，而昼夜各六时，无冬夏长短之分也。南洋飞舰喜重游，来卧云龙百尺楼；万里澄波明月上，清辉无叶不当头（中土以十月望为月当头，此地夜夜皆然。平分时刻定朝昏，不爽莲花刻漏痕；可惜从无霜雪降，素娥青女暗销魂"（斌椿，1985：199）的诗句。邱菽园在《新加坡书感》中关于"南来半岛分边圻，独立中游控海门。渐见鼍鼉移窟穴，自徒蛟鳄长儿孙。长桥虹卧双厓合。连盍山移万帐屯，岸谷久更况人事。高陵不是旧潮痕"（《中国与南洋》，1922）的描写。

关于自然环境中的地理要素邱菽园是有自己的认知，"新嘉坡本巫来由部落，其地浮洲，自成小国。古称柔佛，莫可详己。归英保护，不满百年。欧亚二洲，轮舶往来。华人流寓，商务繁兴。因民之力，遂成巨镇，在南洋各岛中称巨擘焉"。同时，最早以"星洲"命名新加坡亦始于邱菽园。他有数首以"星洲"为题的诗作，例如，《星洲》《星洲杂感四首》《星洲岛上冬日喜雨四首》《星岛》《星洲丙甲》《自星峡对峡马来半岛》《星坡春郊游眺》等。其中《星洲》就有同名诗二首：

此首《星洲》是邱菽园最后几年的作品，描述的是新加坡特殊的地理环境：

群岛重连锁，星洲建一环。冲层不见石，到海欲无山。

车辙殊今昔，航途利往还。由来形胜地，设备等严关。（《邱菽园居士诗集》，1949年印于新加坡，二编）（邱菽园，1949：57）

类似的有《新嘉坡地图》《舟中回望星洲》等作品。而邱菽园对于新加坡地理的描写不单单是叙述性的描述，其中还有关于诗人对于社会局势和自身觉悟的思考，诸如下面这首《星洲》中最后一句"策马铁桥风猎猎，云中鹰隼正凭秋"就是借新加坡的地理环境隐喻诗人自身的社会抱负：

连山断处见星洲，落日帆樯万舶收。赤道南环分北极，怒涛西下卷东流。

江天锁钥通溟渤,蜃蛤妖腥幻市楼。策马铁桥风猎猎,云中鹰隼正凭秋。(《邱菽园居士诗集》,1949 年印于新加坡,初编,卷一)(邱菽园,1949:3)

而邱菽园对于新加坡的地理环境除了描述外,还有设身处地的担忧。诸如今日新加坡依然存在的淡水供应问题:"临渴方因掘井来,沙厘桶战哄声雷。水塘远引从柔佛,从此间阎免告灾。"(《星洲日报》,1932)其次,是关于新加坡气候环境的,新加坡终年气温变化不大,降雨量充足,具有典型的热带岛屿的特征。邱菽园的诗作中就有对于热带雨季气候的《星洲岛上冬日喜雨四首》:

其一
南方当雨季,冬序又催年。水涨珊瑚岛,乌云玳瑁天。
午炎冠选草,宵冷被装棉。此地殊温带,从知赤道偏。

其二
远市东滨驻,郊原静不哗。绿依三面水,红遍四时花。
着雨林枝重,涵光月色赊。清凉足消受,况有客供茶。

其三
雨脚朝朝密,雷声虺虺腾。青苔寒不死,香蕈湿犹蒸。
浪急沙如雨,风高月有棱。浑忘炎岛热,四向绝蚊蝇。

其四
乡路千程隔,天时万里殊。聊将冬季湿,视与雪宵俱。
照壁喜逢蝎,疑冰休学狐。夜来长起坐,不厌两声麚。

新加坡地处热带,属于热带海洋气候,"青苔寒不死,香蕈湿犹蒸",常年气温变化不大,雨量充足"雨脚朝朝密,雷声虺虺腾",空气湿度高,四季常青"绿依三面水,红遍四时花",这体现了热带岛屿的特征。邱菽园徜徉在此,写出了自然之乐、闲适之感。独特的南洋风光和作者闲适心情的结合,使邱菽园在新加坡期间的诗文清新隽永、平淡含蓄,更多了一种无穷的意味。

新加坡华文旧体诗的创作在受到中国古典诗歌巨大影响的同时,它还深受南洋地区文化、民族文学的影响,体现着浓郁的地域特色,体现深刻的新加坡南洋文学特质和丰富的社会文化内涵,显示出新加坡华文旧体诗

第四章 新移民的浪子——新加坡"流寓者"的旧体诗

自身的发展轨迹。因为，新加坡华文旧体诗是在所在地的社会和文化环境中发展的，它的作者和读者或者喜好者都是生长在完全迥异于中国本土的文化环境。即当代的华文旧体诗作者对中华文化抱有强烈的热爱，但这些作者依然在题材风格上体现出自身的独创性，在中国传统诗歌的风骚押韵后面，我们依然可以挖掘这些作者所处环境的文化特质。

此类诗作还有关于《吉打道中》中"四候独留温，三季随分析"热带气候的描述，关于《疑仙词》中"四三月并无寒季，二六当均不夜天"气候温暖的介绍，关于《岛上雨后纵目写怀》中"炎洲冬序雨连朝，宿雾开时草木骄"多雨的观察。

再次，关于新加坡的自然地理。邱菽园由于自己长时间的生活体验，对于这等环境不单单是客观性的感知，还有主观性的考察。如果说新加坡在"过客"诗人笔下尚属于无我之境，那么在邱菽园笔下就是"有我之境"。正如台湾学者高嘉谦在其论文《邱菽园与新马文学史现场》所说的："文化主体与生命主体的交着，形成了值得观察的文化与历史网络。这不单是知识阶层流动的精神史，它更是一个文学地理坐标的移动，体现为离散经验的精神结构。而这样的精神结构指出了很重要的'现场'意义。"邱菽园对于新加坡的自然地理已经有了自己的人生体验。诸如1909年的《邓恭叔至自北婆罗洲访余陋巷》一诗中，邱菽园置身海外的落寞感觉和岛上的自然气候互为映照：

入门犹认鬓飞蓬，岁月惊驱鳄海中。驰猎北平思射虎，草玄西蜀悔雕虫。

蛮乡淫滞连江雨，火日炎蒸极岛风。多谢故人亲陋巷，暂时相慰一樽同。

再如《岛上月夜》则是借助"星洲明月"表达诗人的寂寞：

星洲明月无今古，今夕何年太寂生。千里尽随云外隔，十分偏向客中明。

凄迷尘海鱼龙睡，萧瑟风林鸟鹊惊。遂令良宵容我独，孤怀灭烛尽深更。

最后，关于星洲植物的，邱菽园对于新加坡本土植物有着细致而生动的观察，而植物的状写又包含诗人自身的思考与认知。《星坡春郊远眺戊戌》中"飞尘争不逐游鞭，落絮无由感逝川。铃塔丛荆喧练雀，棕榈薄荫卧乌犍"。山茶花是中国传统的观赏植物，邱菽园在异域巧遇山茶花，大有"他乡遇故知"的喜悦，这就是《星洲见山茶花喜赋》中提到的"四季枝头孕，千花叶底开。移根逢海外，坼甲及冬来。掌上圆如菊，吟边洁比梅。无香翻羡尔，剪彩莫相猜"。而新加坡交通便利，中国沿海和北美水果运输方便，诗人大享口福，作诗《新尝鲜果有序辛丑》曰：

星洲交通凤擅舟航之利，时果初登便陈贩肆。闽粤荔枝、北美葡萄皆自远致。莲肉尤周年，恒值南岛长暑，产此并不为异。口福屡酬，综合纪事。

南食充盘快朵颐，飞轮通驿践瓜期。鸡头原自输莲实，马乳何尝胜荔枝？

贵异朱樱陈寝庙，贱如苦李拾童儿。汉唐民力西天果，草木无情可有知？

第二类是关于新加坡本土历史的。

邱菽园的《星洲杂感四首》以跨境流寓诗人的史观对新加坡历史进行描述，诸如其《菽园诗集》第一页的第二首"息力门荒故道苔，涛声依旧拥潮回。桃源甲子销秦劫，竹箭东南茂楚材。大岛海风宫室享，半旗星月阵云陨。兴衰几易千年局，井里遥连望古哀"，如第三章陈述的，息力是新加坡的旧称，诗中第一句就是华人南来创业的历史，他们创造了新的新加坡历史，在建设荒蛮之所的南洋时取得的成绩。

而邱菽园对于新加坡的拓荒史，并不是一味的夸大华人的作用。同时，对于马来土著在历史上的贡献同样受到关注，诸如《襄余与北婆罗洲国王立约保证乡人黄乃裳统率佣农往诗诬港拓辟耕地名其地曰新福州期望甚厚遽闻别众而归不能无慨爰赋此诗以重惜之》中"吾生妄挟虬髯志，今世谁当李药师。长铗灯青焚义券，寒窗漏短覆残棋。南来空目新州辟，东望偏惊旧岸移。未必叩关输海客，成运孤棹更何之"。

第三类是关于新加坡当地风俗的。

马来民间舞蹈情调欢快、热烈淳朴，强调身体造型的曲线美。服装则以马来农民服装为基础，色彩鲜艳，显现出劳动民族宽广的胸怀和坦荡、乐天的生活态度。从年轻男女在田里劳动时相互调笑娱乐的活动，渐渐演化成为一种全民性的歌舞活动。邱菽园将这种舞蹈生动地记录在《侨友每向吾前力绳岛族舞女之殊态因招之来使奏技于广庭览观既毕感而赋此》中"铜鼓声撞手手鼓密,芦笙竹枝竞蛮律。……南国土风求适野,春光岛上得来多"。

南洋妇女着木屐同样记录在其诗篇中,"小蛮装束縠中单,两组如霜浥露寒。蹋偏长堤金齿屐,明河斜转晓星残"(《啸虹生诗钞》,1917年印于新加坡,第1卷)(邱菽园,1917:6)。同样的诗作还有《小屐》中的"小屐黄金齿,轻拖白玉肤"。邱菽园站在南来文人的角度,笔下表征的异域女子的妆容生动有趣。

还有关于记录马来族儿童读书场景的《闻马来童塾诵声》:"入耳华风似,夷童午塾声。入珠穿目贯,隔牖听来清。乱石琮流水,乔林哢谷莺。老夫安学汝,或许齿重生。"(Shelly Bryant,2013:36)再如,《生息热带诸古族,其婚仪有可异者,偶就所见纪以韵言》中记录的婚俗场景"棕榈树下瘴云迥,篝火神坛奏忽雷。帕首蛮姬跳月至,雕题乌鬼礼星来。新尝椰汁逾羊酪,细嚼槟榔拌蚌灰。夹道牛车缨络缦,踏歌声里野花开"(Shelly Bryant,2013:32)。

在中国传统文学中,史诗意识一直深深浸润着中国古典诗词的灵魂。古典诗词作品历来都有反映社会现实和社会风貌的作用。新加坡的华文旧体诗即便创作于海外,也传承着以诗证史的精神。邱菽园笔下的诗词所记载的南洋生活场景,栩栩于眼前。整个南洋生活的场景在这些旧体诗中得到了敏锐而深沉的表达,这大概是别的任何文学样式都未能做到的。

第四类是关于新加坡意象的。

邱菽园的诗作之所以称雄南洋,非常重要的是关于南洋意向的写作。而最具南洋意向的当属椰树和橡胶树。

椰树已然成为星洲的象征。邱菽园有以椰树为题的诗,诸如《椰树》:

  分行拔地碧丛丛,长爱疏椰夕照中。老笔双松垂直干,遥情百尺起孤桐。

  润含雨气连宵月,凉送潮声近海风。比似淇泉千亩竹,南方嘉树正葱胧。

还有的诗作虽然没有专门状写椰树，但是椰树却已然成为构成南洋风光不可少的要素，从《星郊晚步》"疏椰战雨存高干，翠竹笼烟俯乱丛。野马飞埃偏海国，独怜荒径识秋空"生长在星岛的一株株椰树，高耸挺拔，成为热带海滨独特的风光，再到"疏椰密林见星洲，归牧蛮童叱水牛。一望前村好风景，炊烟如絮扑林丘"（邱菽园，1932：15）。一诗中，牧童、水牛、炊烟依托椰林为背景，构成一幅恬美、舒淡的景象。

橡胶树是19世纪中期被殖民者带到新加坡岛上，就此落地生根、茁壮生长，并成为带动当时新加坡经济的一个重要因素。这种并非新加坡本土植物，在新加坡华文文学中一直被视为代表华人的意向。在当代学者王润华看来橡胶树从移植到扎根的过程就是新加坡华人发展史的真实写照。邱菽园笔下另一个新加坡意向就是邱菽园橡胶树。他的专诗《橡胶树》在介绍这个植物时称其：

> 又名巴拉树，原出南美洲，异柄偏名橡，殊棉可代衣。蛮山青不断，赤道绿成围。傅物如胶漆，柔工胜革韦。四时殷种植，千岛门芳菲。木性培林易，金行导体违。名随新记著，质物故材挥。西海根何远，南洋土自肥。寄言人造品，相禅莫相非。

此外，橡胶树之所以成为南洋意向的又一典型，还在于橡胶树对于南洋的经济地位而言，是许多南来商人或苦力赖以生存的必须。所谓"橡胶惨跌荡寒湖，汇水翻宜国货招。为问故乡输出品，南邦何物配倾销？"，橡胶树属于典型热带树种，其他气候条件都不能使之生存。

第五类是关于新加坡社会文化的。

邱菽园对于新加坡的客观记录更多的是以当事人的角度融入，而非一旁的审视者的角色。而邱菽园本人就有一个适应的过程，从语言的认知如"胡越交讥各一时，六朝北鞑讦南夷。唐山新客来三日，满口巫言詈汉儿"（李庆年，1998：463）到对日常生活的适应"旧毡木屐背包登，登岸拢归客馆层。第一信条中夜起，照头冲浴冷于冰"。这一过程中，诗人发出"谋食艰难自古然，那堪胶锡败年年。双肩一口无他技，修怨当途吝借廛"（李庆年，1998：463）的感慨，探析海外生存的不易！另外，邱菽园对于在地华人的弊端也有清楚的认识，如将本土的好勇斗狠之风沿袭到新加坡："枯木残砖满地抛，问何仇怨不开交？只缘械斗乡风古,传统南洋遍同胞。"(邱菽园,1932:15)另有一些在地华人为了继承遗产不惜做上门女婿"单吹童笛奏咿哑,新婚临门赘妇家。再世传宗观念易,丈人遗产得瓜沙(kuasa 继承)"。这种做法毕竟和中国传统社会夫为妻纲的思想相背离。

新加坡作为英国殖民地,邱菽园所处的正是英国历史上最辉煌的时代——维多利亚时代。维多利亚女王在位的 60 余年正值英国自由资本主义由方兴未艾到鼎盛,进而过渡到垄断资本主义的转变时期,经济、文化空前繁荣,政治经济的昌明、文化上求新求变,君主立宪制得到充分发展,使维多利亚女王成了英国和平与繁荣的象征。这使得邱菽园本人对维多利亚女王充满好感,在 1901 年女王去世时,邱菽园还赋诗《英吉利女君维多利亚挽词》一首以示敬意:

犯月金星掩夕曛,霸雌陈宝迹空闻。昆仑桃树虚青凤,西土神谣哭白云。

益地早张阿目节,断鳌终见女娲坟。朝来河上蛟龙会,虺虺雷声泣两分。

邱菽园在身份认同上表现出双重性,面对多元化的新加坡社会,邱菽园更多是以主人公的心态对新加坡社会进行思考。对于维多利亚女王这样的西方形象代表者,邱菽园也是对其赞许颇多。

四、文人唱和:流寓者的文学交际

文人唱和诗之所以在南洋风行,是和汉诗的交际功能分不开的。虽然身处异域,无论是"过客"或是"流寓者"都乐于用旧诗的形式与往来过客和中原文人以诗会友,搭建跨界交流的平台。正如台湾学者高嘉谦评价:"南洋诗学由此在区域汉学的网络中找到了坐标,藉由丘(邱)菽园的主导,替流寓者诗学开启了南洋关系的实践。"根据王慷鼎的统计,仅在香港的《华字日报》上刊载的邱菽园与东南亚等地 50 余位文人进行诗文的唱和(杨松年和王慷鼎,1995:71)。文人唱和,是流寓者交流的常见方式。邱菽园在新加坡开办文社,推广文教,先后有丽泽社、会吟社、檀社和南洋崇儒学社。这些文社诗人之间的唱和诗是南洋地区文社交流的主要活动。

对于受过中国传统教育的流寓诗人来说，旧体诗的创作工作已经成为他们表达感情方式的重要途径。尤其在邱菽园那里旧体诗不仅有明志和自娱的功能，更是必不可少的交际与应酬的工具，甚至是一种风雅的游戏。如前文所述，康有为和邱菽园因筹款之事失和，但并不妨碍二人在诗词上的往来，邱菽园遗留笔记上存有大量康有为堆砌的批示。其中《康更生先生检定拙稿，复出大作属校》是邱菽园请康有为校稿之作。

诗心原杂妙香薰，谁复相知定我文。花雨曼陀诸佛说，清风杨柳古诗云。

殿中交代无公等，天下英雄有使君。变雅离骚今世感，从容尊酒暮江云。（Shelly Bryant，2013：44）

邱菽园唱和对象有康有为（《康更生先生检定拙稿复出大作属校》《庚子开春之三日喜晤南海先生承示除夕舟中诗叠韵赋呈》《寄怀更生先生香港》《大岛君以哭唐烈士诗稿寄来指血作点狼藉模糊如目睹汉难志士之感至矣为题一绝》），黄遵宪（《寄丘仙根黄公度》《悼任新加坡总领事黄遵宪四首》，与梁启超的《寄井上八郎先生》《寄怀梁任公二首》《从更生先生处得见梁任公来书》），章太炎（《答章枚叔炳麟沪上寓书》《与章太炎拓像与昔年见寄论时事书函合装一帧并墨其后》），其余还有陈宝琛、潘飞声、丘逢甲、王恩翔等人。

此外，邱菽园的唱和诗主要集中在两部诗集中，一是《红楼梦分咏绝句》，这是晚清时期中国大陆、中国台湾地区和南洋诗人以红楼梦为主题的跨境唱和诗集，二是《檀榭诗集》系当时南洋地区诗社出版的诗词雅集。类似的唱和活动不仅体现两地诗人共同的情感雅兴，更有身居海外的邱菽园自身的"流寓"情怀。

邱菽园热衷于文人诗词唱和，如 1898 年请人完成画作《风月琴樽图》后，寄回中国，请中原文人题咏，借机将中国本土文人纳入自己的交际范畴。康有为对此回赠诗《题邱菽园〈风月琴樽图〉》：

天风浩浩引飞舸，海月茫茫照醉歌。别造清凉新世界，遥伤破碎旧山河。

变声浪吼灵鼍舞，汗漫天游仙鹤过。我识鸱夷心寄远，五湖预拟泛烟波。（《五百石洞天挥麈》，1899 年粤亘雕刻木版大字本，

第 11 卷）(邱菽园，1899：12)

诗中，康有为借《风月琴尊图》，以"遥伤破碎旧山河"倾诉清王朝末日的忧愤，自己被迫流亡海外的不得已的放逐之心。

邱菽园之所以热衷唱和，除了受中国传统文人性格的影响外，一个很重要的原因就是他所面对的是没有中华文化底蕴熏陶的荒岛，是一个被传统创作主题冷落的海外，旧体诗的交际功能使得流寓海外的文人积聚在一起。例如，康有为的《题菽园孝廉〈选诗图〉》中所指"中原大雅销亡尽，流入天南得正声"，中国本土封建帝制的没落，旧文学的礼崩乐坏就是大雅消亡，而诗的"正声"不在于大雅，而是在民间焕发魅力。在境外开花的旧体诗，反而重建了旧体诗的生命力。

自新加坡的"过客"诗人伊始，在新加坡华文旧体诗作者的创作中，赠答之作经久不衰，这种以诗相唱不仅是文人之间的重要交际手段，更是处在异质文化环境的诗人对社会文化、自身状况的感受和认识，新加坡华文旧体诗中唱和诗不仅所占比例最大，而且形式多样。

从形式而言，以和韵为主。唱和诗从形式上划分有由两人以上共作一诗的联句，这个在黄遵宪主持会吟社时最为常见、以诗相酬答的酬和，此类诗在邱菽园的作品中较多、各人分拈韵字，依韵作诗的分韵及依照其原诗所押的韵作诗的和韵（包括依韵、用韵和次韵）等。在新加坡华文旧体诗中，和韵作品是最普遍的，如左秉隆的《次韵留别曾劼刚通侯》《奉和张樵野星使见寄原韵》，卫铸生的《三叠左都转见惠元韵》，郁达夫的《无题四首，用〈毁家诗纪〉中四律原韵》及邱菽园的《叠韵赠姜君之行》《庚子开春之三日喜晤南海先生承示除夕舟中诗叠韵赋呈》均是此类作品。这与中国本土的旧体诗创造观念是恰恰不同的，中国古典文学中，将和韵视为机械的文字游戏，如宋代严羽认为"和韵最害人诗"（严羽，1983：71），明代王世贞也认为："和韵联句，皆易为诗害而无大益。"但是在新加坡，和韵类诗作却数量巨大，究其原因，一方面是因为其内容短小，约束较小，创作自由程度更高一些；另一方面，同韵唱和，对于生活在相同文学空间的诗人而言更富于情趣，彼此之间更易增进文人友谊。

五、心系两地：作为"流寓"者的诗词风貌

根据邱菽园 1901 年统计"近四五年中，余所识能诗之士，流于星洲中，先后凡数十辈，固南洋荒服历来未有之盛也"。而邱菽园作为登陆新加坡的第一批中国文人，不同于第三章所述的"过客"，其诗作指向兼有中国本土与新加坡两地。而相对于之后南来宣传新文学的文人而言，邱菽园还承担有开拓文化沙漠的使命。

一方面，邱菽园一生的诗作，从内容上而言，前半生洒脱积极，既有侠气又有豪气，后半生多是随性洒脱，更以参禅诗为多数。但是无论诗体风骨如何，贯穿始终的确是对于故土的关照与热爱。而其旧体诗除了在文学领域的建树外，最突出的就是对于新加坡和中国两地的关照。其星洲旧体诗作品情感指涉却还是中国，诸如《闽乡新客抵坡相访为言内地流亡之痛诗以志慨》一诗中回想故国"卅载魂梦怯经过，话到乡园涕泪多"，谈到国内苛捐杂税已经猛于虎时"猛虎原情输恶税，穿龟阻望乏长柯。好还天道垂聘叟，得反民严戒孟轲"，诗人自嘲"自笑危言陈域外，不然刀颈倘相磨"，这是远在星洲的世人对故国的关怀。再如《甲戌长夏星洲侨次题洪宽孙画梅》一诗中"南岛无梅苦热尘，椒畦椰圃杂甘辛。劳君打个圈儿画，笔底能回瘴海春"，梅花原是中原产物，远在星洲却要为人题梅，表现出诗人面对中国和新加坡双重关怀的语境。此外《岛雨忆乡》更是身在星洲、心系中国的作品：

炎岛经时雨，东风渐渐催。夷童嘲越客，带得此寒来。
触我乡心起，登楼不见梅。等闲三弄笛，吹向瘴云开。

此诗将直接抒情与景物点缀相结合，景物荒凉苍茫，感情激愤无奈。诗作中夷童的嘲弄，使得诗人寒心，终究还是中国的乐生"等闲三弄笛"才使得诗人心中阴霾渐扫。

谈到"弄笛"，有一只贯穿于邱菽园本人的旧体诗创作之中，下面这首《玉笛诗》是邱菽园 15 岁时得以扬名的作品。并被时人称做"邱玉笛"。

唤取青莲笛一枚，前身尺八至今疑。梅花五月江城引，杨柳三春洛下辞。

减字偷生听断续，呼龙召鹤按参差。风前谁为殷勤弄，长倚

楼头快咏诗。(Shelly Bryant，2013：54)

此诗一二句中"尺八"是中国的一种传统木质管乐，由于其长度一尺八寸而得名。如今已较为罕见。而盛行于闽南的南音，使用的则是一种外形与尺八颇为相似的乐器。因此才有"至今疑"一说。三四句中的"梅花""杨柳"则源自汉曲《梅花落》《折杨柳》。

1913年，经历社会起伏与生意破产后的邱菽园40岁，缅怀旧时岁月，再作《续玉笛诗》。其诗序中谢蝴蝶、郑鹧鸪指的是宋代诗人谢逸和唐代诗人郑谷。和前诗相对照，续诗少的是年少得益的情况，多的是历经坎坷的沧桑和悲凉。

续玉笛诗

是岁癸丑小春四月，四旬初度，迴忆童子十五，居乡咏《咏笛》诗，颇蒙长老许可，由是浪窃时名。同辈竟援昔贤谢蝴蝶、郑鹧鸪故事，漫以"丘玉笛"相呼。尔时闻之，私心良喜。而不谓半生学问，壮志无成，即坐前此慕为骚人名士之过，滋足愧也。今者羁客炎荒，沿俗自寿。从容宾友，杯酒平生。赋诗一章，聊以言志。即用旧联作为起韵。

梅花五月江城引，杨柳三春洛下辞。廿五弦中过梦影，六千里外旧乡思。

快酬李委停杯弄，健想刘琨倚月吹。赢得洞箫生谧去，南朝文锦悔丘迟。(Shelly Bryant，2013：30)

另一方面，在邱菽园的诗作中，有一类诗是最值得关注的，那就是马来语入词的诗词。这是诗人的本土化尝试，这是移民到新加坡的华人社群，既有中国传统文化的熏陶，又因为时空的变化，调适自己与所在地相适应的语言规范，这种规范是那个对于之前的协作体系，是一种社会文化带来的变异。

这种语言混杂的诗有两种，一种是竹枝词，这种竹枝词在邱菽园处加入了一些新兴语词。诸如《十六夜即事竹枝词》：

坡俗妇女，咸于是夜出游，名曰掷石，藉以表其洁白无瑕也。今只以钻石相炫耀，起意何居？感而赋此。

莫道今宵惯浪游，最矜名节是星洲。阿侬心事清于水，故向江干把石投。

岂凭钻石炫多金？毕竟侬家别有心。欲写我心非转石，居然识字解调音。

省些烦热习巫装，屐着冲凉斗在行。裙带为嫌香汗湿，也教风送透纱廊。

阿谁娘子号头家，阔绝四轮双马车。无甚尊荣公共话，知名还是属山巴。（李庆年，1998：242）

抗日战争期间，为了应和国内抗日宣传的需要邱菽园所作的竹枝词相形之前的作品更是少了些语言的晦涩，多了些通俗浅显、朗朗上口的特点：

抗战精神有义声，义声建立在和平。睡狮真被邻惊醒，手鬣森张作奴冥。

虫儿尔自饱扶桑，毒吻何饕秋海棠？世有奇柯食虫叶，叶将虫卷尔知亡！

蠢尔巨蛇把象吞，肚皮胀裂胜刀痕。弹丸一颗囫囵咽，顷刻开花命不存。

抗战精神是应兵，环球与国博同情。可知弱比御强德，自力多时获再生。

请君听我抗战诗，漫无奇语敢矜奇。河山依旧人材出，同射天狼旭日旗！

齐声抗战兆民间，举国全归统一中。四面包抄赶泥脚，走投无路笑途穷。

中央计略恰深沉，大勇坚持最后心。见得新年得新命，入新阶段敌难侵。

九天九地勤征尘，誓扫烟霾不顾身。逐尔鲸鲵东海去，反攻一着最精神。（李庆年，1998：521-522）

华文旧体诗不仅在海外生根、延续，更是对汉语表达力进行了发掘，正如李欧梵所说的中文"杂种化"，由于在非母语环境中使用旧体诗进行创作，不可避免地会受到新加坡马来语的影响。

第二种就是马来语与汉语的融合，这种大胆的尝试在海外华文文学是难得一见的。这类诗作大量存在于抗日战争时期邱菽园所担任《星洲日报》

第四章　新移民的浪子——新加坡"流寓者"的旧体诗

副刊主编所主持的"游艺场"。所谓的"游艺场"实际上只有邱菽园一人游弋其内，期间作品都是以竹枝词形式写成的抗战韵语。据新加坡李庆年先生的《马来亚旧体诗演进史》统计共有 116 首。而这类马来语和汉语融合的诗作也分为两类，一类仅仅是个别马来语入词的，诸如"兑换银钱小柜台，俨然专利吉宁才。旧时地主成何事？长日优游是马来"（邱菽园，1932：15）。

诗中"吉宁"是新加坡华人对于印度人的称呼，早期新加坡通埠后，进行货币兑换商往往为印度人。而马来当地土著作为"地主"却"长日优游"，过得优哉游哉。这一类个别词汇入诗的旧体诗在黄遵宪等人的诗作中就已经开始尝试。但是还有一类语言混杂诗是邱菽园开创的，这类诗对于不懂马来语的中国人是不知所谓的，诸如：

马干（吃）马莫（醉酒）聚餐豪，马里（来）马寅（游戏）任乐陶。
幸勿酒狂喧马巳（辱骂），何妨三马（一）吃同槽。

再如：

呼天为证缎鸦拉（真主），不敢巫风（说谎）半句差。
例外亚掩（鸡）遭枉死，便宜息讼去孙巴（发誓）。（邱菽园，1932：15）

这些马来语看上去虽然晦涩，但是应用巧妙，就会非常适当地应和旧体诗的格律。诸如这两首诗中，第一首的"豪""陶""槽"，第二首的"拉""差""巴"在平仄上都是和平水韵的。虽然乍读起来不知所措，却又朗朗上口。

邱菽园在 20 世纪 30 年代写了一批马来语入词的旧体诗，例如，关于雇主和雇工之间关系的："加葱（富贵）心情买亚迟（好心），如愚若谷拍琉璃（不睬）。众人嗤彼输盘算，争奈劳工咸加施（给予）。"关于星岛渔民的生活状态的："碧澄老郁（海）见浮罗（岛屿），打桨珍笼（风平浪静）唱棹歌。网得夷干（鱼）夸钓侣，侠游隐语尝红曹（鱼名）。"关于描写马来青年男女婚俗和聘礼的："春荣眼末（照片）俏佳人，真打（恋爱）交情峇汝（新近）新。最好勿莲（钻石）常赠客，巴珍南（白金）爪白如银。"用马来语的谐音套用旧体诗的格律、音韵，构成马来语谐音的汉字组织在一

165

起虽然只是为了传达语音，却也不难反映出作者丰富的想象力和对词语敏锐的嗅觉和运用能力。这种中国传统文学形式的在地化尝试，也是邱菽园对于文化融合的一种认知体验。

新加坡华文旧体诗中出现的语言的混杂，是海外华文文学研究中的第一个极为奇特的现象。新加坡是一个多元文化兼收并蓄、完美融合的东方国家，从历史上看来，马来人、印度人和白人都是各国移民，它是一个多元种族的移民国家。早期离乡背井到新加坡再创家园的移民者将各自的传统文化带入新加坡，创建了新加坡的多元文化。在新加坡的旧体诗中就体现出这些多元文化的集合。同样我们以邱菽园的一首诗作为例："董岸修光十爪齐，强分左右别高低。须知答礼无需左，右手方拈加里鸡。"这里"董岸"是马来语言中"手"的意思。"加里鸡"是马来西亚著名的菜肴"马来咖喱鸡"。诗文的最后两句指出马来人最重要的习惯"右手取食"。因为马来人身为穆斯林，认为左手是不洁净的，所以用右手抓饭和吃饭。

马来语入词并与传统文语混杂揉合，一起运用，这种混杂性特点的意义，在于它集中、鲜明地体现出了汉语所具有的变异性本质。而这种变异性之所以在海外存在，其原因是依赖汉语原有的开放性，来极大地丰富旧体诗的创作语言。

第三节　翠墨新挥海国篇："国宝诗人"潘受

潘受（图 4.2），原名潘国渠，字虚之，号虚舟。1911 年生于福建省南安县，1930 年南渡新加坡，任《叻报》编辑，自 1934 年起先后执教于华侨中学、道南学校（1935—1940 年在此任校长 6 年）及马来亚麻坡中华中学，1937 年抗日战争后在陈嘉庚任主席的"南洋华侨筹赈祖国难民总会"担任主任秘书。太平洋战争爆发后，前往重庆避难并从事金融与工商业，战争结束后返回新加坡。1955 年至 1959 年任南洋大学秘书长。自 20 世纪 50 年代开始，其后半生的经历与新加坡的发展息息相关。1960 年退休后，全力投入从事文化艺术研究及创作直至 1999 年逝世。潘受以书法称雄南洋，在楹联和旧体诗方面造诣颇深。

潘受的旧体诗集中在《海外庐诗》《南园诗集》和《潘受诗集》中。

第四章 新移民的浪子——新加坡"流寓者"的旧体诗

其中，1937 至 1967 年 30 年间的诗作 686 首收录于《海外庐诗》，《海外庐诗》的全部诗作与 1968 至 1997 年所作的 491 首诗又被收录于《潘受诗集》，于 1997 年由新加坡文化学术协会出版。而《南园诗集》中的诗作均采用于《潘受诗集》。

图 4.2　潘受（1911—1999）

1995 年，潘受被新加坡称为"国宝"，因此新加坡学者徐持庆在自己的专书《新加坡国宝诗人潘受》中，将潘受称为"国宝诗人"。加之潘受无论是在国内还是新加坡交友甚广，其旧体诗也多有唱和或题赠。其题赠对象最多的是徐悲鸿，其他诸如刘海粟、吴冠中、傅抱石、饶宗颐、黄胄、关山月、溥心畲、钱君陶、司徒乔、陈文希、陈宗瑞、杨善深、刘抗、钟泗滨等。对于潘受在诗词方面的造诣，被许多文人给予颇高的赞誉。诸如章士钊所谓的"诗在南洋矣！"将潘受与黄遵宪、丘逢甲相提并论，认为这三人是海外诗人的三鼎足。而潘受诗作精于用典、长于造境，善于作注，被徐悲鸿赞为"寄兴深远、属辞雄古，大似少陵"，钱钟书更是将其与龚自珍相提并论为"吃词直追定庵"，俞平伯 1981 年更是为潘受赋诗：

俚歌昔岁邀题字，居要情长白发玄。丹漆南行吾道重，名山德业寿君先。

樗材愧荷朋簪赐，翠墨新挥海国篇。鸾鹤精神弥仰止，更期把晤在他年。

对于潘受的成长背景，正如赵朴初在《潘受诗集》中所作的序所云：
"虚之潘先生，长于华夏，居于星洲，深于诗道，工于声律，有海外庐诗传世，为并世诗家推许。"对于其诗风，被潘旭澜评价为"鲜明的时代性、浓烈的书香味、深沉的沧桑感、充沛的浩然气"，就其内容，同样涉及中国与新加坡两地，本书从这两个方面进行研究。

一、当时最念亭林语，天下兴亡在匹夫：关于中国政治文化

潘受关于中国政治局势的旧体诗可以作为"诗史"来读。其诗作从个案而言，记载的是中国历史的一些零星片段。但是，将其作品串联起来作为一个整体来考察，却是最真实地记录了中国的当代历史变迁。抗日战争、国共内战、新中国成立、粉碎"四人帮"、领导人去世到香港回归都在其旧体诗中有所反映。

九一八事变后日本为了转移国际视线，并压迫南京国民政府屈服，日本侵略者于1932年初在上海不断寻衅挑起事端，1月28日晚，突然向闸北的国民党第19路军发起攻击，19路军奋起抵抗，开始了淞沪抗战，一个月后，由于国民党政府坚持不抵抗政策，破坏淞沪抗战，19路军被迫撤离上海。在英、美、法等国调停下，国民党政府和日本签订了卖国的《淞沪停战协定》。潘受在上海吴淞口无名英雄墓前，回想"一·二八"事变的死难同胞，赋诗《吴淞无名英雄墓为五年前一二八抗日之役死难将士葬处同人来献花圈》：

不堪劫后过吴淞，新冢累累夕照中。但有花圈酬战骨，更无名字识英雄。

艰难守土孤军奋，慷慨捐躯一死同。凭吊似闻嘶鬼马，怒声犹逐海潮东。（潘受，1970：51）

潘受关于中国政治的诗篇始终流露浓厚的忧患意识与悲悯情怀。忧患意识是在我国古代先民面对自然界的气象变动所产生的戒备心理上形成的。从《易经》的《系辞》中所谓的"作《易》者，其有忧患乎""安而不忘危，存而不忘亡，治而不忘乱"到"入则无法家拂士，出则无敌国外患者，国恒亡。然后知生于忧患而死于安乐也"。受这种忧患意识的影响，作为中国传统文人往往具有强烈的责任感和使命意识，以悲天悯人关注国

第四章 新移民的浪子——新加坡"流寓者"的旧体诗

家和民族的命运,潘受亦是如此,整个抗日战争期间,潘受一直关注国内局势,写下一系列记录中华民族最悲壮的历史的旧体诗,诸如《燕京杂诗》《黄浦滩头夜步》《吴淞无名英雄墓为五年前一二八抗日亡役死难将士葬处同人来献花圈》《掷鞭图歌》《函谷关》《老河口》《徐梦老南来,数相见于嘉庚先生座上话时事,感成十诗兼以为赠》《话时事感赋十首》《悼蒋才品》《避寇印度洋舟中五首》《避寇归国,卜居渝州嘉陵江滨,春日多暇,感时抚事,集杜少陵句成五言律五十首》《伊湄夫人属题所作匡庐山图,时匡庐已为日军所陷》《八月六日美飞机在日本广岛投下首枚原子弹九日飞长崎投下第二枚战局急转直下》《八月十日日本天皇乞和,十四日正式投降》《自渝挈眷飞越三峡,抵南京时,日本乞降九阅月矣》《自宁赴沪沿途各站时见日降军甚众待命归遣》等。

"流寓"诗人身处异国他乡,但其情感指向确是中国故土,他们时刻关心祖国所发生的变化。尤其是在抗日战争时期,广大的华侨捐款捐物,支持抗战,潘受也是用旧体诗的形式表达海外华人的爱国情绪。1945 年 5 月 8 日,第二次世界大战的罪魁祸首德国法西斯宣布无条件投降,7 月美、英、中三国发表"波茨坦宣言",敦促日本迅速无条件投降,但日本政府置之不理。于是美国对日本投放原子弹轰炸广岛和长崎。使得日本人民也成为战争的受害者。于是潘受作诗《八月六日美飞机在日本广岛投下首枚原子弹九日飞长崎投下第二枚战局急转直下》:

> 一弹夷全市,冲天菌状云。鬼神皆辟易,血肉乍缤纷。
> 惩恶姑如是,于仁岂足云!寇氛行早戢,世患恐弥殷。(潘受,2004:95)

战争促使日本投降,潘受的"人道主义精神"同时体现。

1976 年毛泽东去世,身在海外的潘受大为震惊,赋诗《巨星坠四首》,"平声革命真无乔,亘古訏谟孰无多"(其一),"分明磷爪云方逐,翘首飞龙已失踪"(其二)(潘受,2004:263)

再如 1998 年赵朴初夫妇应新加坡佛教团体邀请,在新加坡进行访问。期间,赵朴初赠诗与潘受,潘受奉报以七古十二韵奉报。其中有如下的论述:

> 三度相逢三增笔,先生籍笔为鞭策。吾书驽下苦不前,从勤加鞭又何益……

轩辕苗莩笔路功，炎国繁华有今日。（潘受，2004：327）

1997香港回归，潘受赋诗《好事近——迎香港回归》："鼓乐忽喧天，舞海鱼龙礼赞。从此东方不夜，有灵珠奇灿。牧羝持节老匈奴，血汗为谁荐！？还我堂堂面目，喜子卿归汉。"潘受类似这种对于国内外重大事件为主题的旧体诗，也是对于旧体诗传统题材的拓展。

与此同时，值得关注的就是《潘受诗集》中所占比例最大的游记类诗作。潘受诗集所涉游记类诗篇涵盖海内外。在记录旅行见闻的同时，也从一个侧面真实记录了历史重大变革时期国内外的巨大变化。1937年12月陈嘉庚组建的"南侨回国慰问团"由潘受任团长，1940年慰问团从新加坡取道仰光，在国内重庆、西安、洛阳等地慰问，潘受也借此领略祖国山河的壮丽，在陕西观秦岭有"虎视龙兴不了留，眼中风景帝王州"（潘受，1970：55）的豪壮，登上大雁塔有"怕见秦山仍破碎，我惟来抚诸公碑"（潘受，1970：13）的悲愤，在四川峨眉山有"万仞擎天玉作胎，峨眉山似碧莲开"（潘受，1970：56）的惊艳，登华山有"大哉太华山，其气压中原"（潘受，1970：138）的大气。

潘受的游记不单单是游山玩水，更多的是借景抒情。例如，在北京长城喜峰口参观，诗人回忆起1933年3月的喜峰口战役，赵登禹率领二十九路军同日军五千余人血战的壮烈一役，于是赋诗《燕京杂诗六首之一》曰：

大刀出鞘凛纵横，荡决时闻杀一声。

五百健儿喜峰口，记将血肉补长城。（潘受，2004：10）

再如《金陵四首》中"笙歌灯火酒船浮，六代残脂汇此沟。无怪秦淮终古浊，浊山浊水是源流"，诗人看到一面哀人民不幸，一面怒政府浑浑噩噩，灾难面前依然不复醒。再如"辽海族旗一叹嗟，国看日蹙岂无涯。十年聚训思勾践，更有何人式怒蛙？"眼看东北沦陷，当权者却连对勾践敬意的一只"怒蛙"都不如。

流寓海外的旧体诗人与中国古代的爱国诗人表现有所不同，他们的爱国之情更多的是表现出一种"中国意识"。尽管身在异域，但是邱菽园、潘受他们却依然承担中国知识分子的责任，对于中国国内局势变动表现出莫大的关注、焦虑，并且从中国人而不是南洋人的角度看待中国的现状和社会问题。此外，旧体诗人的"中国意识"还表现出回归"古典"的气韵和对于"文化中国"的渴求与向往。诗人在伍子胥遗址参观，有感而发："化作狂涛警国人，子胥魂魄益酸辛。于今举目城头望，隐约东来又寇尘。"诗人通过伍子胥的历史，联想日本军队侵犯我国国土，表现了对时局的关注。

到访成都武侯祠，则有《武侯祠》："巾扇雍容岁月深，祠堂柏影尚森森。最难功业兼文武，直以才名冠古今。大局竟同三足鼎，孤亭还置七弦琴。鞠躬一语真堪念，谁与先生尽此心。"这首诗很容易使人想起杜甫的《蜀相》："丞相祠堂何处寻？锦官城外柏森森。映阶碧草自春色，隔叶黄鹂空好音。三顾频烦天下计，两朝开济老臣心。出师未捷身先死，长使英雄泪满襟。"潘受受杜甫的影响可见一斑。

潘受的足迹不仅仅限于国内，在欧洲许多国家也有他的足迹。这些关于欧洲的游记大都集中在《潘受诗集》的第八卷中。这些诗作中有的是对于中国历史的反思，例如，在伦敦博物馆看到顾恺之的《女史箴图》手卷，国宝外流诗人作诗："明明经过龙头痴，一卷残缣海外遗。红袖似闻偷饮泣，汉家何日赎文姬。"（潘受，2004：231）而诗人对于西方事务不再排斥，例如，巴黎附近的戴高乐隐居处，则有"收京复国凯旋翁，谢政飘然野鹤同。时有路人相告语，戴高乐在此山中"（潘受，2004：239）的美赞。

二、本土关怀：潘受笔下的新加坡风物

正如范文澜所说："任何一个发展着的民族，必然要吸收可能吸收到的其他民族的文化来丰富自己，愈能吸收别人的长处，愈对自己有益。外来文化被吸收以后，就成为吸收者文化的一部分，它和原产地的文化，只有亲戚关系，并无家属关系。"（范文澜，1994：24）在新加坡度过大半生的潘受，创作中亦有反映新加坡风物的诗作，有关于新加坡物产风光的，也有关于自身政治处境的状写。

首先，是关于南洋意象的，意象是物象和情感的组合，理所当然地成为新加坡华文旧体诗中关于新加坡形象的基本元素。在潘受的作品中亦是如此，在新加坡华文旧体诗中频频出现的椰林、橡胶树、榴莲、胡姬花等既是客观存在于新加坡地理版图特殊的物产意象，又是寄托了旧体诗作者们丰富情感与想象的诗歌意象，具有物产意象和诗歌意象的双重特性。作为物产意象，它们客观外在形式显示了新加坡在旧体诗中真实的存在；作为诗歌意象，又

以主观的方式赋予了新加坡在旧体诗作中非真实的生活特质。

潘受为陈宗瑞的画"壶姬"诗曰："有香无色仍君子，有色五香近小人。差幸壶姬风骨异，每从卓越见天真。"（《刘抗钟泗滨陈文希陈宗瑞四君画展余既为文介绍之后为二陈各题所作中国画二首刘钟油画无可题者则各赠以语体诗一首因题材不同文言诗故作附录》）（潘受，1970：28-29）诗中"壶姬"正是新加坡国花胡姬花，即兰花，之所以受到新加坡人喜爱，是因为在最恶劣的条件下，也能争芳吐艳，象征着新加坡人吃苦耐劳的奋斗精神。

再如给陈宗瑞所提的榴莲"堆盘蛮果杂齑盐，绿绽榴莲满刺尖。省识世间滋味否？甜中奇臭臭中甜"（潘受，1970：28-29），同类型的还有：

榴莲

谣诼如磨不了磷，天游依旧据吾身。三年以后当知我，十室之中必有人。

兀兀蓬蒿聊养拙，欣欣桃李渐成春。风潇雨晦听鸡夜，依醉裁诗示鬼神。（潘受，1970：93）

同题诗还有：

榴莲

犯瘴卫炎角长雄，真成王者果林中。何方魏武形骸陋，差与恒温气味同。

沧海争夸餐巨枣，美人笑擘损春葱。纷纷曲尽都缦日，抵死留连尚讳夸。（范文澜，2004：194）。

又如《新加坡植物园茗坐》中"好花红欲通肝胆，密树青能染语言"（潘受，1970：85），这期间的1958年，因为学校闹学潮，英殖民地政府迁怒于潘受先生，褫夺了他的新加坡公民权。多年后，潘受先生曾写了一首小诗《芭蕉》，讲述20世纪50年代学潮之事："如火骄阳每苦侵，锁香庭院昼沉沉，芭蕉攘臂无人见，暗替千花展绿荫。"（潘受，1970：38）诗的第一句"如火骄阳"，就是影射当时的殖民地政府。第二句"锁香庭院"，是讲学潮的学生集中在华中、中正两所中学里抗议，"香"代表华文教育，因当时殖民地政府官员要关闭学校，学生与外头隔绝，所以叫"锁"。

与此同时，20世纪50年代的新加坡，正处于风雨交加之际。所谓的"华校生"被视为思想"左倾"的分子。英殖民政府更是视他们为反动分子，

第四章　新移民的浪子——新加坡"流寓者"的旧体诗

于是利用官僚制造事端,逮捕他们判定的"颠覆分子"。潘受面对这般时局,也清楚当局对华文教育和南洋大学的成见;加之当时的新加坡教育部长周瑞麟对中华文化持有戒心。于是1958年,南洋大学校舍落成典礼后不久,新加坡政府对潘受采取非常手段,褫夺其公民权,并没收护照。后来潘受赋诗《丙午冬至后二日重过南园七绝八首之八》描述当时的心境:"年来世事不堪论,话到喉头咽复吞。多谢海风吹雨过,暗将吾泪洗无痕。"

《潘受诗集》中对于新加坡、中国或者西方国家为题材的旧体诗,一个值得关注的现象同样是新词入诗的现象。语言是文学创作的媒介和作者思想赖以存在的形式,但是它却包括丰富的文化内涵,是民族文化心理的原型积淀。因此,虽然语言自身的发展演变缓慢,但它的丝毫变化,就意味着民族文化心理巨大的变化。可以说潘受旧体诗中表现现代化科技与生产方式、社会化进程的作品,大大开拓了旧体诗的表现领域。虽然早在晚清时,包括黄遵宪的作品中已经有了声光化电、西洋赤道等新事物,但只是一些名词的挪用而已。而潘受的作品却是对这些外来现象的介绍和解读,试举例如表4.3。

表4.3　潘受作品中对外来现象的介绍和解读

篇名	原文	新词
《伦敦夜生活中心之地嬉皮士特多,诗以写之》	科学适资人好战,文明翻觉世堪哀。	科学
《柏斯绝句四首》	太空初瞰地球秋,一道光芒射斗牛。	太空、地球、光芒
《双城诗》	旗影衣冠民主国,笛声剑佩女王宫。	民主
《赠杜丽姬博士》	北京相约重游日,镜在冰鞋上市时。	冰鞋
《比萨斜塔吊伽利略》	真理等邪说,大贤多酷刑。	真理、邪说
《金马仑四首》	何图原子新时代,犹见初民旧典型。	原子、时代

身处新加坡的华人有自己的社会生活圈子,但是置身海外,不可避免地要与其他种族尤其是马来人建立联系,受其语言影响的现象总会或多或少的出现。与此同时,新加坡对于初来乍到的华人而言是一片陌生而又新奇的土地,这些新事物在中国本土的汉语语汇中没有相应的表达,诗人因地制宜地创造出一些新的词汇表达。这些新词汇与中国文学语言的纯洁性相比发生了变异,这也就表现出新加坡乃至东南亚华文文学语言的特异性。经过长时间的发展,旧体诗已经形成了一套相对固定稳固的语词体系,正如胡适的《文学改良刍议》中所言:"其所为诗文处处是陈言滥调,'蹉

跎''身世''寥落''飘零''虫沙''寒窗''斜阳''芳草''春闺''愁魂''归梦''鹃啼''孤影''雁字''玉楼''锦字''残更'……之类。"事实上，这些所谓的常用词是与农耕文明相对应的。这样的词汇体系既影响了诗人们的写作习惯，也培育了阅读者期待视野。近现代社会，尤其是潘受所处的语言和社会已经发生了巨大的变迁，凭借旧体诗表现多元化生活必然会引入相应的新词语。

因此，新词入诗这种传统文学形式与新词的结合，不仅是语言变迁的结果，同时也是旧体诗自我调整以适应时代发展需要的结果。潘受所处的时代，政治、经济、科技等领域中出现了大量的新词。当然，从所占比例来看似乎科技领域的新词更多。正应了梁启超所说："欲为诗界之哥伦布玛赛郎，不可不备三长：第一要新意境，第二要新语句，而又须以古人之风格入之，然后成其为诗。"（梁启超，1989：189）这种通过融新词入古风的创作思路对当今新加坡华文旧体诗创作依然影响深远。因为这些外来语，尤其是马来语入诗使得旧体诗具有了明显的南洋特色，表现出诗人生活的氛围和生活场景，使读者吟诵即知创作成立于非本土的异域。当然，这也是对旧体诗的"庙堂"传统予以的解构，也是海外文人在旧体诗领域里掀起了一场文学变革，更拓展了旧体诗的表现领域和精神面貌。更能包容非本土的生活方式与"浪子"的情感，使得旧体诗在远离中国文学现场的新加坡成为变于阅读创作、易于华人接受的文体形式。

第四节　呕心吟就诗千首：南洋诗人萧雅堂

萧雅堂，福建厦门人，生卒年不详，其在新加坡、马来西亚和印度尼西亚前后生活20余年，所留诗作数量巨大，而大部分诗作创作于印度尼西亚，但在流寓新加坡期间，以沧瀛过客、垄川旧客笔名在新加坡华文报刊上发表自己的旧体诗作品。其中《番客篇》是其最具代表性的作品。前文黄遵宪的《番客篇》描述的是土著化华人豪门嫁娶的场面，而萧雅堂描述的是华人回乡娶妻的结果。作品中的"番客"是从南洋回国的华人，衣锦还乡后媒妁不断。有人因为"所重在财帛"，将女儿嫁与番客。而带番客返回南洋后，丢下新婚妻子独守空房，几十年后人老珠

第四章 新移民的浪子——新加坡"流寓者"的旧体诗

黄,暗自垂伤。

南洋本番地,来者称番客。客有得意回,囊中银千百。多财归故乡,亲友共啧啧。议婚日纷然,媒妁不断迹。某家有女儿,窈窕好性格,撮合原不难,所重在财帛。果是金龟婿,爱女亦不惜。聘以合浦珠,定以蓝田璧。床头金欲尽,谋生又逼迫,新婚席未暖,别妇下番舶。

海禁已大开,轮船日往来。相将与俱去,不恤飓飚灾。君今适异国,妾自泪盈腮。古谚云去番,十去九不回。人前不敢泣,强作笑颜陪。送君出门去,一日肠九回。深闺生暮寒,对影独低徊。花开春又至,寸心已成灰。闻道娶番婆,私心费疑猜。郎心虽薄幸,且抚膝前孩。

姻缘本天定,敢怨命数奇!嫁女与番客,不如长弃之。新婚曾几日,又复伤别离!春花与秋月,触景生远思。红颜容易老,夫婿隔天涯。纵有归来日,会合不多时。依然出洋去,悠悠无定期。可怜守空房,误此冰雪姿。思妇多苦心,游子知未知?寄语沧海客,试看弄潮儿!

一别几炎凉,幽闺日又夕。归信卜灯花,无言想萍迹。春风生枕上,夜月隔窗隙。怀人常不寐,有梦未明白。别意郎不知,悒悒只自惜。远书珍重寄,情多纸盈尺。郎怀何渺渺,妾心长脉脉!漫此牛女星,何异参商隔!屡约不回家,怕上望夫石。闻说邻舍妇,昨夜归番客。

生是贫家女,嫁为番客妇。贪财配老婿,倡随乎何有?番银已无多,海外复奔走。薄命失姑嫜,归宁依父母。父母相继亡,良人况辜负。教妾难为情,万事独消受。螟蛉亦有子,鸳鸯自成偶。思量远寻郎,来书道日否。岁岁误妾期,不觉春秋久。报道藁砧归,头白已成叟。入门不交谪,犹得事箕帚。妾亦颜色衰,相对嗟老丑!(萧雅堂,1899)

这首刊载于《天南新报》的《番客篇》,在刊载的时候还附有编辑的点评:"以文言道俗情,悱恻动人之处,令人有抛离家室,不如归去之思,较之诗'悔教夫婿觅封侯'一首尤为真挚,盖彼虽含毫蕴藉,固不若此浅近人人也。我华人之来南洋作客者，不下数百万人，其有此间乐不思蜀，不顾家室之计者乎？寄语远游人，尚其三复斯吟也！"在当时的南洋，许多华人远离故土，寂寞难耐，有人沉醉于烟花柳巷，更有人腰包渐鼓后娶妻续弦。《天南新报》借萧雅堂的诗作哀叹华人在故土的妻子，也是对当时华人海外生存现状的真实写照。

　　文学文本尽管是一个自足的世界，但不可能脱节于其产生的社会时代。文学批评亦不可避免地受到相应时代文学伦理道德观的影响。所谓客观公正的文学批评无异于空中楼阁。作为华文旧体诗，研究的一个重要对象是文化迥异的社会历史。海外华人族群不是一个个自然人的简单集合，而是社会共同体成员所必须遵守的一套价值体系。这种价值体系，基于特定历史文化空间和核心价值观，来实现文化的儒化和情感的宣泄。流寓海外的萧雅堂，既无亲朋，又无好友，旧体诗成为其表达孤单飘零的工具。《咏怀三首录呈诸大坛郢政》传递的正是这种情绪：

　　　　天地纵然大，人犹憾其中。世情花锦似，我性桂姜同。万里为孤客，四旬成半翁。栖栖江海上，吾道岂终穷！

　　　　水深犹可测，山险尚堪逾。独有方寸地，常为荆棘途。小人专弄巧，大智本如愚。能贵又能贱，方成伟丈夫。

　　　　安贫身自在，知命理犹该。好学浑忘老，能诗岂是才？道柔观逝水，心澈有明台。忧乐行乎素，反时归去来！（萧雅堂，1893）

　　人作为文化的产物，文化积淀在本质上是人类赋予自己的存在以某种意义的永无休止的过程。旧体诗在中国的发展和演变是建立在相对稳定的农耕文化基础之上的，形成很强的艺术规范，这种极为苛刻的艺术规范形成的基础是几千年来相对稳定的创作规律及文学传统。中国文学发生"伦理转化"，新加坡马来西亚旧体诗的创作者将旧体诗作为"伦理典范"来接受的。中国传统伦理在新加坡马来西亚的建构过程是从"归化"到"同化"的过程，中国传统儒家思想道德也不可避免地渗入东南亚文化之中。当然，这里具备一个隐含的伦理前提，就是中国的传统伦理道德的核心价值，其有助于新加坡马来西亚华人实现生存的需要。萧雅堂同样非常习惯使用旧体诗作为和当地华人进行交际的工具。题赠诗在萧雅堂的作品中是一个非常常见的主题。

第四章　新移民的浪子——新加坡"流寓者"的旧体诗

赠翰墨林陈秉章二首

春生翰墨别称林，风雅名家亦足钦。篆隶草真能仿古，云山花鸟恰宜今。

羡君书画传神笔，叹我文章费苦心！韵士骚人齐仰望，海滨声价重兼金。

衣冠门第出南陈，品画评书妙入神。顷刻笔花开似锦，纵横墨渖润如春。

诗书气慨原非俗，金石人家定不贫。铁限踏穿门若市，停车问字客来频。（萧雅堂，1893）

戏赠医士任远来

功参和缓本天真，妙手针砭善度人。我有闲愁医得否，悲秋末了又伤春？

非病原思亦足伤，问君可有疗贫汤？呕心吟就诗千首，不及先生药一方。（萧雅堂，1893）

萧雅堂这两首题赠诗的对象分别是南来的画家陈秉章和医生任远来，诗作中不仅表达了对二人的赞赏，对任远来更流露出萧雅堂本人的羡慕，所谓千金在手，不如一技傍身。也许是穷困潦倒的萧雅堂更能认识到一技之长对海外生活的重要性吧！

竹枝词作为一种风土信息的文学载体，是诗人用独特的书写视角和敏锐度记录民风民情的工具。而中国的风土文学本身便是一个浩繁的文献宝库，正是在这个意义上，清朝的竹枝词表现出文人进行地方书写的自觉趋势。对于海外竹枝词而言，真是传统文人尝试突破自身知识边界在文学空间上的一种体现。在萧雅堂的作品中，竹枝词的写作显得非常引人注目。在《新嘉坡竹枝词十首》中，对于中国春节民俗、戏剧表演、欢场男女等都有所描述。在本书不同类型的诗人笔下，我们所看到千差万别的个体化的新加坡形象。这些形象更多地来源于每个诗人在不同的社会历史语境中对异国形象的看法。萧雅堂作为中国传统文人，其眼中"麟羽虫鱼""竿木升旗""玉虎吸银泓"也就不足为怪了。极有趣味的是最后一首，"及时早嫁为商妇，莫对桃花赚阮郎"，萧雅堂面对南洋风月，却不似邱菽园那样享乐其中，而是有哀其不幸的意味，劝这些红粉佳人早日嫁人从良。

之所以有这样的差异，邱菽园系南洋富商，而萧雅堂穷途潦倒，四处飘荡，这样的身份背景认知必然也就有所差异了。

新嘉坡竹枝词十首

一声爆竹响昏昏，异域犹将正朔遵。中外一家同迓岁，桃符红遍贴春门。

王家山上草青青，竿木升旗日不停。辘轳一丸斜吊起，轮帆报点入沧溟。

麟羽虫鱼物亦灵，聚之有院类奇形。茂先老去景纯死，博物谁参山海经？

不须玉虎吸银泓，自有源头活水生。行遍地中复入室，万家滋润四时清。

明明造物夺精英，点点能开不夜城。任是黑云遮皓月，自来暗宝有光明。

日夜梨园演唱新，沿街标榜妙传神。世间万事都如戏，富贵当场一曲春。

买春有客上高楼，真个销魂好办头。放下重帘春有主，不风流处也风流！

摇钱树子一枝枝，鴂舌方言恰费词。安得花开能解语，夜来含笑话相思！

碧玉何人为破瓜，瓣香私奠假悲嗟！郎今既死侬焉守？从此身同薄命花！

红粉青楼亦可伤，护花有主任从良。及时早嫁为商妇，莫对桃花赚阮郎！（1894年1月25日《叻报》，第5版）

第五节　不碍南冠客里身：流寓诗人的竹枝词创作

竹枝词作为一种记录风俗、反映时事，承载各地民族风情、异域想象的文体，是始于唐代因顾况、刘禹锡等人介绍而开始受到士人重视的民歌型诗体，兴于清朝并延续至今。竹枝词在文学史上在描写风土人情、民风民俗方面，不同于传统古典诗词的严谨悠远，而是追求天趣性灵的别开生面，显得富有生机和野趣。

竹枝词诞生伊始，大都以吟咏、抒发男女之情为主，属于具有强烈骚怨特色的文风。例如，白居易的《听竹枝赠李侍御》中"巴童巫女竹枝歌，懊恼何人怨咽多。楚听遣君犹怅望，长闻教我复如何？"描述的，由巴童巫女的竹枝歌中，居然体验的是幽怨、惆怅的"怨咽"，甚至发出"长闻教我复如何"的无奈感慨。究其根源，竹枝词的主题和语言特征，在唐代表现的是哀怨、懊恼。竹枝词被学者认为"发情止义，有风人骚子之遗意"（《西湖竹枝集》）（杨维桢，清光绪九年刻本）的这种风格影响深远。

至明清之后，竹枝词记述风土的功能日益突出。创作风格逐渐平实，传情抒意的功能逐渐削弱。在这种趋势的影响下，竹枝词的语言开始质朴化。袁学澜在《姑苏竹枝词》作跋表达这一趋势，"竹枝之作，所以纪土风之奢俭，表民俗之邪正，以备采风者之取择。故其词尚质，无事靡丽为也。顾质易入俚，丽可文陋，苟质而能雅，丽而有则，为质为丽，固无分畛域，惜佘有志未能逮也"（袁学澜，2001：544）。一方面，竹枝词的功能在于记述民风民俗，因此语言不能过度藻饰、靡丽，而要质朴；另一方面，质朴不等于庸俗，"质而能雅，丽而有则"才是最高标准。在这一标准的倡导下，清代以后的竹枝词在创作主体上记述风土，在语言上雅俗互参，原有的纪事、纪游功能得到突出和强化。正如吉川幸次郎所说，"正因为文学是个性的言语，所以是象征的言语，其使命是通过表白以个别事态为素材的、富于个性的心情，来启发读者领悟广泛性的东西"（吉川幸次郎，2012：5-6）。虽然竹枝词的文学性一直为评论家们所不屑，但从社会史的角度看，竹枝词与地方志、地域笔记的进一步结合，从而承担起地方志的功能。甚至清代以前竹枝词从未涉足的领域也出现了很多作品。

清代是竹枝词发展史上一个空前绝后的时期。一个重要的原因在于晚清国门洞开、西方文明随之涌入，中西方文明在古老的中国土壤上相互交织，促生了方方面面的变化。这些变化在竹枝词中得到了充分的反映。与此同时，国门打开使得国人产生向外看的愿望，于是伴随晚清官员的三次出洋活动，文人政客也纷纷出于各种原因踏出国门。值得注意的是，以旅行生活为主题的作品一直是主流之一。于是，竹枝词出现了一个非常重要的主题——海外竹枝词。流寓南洋的文人创作竹枝词成为一个独特的文化现象。

而南洋出现的竹枝词，至少说明古典诗词这样的庙堂文学在面对异质文化时的捉襟见肘、难施拳脚。竹枝词这样的采风问俗样式则更加适合对于旅途的摹写，不仅得以言志，更可以通过新语词的使用而融入南洋生活，从而展现一个更为丰富的南洋。

一、文明冲突交融下的南洋竹枝词

根据现有的华文报刊和留存于新加坡、马来西亚等地的文献来看，竹枝词在南洋的出现应是在 19 世纪末期。1881 年，南洋地区的第一份华文报刊《叻报》问世，为了宣传华族文化，《叻报》开辟的中国古典诗词的版块。但是由于第二次世界大战的战火和战后对华族文化事业的摧毁，新加坡国立大学现存的华文报刊仅能查阅到 1887 年。而现存史料中第一首竹枝词应是 1888 年刊载于《叻报》林会同的《福州南台竹枝词》。此后，竹枝词的创作在南洋源源不断，根据新加坡李庆年先生的统计，现留存在各类报刊上的竹枝词约有四千余首。丘逢甲、王恩翔、叶季允、邱菽园、萧雅堂等人均以南洋风物为题，吟咏南洋风土。这些文人对南洋的感情很复杂，一方面对于异域文化好奇震惊，另一方面又有对故土家乡的思念感怀。这种特殊的历史文化背景，不同文化在南洋这片土地上发生了强烈的冲突和交融，给南洋竹枝词带来了独特的"混血"色彩。例如，丘逢甲的《槟榔屿杂诗》一诗中，既有对南洋风光的体验，"谷绣林香万树花，青崖飞瀑落口砑"；又有对于中华文化的描述，"海外居然谱学通，衣冠休笑少唐风"（丘逢甲，1900）。对于南洋的到访者而言，创作竹枝词的内在情感，往往与中国社会政治联系在一起，表达的更是一种政治情感。

当然，文化冲突是个相对的概念，而且更多的是近代以来对世界知识的认知才有的概念。历史上所谓中国，直至晚清，中国人一直觉得自己是世界的中心。而国这个概念不同于现代政治制度中的国家。从秦以前的万邦林立，世界在中国人眼里是从中原为中心向外辐射，并以同心圆的方式向外累积。这种视角下的世界格局是以朝贡关系维系的，周边各国包括南洋都应该向中心朝贡，是内聚的向心力。从文化上讲，儒家文明教化响播四裔。因此，在早期的竹枝词中，奇特的异域景象实在太多了。

另外，五四运动之前，鉴于明清时期南洋诸国与中国曾有的朝贡关系，清末政治家（包括梁启超"殖民南洋"的口号），常使人们对南洋产生一种"中国的南洋"的意识。但是伴随英国、荷兰等西方殖民势力对南洋的控制与改造，这种"中国的南洋"意识也在发生变化。而这种变化背后隐藏的是一种带有冲突和排斥性话语体系，在南洋竹枝词中，"蛮""夷"之类的词语不在少数，甚至出现"最是狂奴相对舞，东施偏解效西颦"的不屑。晚清的南洋竹枝词（图4.3）更乐于以奇观话语描述异域民俗，将异域风俗视为野蛮与落后的象征，并对此进行冷眼相对、批判审视。

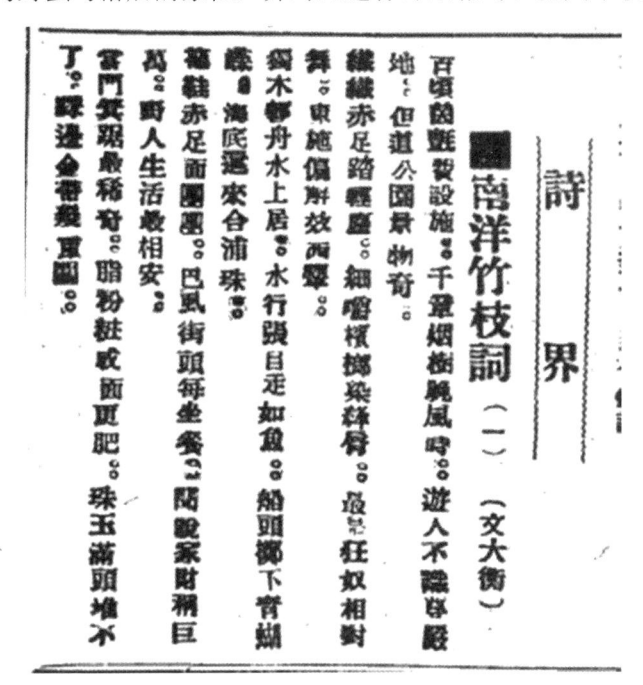

图4.3 文大衡：《南洋竹枝词》，刊载于1924年6月27日《叻报》

五四运动初期的南来文人，则以一种温和而宽容的态度寻找不同文化与宗教的交融之道。展现出儒家文化独特，异域风光不是被排斥和否定的他者，而是一个彼此平等互动，可以冷静审视的关系。邱菽园在1924年11月14日《槟城新报》的文苑板块中对于南洋华人的地位作了这样的描述"入耳乡音恰比邻，绵蛮到处是黄人。援琴莫负钟期意，不碍南冠客里身"。从他的诗句中可以寻找到一种对话的姿势，一种平和性的视角。他对自我归属的表述无意中凸显了他对南洋文化的理解与尊重，双方构建一种建立在平等基础上的对话。诗人和南洋既没有附属关系，也不存在文化同化现象。你是你，我始终是我，彼此之间是有距离和差异的。在南洋的生活经验使得在理解认同的同时，也保持了反思意识和批判意识。这些南洋旧体诗的作者，作为早期华人，在南洋属于游移族群，他们的身份尚未确定处在不断变更的过程中，对于南洋来说，他们既可能是外在的，也可能是内在的。漂洋过海流寓南洋时，他们是外在的"寓客"的角色。落地生根在地化后则成为创造南洋历史的主人。这种意识最终呈现出了带有杂糅性的儒家意味的力量。换言之，五四运动后的竹枝词是将其南洋意识隐含在儒家意识之中的。

南洋竹枝词显现了从晚清之后的文化启蒙和文化时代转换，晚清开始带有观游印象的写实竹枝词式被转换为带有想象性的故国之思、自我审视的写意形式。南洋形象从奇怪的他者转变为客观合理的存在。南洋竹枝词以带有自身体验的立场不断修正着已有的关于异质文化的套话，逐渐形成客观宽容的描述方式。竹枝词描述下的南洋不只是简单的实景复制，而是文人建构出来的带有自我意识的异域图像。南洋文人在更为多元化的体验中形成跨文化交流的态度与视点。

二、南洋竹枝词的艺术特征

就时代背景而言，由于南洋文人远离中国文学现场，更多地沉浸于歌咏山水、抒发相思、褒贬在地风俗的乐趣之中。

从创作主题而言，取材广泛，语言通俗易懂。从整个南洋竹枝词的文化图景来看，取材丰富。涉及南洋各国的历史典故、教育兴衰、地理风貌、热带气候、民情风俗等。这些诗作中所描绘的社会场景鲜明，让我们似在欣赏一幅幅异域风土画，生动逼真，色彩浓艳。

相形于其他记叙方式，南洋竹枝词最大的特点就是如实记录所见所闻，呈现出诗人所闻所见的真实世界。南洋竹枝词中有大量属于流寓文人对南洋印象的随录随记，这些以南洋为题材的竹枝词就具有了"史"的性质，重在实景再现。因而其书写重心便集中在异域风光、民风民俗等的角度。例如，1925 年 9 月 26 日刊载于《南洋商报》的《南洋竹枝词》中"女郎着屐汉穿裙，每日街头攘往纷。见惯司空不经意，随波逐流可同群"。南洋竹枝词中的叙事虽与传统有关异域的或妖魔或神话的话语和集体话语形成对照，但南

第四章　新移民的浪子——新加坡"流寓者"的旧体诗

洋对于诗人来说依旧只是被重新发现的精致，是被观察的对象与异域。

如同清代竹枝词开始对地方风土记录，南洋竹枝词也有和地方志相互为证的作用，甚至有些竹枝词诗人以地方志或笔记为据，在词下添加详细的笺注。如上一段提到的"女郎着屐汉穿裙，每日街头攘往纷。见惯司空不经意，随波逐流可同群"，作者在诗后续上以下注解"热带居民，不喜着袜，无论男女，大多赤足拖鞋，然一鞋之代价，有贵至五六元者，则女郎所着之绣花拖鞋也；有贱至八九占者，则普通人所用之木屐也。马来与土生之妇女，又喜彩布围下体，名曰沙笼，招摇过市，以为美观。奇装异服，初见之，以为有关风化，习久之，司空见惯矣"。这段话的创作者之所以要在竹枝词后添加如此详细的笺注，是由于竹枝词七言二十八字的篇幅无法更详细地记述风土人情。从创作动机上来分析，诗人表现出将竹枝词作为南洋地方志的补充的可能性。

南洋竹枝词的作者都是在地华人，受中国传统文化的深远影响，因为种种原因途经南洋甚至滞留于此，他们的命运和历史已在不自觉中被镶嵌在南洋的历史缝隙之中。他们的作品中自然留下了有关南洋的种种印迹。我们可以看到这些南洋竹枝词作品中不经意地出现一些具体的南洋地名，在此试举几例，如表 4.4 所示。

表 4.4　南洋竹枝词中涉及的新加坡地名列举

诗名	出处	地名	作者
《与大池文叙君驻本坡加东山园即事》	1916 年 9 月 30 日《国民新报》"文苑版"	"加东"即新加坡的冬 kadong[①]	麦雨仙
《东陵林景》	1916 年 10 月 4 日《国民新报》"文苑版"	"东陵"即新加坡的 tanglin，今大使馆所在地	黄藻洋
《息力杂诗》	1916 年 12 月 4 日《振南报》"星洲诗词录"	"息力"系新加坡的旧称，源自马来语海峡的发音 selat	陈宝琛

南洋竹枝词的作者全部是依然生活在乡土中国记忆中的人，他们的作品都有着强烈的自我与他者的对抗意识。例如，黄延《星洲海边杂咏》中"客里每怀家国恨，更从何日唱离歌"，南洋风景总是和故国之思水乳交融，写南洋其意则在对中国的追思。因此，南洋竹枝词的作者从来都不是刻意表现南国风情和异域元素，甚至他们对于椰风雨林、风土人情本身并没有

[①] kadong 是新加坡东海岸附近的社区名，是土生华人家族聚集区。

发生像本土文人那样的浓厚兴趣。他们之所以选择南洋作为其作品的主题，只是南洋华人生活境遇的自然折射。例如，刊载于1927年10月1日《南洋商报》"商余杂志"版的《南洋杂感》中"小阳十九到星洲，扰扰营营汉子稠。把唔还须福建语，方言普及马来由"，作品中的风俗语言本身不是主题，而是作为思与情的媒介，来映衬故国之望的背景和氛围出现。

三、南洋竹枝词的社会功能

远离故土，竹枝词的创作不再是一个人独创或两三个文人之间彼此唱和的事情，而是逐渐成为以地域或者共同的兴趣爱好为纽带的群体性文学行为。邱菽园在《五百石洞天挥麈》中对竹枝词有很高的评价："由上古三百篇而乐府，由汉魏齐梁而近体，而竹枝，而词，而曲，而传奇，其道亦屡变矣。"他对竹枝词的重视和推许可见一斑。当然这和竹枝词自身的文体特征是分不开的，竹枝词由于形式短小、不受音律苛刻限制，因此内容无所不包，已然成为记录南洋风土史料集成。另外，竹枝词由于文辞平易，内容朴质，生动表现出南洋文人的真实心态，也被用来讽喻政事，寄托乡思。

南洋的民风民俗和社会景观比流动的文人过客或者历史事件更加具有稳固性，因此常常成为竹枝词描写的异质文化空间的首要层面。值得关注的是，这些所谓的民风民俗或社会景观被反复书写后，就成为一种文化符号。这种文化符号在传递南洋色彩时的象征意义在不断书写后就成为南洋形象的固化，如"蛮女声歌夜夜催，一催一唱起徘徊。听君唱此肠车转，起坐为侬一举杯"（卓应龙，1896：5），再如"星洲世界果花花，消遣余闲爱结笆。山是珍珠桥是铁，世风何事不奢华"（笑罕子，1903：5），这些关于新加坡在20世纪初期的热闹奢华，当竹枝词用精炼、朗朗上口的描述替代了对于南洋社会现实和华人移民朴实的记录之后，有关南洋的类型印象就逐渐形成并延续在文学想象之中。这也是五四运动之前华人，包括文人、商人、劳工对于南洋风景的类型化想象中的一部分。

诗词中的南洋的形象，并不只是由自然和地理景观决定，而是由文人所在的社会阶层和社会关系决定。在南洋竹枝词中呈现出的是复杂多样的南洋社会。例如，邱菽园的《十六夜即事竹枝词》中"莫道今宵惯浪游，最矜名节是星洲"（邱菽园，1909：6）呈现的是南洋的华商文娱生活的场面，如梅宋博的《星坡竹枝词十五章》中"百货骈罗纷夺目，喧阗夜市闹人声"（梅宋博，1906：6）反映实际接触的南洋社会的灯红酒绿及不同种族文化的人欢聚南洋的情景，又如郭璧君《南洋竹枝词》中"谁家少妇与顽童，口吃槟榔去食风"（郭璧君，1909：6）则是各个种族的人们与宗教和谐共生的社会环境。事实上，这些家境尚好的文人，不同于下南洋做苦力的贫苦大众，他们笔下的南洋一片祥和，不见窃贼暴力、坑蒙拐骗、横征暴敛，更不见时代的渣滓浮尘。早起的南洋文人，通过竹枝词这一创作文体出乎意料地变成了文化的启蒙者，他们不但自己要在他乡苦中作乐，而且开始文学传播来拯救他人，这使得南洋竹枝词的叙事出现强烈的跨文化特质。

文人笔下的南洋竹枝词，或者描写蛮夷文化，或者故国之思，或者文化冲突，他们对于南洋风光的处理，在于其关注重心本就在于冲突本身，或者强调与中国文化的"异"，而不在风景本身。这样的创作视角能够让我们对竹枝词中的南洋之独特方式有更深入的理解。

第六节　故土回望与文化建构

如前所述，近代新加坡是在英国力量的东向和中国知识分子南来之中进行不断变革。作为本章成长于新加坡的旧体诗作者，面对社会的改革浪潮，必然做出回应。对于本章所论述的"流寓"诗人的创作，表现出以下特点：

一、就文学隶属关系而言，新加坡"流寓"诗人创作的旧体诗作品，属于离境文学的组成部分

新加坡华文旧体诗是中国古典文学在海外传播的产物，从内容到形式，无论是儒家思想的"忠""孝""仁""义"的思想还是寓情于景、虚实结合、动静结合、直抒胸臆、托物言志等艺术手法的灵活运用，都是对中国古典诗歌的沿袭。

文化的自觉先于文学的自觉，中华文化的强大凝聚力是海外华文文学形成发展的动力。通过旧体诗的创作，我们看到新加坡华文文学与中华文化割不断的血脉联系及这些诗人对民族精神的继承和深切的人文关怀。作

为本章描述的邱菽园、潘受这样的旧体诗作者,他们的成长经历,使得他们尽管远离中国故土,但他们从伦理道德、价值观念、情感思维始终能够与中国传统文化息息相通。他们不可避免地要扎到古典文学中,在旧体诗创作中担负起中华文化传承和传播的任务,从这个意义上而言,中华传统文化是这个时期新加坡华文文学得以立足的基本。正如黄锦树所言:"要写出典雅、精致、凝链、辞藻丰富的中文。无疑要向中国古典文学传统吸取养分,深入中国古典文学。"(黄锦树,1996:22)

流寓诗人身居海外,浸淫于两种文化的差异与交流氛围。他们接受根深蒂固的中华传统诗文教育,又主动融入新加坡社会,他们在文化领域的影响力,在海外开展一系列中华文化的传播活动。大大地改善了新加坡的社会文化。新加坡冰人对这一现象有如下论述:

> 在这荒原上虽有匆匆的森林,蓬蓬的荆棘,闷人的瘴疠,凶暴的鳄鱼,悍猛的蛇蝎;但也有薰人的南风,婀娜的椰林,娇脆的禽声,清廓的海天,澄澈的溪流,圆白的月亮,晶莹的星星。因此,有成千上万的拓荒者,撑着他们手上的利斧,锄头,带着他们那股热情勇气,拿起那利斧、锄头,不断地向荒原推进,驱除凶恶的鳄鱼,捕捉悍猛的虎狼,射杀毒烈的蛇蝎,看法莽莽的森林,随则这工作还未曾做到完全成功的境地,然而毕竟是已把荒原拓成为几段沃野园地了。(冰人,1934)

"流寓"诗人移居新加坡后迥异于故土的生活处境和流寓心态等必然影响到他们的创作,使之呈现出与中国本土文学不尽相同的趣味和心态。这种现象随着他们在新加坡生活时间的延长导致对所在地认同感的增长。表现在创作上就是本章针对主题分析的,既有"思乡情结",又有所谓的"南洋色彩"。所以,从文学归属关系而言,虽然是中国古典文学在海外的分支与流脉,但是,已经不是中国文学的一部分,而是具有所在国文学的特质,已成为兼有两地性质的离境文学。

因此,流寓诗人旧体诗中表现的新加坡呈现出更为复杂的面貌。究其原因,1894年,北洋水师提督丁汝昌率领北洋舰队访问新加坡,当地华人"无贵、无贱、无老、无少,莫不欣然望宗国之族旗,为之喜跃"。"皆若有大喜大庆,一时萃于其身者",此盛况在左秉隆的诗作《寓叻闽粤绅商公宴丁禹廷尚书及诸战船管驾麾下诸将官纪事》中留有记载（左秉隆，1894：5）。但是在甲午海战爆发，1895年北洋舰队全军覆没后，新加坡华人心理冲击巨大，他们从战前慑于清政府而不言国事，但关心国内时政，甚至参与国家变革。另外，清末设领和中国华侨政策的改变使得新加坡的文人与中国本土的交流日益频繁，这也给旧体诗的创作带来了新的变化。从早期官员视南来为蛮荒烟瘴之地，文人涉足者甚少，发展到海外交往和中新外交活动的增多，于是士人游历及南洋者日增。信息交流的场域，其时中国国势衰微和海外华人的坎坷遭遇激发出的强烈的华族意识使得流寓诗人的作品羁旅怀乡之情、椰风雨林的风景之外，更多地表现了对南洋问题和国内局势的关注。

面对接受西式教育的土著与他们对自身的优越感将中国文化视为异国他乡，作者感受到作为传统的旧体诗已渐渐被人所轻视与边缘化。于是，有意识地为中国文化发声，通过旧体诗的韵律与典故被传唱吟诵，获得瞩目。可见诗人对中国文化的信念始终不曾消解，纵使流寓海外，仍利用旧体诗唤醒更多沉睡的灵魂。

二、就文本创作趋势而言，新加坡"流寓"诗人创作的旧体诗表现出与中国政治同步的特点

"流寓"诗人的本地的认同感尚未完全形成，内心深处构想的已然是由无数记忆和文化符码组合想象而成的"中国意识"，所以作品中自然出现大量的思乡念旧的作品，主题上频频传递出浓得化不开的"文化乡愁"，字里行间流露的是中国旧文学"感时忧国"的传统主题。中国所遭遇的内忧外患于是成为诗人们话语关注的中心，他们积极地回应"维新""保皇"、救亡图存、国共争端十年浩劫等中国境内的政治议题，作为流寓诗人，他们创作的最大特点就是与中国政治发展同步。虽然身在海外，但是对于中国的国内时局却更加关心，而这个特点也正是旧体诗在海外得以生存的重要原因。

20世纪初，五四运动冲击下的旧文学诸如古典小说、散文纷纷退出历史舞台。但是旧体诗却依然保持其生命力延续至今，这是因为作为旧体诗那种凭借精炼语言表达浓厚思想感情的信息传递方式是其他文体所不具备

的。本章所研究的流寓诗人，诸如邱菽园、潘受远离故土，流寓星洲。身在海外，眼见中国政治变革，百日维新、抗日战争、同室操戈……对于国家始终关注的诗人们凭借旧体诗为媒介，表达去国之思，诗的主题亦与中国政治变革遥相呼应。于是，怀抱一腔故土情结与旺盛的创造力留下与中国政治同步的作品。这也是本章研究对象创作的重要特点。

"流寓"诗人作品中流露出浓厚的中国情结，这种情结是诗人在"落地生根"的社会积累中，"祖国"的观念虽然发生了变化，但是仍将中国文化视为精神家园。而新加坡华文旧体诗不论是何种类型诗人的创作，都不可能脱离中国性。而这绝不是单单的受中国文化的影响那么简单。所谓"中国性"这个概念，不仅内涵丰富，而且是在不断地变化之中。现实的中国与作为"共同体"的文化想象，投射到不同类型的新加坡华文旧体诗创作，中国性都只是或多或少地表现了它们之间的差异性。

三、就文本传递的思想而言，新加坡"流寓"诗人创作的旧体诗反映的是海外华人思想情感

弗洛伊德在论述文学与白日梦的关系时说："某种对作家产生了强烈影响的实际经验唤起他对早先、通常是孩提时代经验的回忆，这回忆于是促发一个在作品中得到满足的愿望，愿望中最近事件与旧时记忆的成分是清晰可辨的。""流寓"诗人的青少年是在中国度过的，接受中国传统文化的熏陶，传统教育及其方式深深铭刻在他们的早期记忆之中。他们对于故土的眷恋缘于人类自我本能的探寻，这种国家与民族意识下的乡愁与眷恋和旧体诗紧密联系的主题"怀乡"，成为旧体诗中对祖国的那种民族国家想象的经典主题。由此，以旧体诗作品为媒介，诗人与在地华人的情感在得到沟通和宣泄的同时释放积压的情感。

新加坡的旧体诗之所以发展生存，其重要原因就是来自中国大陆的文人给予的文化环境。没有在地华人的文化环境，没有南来知识分子的文学氛围，旧体诗是很难在新加坡生存的。尤其是流寓在新加坡的南来文人，不论是在何种历史时期、社会氛围，对于故国的关心都是长期存在的。个人的经历、对故国的忧思、异域的体验都被一览无余地展现在诗作中。其创作意义在于，结合南洋本土经验，借助于文学经典样式重写的方式，以

第四章　新移民的浪子——新加坡"流寓者"的旧体诗

旧体诗衍生出关于族群及文化认同。

诸如邱菽园1913年创作的《星市桥上作庚申并序》就是对于新加坡生活的实录和体验：

　　自癸丑冬任职禧街振南报社长，日出而作日入而息。必经第四市桥，由北而南返我陋巷寓舍。至庚申秋凡七载矣。

　　燕子飞飞靡定居，劳人腕脱日佣书。

　　一溪两岸分南北，晨夕桥中走敝车。

也有弥留的诗作，如《残冬久病豫作弥留诗》：

　　庐舍原无不坏身，难将报谢挽行人。

　　莲邦此去求闻法，再向婆婆转愿轮。（邱菽园，1949：20）

邱菽园对流寓南洋的诗人感同身受："人情谁不爱恋其乡土，凡耕桑山居之民，尤有安土重迁之思，故非至万不得已，必不肯轻去其乡。"（李元瑾，2000：230）因此，邱菽园人生最后一首诗《梦中送人回国醒后记》表达的就是故国的哀思：

　　送子归程万里长，报君一语足眉扬。

　　满船都是同声客，才踏艅艎见故乡。（邱菽园，1949：70）

《犹忆壬辰、癸巳冬春之交，余在闽乡手种牡丹二度开花，众以为瑞，余漫应之，独惜无诗。今兹回想，事虽偶然，花滋可念。补赠一诗，存诸集中》是邱菽园晚年对故国的思念与回望：

　　过来四十八年春，一树姚黄二度新。草木岂关人气运，园花偏对我精神。

　　枝头坠去能归璧，眼底看来妙转轮。当日无诗今应补，壬辰容易到庚辰。（邱菽园，1949：44）

对于"流寓"诗人而言，中国本土文化是一片肥沃的土壤，具有丰厚的营养，新加坡社会是移居的外在环境，他们的旧体诗在新加坡开花结果。因此在创作题材上，除了南洋风土人情的描绘，大都是对故土、家乡的眷恋。加之这类诗人所处的年代正是中国风雨飘摇之时，因此作品中又多了几分离乱、漂泊的心态。

"流寓"诗人的身份背景和传统教育决定了他们与旧体诗的不解之缘，尤其像邱菽园身上具有的文人贵族精神的心理趋向推动他们即便面对新文学的冲击，依然选择旧体诗作为书写方式。新加坡的儒家文化以"群"为表征，旧体诗因此具有强烈的本体意识，对新加坡的国家认同虽是单薄，却表现出"寓客"集体无意识的原乡传统。这也是因为在中国文学发展历史长河中，各国文体长期以来发展并不平衡，但是诗歌的历史却是最悠久、最富有成就的文学样式，因此旧体诗独具的悠久历史和光荣成就足以承载南来文人对新生活的体味和践行，字里行间给这些寓客们的是一种文化上的归属感而非被放逐感。

新加坡华文旧体诗的创作者居住于异乡却背负中华文化传统。他们笔下的故乡包括自己亲身经历的真实原生记忆和面对新的生活环境对原始记忆的再造和衍生。原生记忆伴随着时间的推移和新生活元素的刺激逐渐消磨，在诗人意图对这种生活体验进行召唤时，必然进行加工改造，使之符合现实思维的需要。因此流寓诗人在提示创作上表现出故土生活真实场景和二次阐发并行的现象。

四、就文本创作的视角而言，新加坡"流寓"诗人创作的旧体诗作品以主人公的心态对南洋社会进行客观反映

处于中华文化和马来文化夹击下的南来文人，如何在二者之间保持平衡是一个具有挑战性的问题。而这个问题更是一个文化变迁的问题。所谓文化变迁，是社会变迁的组成部分，指的是由于社会结构内部的变化，或由于占据不同社会角色的人们之间的相互交流，所引起的生活方式的改变。20 世纪下半叶，在新加坡社会急剧变化的情况下，在地华人不可能保证其原生文化的纯洁性，即便原有文化的影响根深蒂固。现代化作为特殊形式的变迁，是一种渐进的、漫长的过程。在这个过程中，同一个社会的异质文化之间不是全异关系，而是处于一种流动的、互相影响的状态。

但是，无论是"过客"诗人还是"流寓"诗人，都会借助旧体诗这一形式反映自己对于异域的认知，其创作题材和古典诗歌具有相同的一面，如"飞尘争不逐游鞭，落絮无由感逝川"（邱菽园，1922）之类的感时书愤、述怀明志、异域风光等，此外，"过客"诗人与"流寓"诗人的旧体诗中，都有大量表现南洋社会自然风光和人文风光的作品。

"过客"诗人面对异域事务，多是以旁观者的角度写出，对南洋社会多

第四章　新移民的浪子——新加坡"流寓者"的旧体诗

抱着猎奇、欣赏的心态，虽然也有描写南洋社会艰辛、华侨谋生不易的作品，但诗人往往是出于同情、怜悯，甚至居高临下的予以描述，对于描述的对象也难免道听途说。

但是相对于第三章论述的诗人群体那种初来乍到的惊讶和居高临下的"旅行者"的眼光，本章的诗人们以新加坡作为自己的终老之所，视为第二故乡，对于笔下的南洋社会多了几分客观的描述。他们表现的是置身其中、参与其中、乐在其中的态度。例如，邱菽园对于典型的多元化国家对新加坡各种肤色人种杂居感触颇深，诸如《星洲杂感四首》之一的"天监遗碑泐海山，通津原不设重关。风轻少女宜销夏，露立金仙自驻颜。赤道回流蒸黑子，黄人去国杂乌蛮。谁从贡道征三保，瓯脱偏闻赦此间"。诗中的语气完全是身在此间的感受。

潘受和邱菽园几十年的新加坡生活经验，对于南洋社会大都是诗人个人的亲身体验，而不是旁观者蜻蜓点水、雾里看花似的轻描淡写。他们接触到的是更真实的新加坡。诸如邱菽园《留别槟榔屿八首》中"入耳乡音洽比怜，绵蛮到处尽黄人。援琴莫负钟仪意，不碍南冠客里身"既有华侨海外生存状态的状写，最后一句"不碍南冠客里身"更是乐在此间的映像。

这种落地生根，视他乡为家乡的认同自古有之。例如，苏轼62岁高龄时贬谪徼边荒凉之地海南岛儋州。苏轼却在《定风波》中留下"此身安处是家乡"的淡然处之。将儋州当成了自己的第二故乡。甚至在三年后被召回时赋诗《别海南黎民表》，诗中有"我本儋耳氏，寄生西蜀州。忽然跨海去，譬如事远游"的不舍。这种"此身安处是家乡"同样适用于流寓南洋的文人。"流寓"诗人把中国视为丰富、开阔的存在，将新加坡视为安心立命之所，在经历了心怀两地的心境与故土和流寓之所的断裂后，将文化情感渗透进现实生存的创作之中，使得故土和流寓之所在作品中建立沟通和联系，在星洲土地上的落地生根中表达出对于故土的叶落归根。

新加坡华文旧体诗在"过客"诗人那里，完全依附于中国古典文学。即便是在新加坡创作，但是诗人的身份却是中国传统文人，中国古典文学的光芒掩盖了新加坡本土性的产生。即便有针对新加坡风土人情、社会面貌的描述，却始终是以旁观者的眼光给予关注，局外人的身份、民族主义情绪表露无遗。而"流寓"诗人们的创作功力源于中国传统教育的积淀，但是他们已经逐渐意识到自己的文化身份不再是纯粹的中国，而是兼顾中新两国，旧体诗中出现大量的南洋意象，而描述的角度则是主人公的视角，新加坡形象在他们的笔下客观性更强。

五、就文本创作整体风貌而言，新加坡"流寓"诗人创作的旧体诗展现出心系两地的趋势

关于新（马）华文学的归属，一直沿用方修先生提出的将1919前的文学划归旧文学的观点，并认为"在旧文学时期，马华文学是无条件且无选择地接受中国文学的哺育、扶植，并作为中国文学的一部分而存在"，国内大多数学者亦沿用此观点，但是中国学界对于新加坡华文文学归属却鲜有关注。但是，将中国文学视为新加坡华文文学的殖民者，显然是带有大国沙文主义色彩的。就本章所论及的邱菽园、潘受这个时期的诗人在借助旧体诗来进行情感表达时，字里行间不仅充满了流寓者对故土的眷恋，同时也洋溢着南洋的异域风光。这种介于中华文化和南洋文化之间的写作在与中国本土文学、文化进行对话时，对中国本土有着自己独特的观察视角，他们的创作及文学归属一方面是在接受中国文学的影响，另一方面又呈现出南洋特色。

怀旧和还乡是人类社会中常见的心理感受和文化现象。这种感受作为诗歌主题，充满渴望和期待。用旧体诗抒发怀乡之情，将流寓诗人的过去、当下和未来联系，隐含着我是谁？我从哪里来？我要停留在哪里的意识。从这个历史视野来看，流寓经验已经镶嵌入华族的集体意识之中。与之相关的，旧体诗以华族语言为纽带起到了凝聚身份认同、镌刻文化记忆的功能。心怀两地成为创作主题之一。

"流寓"诗人的身份所限，他们创作的华文旧体诗已经不是中国文学的海外分支，而是新加坡文学中的华人文学。这类型旧体诗面向的不是故国，而是同时面向中新两地。本章研究的重要课题就是中国和新加坡两种不同文化交叉相遇时，具有中国文化背景的诗人在新加坡的土壤中是如何维系自己的文化认同。这个诗人群体的文化认同是具有双重性的，它既是个人主体对自我构建的追寻，同时也是社会文化外力构建的结果。"流寓"诗人在私人空间中更多地受了中国传统文化的熏陶，而在公共空间受到的则是新加坡多元文化的包围，这样一个与在异质文化既冲突又交融的群体，

他们的旧体诗中不可避免地出现两种文化并存下的精神模式、价值观念和写作体验。正如新加坡学者王润华所言："中国文学传统给我们提供一个文学的根源。而我们的土地、人们、习惯、文化以及特殊生活经验自然地形成了目前我们拥有的本土的文学传统。"（王润华，2001：147）

和"过客"诗人笔下以中国为指向的南洋地方想象、风物呈现所不同的是，"流寓"诗人更多的是致力于构建客观、健康的新加坡形象，因此在旧体诗中表现出的社会生活、风土人情叠加有关新加坡和中国文化的双重认同。

而文化的动态本质使得诗人们的文化认同从逻辑上而言并非与生俱来，中国本土的文化并不能自动地赋予他们完全的文化认同。另外，文化也并非来自继承，因此，文化认同不可能是终身不变。正如后现代理论观中，文化认同从来都不是一种实现了或者说是完成了的一种自我状态。与之相反，它是一个自我整合的过程，一种动态并应变的文化认同。作为本章所论述的诗人群体，作为时刻变化着的文化个体，他们接受的文化不再是中国本土一代代传承不变的价值观念、行为准则而是随着新加坡社会同步发生变化的。

本章所论述的流寓诗人，从创作主题而言，一方面，中国是生长之地，中国人传统的乡土观念使得他们在思想情感上斩不断和故土的联系，而他们所接受的旧式教育，不但培养了他们与旧体诗情感上的紧密性，更是影响了他们对于旧体诗创作的观点；另一方面，新加坡是生活之所，他们在海外的经历正是新加坡的发展史，和所在地的感情日益浓厚。因此，在诗人们的心理上，既有新加坡的本土意识，又有念及故土的思乡情感。但是，从邱菽园和潘受这两位的作品题材而言，中国本土政治、历史、时事的题材占据多数。分析其原因，是这两位诗人所处的正是中国政治局势急速变动时期，这种外在环境的刺激，不仅遏制了诗人在地意识的爆发，更是让中国意识得到更大的发扬。在王润华看来："海外华人多是生活在别的国家里，自有他们的土地、人民、风俗、习惯、文化和历史。当这些作家把他们各地区的生活经验及其他文学传统吸收进去时，本身自然会形成一种'本土的文学传统'（Native literary Tradition）。"（王润华，2001：146），可见，新加坡华文旧体诗的本土性就是在这种文学样式中体现出来的独特品格和内在精神。潘受在香港太平山上所做的"一舸南浮思赤道,中原北望但黄埃"(潘受,1970:69)最能代表此种体会。

  从表现精神而言,一方面,其作品中的自由、民主、科学的开放性价值观是中国传统文化和旧文学中不具备的。也是新加坡这样的多元化社会在受到西方社会影响后才产生的;另一方面,"流寓"诗人的旧体诗中表现了不少非常传统的思想感情,接受中国传统文学的熏陶,他们创作旧体诗的定型化和中国传统旧文学又有相通之处。"流寓"诗人即便身在海外,即便远离中国文学现场,但是在利用旧体诗进行创作时却不得不受到传统中华伦理价值观的制约。因此,他们作品中的游记、感怀、唱和、星洲风物都离不开旧体诗自身的情感圈。

  当代新加坡华文旧体诗作为作者创作世界的自我吟诵,如果以宏观或整体叙述的眼光审视这种文学现象,在审美品格上更趋于自我把玩或调剂生活的文化现象。这种创作范式相对于中国文学抑或是新加坡文学都属于边缘,但也正是这种边缘才体现了旧体诗的魅力所在。

第五章　新土地、新生活、新经验

——当代新加坡华文旧体诗

> 是日也，天朗气清，惠风和畅。仰观宇宙之大，俯察品类之盛，所以游目骋怀，足以极视听之娱，信可乐也。
>
> ——《兰亭集序》

全球化进程导致民族文化与文化全球化的冲突。对于当代旧体诗的作者们而言，处于东西方文化交汇处的交汇处，面对英语作为官方语言的新加坡，既要坚持古典文学的写作，又要面对新加坡多元社会的文化洗礼，华文文学本身就处于一个相对尴尬的境地，而旧体诗作为"边缘中的边缘"的异质文化，难以避免作被排斥的他者。但是就他们的创作题材而言，又显得与中国本土文学有着一定的差异，又成为中国现当代文学的他者。

第一节　词流星散文坛寂：
当代新加坡华文旧体诗作者的创作背景

1965 年新加坡独立后，受到冷战思维和东南亚周边国家反华排华势力的双重影响，着力削减华族色彩并"急于脱华"，建立"新加坡人"的新加坡形象。20 世纪 70 年代，伴随中美关系解冻、中苏关系破裂及东南亚地区国家与中国关系的改善，使得中国形象有所改善，这也推动了新加坡与中国关系的发展。于是，新加坡政府开始积极改善对华关系，尤其到了 20 世纪 90 年代以后，中新关系全面加强，中华文化重现生机。

一、当代新加坡华文旧体诗作者的身份认同

之所以要谈认同问题，是因为语言一方面有表达情意的传播性功能，

另一方面是人类群体共同拥有且世代相传的要素，具有认同的功能，然而在新加坡这样一个多语社会，不同语言具有不同的认同对象，彼此之间的冲突不可避免，从而带来认同的困惑。新加坡作为多元化社会，需要建立新的国家认同，"涵盖民族认同和语言认同，形成同心圆的重叠。新加坡人口遂普遍呈现多种认同并存的特色。语言也在其中扮演一重要角色"。（郭振羽，1985：140）

第二次世界大战以后，在新加坡当局的政策引导下，华人的当地化战略有两个方式，一方面通过塑造新加坡国家意识，凝聚国家认同；另一方面，将新加坡定位于与东南亚其他国家利益共存的主体，并且开始在政治上与中国疏离。从 1957 年底开始，华人通过法律程序陆续登记为新加坡公民，在国际领域一再强调他们是新加坡人而非中国侨民。这种强调新加坡国家意识的政策让在地华人意识到，与他们利益共存的不是中国，而是新加坡，其国家认同直指新加坡，从个体到内心都归属新加坡，他们主动融入新加坡社会。对于本章所论述的诗人群体，第二次世界大战结束及抗战的胜利一方面促使新加坡政治局势和社会环境的变革，另一方面，改变了当地华人对新加坡的态度和文学观念。他们对于历史上南来文人的过客思想、流寓心理进行扬弃，开始将自身命运与新加坡发展紧紧联系在一起。对于文学工作者而言，在主动融入新加坡社会的同时，明确了创造具有本地特色的文艺主张。

从身份认同角度而言，一方面，对于移居数代的新加坡后裔来说，经过长期的变异与融合，他们的文化身份中充满了所在国的社会元素，他们大多认为自己是土生土长的新加坡人而不是中国的海外子民。另一方面，华人的身份认同需要受各种因素影响和制约。如前所述，新加坡在从英国的殖民地附属国向现代化、多元化国家的转化过程中，对社会各族群进行民族整合，以在国际社会中确立本民族国家的身份。这种民族身份的建构中比民族身份的自我确认更重要的是民族认同。而在民族认同中，文化的认同比政治认同更为重要。由于文化层面上的民族身份，作为构成一个民族的价值观和行为规范的强大的精神力量，带给个体的是安全感、自豪感和强烈的自尊心。新加坡华人与在地土著之间的冲突和矛盾之所以存在，究其原因也是因为即便华人已然加入新加坡国籍，实现了政治认同，但文化认同却并没有实现。

换言之，放弃华侨身份、入籍新加坡的旧体诗作者，这种政治认同的变更导致文学心态的转变，对于中国性的认同被新的指向独立民族国家的新加坡国家认同所取代。包括旧体诗在内的华文文学开始逐渐脱离中国文学、构建本土文学传统、融入新加坡国家文学的进程。但是，这种政治认同的变更并非简单的国籍置换，难以避免的是身份认同的焦虑。

新加坡华文旧体诗作者将不同时期经历风采各异的人生体验融合于文化属性和文化身份的定位中。在当代，这种身份认同、国家认同、语言认同的纠葛经历多元文化的冲击，通过旧体诗这样的传统文体建立了一种超越地域身份的精神归宿。

二、新加坡华文的式微对旧体诗的影响

在英国殖民统治时期除了英语作为新加坡的官方语言外，其他诸如华语、马来语、泰米尔语等教育也同时在社会上并行。但是英语作为公务语言始终占据主流地位。20 世纪 60 年代，自政府部门规定学校实行双语教育（英语加华族母语华文）制度，英语成了所有种族必须学习的语言。20 世纪 70 年代，在政策导向下，英语成为决定升学、社会角色流动的重要因素，于是新加坡华人的华文教育出现萎缩。华文教育日渐衰落到来的直接后果就是华语和华人文化的式微。即便是新加坡华人出于功利的需要对传统中华文化缺乏兴趣甚至拒绝。华族的文化危机成为新加坡华人的关注焦点，很快新加坡政府意识到应该建立自己的价值观念，新加坡本土报刊《星洲日报》1978 年 4 月 21 日对此载文："在吸收西方先进文化的同时，必须继承和保持东方文化的有利因素，以取得平衡抵消西方文化中的腐朽部分。"（《星洲日报》1978 年 4 月 21 日）1984 年李光耀开展"推广华语运动"，并坦言："（华语）使我们想起我们是 5000 多年悠久历史和古老文明的一部分。这是一股至深且巨的精神力量，能使一个民族产生自信心，去面对和克服重大的改变和挑战。"（庄钟庆，2007：331）1988 年以后，新加坡教育部采取了一系列改善华文教育的措施，华文作家们也意识到了华文文学对于提升华人文化的意义。21 世纪中期已有 83%的华人可以使用华语，而且呈现出对修辞、规范的使用，其华语的发展程度在东南亚国家屈指一

数，这就保证了华文文学的发展土壤。

  这种文化价值观的改变，导致华语的衰落，直接影响到新加坡华文文学的整体低迷，在当代新加坡这样的多元化社会，中华文化不可避免地被整合。华文文学成为新加坡社会的边缘文学，而旧体诗更是边缘中的边缘。如前所述，多元化的新加坡的文化被分割在不同种群中，英国文化、马来文化、华文文化，相应的读者群也被分解。每一种文化圈圈子很小、读者群有限、传统积淀不够丰厚，这使得任何一种语言的文学都难以在这片土地上有大规模的发展，华文的式微直接威胁旧体诗在新加坡的生存和发展，使之更成为中国古典文学爱好者自娱自乐的交际手段和文字游戏，大家为写诗而写诗，这就限制了旧体诗的进一步发展，很难出现高水平的诗作。但是另外，究其积极作用而言，新加坡华文旧体诗写作的继续存在，也证明了新加坡多元化社会的存在对于不同文化并存的理解。

第二节　海国欣传径有阴：当代新加坡华文旧体诗的诗社传播——以"新声诗社"为例

  在新加坡华文旧体诗的发表园地上，如果说在"过客"诗人那里是以诗集为主、华文报刊为辅，"流寓"诗人那里是诗集和华文报刊平分秋色，那么，当代新加坡华文旧体诗面对网络的冲击则形成了诗集、华文报刊和网络论坛三方构建的空间。

  当代新加坡华文旧体诗人，出于急剧变革的多元化时代里，守护传统的文学样式及其背后的文化意蕴。他们对于传统文学及传统文化的眷恋，既是中华传统文化的积淀，又是传统与现代、中国与海外的对话。与此同时，旧体诗简洁的形式可以表达委婉、含蓄的内容，加之艺术上的精彩纷呈，对中华文化向往的诗人们很难对其视而不见。

  其一，中国各种文学样式中，诗词人际交往功能是最强的。在新加坡，旧体诗一直是一部分文人应酬、交往雅致的媒介。而正是由于这种人际交往功能，旧体诗人从"我"走向"我群"，"我群"为旧体诗的创作提供一个彼此欣赏的空间，这个空间既有人际往来又有艺术审美。其二，这个"我群"在新加坡虽然处于边缘，但也正是这样的边缘位置给予旧体诗很大

第五章 新土地、新生活、新经验——当代新加坡华文旧体诗

的发展空间,从而保留了传统的色彩。究其原因,正是由于远离现代文化中心,没有更多承受都市文化带来的压力,旧体诗在边缘地带里表现活跃。其三,得益于新加坡多元文化,不同类型诗人的思想、价值观得到自由体现,使得当代旧体诗中发出了各自的声音,传达出不同代际的价值观选择。

当代新加坡华文旧体诗的生产方式和传播方式,出现了多元化的趋势和渠道,又借助现代化报刊发表、专门的旧体诗网站论坛进行沟通,诗集的出版等。但是,无论从质还是量上,旧体诗和新文学相比,可以说是微不足道。当代旧体诗创作者的目的多是出于兴趣,为抒遣一时的情怀作为宣泄情感的途径,或者是为了自娱自乐、自省自勉留存纪念。写作、传播对象主要仍是诗人圈子,更像是小群体间沟通交流的产物。这种诗人圈子的交流,构成诗社新加坡现存的诗社,分别是新声诗社、狮城诗词学会和全球汉诗总会(新加坡分会),其中新声诗社是新加坡旧体诗创作和研究历史最为悠久并且影响最大的民间文化社团。

1957年,30余位旧体诗爱好者聚集双林禅寺,提出组织"新社"建议,后因注册手续繁琐,改名为"新声诗社",先后由谢云声、陈宝书、许乃炎、李金泉、张济川担任社长。新声诗社的贡献在于以下几个方面,第一,注重与世界各地的诗社建立联系,宣传诗词文化,新声诗社自20世纪80年代开始于中国的广州诗社,之后与中国的上海、浙江、河南、福建、海南、台湾地区和泰国、菲律宾、美国等地的诗社缔结诗词联盟。当中国古典文学为旧体诗的创作提供动力和文化支撑时,国内的诗社、文学团体也提供给新加坡华文旧体诗人互动的途径,并且通过这些团体的介绍得到中国当代旧体诗群体的响应。第二,利用诗集出版推广旧体诗,例如,1981年出版《社课百期选辑》,1986出版《诗课选集》,1993年出版《环球诗声》。第三,和现代化的教育联系,凭借现代化教育途径,广泛传播,新声诗社自20世纪70年代开始,每月以月课一课为社友习作,发展成专门的诗词研究班。20世纪80年代,社长张济川还应邀主持新加坡国立大学的诗词研究班,在星洲培养旧体诗的后起之秀,对此张济川赋诗曰:

九畹芳菲惬素心,百年灿烂在书林。南天渐见花如海,岛国欣传径有阴。

菊放来为秋作主,月明安惧夜相侵。海鲜宫里多吟事,满壁

琳琅乐不禁。(张济川,2000:49)

新声诗社由新加坡诗词爱好者组成,其旧体诗的主题主要分为以下几类。

第一类是状物诗,诸如《雨中吟》《赏月》《秋意》《镜》《红毛丹》之类题目,此类诗作在新声诗社作品中所占比重最大,如马宗芗的《咏胡姬》云:

艳冠群芳称国色,天南四季卉常开。端庄玉貌如秋菊,秀润冰肌胜腊梅。

丽影欣同飞蝶舞,仙姿耻共野花栽。清香雅俗皆怜爱,傲骨嶙嶙不自媒。(新加坡新声诗社,1985:9)

法国丹纳在《艺术哲学》中论述:"作品的产生取决于时代精神和周围的风俗。"(丹纳,1991:70)旧体诗作为一种精神产品不可能始终以单一的形式出现,它必然需要从内容和主题上不断革新,以适应时代变迁的需要。因为旧体诗语言和主题的变迁不仅是文学现象,同时是和社会变迁、文化环境等因素紧密相关的。例如,刘勰在《文心雕龙》中提出:"文变染乎世情,兴废系乎时序。"新加坡华文旧体诗不可避免的接受现代语体与新加坡现代化都市的影响,值得关注的是,当代旧体诗作品中还有一部分是关于新兴事物的,例如,蔡映澄的《赌马》:

相术孙阳未许齐,名驹出处能独稽。

临场呐喊声方壮,镇日寻思意已迷。

胜负关身争一鼻,荣枯有命寄双蹄。

谁从赌窟抽身早,总待倾家叹噬脐。(新加坡新声诗社,1985:58)

新加坡社会所处的是东西方文化、传统文化与现代文化的十字交汇处,面对日新月异的现实生活变化,加之新加坡是一个典型的城市国家,现代化都市社会面貌、生存状态、思想情感的冲击都被旧体诗人更多地体现在诗作中。例如,谢梦龄的《电视机》:

歌舞频呈荧幕中,多姿多彩乐无穷。

犹传世界真奇妙,闭户居然耳目通。(新加坡新声诗社,1985:75)

季羡林曾指出:"一个国家、一个民族的文学发展也可以分为三个步骤:

第五章 新土地、新生活、新经验——当代新加坡华文旧体诗

第一，根据本国、本民族的情况独立发展。在这里民间文学起很大的作用，有很多新的东西往往先在民间流行，然后纳入正轨文学的发展轨道。第二，受到本书化体系内其他国家、民族文学的影响。本书化体系以外的影响有时也会侵入。第三，形成一个以本国、本民族文学发展特点为基础的、或多或少涂上外来文学色彩的新的文学。"（季羡林，2001：298-299）新加坡华文旧体诗正是在逐步的发展过程中，形成自身特有的审美风格与色彩。

当代新加坡华文旧体诗的主题、风格与新加坡的国家建设关系密切，相形"流寓"诗人的"移民身份"和早期新加坡华文文学所倡导的"南洋色彩"逐渐被新加坡的国际都会文化所取代，更具有文化认同、本土性和生命归属感，从而形成新加坡国家文学的一部分。诗作中自然而然地呈现出丰富多彩的景观。例如，陈丽玉的《地下铁道兴工喜赋》：

狮城地铁喜兴工，科技新奇业绩丰。

如此工程惊一绝，信知筑就利交通。（新加坡新声诗社，1985：148）

第二类是描写新加坡风光的，此类题材所占比重次之。王赓武将海外华人分为三类："第一类华人十分关心中国的事务；第二类华人主要想维持海外华人社会组织的力量；第三类华人则埋头致力于在居住国争取自己的政治地位和经济地位。"（王赓武，1986：147）。第三类华人的国家认同是新加坡，而不是血缘与文化的祖籍——中国。中国在当代新加坡华文旧体诗中是被文化虚化为带有想象色彩、模糊和抽象的"原乡"，他们的作品中更乐意表达生于斯、长于斯的新加坡。例如，郑元豪的《星洲春望》：

星岛东西万里通，四时气候暖融融。春郊入眺山批绿，远海

迥流日映红。

自昔垦荒劳众庶，如今立国赖群公。四民合作无猜忌，亚太

区中树好风。（新加坡新声诗社，1985：53）

马来语入诗，当代诗人刻意选用表意性的汉字，这使得读者按照各自的语言思维方式对诗作理解上没有的障碍。这些极具地域色彩的马来语言，突出地表现了当时新加坡的人文风貌，浓郁的南洋地域风格跃然纸上，这也使得新加坡华文旧体诗与中国本土作品有了显著的区别。例如，蔡映澄的《星洲春望》：

康乐亭前水渺茫，女皇道左树成行。云烟弥漫迷三雾，岛屿

依稀认四王。

　　曲岸春回芳草碧，遥天雨过暮山苍。此来忘却携樽酒，空负沙爹有异香。(新加坡新声诗社，1985：57)

　　如果当有的马来语词翻译中确实难以找到恰当的表意汉字时，诗人往往用注释的方式予以解释。蔡映澄这首诗中有当代新加坡华文旧体诗中较少见的马来语入词，其中"三雾""四王"是地名，"沙爹"是食物。这种语言使用方式，表现了诗人对于语言本土化的追求，以及对所新加坡的国家认同，使得汉语语言有了新的表现力。

　　新加坡是一个海岛型的现代化国家，城市化水平非常高，自然景观相形较少，于是对于新加坡本地景观细致入微、精雕细刻的描写就成了华文诗人的创作乐趣。例如，方焕辉《新嘉坡河远眺》：

　　曙色起林端，河桥远眺闲。一川流入海，万屋矗如山。

　　岛屿连绵邈，帆樯迅往还。苍茫烟水阔，何处望乡关。(新加坡新声诗社，1985：99)

再如李东山《狮城新貌》：

　　渔村今日变瑶台，全国人民赤手开。飞阁嵯峨从地起，画桥迤逦架空来。

　　仁风惠泽千家福，化雨甘霖万户财。廿十芳龄身正健，尽心培养自成材。(新加坡新声诗社，1985：111)

　　当代旧体诗作者具有强烈、自觉的新加坡国民意识，这就改变了历史上华人单纯争取族群利益的意识，他们在亲近新加坡土地的真挚情感中客观审视自己的华族身份认同，表现在写作方式上就是其本土性、多样性拓展了海外华文文学的生存空间。例如，周荣昌《牛车水岁暮》：

　　闹市牛车水，华人岁暮天。

　　张灯与结彩，迎接好新年。(新加坡新声诗社，1985：137)

　　第三类是叙事诗。

　　当代新加坡华文旧体诗的创作者之间的唱和之作也不在少数。翻开几部新声诗社的词集，唱和之作不在少数。有时旧体诗词还被当做一种别有情调的人际交往工具来互致问候。例如，许乃炎的《新声诗社庆祝成立三十周年社庆》：

第五章　新土地、新生活、新经验——当代新加坡华文旧体诗

　　结社於今三十载，追维往事念前贤。明知扶雅谈何易，发奋扬风志益坚。

　　诗教复弘情所系，华文受重理当然。莫愁耆宿多零落，后起群英早接肩。（新加坡新声诗社，1985：19）

　　当代新加坡华文旧体诗和其他新文学样式一样具有现代性精神品格。诸如作品中民主、自由、科学等价值观是中国传统文学中并不具备的内容。例如，马宗芗的《睦邻》中"国治""民和"的思想：

　　组屋势巍峨，华洋杂处多。

　　家家宜互动，国治赖民和。（新加坡新声诗社，1985：7）

　　此外这首诗中还有值得关注的新语词，这也映射出新加坡独特的社会生活状况。诗中的"组屋"指的是新加坡组屋制度，它承托这个国家独立40多年来有效运转的机制，是新加坡"居者有其屋"计划的实践产物，是由新加坡建屋发展局承担建筑的公共房屋，为大部分新加坡人的住所，它以标准化、规模化的方式为中低收入者提供生活住房。

　　旧体诗团体还有聚众研习旧体诗的传统，也使得古典诗词在当代的新加坡社会得以传承。以下陈列几个较有影响的研习组织。

　　同德书报社每月一次讲授对联、传统诗词。并于2014年5月邀请詹尊权教授讲授《诗词曲赏析探究》十个单元。同德书报社是1910年孙中山倡导举办，是为了启民智，提倡华人看书读报的民间社团。该社团坚守至今，开展书法、文学、历史等课程。

　　牛车水民众俱乐部的"传统诗词班"，"传统诗词对联学习兴趣小组"每月两次举行，每个班级20余名诗词爱好者。由本地诗人林锐斌讲授诗词格律，数十年如一日义务教导，如其所言"之所以坚持义务开班，是想为提升本地的华文水平尽一分力"。除了在牛车水，林锐彬在新加坡的潮州八邑会馆开办诗词对联班，在南洋普宁会馆开设"红楼梦诗词赏析班"和"传统诗词赏析班"等课程，在经禧民众俱乐部开设"中华诗词研习班"。

　　2013年，本地士人日落冬在牛车水举行"在水一方"古诗词研习班，其认为旧体诗词是传承中国文化的最佳载体。

　　新加坡华文旧体诗在发展过程中，除了保持中国文学的基本形态与文化传统之外，与当代新加坡社会生活与文学传统交流融合。在主题上相形

中国本土诗作呈现出越来越大的差异，形成独具特色的旧体诗品格，已经具有了新加坡国民文学的性质。这种情况并非中国文学的遗憾，与此相反，中国传统旧体诗在新加坡这样的现代化国家生根发芽向世界展现了中国古代文学的长久生命力和勃勃生机。

第三节　重光汉学见天开：当代新加坡华文旧体诗的网络传播——以随笔南洋网为例

如陈晓明所说："现代传媒兴起以后，中国文学便形成了以传媒为中心的运行机制，脱离了旧时代的士大夫间唱和的运行机制。这一变异，不仅仅是传播学上的，也彻底地改变了中国文学的性质和功能，例如文学的公共性（面向社会，以影响社会为目的同时对社会依存度大大提高），职业化的写作意识、身份和角色（相反，古典写作的特征是业余的，强调私趣和适合个人心灵的），文学语言、样式、形式上的民主特征（不再可以用某个单一风格垄断文学审美的合法性，拒绝或排斥其他风格）。"（陈晓明，2003：36）

网络诗词的诞生，与世纪之交的市场化、全球化浪潮有关，与价值多元的后现代文化语境有关，更与高速发展的网络信息技术有关，是20世纪90年代以后旧诗词发展的必然出路。经过十余年的发展，网络诗词已逐渐成为当下诗词的一种重要形态，从而受到越来越多研究者的关注。近年来，随着网络的高速发展，论坛、博客等新兴媒介的风生水起使得一度被视为边缘的旧体诗创作又活跃起来。在新加坡，旧体诗的爱好者纷纷建立自己的博客，甚至一些文学爱好者在网络上开辟论坛谈诗论道。

其中最具代表性的就是"随笔南洋网"。该网站号称"新加坡华文社区"，而该网站创立的初衷确实由于华文的不景气，对此，网站的创立者李叶明指出："这要从我在去年出版的《随笔南洋》文集说起，由于在本地市场不容易销售，我就设立个人网站进行介绍，结果反映良好，我就联同几个朋友将网站变成本地文艺创作者的交流平台。"（卢丽珊，2007：3）而新加坡本地没有这样专业的原创文学网，这正是导致本地作家作品发表和传播渠道狭隘的重要原因。如此一来，新加坡大量以网络原创为表现形

第五章　新土地、新生活、新经验——当代新加坡华文旧体诗

式的新移民文学，被分散发表在中国和北美的各大网站上，并被淹没在以当地作品为主要内容的文学海洋中。于是，2006 年由几个从中国到新加坡的新移民，为了传承中华文化，进而架起新老移民间沟通的桥梁，自发创办的中文文学网站"随笔南洋网"。网站设立文化资讯、小说园地、散文随笔、诗词歌赋、杂文评论、游记专栏、纪实文学等专栏。其中，诗词歌赋专栏已然成为新加坡华文旧体诗爱好者进行交流的重镇。进而于 2010 年 9 月 12 日成立随笔南洋文化协会。主编李叶明对于中国文学、文化的传播不遗余力，全心投入。在他看来："由新老移民携手，共同帮助新移民了解本土文化、协助本地人发掘新移民所带来的文化新元素。"

随笔南洋网成为许多土生土长的新加坡华人创作的园地，也成就了一批旧体诗词的爱好者和参与者。例如，朱添寿，1951 年生于新加坡，1997 年始，担任新加坡国家艺术理事会执行理事长，现任新加坡南洋艺术学院院长、新加坡教育部艺术教育理事会理事等，号称"工余之暇，以作诗、填词、写字自娱"。随笔南洋网上诗作如《接风》是 1996 年 8 月，中国文化部徐文伯副部长率团访问新加坡时，朱添寿代表新加坡新闻与艺术部进行接待、洽谈时所作：

三日相知喜此逢，与君共饮兴犹同。

中新携手齐培育，艺苑文坛收获丰。

1999 年 9 月，新加坡《联合早报》刊登多篇文章，对于应否改新加坡国花胡姬花为兰花一事展开争论。对此朱添寿赋诗《议胡姬正名一事》提出自己的看法：

何必纷争正名凤，过淮橘枳本相通。

人称兰蕙君王宠，我爱胡姬卓锦红。

自古名随时地异，从来气沛浩然中。

于斯生死全腰领，文物南洋早认同。

当代诗人杨启麟面对新加坡华语的现状，忧虑不已，写下一系列诗作表达这种不安的情绪。例如，表达新加坡华文文学寂落的"词流星散文坛寂，一纸诗成泪尽红。汉粹沦沉亡楫渡，学箕我愧作良弓"（《学箕》）；表达在英语为主流的世界里，汉语沉沦的"英语连声震四围，西风席卷乱纷飞。满腔悲愤盈眶泪，见说华文已式微"（《泪眼》），还有"英易华难颠倒掀，

自欺犯贱失灵根。黄皮漂白终非白，夺主喧宾羞与论"（《夺主》）表达了诗人对于华人身份认同的忧虑。有对汉学、中国文化寄予厚望的"西风凛冽似奔雷，蒂固根深撼不摧。满眼浮云终自散，重光汉学见天开"（《撼树》）。甚至面对新加坡华人功利心的英语选择，无奈地写下"只为英语有钱途，雀跃腾欢接踵趋。忍看华文成绝响，凄其己报失瑶珠"（《钱途无量》）。

旧体诗在网络上的发布，适应了人类对于沟通和交流的要求，很快以其鲜明的个性成为继报刊、广播、电视之后的"第四媒体"，这种媒介对旧体诗的创作具有强大的渗透力和能动作用。在报刊、诗集的付梓印刷上陷于窘迫境地的旧体诗，在网络上获得了前所未有的发展空间。网络以其便捷的传播途径和高效的互动性，极大地刺激了旧体诗爱好者的创作热情。旧体诗在新加坡的写作方式由诗人书面写作、苦求出版或者自费印刷的"历时性写作"转变成随时写作、发表的"共时性写作"。

新加坡华文旧体诗原本就是边缘地位，参与者有限。而网络的优势就在于最大程度地将这种"曲高和寡"的文体推向民间。事实上，诗词原本属于民间，但是在发展的过程中，逐渐成为文人雅士的专有，传统诗词的创作和研习群体被大大缩小，因而显得晦涩僵硬，这也恰恰是制约其发展的重要因素。而通过网络，扩大了这种边缘文体的写作。一方面，众多的旧体诗创作者不分职业、阶层的参与创作，使得个人的表达欲望和宣泄动机得到强化，大家可以以匿名的形式藏匿于网络后面，卸去了作品的历史重担，实现"真我"的文学梦想。另一方面，网络的自由参与性使得诗人的创作不必像正式刊物那样有专人层层把关，从而破解了文学媒体垄断的藩篱，开辟了作品发布的自主通道，为旧体诗创作群体赢得文学言说的空间。

随笔南洋网主编李叶明说："作家面对华文读者群萎缩的困境，这不但导致本地作家卖书难，也导致了本地文艺期刊的生存困难，由此更导致了本地华文发表渠道的萎缩，反过来又打击了本地华文作家的创作积极性。我感觉自己有责任扮演一定的角色，把资讯科技——'新技术'和'新移民'这两股新生力量，注入本地的华文社群。"（卢丽珊，2007:3）旧体诗在借助网络进行创作和传播的过程中，使得许多古典诗词爱好者拥有了更多的表达自由和空间。但是必须指出的是，正是由于网络创作的随意性、自由化及低门槛，使得新加坡华文旧体诗的数量的发展速度远远超过对质量的提升速度。

一方面，这一媒介的兴起正可以为新加坡边缘的华文文学，尤其是边缘中的边缘——旧体诗的窘迫、压抑提供新的"出口"，而这个"出口"又符合了旧体诗交际功能和守护功能的要求，引发诗人创作方式、旧体诗文本方式和读者阅读方式的变化，旧体诗在此打破了平面媒体的话语垄断权和制度化的藩篱，成为激励更多爱好者参与的民间写作、业余写作的平台；另一方面，当代新加坡华文旧体诗在网络带动下，开始了资源整合。越来越多的论坛、博客逐渐取代长期以来由旧体诗爱好者自费印刷的诗集，成为新的表现形式。在众多新加坡华文旧体诗爱好者参与期内，大大地改善了旧体诗的土壤和氛围。"在本地设立自己的文学原创网，一方面帮助本地作家打破华文读者群萎缩的困境，走向更为广阔的世界；另一方面也有助于吸引大量新移民作品回流新加坡，为本地的华文创作圈注入新的活力。"（卢丽珊，2007：3）网络加诗集的形式将会是未来新加坡华文旧体诗继续生存、发展的保障，这正预示了在新加坡华文旧体诗发展的多元化，以及年轻一代自我创作个性的彰显。

第四节　宣扬汉粹共扶骚：当代新加坡华文旧体诗的诗集印制

在新加坡，私人印制诗集是文化界非常常见的现象。这依托于两个要件，其一，出版费用和手续相对便利。只要手续合法，便可购置书号付梓印刷。其二，诗集、文集作为文学传播的工具在华族之间进行民族记忆、家族记忆的传承。例如，姚思廉指出"然经礼乐而纬国家，通古今而述美恶，非文莫可也。是以君临天下者，莫不敦悦其义，缙绅之学，咸贵尚其道，古往今来，未之能易"（姚察和姚思廉，1973：627）。人作为文化的产物，文化积淀在本质上是人类赋予自己的存在以某种意义的永无休止的过程。在这个过程中，人建立起与族类和自然的各种伦理关系，并以社会群体成员接受的法则来维护这种伦理关系，从而保障族群成员生存的合法性和必然性。旧体诗作为中国文学的核心在文化传承中占据不可替代的地位。诗集印制和传播的方式，自古以来其传承教谕作用一直延宕至今。例如，郭延英、蔡珞伟夫妇2012年4月出版于先锋印刷装订私人有限公司的诗集《双鹤楼韵草》，收录二人旧体诗词作品合集1287首。此二人毕业于新加坡南洋理工大学化学系，由于自小上华校，接受中国文学并有极深的喜好，诗集中除了感怀、赠答主题的诗篇外，大都是二人游历世界各地的风景旅游诗。"经过这些年的吟咏和涂鸦。家中置放各处的习作，以及一些旧照片，难以收存，遂生整理成书的念头。"（摘自《双鹤楼韵草》序）

在新加坡国家图书馆收藏的私人印制旧体诗集亦有百本以上，本书在此并不一一赘述，只列举其中具有影响力的作者与诗集（图5.1）。

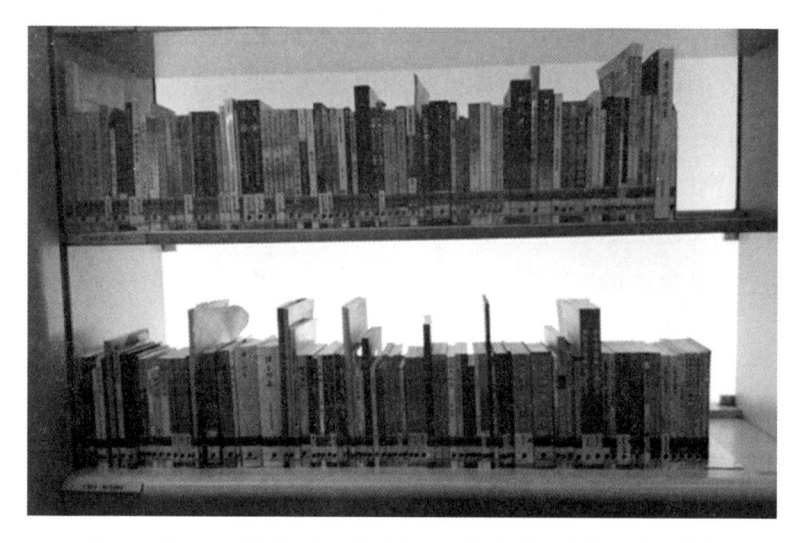

图 5.1　新加坡国家图书馆陈列的本地诗词爱好者的旧体诗诗集

一、方修

方修（1922—2010），原名吴之光，新马地区华文文学史的第一人。1922年出生于中国广潮安县，1938年，母亲携其及妹来马来亚，与父亲团聚，1947年定居新加坡，1957年起，致力于新马华文新文学史料的发掘、整理与研究。

其旧体诗集有两部。

一部是《重楼小诗》（图5.2），收录其1948年到1997发表于报刊的旧体诗的作品，1998年由春艺图书贸易公司出版。

第五章 新土地、新生活、新经验——当代新加坡华文旧体诗

图 5.2 方修的《重楼诗补》

另一部是《重楼诗补》，2005 年新加坡青年书局印行。这部诗集是以《重楼小诗》为底本，又将方修之前关于诗歌评论的若干篇诗评、诗论、诗话等结合在一起的。诗集中收录旧体诗词 70 余首，其中旧体诗 66 首，现列举如下：

假日偶成

又是榴莲上市时，背将琴剑漂东西，
业操卖嘴敢嫌贱？价比佣奴不算低。
差幸眼花未百度，验知酒病正初期，
但求鸿爪长矫健，到处天涯踏雪泥。

食红毛丹有感

见说前生出岭南，逾淮却逊三分甘。
平生看惯浮云变，何敢苛求五月丹？

新山买榴莲口占

忆昔未闻有 IC，果王啖惯便栖迟。
如今游客须签盖，只恐流连误归期。

二、李金泉

李金泉（1916—1999）出生于新加坡，祖籍福建同安。第二次世界大战前担任《星中日报》《星洲日报》和《南洋商报》的记者与编辑。1952 年担任《南洋商报》督印。后来从商，担任新加坡树胶总会副主席。李金泉多年执著于旧体诗词的创作，在中、美、泰等多地诗社担任名誉社长或顾问之职。1987 年被美国国际诗人协会授予"特别杰出诗人奖"。并从 1987 年开始，在新加坡同安会馆开设诗词研习班——"同生吟苑"。

2001 年新加坡同安会馆出版其诗集《半闲轩诗词集》，其中收录李金泉四百余首旧体诗词作品。杨松年作序，并附录李金泉、尤今等人杂文 6 篇。其旧体诗的作品主要集中在与各地诗社或个人的往来，纪游诗及随感。下列举其诗集中作品一首：

《奉和蔡映澄词长元玉》

历代江山出俊豪，宣扬汉粹共扶骚。

蜚声四海夸文藻，倚马千言耀彩毫。

博学欣军精古典，无功愧我习文韬。

权充廖化肩高职，惜未闲居乐似陶。（李金泉，2001：33）

据尤今在《半闲轩诗词集》附录中介绍，李金泉开设诗词研习班出于两个方面的考虑，一方面，他认为古典诗词是中华文化中最为精粹的部分，有必要发扬光大，而诗词研习班就是发扬和继承传统文化的最佳方式。另一方面，新加坡在经济突飞猛进的同时，应该通过提高文化来提高国民素质，使得社会朝优雅的方向迈进。

三、梁荣基

梁荣基，1960 年毕业于马来西亚大学（新加坡），1961 年考获中文荣誉学士。1962 年获新加坡教育部奖学金至香港大学研修，并于 1965 年获颁中文系硕士学位。其后至台湾大学研读，并于 1967 年获颁文学博士学位。系新加坡国立教育学院亚洲语文系主任、南洋理工大学中文系副教授。以诗词和书画见长。近年在新加坡南洋孔子学院进行古典诗词鉴赏的讲座。新加坡当地音乐人黄宏墨还将梁荣基诗词谱曲吟唱。

1998 年 3 月出版诗集《又山诗词》（"又山"系其笔名），由饶宗颐封面题字，并附书画作品若干。其诗集以雅咏、山水、游踪、怀古、纪实、感怀为主题分为九辑。在此列举两首：

梅

暗香浮动月中诗，一树梅花傲雪姿。

甘叫群芳争艳去，枝枝开在苦寒时。

（梁荣基，1998：10）

夜登花苞山

月涌江流雾咏山，银河万里众星环。

多情流水逐青鸟，不语江山妒红颜。

千年古木何曾老，半瞬昙花谢复还。

登高自有长扬赋，坐对龙牙第一关。

其中，《梅》是其《又山诗集》中的第一首，第二首诗中的"花苞山"，又称花柏山，是新加坡知名的旅游景点，站在山顶，可以鸟瞰新加坡南部风光。

四、李西浪

李西浪生平不详，《新加坡文学人物大辞典》对其介绍只有一句"（20世纪）二十年代中期的一个重要写作人，其代表作为《蛮花惨果》"。就目前可以看到的材料而言，李西浪是新加坡华文报刊编辑，1972 年去世，人称"南国诗人"。1938 年 12 月，郁达夫应新加坡华文报刊《星洲日报》驻福州代表胡兆祥邀请，偕王映霞及长子郁飞来新加坡时，李西浪赋诗《柬达夫伉俪》表示欢迎：

富春江上神仙侣，云彩光中处士家。十载心香曾结篆，少陵
诗笔动悲笳。

鸾笺应画双飞燕，血泪遍浇并蒂花。留得千秋佳话在，一杯
同祝爱无涯！

李西浪著有诗集《劫灰集》（图 5.3），在新加坡国立大学图书馆有中文电子版可供查阅。其诗集《劫灰集》主要以题赠诗和时局关照为主。究"劫灰"二字应出于诗集中的《赠林晓钟》：

停云蔼蔼共徘徊，与子论文亦快哉。犹有雄心孤月照，不堪魔手逼人来。

五年事业归流水，千古交情炼劫灰。留得头颅无恙在，他时重把庆功杯。

图 5.3　李西浪的诗集《劫灰集》

第五节　城市书写与文化认同

　　作为本章所论述的新加坡当代华文旧体诗创作平台，诗社和网络起到以下作用，第一，引导新加坡诗人创作。就创作个体来说，诗社与网络为诗人提供了一个创作平台，有助于诗人保持创作热情和提高创作技巧。第二，反映诗坛现状。诗社本是诗学高度发展后才能出现的填诗雅会，网络更是建立在具有一定诗词爱好者基础之上的传播途径。参与者不论是一般诗词爱好者还是具有影响力的文坛巨擘，都会打上时代的烙印。在当代已然成为反映新加坡诗坛的信息的通道，甚至对旧体诗的变异产生新的影响。第三，培养新生代新加坡诗人，推动地域诗学。当代新加坡华文旧体诗的创作带着明显的地域色彩，诗社和网络对地域诗学也起到了明显的推动作用。一方面，诗社和网络为新加坡培养了大批诗人。例如，随笔南洋网发起的一些活动是有助于提高诗人写诗的积极性。本土诗人在诗社和网络中互相切磋提高，逐渐成长。另一方面，在新加坡形成唱和氛围，促进地域诗学发展。共同出于新加坡的诗人，因为地缘之便，更易结社唱酬，在地方上形成写诗氛围。

而对于海外华人文化的发展，王赓武认为："如果将来这些华人的后代得到所属国的完全接受并发展出对所属国的坚定忠诚，那他们的态度就会改变，而文化同化就会随之发生。但是，如果在全球化下能继续对多元性和多元文化社区给予突出地位，那么与传统文化的认同也就将在各国的海外散居人群的心目中保持其价值，无论他们是华人、印度人、日本人、泰国人、爪哇人、阿拉伯人或撒哈拉以南的非洲人。果然如此的话，一种文化传统就应该非政治化，并与种族、民族和部落忠诚远远脱钩。如果那时海外华人还有保持其文化的愿望，他们可以自行选择依靠首要、次级或者第三级的文化中心去获得激励。无论事情怎样发生都将证实一个信念，即无论你怎样看待，文化都永远重要。"这一看法，同样适用于旧体诗的境况。新加坡华文旧体诗的地域特色既不会导致中华文化的日渐削弱，也不会使得新加坡城市文化日具特色，更谈不上阻碍两种文化进一步互相融合的可能。相反，它的存在从总体上会丰富新加坡国家文学。作为东西方文化的交汇处的新加坡，正是在不断吸收各种不同文化的过程中产生其自身的混合文化。在当代，他们表现出以下特点。

一、为写诗而写诗的当代新加坡华文旧体诗作者

当代华文旧体诗的创作属于边缘地区的边缘文体，他们虽然面对的是在全球性和区域性都呈强化之势的文化语境中强化自己的身份认同的问题，却能泰然处之，将边缘状态转换为自在的状态。为写诗而写诗。他们一方面享有远离中心的自由，另一方面在跟多元化社会广泛接触中体验新事物，对于这个写作群体而言，所谓的"边缘"并非是无奈的放逐，而是自得其乐的人生体验。

这种类似文字游戏的习作方式，在新加坡华文旧体诗作者群中非常广泛，其中也不乏费心之作，如林群玉的回文诗《茉莉花开》：

庭院小花银灿光，径长沿步醉飞觞。

亭幽扑送芳馨荡，灵气诗成句溢香。

这种回文体是汉语特有的使用词序回环往复的修辞方法，回环往复都能诵读的诗。这种形式最显诗人遣词造句的功力。正如清代人朱存孝说的："诗体不一，而回文优异。"

当代旧体诗作者一旦选择旧体诗的创作，就必然要面对旧文学背后中国源远流长的博大的文学遗产。而这种遵循中国文学追溯中国文化传统的写作方式，必然要面对由符号构成的、因文化和历史的沉淀而源远流长的中国。事实上，这些作者身在新加坡，却仍然以虔敬的心情对待华人的文化传统，这也是一种执著的文化心理认同。

当代新加坡华文旧体诗作者进行创作并非以发表、出版作为首要目的。他们会借助网络论坛、个人博客等方式进行写作，更多的是为了抒遣一时的情怀，是留下时光的一种纪念，或者已然成为诗词爱好者个人存在的方式，用于与旧体诗圈子中的好友相互酬唱，成为私人写作的方式。这和国内学界对于中国当代旧体诗的看法是有类同的。"诗人们写旧体诗词主要以寄寓个人情怀为基本宗旨。他们创作旧体诗词，或是作为宣泄情感，摆脱苦闷，调节心理的途径；或是当做自娱、自赏、自珍、自怜、自省、自勉的方式；或是在友人间互相应答唱和，叙旧话别，感叹世事，切磋艺术。因此这些诗词大多不是为发表而作，有些作者甚至不愿将它们公开示众。"（王建平，1997：90）用新材料入旧格律是当代旧体诗人的选择。

二、新加坡当代华文旧体诗对汉语的坚守

胡适在论述旧文学时指出："古文不但做了二千年中国民族教育自己子孙的工具，还做了二千年中国民族教育无数亚洲民族的工具。"旧体诗自身的价值毋庸讳言，但是长期被排斥在新加坡华文文学的研究主流之外。而原因只有一个，就是将其视为非现代性。但是旧体诗的确以自己的艺术形式、审美规范参与表达新加坡文学的精神建构。（胡适，1996：4）

新加坡当代华文旧体诗虽然从质上不可能超越中国本土旧文学，甚至不可能与邱菽园所处的年代望其项背。整体评价而言，谈不上对于中国古

第五章　新土地、新生活、新经验——当代新加坡华文旧体诗

典诗词历史发展有所贡献，但是对于中国文学的海外传播却意义重大。当代新加坡的旧体诗人，作为漂泊在中国母体以外的作家群体，他们的文化认同较之其他时代和类型的诗人更为复杂。他们一方面接受中国传统的文化影响，另一方面又必须因地制宜的调整集体无意识形态，以求在英殖民文化和本地马来文化冲击下得以生存。对于这类型的旧体诗人，中国文化作为一种根源性的意识不仅始终在他们的灵魂深处长存，与此同时也成为外在生活形式。坚持旧体诗的写作也是对中国文化的坚守。

对于在异质文化语境包围下的旧体诗作者，在和异质文化的碰撞中，他们所在的华人生活圈的形成早已将母体文化变化，鲜明地感受到中华民族文化传统的珍贵，从而更加自觉地坚持和弘扬传统。

因此，作为当今新加坡这样一个以英语作为官方语言的多元化的国家，之所以仍有大量的诗人坚持使用中国旧文学体系下的旧体诗，并以此作为创作心灵的栖息地。"过客"诗人和"流寓"诗人将中国视为自己远离故土的精神寄托，而当代诗人中的新移民、新生代身在海外，将汉语，尤其是旧体诗视为重要的生存方式和精神栖息地，以此构建精神的原型。面对多元化社会中汉语的式微，当代诗人更多地将旧体诗视为对民族图腾的象征坚持，但他们对旧体诗的挚爱不单单是出于身份认同，还有血脉相连的感情。

表现在词语变迁上，当代旧体诗人并没有像前辈诗人诸如邱菽园之流，吸收马来音译语言以呈现南洋特色的做法，表现出向汉语纯洁性的回归，作为旧体诗已成为构成他们文化认同、身份寻求的重要表达。对于此种语言与文化的关系，正如周宁所说："当你使用一种语言时，你也就不自觉地表达自身的时候表达了这种语言中蕴含积淀着的深厚的文化性格……语言表达就是文化认同，它时刻复活着民族精神的内在生命，使个体表达者成为文化群体与传统的一部分。"（周宁，1997）新加坡当代华文旧体诗作者之所以具有身份认同的矛盾，是由于作为个人，是新加坡公民，但是作为写作的体式，坚持的又是传统中国语言文化。面对政治认同与文化认同的双重问题，却并不阻碍这些旧体诗爱好者忠诚于华族文化的精神家园。华人应该有华族文化认同感，如新加坡作家欧清池所言，绝不是懂得西方语言就是从情感上认同西方的文化。

三、隶属新加坡国家文学的当代新加坡华文旧体诗

我们之所以将当代新加坡华文文学视为新加坡国家文学之一，是因为区分文学属于某个国家的标志不是使用某个国家的语言，而是其表现的民族风格，这种民族风格是由所在地文化精神决定的。当代新加坡华文旧体诗的发展，面对多元化的城市文化，不是其他文体那样采取附和或逃避的态度，而是在固有的艺术形式的规范下，保持一贯的独立意识与接受立场。正如随笔南洋网的主编李叶明所说："移民文学曾是早期新马华文文学的重要组成部分。而在如今的网络世纪、博客时代，有大量的新移民作品以网络原创的形式，发表在中国或北美的网站上。由于内容大量取材于本地的生活、人文及城市背景，我认为这些作品也是新加坡华文文学的一部分。"（卢丽珊，2007：3）

任何个人或是民族都属于相应的文化，由人创作的旧体诗更是与其发生地的文化背景紧密相连，产生双向互逆效力，一方面旧体诗成为新加坡多元文化的载体。正如有学者指出，"'中国'文字可以产生'非中国'的意识形态"，尽管创作者可能"必须先存在于中国文字之中，接受那个维系中国社会之社会性的象征体序（symbol order）"（林建国，1993）国家意识是在新加坡各类华文文学文体中一直坚守的。1965 年新加坡独立以后，新加坡民众积极参与国家建设，新加坡华文文学更是以积极乐观的姿态参与其中。通过文学体式培养新加坡的国家意识。另一方面，新加坡多元文化因为旧体诗的再创造而加强。因此，旧体诗在新加坡的创作过程正是对本土文化的回归与重建。

四、当代新加坡华文旧体诗的变异

新加坡华文旧体诗的变异，是与新加坡社会的生活方式、文化心理及读者的艺术审美相联系的。旧体诗在中国是建立在相对稳定的农耕文化基础之上的，具有很强的艺术规范，这种规范背后蕴涵着几千年来相对稳定的文学传统和创作规律。但是，这种文体传播到海外，面对新土地、新生活累积的新经验后必然受到冲击，其中对于旧体诗语言规范的冲击可以说是对中国古典诗词的拓展，是对海外华人带来新的生命体验，是中国古典

文学的多元化探索，具体表现在以下几个方面。

1. **语言和用典的变异**

典故即典制和掌故，在旧文学尤其是旧体诗中占有举足轻重的地位。并且作为重要文学手段一直为人关注。如南朝钟嵘《诗品序》中所言："词不贵奇，竞须新事，尔来作者，寝以成俗。"（郭绍虞，2000：310）南朝刘勰也在《文心雕龙·事类》一章中专门讨论用典问题。当代美国华裔中国文学研究家刘若愚也曾把典故与意象、象征并置分析："因为典故、意象及象征在作用上互相很相象，所以它们经常结合在一起使用。如果意象或象征结合在一起使用，它的力量就能加强。"（刘若愚，1991：172）

这是由于作为中国传统诗歌古典诗词，由于字数的有限，必须有跳跃联想，追求宛转曲折、反对直白。因此诗人在创作中尽量避免语直意浅，将旧体诗的幽深、曲折进行延伸、周转。并以"言外之意""境外之境""象外之象"为审美的倾向，让人遐想无限、意蕴悠长。表现在诗作中，诗人的价值观和人生经历通过典故流露于纸上，诗人心领神会。

用典艺术一直为旧体诗人所称道，"国宝诗人"更是用典大师，几乎是无诗不典。但是到了当代新加坡华文旧体诗作者那里，更多地表现为语言的直白，用典缺少了许多。这种趋向，和中国古典文学是相背离的，中国古典旧体诗追求的是"不着一字，尽得风流""语尽意未穷""含不尽之意，见于言外"的意境。而当代旧体诗的创作中，相当大比例的作品语言直白、内容浅显，使读者没有回味的余地。

同样的问题反映在格律方面，当代旧体诗作者对格律的追求，却使得创作成为文字游戏，这是由于许多作者将格律视为旧体诗创作的根本，对格律的重视虽然重要，但是格律终究是规范，诗词的意境和风貌才是评价其高下的根本。在这种文字游戏下，旧体诗的意义在于文学形式而非文学精神。当然，限制当代新加坡华文旧体诗发展的原因还在于社会生活环境的限制，必然会出现类似主题的诗作，而类似的社会环境、类似的主题，要创新发展只能体现在用词上。

造成这种局面的原因是由于用典对读者的要求更高一些，大家在阅读诗作的同时，必须了解典故何谓。而相形当代新加坡华文旧体诗作者创作旧体诗的目的不在发表。更多的是在小圈子里进行自娱自乐、自我酬唱，他们的作品读者群不是有深厚文学功底的文学工作者，而是在新加坡多元化社会生存的华人，受新加坡整体华文水平之限和特定的言说空间，其旧体诗尽量通俗易懂。例如，诗人刘情玉的《乙酉深秋，乘三轮车游北京胡同小巷》中，"羊肠小径旧胡同，过客穿梭陋巷中""槐阳小巷碧梧桐，院落新修延古风""乘车游遍趣无穷，曲曲弯弯路路通"。其诗句语言直白，即便对旧文学造诣不深者也没有阅读上的障碍。

与此同时，正是由于这种非职业诗人参与创作的非主流文化性和边缘区域感才使得华文旧体诗得以传播。职业诗人往往是带着一种审视的眼光深入生活、体验生活并对新生活赋予新意义。而新加坡这些非职业诗人通过对日常生活所见、所闻、所知、所感进行描述，使得这些作品让一般华人读起来也有一种亲切感、真实感和缘于生活的感受。

2. 传播方式的变异

当代新加坡华文旧体诗相形中国古代诗词传播方式而言，中国古代诗词的生存是建立在文人彼此交流范围对象之上的"雅文学"，正是这种雅的雕琢精密使得其更适于在小范围的文人空间传播，加之书面传播方式受技术手段的限制，口耳相传就体现出其优势所在，酬唱就成为中国古代文人的交往娱乐方式，从而导致韵文的产生。但是当代新加坡华文旧体诗的传播空间发生了根本性的变化，尤其是出版印刷业和电子传播方式的广泛应用，旧体诗不必凭借口头语言也可以传播，而人们接收到的旧体诗更多是语言美而不是声音美，从而古典诗词重音律的审美功能转换成表现意义的功能。这也是对于古典诗词功能上的扩展。

3. 主题的变异

当代旧体诗创作的主体既有新移民也有新生代，他们在面对文化认同、民族认同和国家认同的冲突时，对于自己的文化身份有清楚的认识和理性的心态，在他们的诗作中，中国更多地表现在精神层面和审美情感层面，较之以前面两种类型的诗人，在创作主题上少了政治、军事、民族性的内容。

当代华文旧体诗作者在身份认同上，中国之于他们更多的是中国经验，如杨一肩的七律《回乡偶书》中"青春壮志下南方，落户狮城日月长。回校惊成过路客，归乡叹作白头郎"。作者在坦然接受自己是新加坡人的事实之后，拉开了自身与中国的距离，中国文化在他们眼中，不再是作为精神家园，而是文化资源的存在。

4. 情感思想的变异

关于当代新加坡华文旧体诗的写作，虽然仍然在相当大程度上反映了新加坡形形色色的社会生活。但是，已经没有"流寓"诗人们作品中所流露出来的文化忧患意识，即便作为社会变革的亲历者，相形于新文学体式，旧体诗作中对民族身份与文化认同的思考也是浅层次的。

相应于华文式微的社会环境，新加坡华人社会华文读者少，旧体诗读者更少，华文作品销量低，旧体诗刊物销量更低，不仅谈不上稿酬，甚至付梓印刷都是诗人自费完成。因此许多旧体诗作者并非以写诗为生，而是有文学之外的职业支持创作。

五、关于当代新加坡华文旧体诗今古韵之争的看法

在当代新加坡华文旧体诗的创作圈子也有关于声韵改革的呼声，这和国内旧体诗创作风潮是同步的。一种观点是取消入声和以大规模缩减韵部为主，取消平水韵改用中国北方方言的普通话写作诗词，与之相反的观点认为中国古典旧体诗所惯用的用词和格律，具有特定的音声之美。包括平水韵，代表了中古汉语的语音系统，其系统性、严整性，是研究汉语历史音韵的重要进阶而音韵的改革将会使很多词汇原本和谐的声律发生紊乱，因此声韵改革是对传统旧体诗品质的破坏。

另外，就新加坡和中国文化的关系而言，有的旧体诗作者认为音韵改革是对两国文化纽带的撕裂，中国旧体诗作为中国古典文学最辉煌的成就和独特的声韵，在世界文学占有一席之地。然而"五四"新文化运动，使得传统文化在中国出现断层，而在新加坡却一直按照自身的规律发展，因此传统诗词的固有音韵规范没有动摇。如果有学者依照中国内地的文风进行音韵改革，必然使两国的旧体诗作者在创作规范上出现差异。

笔者认为，所谓的音韵美是和旧体诗的节奏美、音乐美相关的，而决定于其意境的是旧体诗作者的思想观念、文学修养和时代环境。单纯的依古韵作诗未必就出精品，而用以普通话为基础的今韵也不一定都是劣等品。进一步而言，旧体诗平仄、押韵决定其节奏美，但是中国古典诗词的古韵

已经不再适应普通话语音，如果只是为了保持古韵，必然导致平仄、音韵不和谐的问题。正如王力先生所说："宋代以后，语音变化较大，诗人们仍旧依照韵书来押韵，那就变为不合理的了。今天我们如果写旧诗，自然不一定要依照韵书来押韵。"（王力，1977：7）

自新加坡政府于1979年开展的"全国讲推广华语运动"，推广的是普通话和简化汉字。从文化交流的角度而言，使用今韵、古韵通行的双轨制更有利于两地旧体诗作者的交流。因为从平水韵到洪武正韵，旧体诗押韵的规则一直在前人的基础上不断完善的。新韵的出现也是对旧体诗押韵规则的一种完善和补充。尤其对于当代新加坡华文旧体诗爱好者而言，扩大了写作圈子。

六、品质相对低下的当代新加坡华文旧体诗

在当代新加坡社会中，旧体诗走向"民间"。而诗歌在中国自产生伊始就作为民间文学的样式存在。发展到唐宋，丧失民间性，成为文人专属的"阳春白雪"。这一趋势使得古典诗歌的艺术性和普及层面范围迅速降低和缩小。在本书所论述的"过客""流寓者"所创作的旧体诗也可以看出这种趋势，旧体诗只属于部分知识分子。而传播方式多元化的当代新加坡社会，通过网络消解身份角色的限制，任何人都可以进行创作和发表，这大大减少旧体诗创作的功利性。但是如前所述，在多元化的新加坡社会，旧体诗被逐步边缘化，几乎是被大众遗忘的角落，影响力更是相当有限。但是，旧体诗作为一种人类经验的特殊表达方式，仍是和人内心的需要紧密相通，仍能持续地获得"知音"。即便在这个消费主义的时代，还是不断有人阅读欣赏甚至旧体诗创作。这种爱好往往得不到社会主流群体的承认，缺少同好之间的交流，只能作为一种相当私人化的行为而存在于社会生活中。因此，对旧体诗的追求和喜好总是处在一种封闭和受压抑的状态。相对于中国传统旧体诗创作和本书前面论述的两类诗人，当代新加坡旧体诗在整体创作上表现出质量相对低下的特点。

第一，创作的随意性。当代新加坡虽然依然存在旧体诗的创作群体，但是远离中国文学现场，古典文学素养不够深厚。许多诗人的创作出于自身喜好，不愿意尊重积淀千年的旧体诗艺术传统和审美规范。

第二，创作思想平面化。当代旧体诗创作中有不少诗作都是粗糙肤浅的无聊之作和一次性消费的"快餐文化"，无论是内容的深广度还是艺术的精纯度与古典旧诗词相比都有着较大的差距。

第三，创作意境直白化。当代新加坡许多旧体诗词作者在严守古人所定格律的基础上乐此不疲地制造着种种作品，他们在写作中内容完全受制于形式，达不到中国古典诗词"得意忘形""得意忘言"的境界。

第四，用旧体诗的形式描写南洋风光，普遍的情况是未能把握和捕捉异域独有的生活节奏，更多的是用旧的审美情趣来感受南洋风物，捕捉到的仍是古典风味，却把异质文化的精髓遗漏了。面对社会素材，他们笔下的南洋，体现出的不是崭新而韵味独具的传统诗词之美，而是新奇和平铺直叙的意味。

第六节　旧体诗在新加坡的发展趋向

旧体诗作为中国古典文学的瑰宝，却可以在完全不同于中国本土的社会环境的异域落地生根，这与中国近代社会政治环境不无关系。但是在远离中国文学现场的新加坡，一方面作为东南亚重要门户有文人往来的便利，另一方面，得益于新加坡相对宽松的文化环境和多元化社会环境，旧体诗作为多元化社会的边缘文体，很难掀起大的社会文化波澜，对于新加坡文化政策的威胁几乎可以被忽略。而正是这种边缘化的地位使得旧体诗得以按照特定的历史发展轨迹发展。

德国哲学家海德格尔将诗人称为"诸神隐退后的信使"，他认为是诗人给予存在命名和意义。旧体诗人亦是如此，所谓文化的交流就是不同文化的融合，新加坡独特的多元化文化，及新加坡政府的开放心态、包容态度推动新加坡华文旧体诗走向一条并非完全模仿，亦非完全独创，而是在流变中寻找自身发展支点的道路。新加坡华文旧体诗中对于中国的文学想象和对南洋社会的言说，一方面让我们看到了一个多重复合的中国形象，另一方面展现出新加坡华人的生命姿态。既有关于故土的原型神话，又有对于新加坡华文历史的本土寓言，更是海外华人在梦想与追求的发展史。

一、依旧边缘的新加坡华文旧体诗

不可否认的是，旧体诗在中国已然失去了古典诗歌的诗学基础。较新诗而言，旧体诗的出现在当代表现出两个不同的面孔，一方面难以挣脱古典诗词对于意境的追求，必须遵循就提示的创作规范；另一方面，又有意识的与传统诗歌背道而驰，力求在当代文学半途中争得一席之地。我们不否认新加坡华文旧体诗的创作在较长时期会依然存在，究其原因，流传至今的中国古典诗词不仅是作为一种文体方式影响着当代文学工作者，更重要的是它作为中华民族的文化传统与审美经验，已经深刻积淀在海内外华人的意识中，并固化为民族文化的一部分。与此同时，旧体诗作为符合汉语表达习惯的文学样式，其特定的爱好者会一直持续这种文学传统。但是另外，新加坡华文旧体诗虽然会一直存在，但是由于其作为较新文学晦涩和苛刻的旧文学样式，决定了它传播的有限性，并制约其进一步的发展。

旧体诗的边缘化一方面意味着执著于创作的当代华人作家群的坚守努力和薪火相传，这个群体，将旧体诗词的创作视为一种单纯的文学样式和文化表现，以至于当代新加坡更有自费出版诗集的现象，旧体诗无需依附于其他艺术创作之外的因素。另外，所谓边缘不仅是旧体诗地位的沦丧，更指向华人的认同危机及更"现代化"的文化空间的融入。

新加坡华文旧体诗的边缘性不仅意味着这种传统文体中心地位的消解、生存和发展的危机，同时也是因为旧体诗在新加坡同时存在于迅速变革的传统社会和以大众传播为主导的现代社会之间，从而给予新的发展空间。边缘化的另一个因素在于，旧体诗的创作在中国自古以来，作者和接受者都是具有较高文化素养和诗词鉴赏能力的群体，而当代新加坡的文学地图中，尽管受教育的群体在数量上有了普及，但是旧体诗并未因此吸引到更多的读者，更无法竞争于其他语言或文学样式的多元化创作和以新媒体为支撑的传播媒介。

王国维认为："凡一代有一代之文学，楚之骚，汉之赋，六代之骈语，唐之诗，宋之词，元之曲，皆所谓一代之文学，而后世莫能继焉者也。"（王国维，1998：序）所谓每个时代的审美心理和社会生活的不同。新加坡华文旧体诗作为边缘文体的局面还会延续很长时间。事实也正是如此，自

第五章　新土地、新生活、新经验——当代新加坡华文旧体诗

邱菽园、潘受后，新加坡的旧体诗并没有太大的作为，更没有伟大的诗人和作品。究其原因，第一，新加坡整体文化氛围限制旧体诗的发展。正如叶维廉在《中国诗学》一书中指出的："我们要问，是不是每一个读者都有诗的慧眼可以一击而悟？"（叶维廉，1992：7）在当代新加坡，能够欣赏旧体诗的华人也是少数，更谈不上创作。第二，时代背景限制旧体诗的发展。新加坡社会的发展稳定，缺乏伟大的时代背景创作。第三，旧体诗的现状影响旧体诗发展。创作的旧体诗自身水准的低下，导致文学批评的缺乏，从而无法引导作者作品的创作。

严家炎指出："确切地说，地域对文学的影响，实际上通过区域文化这个中间环节而起作用。即使自然条件，后来也是越发与本区域的人文因素紧密联结，透过区域文化的中间环节才影响和制约着文学的。"（严家炎，1995：序）新加坡地处南洋，既是东西方文明的交汇点，又是远离中国文化中心的异域，旧体诗远离中国文学，处于相对自由的环境，在对中华文化及马来文化的接受与衍传过程中，开始形成自身的个性与特色。当这种文体在新加坡华文文学体系中形成后，开始正本清源，要求自我的认同。因此新加坡华文旧体诗内容上表现的在地风俗民情，包括旧体诗作者们与地缘环境相呼应的观念心态，都是这个群体自身完善的策略。

此外，新加坡华文旧体诗在当代更是在文化的边缘中辐射文化中心的张力。新加坡的城市文化的活力使得华文旧体诗具有在面对多种文化时不断地寻求接纳和认同的可能，既吸收中华传统诗词文化的精髓，又善于接纳异质文化的新风，使得自身在不断更新与充实中努力生存。但是正如一把双刃剑，置身多元文化的冲击，新加坡华文文学不可能心无旁骛地实现自身的发展，尤其是作为旧体诗这样的旧文学如何在固守中进行自身的文化积淀是今后发展所要面对的。因此，新加坡华文旧体诗的边缘身份将一直存在。但是，边缘化地位，或许更能有效地维护其创作的相对纯粹性和严格的艺术尺度。

二、新加坡华文旧体诗边缘状态下生存的原因及策略

新加坡华文旧体诗的边缘状态表现为创作者与读者队伍极度萎缩、精品难再和社会功能的退化。旧体诗的传播领域和社会功能直接相关。旧体诗在

新加坡狭窄的应用传播领域决定其社会功能弱化。这是旧体诗走向边缘的必然过程。新加坡历史上旧体诗的创作者上至达官，下至中下层知识分子，现在其青睐者基本上变成了相关的研究者。因此，其使用领域也已经大幅缩减。这些势必导致其文化传承功能丧失。具体表现为以下几个方面。

首先，文化转型的危机。文化转型是特定时代特定民族或群体习以为常的赖以生存的主导性文化模式为另一种新的主导性文化模式所取代，是文化性质的转变和文化形态的转化，特别是指文化中精神文化的发展变化和文化观念的转变，是文化整体的变革。文化转型期内，文化明显产生危机和断裂，同时又进行急速的重组与更新。以前的一些传统文化由主文化变成亚文化，旧体诗也被边缘。

其次，旧体诗文学精神的没落。当代新加坡社会面对全球化趋势，从文化变迁的角度来看，旧体诗建构出的"诗性"现代性文化模式是不断处于变化调适状态的。在当前全球化下，正是这个文化模式中的诗性特征处于弱势的时候。华文旧体诗的风骨、审美等与本源性的人文精神渐行渐远。

再次，语言环境的变更。语言环境的改变意味着载体与传播方式的改变，在多元化的新加坡社会，叙事表现为多种方式，特别是随着现代传媒方式的普及，文字的传播优势逐步降低。网络语言的滥觞，挑战构成旧体诗的传统语言词汇。

最后，就旧体诗本身的发展状况而言，不断西化的社会，汉语的封闭状态被打破，汉语和马来语等语言的杂交现象也变得越来越严重，并且导致了非精英化趋势。这一现象是旧体诗在海外的变异，也使得传统旧文学体式变味。代与代之间语言的传承、变异后，随之产生的结果是语言的部落化，使同样是使用汉语的群体之间旧体诗的交流也变得越来越困难。

英国的艾略特说过："一个人写作时，不仅对他自己一代了若指掌，而且感觉到从荷马开始的全部欧洲文学，以及在这个大范围中他自己国家的全部文学，构成一个同时存在的整体，组成一个同时存在的体系……有了这种历史意识，一个作家便成为传统的了。这种历史意识同时也使一个作家最强烈地意识到他自己的历史地位和他自己的当代价值。"（艾略特，1994：2-3）历史意识与自觉意识，是新加坡华文旧体诗作者们对旧体诗这样的文学传统发扬光大的前提，借此不仅吸收中国传统文化的养分作为自己创作的根源，更要并不断地汲取新加坡社会的养分形成自身的风格，在旧体诗文本的创作中呈现出独具一格的艺术收获。

从创作主体的角度而言，在地文化传统会影响着一个诗人创作个性的形成，并左右其艺术品格和审美取向，新加坡社会的整体文化氛围必然会对诗人的叙事方式产生重大影响；这种"集体无意识"潜移默化地影响到"个体无意识"。诗人创作对象的选取，以及为创作对象所赋予的情感态度和价值观评判，都与他自身的文化态度密切相关。无论是过客、流寓者还是土生土长的新加坡人，一旦踏上这片土地，都不可避免、都自觉或不自觉地受到南洋文化的濡染与影响，并将其视为旧体诗创作的养分。

从文学与文化相互交融的角度而言，谈及影响新加坡华文文学的地缘要素，以热带自然地理环境为标志所形成的地域文化不可避免地制约和影响着作者的思维习惯、创作方式、表达形态和审美取向。新加坡华文旧体诗作者们也逐渐意识到，旧体诗这种传统问题的艺术魅力要在新加坡开花，首先就在于其独特的地域风味，借助浓厚的地域特色，才会使旧体诗产生自成一体的文化韵味。因此，新加坡的多元文化与新加坡华文文学的地域特征构建了一个具有南洋风采的艺术语境，并以此为核心营造新加坡华文文学气候。

因此，我们不难理解在新加坡华文旧体诗中诸如椰林、榴莲、胡姬花等南洋意向是诗人的审美眼光对感觉世界的投注与把握，感受与领悟。不同类型的诗人在相同的文化背景中用个性化的体验与方式描情状物、借景抒情。于是热带雨林、马来风俗、新加坡河都成了南洋意向直接构建的对应物，而这样的描述正是诗人通过这些富于特征性事项的捕捉，施加文化情感色彩的渲染，使这些事项具有审美指认效果，从而使得这些旧体诗在表达诗人真情性的同时，渗透流露着本土的文化精神。

三、以新加坡华文旧体诗为依托建立的文化圈

法国文学家丹纳认为："作品的产生取决于时代精神和周围的风俗……自然界的气候起着清算与取消的作用，就是所谓'自然淘汰'。……必须有某种精神气候，某种才干才能发展；否则就流产。因此，气候改变，才干的种类也变成相反。精神气候仿佛在各种才干中作着'选择'，只允许

某几类才干发展而多多少少排斥别的。……由此可以得出结论,不管在复杂的还是简单的情形之下,总是环境,总是风俗习惯与时代精神,决定艺术品的种类。"(丹纳,1988:32-39)丹纳的看法虽然过于绝对,但是文学作品的产生不可能在真空发展,必然受到一系列因素的制约,正如德国哲学人类学家米夏埃尔·兰德曼认为:"文化按定义是由人自身的自由的首创性所创造的,而正是由于这个原因,人赋予文化如此多样的形式:一个民族不同于另一个民族,一个时代区别于另一个时代。但是,在创造文化的过程中,人创造了自己。"(米夏埃尔·兰德曼,1988:176)可见文学样式的存在方式及其发展,必然取决于地理环境、民族和时代这三个要素并与相应的文化相互依存。不同的文化显现出不同的民族精神,不同的文化语境导致不同的审美思维和艺术方式。

语言不仅是一种交流工具,也是文化的一部分。文化作为一个共同体的社会遗产和话语编码,不仅有中华民族创造和传播的物质产品,同样还蕴含民族信仰和审美观念。旧体诗在中国传统文化中一直作为文人交际、权力表征和才情流露的方式而存在,但是伴随着旧体诗在当代这种曲高和寡意味的丧失,尤其在当代新加坡作为边缘文体的存在,诗人们把旧体诗的创作过程视为对故国眷恋的寄托,是对传统母语文化的回归,以及远走异乡后的个体抗争,从而寻找自己的精神家园、灵魂归宿。汉语尤其是旧体诗的创作既是面对异域生活压力的释放缓解,也是文化身份的建构,从而也表现出语言的多层功能和多项意味。

据蒋述卓所言:"从某种意义上说,题材的选择就是一种特殊的文化选择,作家、艺术家选择什么样的题材,反映了他们具有什么样的文化心态和文化修养,反映了他们在多大程度上受到特定时代和特定民族的社会文化心理的影响。"(蒋述卓,2003:288)旧体诗这样的文学样式在新加坡的存在、变异是这片土地上的文人文化心态和文学氛围的反映,更是民族社会文化心理的体现。

英国作家劳伦斯在《乡土精神》一文里说过:"每个民族都被凝聚在叫做故乡、故土的某个特定地区。地球上不同的地方都洋溢着不同的生气、有着不同的震波、不同的化合蒸发、不同星辰的不同吸引力一随你怎么叫它都行。然而乡土精神是一个伟大的现实。"(陈金川,1998:159页)诗

第五章　新土地、新生活、新经验——当代新加坡华文旧体诗

人之间的酬唱不仅是文人创作的源泉，从产生伊始流传至今已然成为旧体诗得以在海外生存的重要原因，诗人们在海外彼此激励，通过旧体诗建立小的华人圈子。这个圈子的诗人因为文化背景、社会教养、人生阅历、古典文学的趣味等方面的接近，成为彼此最忠诚的读者，更善于领会彼此之间诗作中的言外之意与象外之旨。这种"心有灵犀一点通"，酬唱的双方在远离中国文学现场的域外，因为旧体诗所建立起的惺惺相惜的文化愉悦是其他物质生活无法取代的。

以酬唱类诗歌为例，酬唱诗歌反映出南洋的各种人际关系。这些文人酬唱的交往习惯、生活环境、习俗风尚，决定了酬唱诗歌的风貌。南洋诗人之间的酬唱表现出三个方面的社会意义。

第一，诗歌酬唱在南洋作为一种社交活动，诗人的社会身份与社会关系，其实比"诗人"这个社会角色显得更加重要。社会身份与关系不仅决定诗人参与何种性质与层面的交往、聚会，同时决定酬唱诗的书写与表达。

第二，南洋文人之所以进行旧体诗酬唱，还有一个原因是个人社会身份的鉴定。在普通人际往来中，书信是最常用的文字交往形式。但文人交际，从唐宋代起就被认为诗歌酬答可以超过书信，如苏轼《次韵答王定国》所云，"每得君诗如得书，宣心写妙书不如"，其中"宣心写妙"体现的是文人的社会优越感及精英意识。文人与百姓在社会交往的目的与形式上，最大的区别就是其交往活动有无酬唱一类的雅事。

第三，就"过客"这一类型是人的创作而言，还具有较强的社会目的。"官员"和"诗人"这两种身份在今天多是分裂的，官员需要的是循规蹈矩、遵守规则的理性的管理者，诗人需要的则是超凡脱俗的感性和才情。但在中国古代，这二重身份却又多交织杂糅在一起。其原因在于中国封建社会时期在官员审核标准中，文化素养和文学造诣是一个极为重要的标准。即便有文笔之分，诗歌的创作也不可能遮蔽在文学素养的积淀中。

与此同时，官员自幼会受到科举要求的撰写诗歌训练，诗歌作为官员们表达生活爱好、社会交际的工具。在诗歌鼎盛的唐代"诗国高潮"之后，此后自宋到明清在官员评价体系中，诗歌创作是官员必须具备的才能与修养。如杨亿所云，"善歌者必能继其声，不学者何以言其志？"一个官员连诗歌创作酬唱才能都不具备，会被视为缺少修养而不被社会认可。

南来官员和本地文人的诗词酬唱之所以频繁，因为以此为媒介联络彼此感情、扩大官员的交际网，有助于官员的社会管理和仕途发展。而作为本土文人，则乐于有意识用文化和文学将他们自己与南洋的一般民众的交往方式区别开来。诗歌酬唱被强化成这二者间人际交往的一种最为风雅不俗的手段，成为本地文人风雅的标志。

如《礼记·曲礼上》云："太上贵德，其次务施报，礼尚往来，往而不来，非礼也；来而不往，亦非礼也。"中国人对"礼尚往来"的重视和追求，才在南洋这片土地催生并不断延续着酬唱传统。

四、新加坡华文旧体诗在传承和接纳中实现中华文化的融入

在新加坡，旧体诗担负的不仅是多元化文学格局中的一元，更重要的是文化传承中对自身文化传统的构建。

第一，作者主观心态关照方面，旧体诗的创作是中华民族文化心理的积淀。一方面，尽管生活在现代化程度非常高的城市环境，新加坡华文旧体诗的诗人们依然表现出和古代诗人非常类似的思想情怀。让我们今天读起来有着"似曾相识燕归来"的感觉，它吸收了中华传统文化的精神，作品中充满了中国文化的精髓：关注现实，感时忧国。尤其是当代新加坡华文旧体诗的诗人们继承了中国文人传统的"穷则独善其身，达则兼济天下"的精神，从创作主题中突出对现实的关注。另一方面，与传统旧体诗不同的是，受时代的影响，这些新加坡华文旧体诗有了现代性的品格，如现代化、城市化、自由、民族和科技发展的价值观为新加坡华文旧体诗的创作提供精神资源。

第二，旧体诗文本方面，旧体诗的艺术魅力及其在当代的可操作性。以汉字为基础的旧体诗，要求具有相当的音乐性，与严格的齐整格式。但是必须指出的是，尽管旧体诗格律、音乐要求繁琐复杂，但是对于只有有兴趣并且愿意接受此项训练的人而言，做出一首相对公正的旧体诗也不是难事。因此，在我国就有"熟读唐诗三百首，不会写诗也会吟"的说法。在新加坡，这样的文学样式使得华人有了研习的可能。

第三，关于旧体诗的创作背景，尤其是当代新加坡社会时代文化发生了翻天覆地的变化。它已经不肯继续保持旧时代"正统"文学的地位，而是作为民间文学的样式继续存在。

五、新加坡华文旧体诗的创作虽然一直持续，但是竞争力却在弱减

新加坡华文旧体诗按照自身发展的轨迹演变、持续。尤其是当代，还出现复兴的趋势，表现出较强的生命力，但是这种趋势下，旧体诗也不可能与新文学的创造样式平起平坐。一方面，只要有华人存在，只要有对中国传统文化喜好的群体存在，旧体诗的创作活动就会存在，甚至伴随新兴媒体如网络、博客等方式进行传播、交流。

另一方面，由于旧体诗的创作对于格律用词规则较苛刻，这就限制创作群体的阅读群体的普及。对此中国学界也有人认为，现当代新文学与古典旧文学的区别："现代文学的发端，是传统语言文字的衰亡，是知识分子对母语自信心的丧失，是新语言形成的过于仓促，是作家们急于表达他们认为最重要的'思想感情'而普遍视语言文字为雕虫小技，这就决定了中国现代文学普遍的粗糙。"（郜元宝，2004：9）本书所论述的三类诗人，除了兴趣，支撑他们在异域坚持旧体诗这样的旧文学写作方式的原因，还在于捍卫和纯洁汉语的责任，"作家最要紧是能够驾驭文字。一国文字的构成既然是历代沿革积累的成果，那么，中国古文、诗词和旧小说中的好的文字，作家是值得下功夫去浏览"（董桥，1996：115）。本书所论述的新加坡这样的现代化程度较高的国家，笔者初访时，感受到的是现代化城市的活力与高效。书店和图书馆里陈列的大都是英文著作。华文文学书刊相对寂寥，诸如旧体诗之类的旧文学著作更是芳踪难觅。而正是因为如此，华文旧体诗在新加坡本地也只能作为小范围交际酬唱的工具存在。

第六章　新加坡华文旧体诗的发展脉络与特色

本书所论及的三种类型诗人的新加坡华文旧体诗创作，沿着中国文学—离境文学—新加坡文学的轨迹发展。不仅仅是单纯的文学审美活动，同时相关于不同社会历史时期的文化语境，是远离中国文学现场的文人对新加坡社会历史变迁、华族际遇、身份认同及"中国"想象的言说。这种言说对于身份认同的深层诉求源于一个民族难以更改的血缘身份和文化记忆。

第一节　合同异：新加坡华文旧体诗对中国古典诗歌的受容与变异

对于新加坡华文旧体诗研究的目的不是要用文学发展的历史，来证明何种理论是正确的。对于本书的实证研究，不是先有理论再去故纸堆里寻找相应的文献。而是将新加坡华文旧体诗的发展脉络进行梳理，同时在梳理发展演变过程中通过对中国古典诗歌的接纳和变异，来确认不同类型诗人的作品质量及其影响。

一、新加坡华文旧体诗对中国古典诗歌的受容

（一）新加坡华文旧体诗对中国古典诗歌内容题材上的采用

中国传统旧体诗有"言之不足故嗟叹之，嗟叹之不足故咏歌之"之说，也就是所谓的"诗言志"，因此，旧体诗在最初的功用上就是传达人的思想情绪的。之后儒家"兴观群怨"正是依据诗歌的表现力扩展了诗歌的题材。虽然旧体诗是表现和传播个人情感的，但是内容题材细分却有很多，诸如：

（1）歌功颂德：中国传统旧体诗作者站在上层社会的立场对帝王将相、现实社会治学的赞颂。最有代表性的就是"庙堂文学"。

（2）志向表达：所谓的志向，在儒家传统学说里类同于"修身齐家治国平天下"，类同于"了却君王天下事，赢得生前身后名"。今天看来尽管有着不尽如人意的局限性，但毕竟是一个时代的表达。

（3）纪事咏史：旧体诗人在这类题材中流露出的社会价值观因人而异，是一个相对繁杂的题材。

（4）人物评传：这类题材以当代任务评论为主，也有借古人抒今志的情况。始于魏晋，虽然这类题材的创作从未间断，但是优秀作品较少。

（5）山水游记：这是中国古典诗词中最基本的一类，魏晋一直延续至今，佳作迭出，尤其是近代涉及域外风光的旧体诗词也占有相当比重。这类题材有的是单纯对风景的描述，但是更多的是借景抒情，中国历史上优秀的旧体诗大都是"诗中有画""意境深长"之作。

（6）闺怨寄情：这类题材在中国旧体诗中占有大量份额，诸如"边塞诗""狎游诗""闺怨诗""悼亡诗""祝寿诗"等，这类诗词往往通过情爱、世情隐喻深刻的社会内涵。

（7）咏物品类：这类诗词中有不少是为了作诗而作诗，称之为"带着镣铐跳舞"是不为过的。创作对象是固定的，尽管也有情感抒发的成分。但是更多的还是音韵对仗极其苛刻的文字游戏。

（8）谈诗论艺：这类题材的作品实际上就是旧体诗"诗学"的改观。以创作技巧和文学批评为主要内容。

在新加坡文化广泛接受中国文化的大背景下，在新加坡华文旧体诗深受中国古典诗歌影响的前提下，其旧体诗所与中国古典诗词所表现的内容题材自然存在一种仿效的关系。这些主题也影响到新加坡华文旧体诗的创作，在以上列举的中国本土旧体诗的八大种类中，除了歌功颂德和谈诗论艺外，其他六种都是新加坡华文旧体诗常见的主题。当然，中国古典诗歌的内容题材对新加坡华文旧体诗的影响是极其深远而丰富的，我们很难一一列出，就几个具有代表性的举例示之。

首先，儒家思想是中国古典诗歌所表现的内容。

一方面，儒家思想的"忠""孝""仁""义"等思想成为新加坡华文旧体诗所经常表现的内容。在清政府派往新加坡的第一任领事左秉隆在其诗集《勤勉堂诗钞》中，总结了自己在新加坡的事业时称"欲授诸生换骨丹，夜深常对一灯寒。笑余九载新洲住，不似他官似教官"。这种提携后人、文教兴邦的思想与由左秉隆在中国本土所接受的教育有必然的关系。

另一方面，忧国忧民作为儒家思想的最高表现境界，是中国古典诗歌创作的基本主题之一，也是新加坡华文旧体诗中出现的内容。例如，新加坡国宝诗人潘受在1937年作于南京的"金陵四首"中的第四首："辽海族旗一叹嗟，国看日整岂无涯。十年聚训思句践，更有何人式怒蛙？"诗人悲愤于抗日战争中东北的沦陷，伤痛于汉奸、媚敌者痛心疾首，讽刺失去斗志的当权者连一只怒蛙也不如，意图借此鼓励国人奋起抗敌救国。

其次，佛教为中国传统文化中的重要组成，成为中国古典诗歌所表现的思想内容。例如，唐朝王维的《过香积寺》："不知香积寺，数里入云峰。古木无人径，深山何处钟。泉声咽危石，日色冷青松。薄暮空潭曲，安禅制毒龙。"再如白居易的《感悟妄缘题如上人壁》："弄沙成佛塔，锵玉谒王宫。彼此皆儿戏，须臾即色空。"而本书所涉及的新加坡华文旧体诗作者在本土受到佛教的影响同样一直延续至海外的创作。例如，邱菽园在《戏赠陆夫人》中写道，"知尔金经勤呗诵，谈禅吾亦病维摩"，正是诗人参禅礼佛的心理写照。

再次，道教作为中国本土影响最大的宗教，其仙游诗、步虚诗、青词等道教文体丰富了中国古代文学，影响了中国古典诗歌。在新加坡华文旧体诗中也体现出类似的道化民俗之气。例如，邱菽园的《香妃并序三首之二》："鸾凤深宫树树栖，瑶华更折大荒西。漫夸魏武酬铜雀，孰与杨妃呢温羝。尺组忽衔青鸟使。长门永恨夜乌啼。当时驼足知多少，一任香尘踏作泥。"这首诗作里的"鸾凤""瑶华""青鸟"处处凸显的都是道家自古流传的神话传说。

此外，好古、怀古是中国古典诗歌里重要的文化心态。这一精神现象实际上是人类社会所共有的。正如费尔巴哈针对西方文学里的好古进行的阐释："（过去的）时间是诗的源泉。怀古的幽情，犹如利剑刺心，使诗人的文思为之泉涌。过去往往显得最美丽。往昔闪动在回忆的幽光之中。正因为过去只是想象的对象，所以它已经被理想化了。古代的历史到处仿佛是诗意的东西，最初的民谣只是和那一去不返的时代，以及人民联系在一起。"（容振华，1959：27）"过去往往显得最美丽"道出了好古、怀古诗人共有的精神现象。但是中国的怀古不同于西方，西方社会的怀古更多表达的是感伤、悲凉。例如，新加坡诗人潘受的作品中就有大量的怀古主题诗作，如《姑苏怀古》："歌舞西施破此城，吴王自召越王兵。飞花斜日闻鹃泣，故苑当年有鹿行。地久沉沉无剑气，我来暗暗觅箫声。五湖合阻佳人隐，乞向蓬山更一程。"此诗是作者1937年在江苏吴县西山姑苏台游历时的怀古游记，此诗描述的是春秋时代发生在此地的吴越战争的情景，用典有据，对仗工整，是一首具有代表性的怀古诗。

最后，中国古典诗歌中有不计其数的诗篇是咏吟山水田园的，这一山水、田园等自然风光也是新加坡华文旧体诗所乐于表现的内容。新加坡的华文旧体诗的作者在游览山水、隐居田园时，同样留下了大量描写南洋风光的佳作。例如，黄遵宪在担任新加坡总领事期间所作的"新加坡杂诗"中的第八首："不著红蕖韈，先夸白足霜，平头拖宝韧，约指眩金钢。一扣能千万，单衫但裲裆，未须医带下，药在女儿箱。"描写的正是当时土著妇女的装束。

（二）新加坡华文旧体诗对中国古典诗歌艺术手法的效仿

中国古典诗歌的艺术手法极其丰富，有绘景、寓情于景、虚实结合、动静结合、直抒胸臆、托物言志、叙事、议论、象征和比兴等。新加坡华文旧体诗几乎悉数把中国古典诗歌的各种艺术手法引进了创作中并进行效仿。

诸如用典，就是在诗词创作中援引史实，使用典故，恰当用典可以丰满诗歌形象，丰富诗歌内涵，增强作品的表现力和感染力，是中国古典诗歌的惯用手段，常见的用典方式有明用、暗用、侧用、反用等。用典常常成为诗人表达自己志向情感的方式。新加坡诗人潘受就是一位典故运用的高手。例如，他的《苏州杂诗五首之孙武》："君王难救美人诛，教战宫廷赴敌如。一代威廉矜霸略，暮年恨晚读孙书。"是诗人行至苏州孙武遗迹处，想到德国威廉二世在第一次世界大战后，始得《孙子》译本，读后感叹道："使吾早见是书，何至有今日！"这首诗是典型的古代典故与现代典故、中国典故与西方典故同时运用的诗作。

（三）新加坡华文旧体诗对中国古典诗歌诗体的流变

关于诗体的流变，包括风貌之变和体式之变，所谓"诗之体以代变"。最早提出这个看法的是金代人刘祁："唐以前诗在诗，至宋则多在长短句，今之诗在俗间俚曲也"。明代胡应麟对此表述得最详细、完备："四言变而为离骚，离骚变而五言，五言变而七言，七言变而律诗，律诗变而绝句，诗之体以代变也。三百篇而骚，骚降而汉，汉降而魏，魏降而六朝，六朝降而三唐，诗之格以代降也。"再如"诗至于唐而格备，至于曲而体穷。故送人不得不变而之词，元人不得不变而之曲。词胜而诗亡矣，曲胜而词亦亡矣"，可以看出随着时代的不同，诗体在发生着相应的"代变"。

首先，从语言角度而言，诗歌是"文之精者"，不同时代的诗体都与汉语言的发展状况直接相关。而新加坡华文旧体诗从创作诗体而言，主要集中在律诗和绝句。这主要是出于对中国传统诗歌的继承。从诗体本身而言，并没有太大的变化。

其次，从社会发展角度而言，所谓"文变染乎世情，兴废系乎时序"，旧体诗不仅是传统的文学样式，更属于具有民族性的文学样式。旧体诗的这种"传统性""民族性"，使得其即使身在海外，其存在状况也与中国社会同步互动。如果说在本书所述的"过客"诗人笔下，旧体诗的运用是一种社会文体习惯，那么"流寓"诗人们的旧体诗就成为中国社会变迁的参照。邱菽园的诗歌创作主题是"戊戌变法""百日维新"直至"辛亥革命"前后海外华人的情感诉求与政治表达。而潘受诗作中大量关于抗日战争，诗人对于中华民族的内忧外患发自内心的民族情感，通过旧体诗的形式服务于时代。而当代旧体诗面临多元化和快餐化的文学冲击，创作数量和质量都出现边缘化。

再次，从创作动机而言，所谓"诗言志"，实际上古人创作旧体诗的动机无非言情、娱乐、应酬。而新加坡华文旧体诗的创作动机在不同诗人群体中却有不同，"过客"诗人的作品大都抒发对初次接触到的异域风情的"文化震惊"，或者是奉朝廷命令不得已而为之。新加坡"流寓"诗人们的创作有为政治服务，有附庸风雅个人喜好的，更有职业诗人为之。而当代成长于远离中国的赤道多元化社会的旧体诗创作者们，创作动机就简单许多。

二、新加坡华文旧体诗对于中国本土旧体诗的变异

新加坡华人创作的旧体诗，不论何种类型的诗人，都是他们在南洋生活的基础上对于中国古典文学形式的一种运用。诗人远离中国文学现场时的身份、心态、经历已与国内诗人发生变异。表现在作品中，如饶芃子在"第十四届世界华文文学国际学术研讨会"的开幕词《海外华文文学研究需要关注的新视点》中所言，"'对母体文化创造性重建'的意义和某种世界文学的特性"。

近年来，新加坡华文文学发展中虽然体现出本地色彩的增强，但是也不可能割断与中国文学的联系。近代随着与新加坡交流的日益紧密，中华文化也源源不断地传输到新加坡。前文提到，清末南方有许多人远徙南洋，既包括文化人士，也包括一般劳苦大众，还有着为数不少的"猪仔"。华人数量在新加坡逐渐增多，也就形成了中华文化圈，其中有中国远徙去的文化人，也有第一代移民的后裔，他们"吟诗结社"，影响至今。由于同文同源，由于历史及血缘方面的千丝万缕的关系，促使这些各类旧体诗作者仍然不断地从中国文学吸取养分。例如，《潘受诗集》中第一首《紫金山梅花》："孙陵路接孝陵斜，间代英豪起汉家。千古春风香不断，紫金山下万梅花。"这首诗写于1937年，"孙陵"即孙中山陵墓，"孝陵"即明太祖朱元璋陵墓。这一年"卢沟桥事变"和"南京大屠杀"。让潘受希望以此诗以激励国人奋发图强，勇敢抗敌，希望见到有像孙中山及朱元璋这样的中国开国领袖出来领导人民，强调中华民族"千古春风香不断"，民族精神永存，应该万众一心，共同抗敌。再如当代郭先楫的诗作《黄鹤楼》："黄鹤飞回楼已换，江边新起黄鹤楼。江西水接江东水，中华历史长悠悠。十亿人民歌禹甸，八千里路望星洲。我是腾云驾雾至，天风鼓荡不知愁。"诗文中"中华历史长悠悠"，新加坡华文旧体诗必然受到中华文化的影响，也摆脱不了"中国性"的影子。因而，不可否认的是新加坡华文旧体诗中同样具有中国旧体诗词那种非常传统的思想感情，其中的感时书愤、述怀明志、抒悲遣愁、说禅慕逸等情感对于中国读者一样有似曾相识的感觉，正说明了海内外华人在思想情感上的相似性和一贯性。但是，

新加坡华文旧体诗在格律、用词上和中国古典诗词相比，产生了许多变异，如前面论述过的新词入诗。

法国哲学家福柯在论及特定领域的话语分析方法和话语构成规则时指出："当人们能于诸多论说中，描述一个散布的系统，当人们能于对象、论说类别、观念或主题的选择中，确定一个规律，诸如次序、相互关系、位置和作用、转变等，我们可以方便地说，我们触及了话语的构成。"福柯的话语分析系统对于我们分析作为与中国旧体诗同源的新加坡华文旧体诗的断裂和变异提供帮助，不仅需要分析变异的意义，还需要分析变异和断裂的状态和趋势。

因为旧体诗词的艺术特色之一就是文学的音乐美，中国古典诗词的格律是在总结汉语声韵规律的基础上形成的。但是，随着时代的变迁语言也发生了相应的变化，如果一味的用现代汉语迎合古典诗词的声韵格律，不可避免地会出现言意之间不协调的问题。新加坡华文旧体诗人在遵循旧体诗词艺术规律的同时变通格律来适应表现新时代、新内容的要求。因此，这种变异并没有对古典诗词进行大的革新，其诗形、节拍、用韵依然沿袭古典诗词的模式。但也是由于旧体诗对于形式的规范化要求，因此，即便有新词入诗等变异出现，但是并未取得让学界满意的成就。

与此同时，新语词入诗是清末"文学革命"产生的现象，伴随旧体诗在海外的创作、传播，这种现象愈加突出，声律结构的形成至今一千余年，这种古老的创作规范和异化的社会环境下的语言必然有矛盾存在。正如胡适说："白话里的平仄，与诗韵里的平仄有许多大不相同的地方。同一个字，单独用来是仄声，若与别的字连用，成为别的字的一部分，就成了很轻的平声了。"（胡适，2003：305）

例如，一些有前后缀结构的词所产生的轻声，如"暖和""护士"，还有赵元任所说汉语有四种变调，除了阳平变阴平，上声、去声最后部分失去外，跨平仄的变调主要在两个声间，如"勇敢""宝马"中的"勇""宝"都发生变调，成为阳平字，仄仄就变成平仄。

关于新词入诗，是由于时移世易，旧的词语被新的词语代替，这种用词上的便是社会发展的必然产物。与此同时，口语大量入诗，这是旧体诗世俗化、生活化的必然要求，不仅吸收了口语中的实词，如名词、动词、形容词，还包括一些虚词，如代词、助词、语气词。但是，本人认为，这种变异并不是旧体诗的新发展，所谓的发展，应该是在旧体诗的规范下，构建出胜于前人旧体诗的意境和风貌。而当代新加坡许多诗作，尽管出现用词上的变异，但是过于直白的用词，却弱化了诗词的意味，旧体诗讲求"辞简意味长，言语不可明白说尽，含糊则有余味"（范德机，1981：746）。于是诗风、诗作的质量并没有进步，甚至出现因为用新词而削弱诗味的现象。如郑欣淼所说："在一定程度上讲，掌握格律并不难，难的是要有诗意，要有形象思维，即真正能'带着锁链跳舞'。不然，徒具形式，诗味索然，有形无神，会倒了读者的胃口。……要写旧体诗，首先当然必须掌握它的格律，知道平仄、用韵等一些基本要求，明白它的多种限制。现在有些人连平仄都不清楚，就大胆写作，并美其名曰'创新'，这是不可取的。"（郑欣淼，2006）

另外，新加坡华文旧体诗中俗语、新语词入诗，使得作品自然没有中国传统诗歌的平仄及节奏感。正如唐湜所说："我们现代口语里很少有古代那种单音词语了，这个变化叫我们的语言构成渐渐离开古代的传统，而更容易接受西方诗歌的韵律构成。"（唐湜，2000：136）因为在古代汉语中，一个字往往就是具有独立意义的词，也是具有独立意义和各自的音节。而现代汉语中的词汇多是双音节或者三音节，这必然会改变旧体诗的音韵结构。因此，古体诗的创作便成为一股潮流。正如梁启超评价黄遵宪的长诗时所说："煌煌两千余言，真可谓空前之奇构矣！"（梁启超，1959：4）这种现象背后实际上是对声律的弱化。尤其是当代，新加坡华文旧体诗的一批爱好者依然乐于在网上和诗刊上对于格律声调孜孜以求，但是仍然无法改变旧体诗的异化。

文化的流通也促动着文学的变化，面对日新月异的新生活，总有一些新的文化因子被诗人吸收，反映在作品中。例如，自注现象也是新加坡华文旧体诗的又一变异，这种文学现象在中国诗歌创作史上并不多见，但是在新加坡华文旧体诗创作者那里又被不谋而合。这也是多元文化的必然产物，诗人们需要对于创作背景、典故、南洋风土进行解释，从而做到阅者皆懂，避免不必要的繁琐。

而从社会发展的规律来看，一种文化对其他文化的吸收总是通过自己的文化需要进行的，"一种文化对他种文化的接收也不大可能原封不动地移植。一种文化被引进后，往往不会按原来轨道发展，而是与当地文化相结合产生出新的，甚至更加辉煌的结果"（北京大学比较文学与比较文化研究所，2001：46）。

新加坡根据自己的具体社会发展需要对旧体诗进行了有选择的吸收和变异。因此，发轫于中国本土的文学样式在新加坡也带有了浓郁的南洋色彩。这一点无疑是值得赞赏的，如叶维廉所说："理想的诗人应该担当起改造语言的责任，使它能适应新的感受面。"（叶维廉，1992：289）

此外，尽管和中国古典诗词相比，新加坡华文旧体诗的创作和传播方式发生了一些变化，如借助网络、博客等新兴大众传播媒介进行交流的、借助纸质媒体出版的，但是从量上而言，和新加坡的其他文学样式而言几乎是微不足道的。

第二节　辨东西：新加坡华文旧体诗的选择与困境

本书所选取的三组诗人个案，主要着眼于他们在新加坡旧体诗创作的经历，以及对于南洋区域文学的影响。旧体诗的海外创作与传播改变了中国文学的研究视域，扩展了域外那些与中国文学并存并按照各自轨迹发展的文学生产。通过不同类型诗人的创作，重新审视汉诗作为与传统旧文学一同边缘的旧文学，如何在不同于中华本土的文学环境下，重新构架诗人们过境流寓、南洋风土、文教活动的经验。根据这些散落海外的诗人的足迹，以及这些蕴含丰富文类意识的创作，展现旧体诗在传播过程中所塑造的区域文学形态，以及自身的选择和困境。

一、多元文化形态中的身份认同

身份认同是新加坡华文文学研究中一个避免不开的问题，新加坡作为高度城市化、多元化国家，其身份认同相应的是一种多重认同，这种认同，按照王赓武的观点，专指自"一九五〇年后的认同概念：国家、村社、文化、种族和阶级"（王赓武，2002：242）。另外，新加坡的身份认同并非铁板一块，而是在长期的变化过程。正如斯卡拉皮诺所说的："世界上很少有别的地区能比东南亚更鲜明地说明在千差万别之中求得一致所遇到的各种各样的问题。"（梁志明，1999：4）因此，对于新加坡华文旧体诗的作者，认同也是千差万别，中国古典诗歌发展源远流长，自成一体，直到近代才随着"下南洋"的浪潮延伸至东南亚，落地生根、开枝散叶。纵观不同阶段新加坡华文旧体诗的创作，是继承中国古典诗歌而衍生海外的一支，不仅融合了中国古典文学的精粹，更是本地意识和本土经验的融合，同时又有边缘化的身份感受在书写过程中融入。对于他们而言，尽管当中许多人已经取得所在国的国籍并且得到国民身份的认可，但是依然存在着身份认同的问题。所谓的华人身份认同研究，实际上研究主体分为三类，第一类人虽然有华人血统，但是并不认为自己是中国人；第二类具有中国血统的同时，对自己华人的身份确定不移；第三类人虽然认为自己是中国人，但是对所谓的"中国性"的认识却相对模糊，在这最后一类人身上实际上体现的是双重认同，一方面认同于中国身份，另一方面又努力融入国籍所在国，认同于他国的身份。以此为据，关于新加坡华文旧体诗的身份认同也是依据不同创作群体有所区别。

对于新加坡"过客"们而言，多年在中国生活的文化惯式已经定型，而且是以过客身份短暂停留，他们不愿意也不可能融入新加坡主流社会与民族。即便在域外有数年停留，依然保留着中国原型生活方式。所以，我们在这一类诗作中，很难看到所谓的"南洋色彩"，更多的是作为一个局外人的审视。

对于"流寓"到新加坡的诗人们，大部分作品是游走于中国和新加坡的双重身份，他们的作品中既有对故土的观照，又有对新生活土地的新经验表达。

而当代华人，经过长期变异和融合，以及第二次世界大战后东南亚国家纷纷建立起自己的民族国家，新加坡政府更是需要从殖民地附属国向独立的民族国家转化，以求在国际上确立自己独立的国家身份，因此对于本地意识进行强化。对于当代新加坡华文旧体诗作家的文化身份中，更多的充满对居住国统一。因为在身份认同中，文化认同的重要性远远大于政治认同，它提供给每一个公民以强大的精神和心理力量，因此在他们的情感中，"我是新加坡人"，无论在感情还是法律身份上都有对新加坡的归属感，作品则流露出国家认同与自强不息的精神，对于新加坡多元化城市的都市繁荣也有了更多体现。

身份认同的真实性关涉的是本真的自我。不同种族的文化真实地反映在错综复杂的多元化新加坡社会中，华人个体真实的文化权益，在种族色彩明显的国家，这是非常必要的；它也能相对地满足个体人自身的需要。华文旧体诗是华人的标志性文化，旧体诗的创作本身就是海外华人守护身份的文化景观。不同类型诗人的创作也是华人文化认同的结果。

古典诗词有作为文学体裁和文化现象两个方面的意义，是华人尤其是文人自我标榜的符号和工具，因而旧体诗就成为海外文人彰显自身文化符号和自我吟唱的工具。

二、中华文化情感和现实生存策略间的矛盾冲突

新加坡华文旧体诗的研究完全属于对于文学域场中边缘国家边缘文体的研究。当代新加坡华文旧体诗的作者在进行创作时，大都处于个人的喜好。不可避免地面对中华文化情感和现实生存策略间的矛盾冲突。本书之所以将古典诗歌成为"边缘文体"，完全是针对现时代古典诗歌式微的现状而言。

首先，从语言层面，所谓的中国传统旧体诗歌使用的"文言文"以简洁为特点，文言文的简洁性带来的就是与之相伴的多义性。这对于当代文学创作准确、直白的追求无疑是最大的桎梏。

其次，典故的运用是古典诗词惯用的手法，因此许多约定俗称的语词作为基本词汇长久地保留并且继承下来。这样就不可避免地出现一组矛盾，就是这些源于古典中国的语词是否能真正地反映出现实社会的变迁。例如，"五四"新文化运动时期著名的白话诗人康白情在1920年3月发表于《少年中国》第一卷第九期的长篇诗论《新诗底我见》中所言："旧诗大体遵格律、拘音韵，讲雕琢，尚典雅。"从而构成"桎梏人性底陈套"，进而"旧诗里音乐的表现，专靠音韵平仄清浊等满足感官的东西。因为格律的束缚，心官于是无由发展，心官愈不发展，愈只在格律上用工夫，浸假而仅能满足感官，竟嗅不出诗底气味了""必要用韵，就好用韵来敷衍，以致诗味淡泊，不堪咀嚼"。甚至，康白情这样总结道："最戕贼人性的就是格律。"

（康白情，1920）这也限制了旧体诗的发展。

另外，在表现手法方面，中国古典诗词不同于民间小调、俚语，是上层社会抒发情感、人际交流的手段。因此，在诗歌的艺术创作和语言技巧上就出现程式化的现象，这样的程式化、贵族化极大地束缚了古典诗词的发展。

正如朱文华对于当代旧体诗研究得出的三大结论："强弩之末、风骚余韵"（朱文华，1998：267）"可以继续、难以中兴"（朱文华，1998：270）"把旧体诗归于民俗类"（朱文华，1998：272）。这些结论不仅适用于中国旧体诗的现状，更适用于表达旧体诗对于中华文化情感和现实生存策略的矛盾。

我们的结论是，在多元化的新加坡社会不同文化之间存在着隔阂与冲突。我们研究华文旧体诗的目的并不在于评判主流文化对边缘文化的压制与排斥，而在于倡导一种文化自觉，使不同的文化形态在文化世界的秩序中获得各自的生存空间。很显然，本书所关注的边缘文体其实是对历史和当下文化的一种实证的态度。新加坡华文旧体诗并没有因为现代多元化社会的压制和排斥而走向消亡。无论何种情况，任何国家都存在着对历史和现实的多种可能性的多种表述方式，有些表述方式是以一种主流的姿态出现，代表着占统治地位的文化解释，有些表述方式则可能作为主流的对立面而存在。在这个意义上，华文旧体诗就以一种特定的边缘文化的姿态与主流文化并置。

三、新加坡华文旧体诗中所反映的文学及社会文化意义

首先，由于海外华文文学的跨文化、跨国别、跨民族的特点，与比较文学有几近相通之处，从而为新加坡华文旧体诗研究提供了新的思路和范围。在近年来的比较文学研究中，海外华文文学已成为比较文学学科研究新拓展的领域和讨论的热点。例如，杨乃乔主编的《比较文学概论》（北京大学出版社，2002年）一书中，海外华文文学成为一个专门的章节。这样做是有其深层意义的，比较文学的理论和方法，也越来越多地为海外华文文学研究者所借鉴和吸收，而比较文学的某些研究手段和研究方法也已成为华文文学可运用的手段和研究范式。新加坡华文旧体诗作为华文文学

的一个独特文体，同样具有比较文学的意义。首先，运用纵向的影响研究和横向的平行研究，梳理新加坡华文旧体诗和中国文学的关系，并把握其整体性。例如，"影响研究"中，源头的"放送者"，过程的"传递者"和受到影响的"接受者"，都可以成为进行"影响研究"的具体角度。从"放送者"的角度出发，研究中国文学中的思潮、文体、作家作品在新加坡的流传。换一个角度，从"接受者"的角度，可以反向研究新加坡华文旧体诗在发展过程中是如何受到中国文学主题、话语和艺术模式上的影响，并形成"南洋"特色的。这是探寻"渊源"的"渊源学"研究。比较文学的某些研究手段和研究方法可以深化新加坡华文旧体诗的研究的多维性。例如，在主题学视野下，中新两国对国际重大事件的解读；在变异学视野下，中国旧体诗在新加坡国土上产生的变异及其原因；在形象学视野下，新加坡华文旧体诗中的中国形象；等等。

其次，新加坡华文旧体诗的边缘位置不能阻碍其中华文化传播的社会功能。新加坡的人口约有 3/4 是华人，其余是马来人、印度人等。它的官方语言有华文、英文、马来文和泰米尔文四种，其中华文占据其国家文学的主流地位。旧体诗写作在新加坡的继续存在，证明了其文学并不是许多人眼中的纯粹的被完全"西化""现代化"的文学，而是一个多种语言并行、多种文体同在的格局。如果说本书中涉及的前两类作家，都接受了系统的、良好的旧式教育，传统文学修养和训练的功底扎实。那么第三类新加坡华文旧体诗的作者，身上兼有新旧文化、中西文化的四重影响，他们具有写出地道旧体诗的潜力。这些旧体诗在一定程度上，承担了其他文体无法承担的功能。它种问题，无论是戏剧、小说还是散文都在不可避免地接受西方文化的影响产生变异，但只有旧体诗作为中国古典文学的独特、辉煌产物，出于古典诗歌遗产的巨大吸引力的原因，在传播和继承中华文化时，起着无与伦比的作用。

再次，新加坡华文旧体诗具有不可替代的文化交流意义。本书通过不同类型作者旧体诗写作的背景的考察，从作者的时代背景、所处的文学文化语境中的重大命题这两个方面入手，分析影响其写作的主要因素；通过分析三类旧体诗写作群体的写作姿态及其文化认同，力图描述出生活在外域的他们如何面对中国，由此考察中国性与"去中国性"的冲突，传统与现代的交融与冲突；通过对旧体诗边缘状态原因的考察，研究旧体诗在新加坡文学版图中的位置与特殊意义，并由此思索旧体诗在现代文化中存在的可能。

第三节　学理攸同：新加坡华文旧体诗的文学史定位及其价值

中国古典诗词，从西周伊始，至今绵绵三千年。其发展的各个阶段具有突出特色的成就，成为中国文人的精神追求。古典诗词成为文化领域的符号体系和信息储存方式。对于中国古典诗歌在海外传播与接收的系统研究始于1983年赵毅衡出版的《远游的诗神——中国古典诗歌对美国现代诗的影响》。时至今日，古典诗词已然参与海内外华人的文化生活，显示出顽强的生命力。究其原因，在于古典诗词历经千年积淀中华民族的文化品格，以独特的方式发挥了巨大的社会效应，渗透并反映华人的日常生活、政治态度与哲学观念。

20世纪以来，面临全球化与世界一体化的冲击，中国文化没有全军覆没，反而在更加激烈的文化冲突中积极转型。中国传统文化源远流长和传统文化作为中华民族的"集体无意识"对海内外华人的影响与制约，使得中国文化不但被外国文化所取代，反而会更加凸显自身的竞争力。我们之所以把研究的关注点放在中国古典诗词在海外的产生与影响，目的在于让融通中国和域外两个迥异的场域之间的思想与文化，实现在一个学术共同体内进行诗歌之间的对话。

新加坡华文旧体诗对中国的历史想象本质上是一种"历史"与"现实"在"星洲"这样的特定时空交汇的多元图景。而作为中华民族集体记忆一部分的中国历史，随着早期南来文人流寓的脚步而被叠加在了新加坡这片土地上。在无论是左秉隆、郁达夫、邱菽园或是当代诗人他们的怀史咏怀诗中，新加坡华文旧体诗对中国历史的想象不仅仅是历史文本的简单重现，更是身在海外的文人自身关于中华民族历史记忆在新加坡这样的文化场域内进行的艰难重塑。所谓"一切历史都是当代史"，从不同类型的旧体诗人对于中国历史的描述中我们可以看出不同类型、不同时期的华人面对中华文化所采取的不同姿态及其意义。

一、新加坡华文旧体诗是海外华文文学必不可少的一部分

新加坡华文文学的发展是新旧两种文学并行的，新旧文学在不同历史时期发挥不同的功能，而华文旧体诗作为海外华文文学的组成，更是海外华人创造的精神产品，反映的是新加坡华人落地生根的历史和面对故土复杂的心理。将华文旧体诗纳入"文学公共空间"不仅有增强海外华文文学版图完整性的意义，更是华人南洋生活经历的反映。

中国自"五四"新文化运动后，旧文学就被不断的边缘化，现当代文学领域更是对旧体诗的合法性多有质疑。其中具有代表性的诸如唐弢的观点："许多文学史完全没有必要把旧体诗放在里面做一个部分来讲。"对于当代旧体诗入史的问题也持反对意见："作为个人的研究活动，把它（旧诗词）作为研究对象本无不可，但我不同意写入中国现代文学史，不同意给它们与现代白话文学同等的文学地位。"（王富仁，1996）持有同样看法的还有王泽龙在《文学评论》上的专述《关于现代旧体诗词的入史问题》（《文学评论》，2007 年第 05 期），其主张现代旧体诗词不应入史。这种看法影响到国内学者对海外华文文学的研究，海外华文旧体诗的生存和境遇被忽视。另外，在新加坡本土，英语作为官方语言，是社会向上流动时主流阶层所持语言，汉语相对式微，作为旧文学的华文旧体诗更是问津者寥寥。本书通过对不同阶段旧体诗创作群体的分析，就是要确认华文旧体诗在华文文学和新加坡境内不可或缺的文学身份和文学地位。

对新加坡华文文学旧体诗的梳理，反映的是多元化、全面化的海外华文文学状况。如台湾学者余光中所说："对中原的十多亿人说来，三地加海外的几千万'华人'只算少数，但其中产生了多少杰出的作家，为'正统''嫡系'的中原文学增添如许光彩。减去这光彩，当代中国文学史就不够立体、不够多元了。"这样的论述对于新加坡华文旧体诗同样适用，文学史缺少对这部分文学面貌的研究，同样会减少海外华文文学的多元性和完整性。

纵观整个新加坡华文旧体诗的发展轨迹，异质的族群交往体验是一个逐渐深化的过程。面对异质文化环境，不同类型的旧体诗作者的创作心态

也是一个冲突与融合相互缠绕发展的过程,这种复杂的社会心理发展轨迹也会相应地投射到旧体诗的创作之中。晚清伊始的旧体诗创作,无论是八大臣出洋还是康有为、郁达夫的南遁,直至邱菽园、潘受等移民作家生活、杂居体验的深入与成熟,以及对于旧体诗创作本身的发展需求,诗人的创作以自身经历的南洋生活为创作题材,在融入陌生的南洋社会之前,文化的隔阂、心灵的困顿和对故土的眷恋,使此类诗人对这一陌生的社会生活产生特殊的敏感性,自觉不自觉地跟在中国本土形成的文化素养进行比较,对新生活、新土地以中国古典诗词的样式进行倾诉。

在第二类诗人那里,成就了新加坡华文旧体诗创作的巅峰时期,从数量到质量都有了的发展。他们创作中体现出的文化视野和"比较意识"得到拓展。因此,无论是对于中国故土和南洋生活体验的双重经验的跨越,还是在作品中展现出的"跨文化"的美学品质和艺术力量。邱菽园的作品中贯穿始终的是对于中国故土的关照与热爱,如《闽乡新客抵坡相访为言内地流亡之痛诗以志慨》中回想故国"卅载魂梦怯经过,话到乡园涕泪多",惊闻国内苛捐杂税繁重时,更有"猛虎原情输恶税,穹龟阻望乏长柯"的感慨。再如诗问《甲戌长夏星洲侨次题洪宽孙画梅》中"南岛无梅苦热尘,椒畦椰圃杂甘辛。劳君打个圈儿画,笔底能回瘴海春"。梅花原是故土中原产物,远在星洲却要为人题梅,表现出诗人面对中国和新加坡双重关怀的语境。

当代新加坡华文旧体诗大多定居新加坡,不似前两类诗人,他们的移民身份被削减,确定的社会角色、相对稳定的生活,逐渐融入当地社会使得文化冲突缓和。当代诗人朱添寿的《议胡姬正名一事》提出当代华人对于文化认同的看法,"何必纷争正名风,过淮橘枳本相通","于斯生死全腰领,文物南洋早认同"。

如白先勇所说,"出国之后,最重要的变化是我对中国传统文化的重新发现"。海外的生活经历反而给了这些诗人向传统文化靠拢的欲望。由于华文旧体诗人中有很大一部分比例具有在中国本土的生活经验,因而对中国传统文化和古典诗词的接受根深蒂固。南洋的生活历程不仅没有消解反而加强了他们对于中国文化的认同。他们用最中国的文学形态进行人生感悟。

华文旧体诗的作者夹杂在东西方文化、马来文化与现代化的城市生活之间，受到果园文化的冲击，促使对自身的反思，形成对自我和异质文化的理性判断，这种文化间隔更多的是深受多种文化影响的海外华人自觉保持的文化心理距离。另外，这些不同类型的旧体诗人，有着相同的南洋生活的体验，把这些生活经验融入旧体诗的创作中，自然而然地会形成本土的文学传统。这种承载双重文学传统的旧体诗人，要写出意味深长、典雅凝练的古典诗词，不可避免地要从中国古典文学中汲取养分。因此旧体诗的创作不可能避免中国文化传统对其的影响。但是就凭此断定中国文学是新加坡文学的殖民者，不免有些狭隘的民族主义视角。至少在旧体诗作者眼中，汉语和古典诗词的创作是不可分割的，选择汉语进行创作就不自觉地实现中国文化的海外传承，但是这种文化自觉地指向只是观念上的中国、文化上的中国，而非实体意义、政治意义上的中国。因此，即便坚持旧体诗的创作，也依然谈不上中国文学对新加坡文学的殖民。

近年来，伴随着世界多元化的发展轨迹和跨文化交流的日渐频繁，华文文学成为一支日渐规模的流动符号，不同文化之间的互动得到增强。海外华文文学也在向多元化和多样性发展，在开放的文学视野下，旧体诗作者突破以往的文学格局，展示古典诗词在海外的独特魅力及平等和谐相待的从容自信。这种跨越文学边界的张力，反映出海外华文文学崭新的历史文化观。

二、旧体诗在海外的创作，其行为意义大于写作意义

正如新加坡华文旧体诗中所表现的咏史感怀、山水游记、世事变迁的主题，是中国传统文学文化积淀、传播的表现。海外华人对于旧体诗这样旧文学体式的坚持，就传播学意义而言，与中国本土现代旧体诗的创作是具有共同的审美情趣的。这些诗人的创作除了建立在对传统文化的坚守基础之上，也是自我进行生活体验的表达方式。

本书把新加坡华文旧体诗按作者分类置于不同的时代，也是将旧体诗作为一个对时代审视的视角。旧体诗作为一种文学形态，在不同的历史时期有不同的形态与特征，旧体诗联系着其他文学社会现象共同构建着时代的演变。

第六章 新加坡华文旧体诗的发展脉络与特色

而旧体诗在新加坡的发展趋势的弱化及逐步边缘化的特征，使得创作数量也逐步递减，因此本书在篇幅设置上所显现的不均衡，即对"过客"诗人论述篇幅最长，"流寓"诗人次之，而当代新加坡华文旧体诗的论述最少。具体而言，本书所论述的第一类诗人，不仅创作群体的数量庞大，更重要的是"过客"诗人身处旧文学占主流的社会时代，因此诗作品质量高。而发展至当代的新加坡华文旧体诗，从创作主体的社会角色而言，基本上是没有专职从事旧体诗创作的文人，大都亦商亦文，写作也是乐趣而已。如本书所论述的，当代旧体诗表现出用词通俗，意境直白等现象，佳作罕见，在本书所占篇幅有限。这样不协调的结构，也是迎合了旧体诗在海外的创作、传播趋势。因此，在章节的分布上，本书按照作品数量和品质进行相应论述。

因此，海外华文旧体诗的写作可以视为特殊形式的异族叙事。所谓异族叙事，"是指作为少数族裔的华人作家在'族裔杂居'的语境中，对复杂、微妙的'杂居经验'的感受、想象与表达方式，和他们利用文学方式，与各种异己话语进行交流的一种积极努力和追求，也是指他们期望通过或者是利用文学方式实现对作为少数族裔之一的自我的一种言说策略与方式"（王列耀，2005）。

本书所陈述的三类作者，在杂居的族群环境中，都面临主流与边缘之分。新加坡华文旧体诗的作者相对于新加坡的主流社会族群和其他文学样式而言都是有"异"的，作为边缘族群的创作方式的华文旧体诗独特的书写方式，表达的不仅仅是诗人自身的艺术追求。这种带有中国古典文学色彩的书写策略，实质上也向特定的接受者显示着创作者自身的言述背景与生活姿态。另外，作为旧体诗的创作者而言，他们的创作不同于其他华文文学样式那样需要对内在的自我和"他人眼中之我"同时关照的方式来言说微妙的异域生活体感并折射其背后的文化。因此，旧体诗这种华文文学样式在"自我"和"他者"之间可以表现出更多的开放性和可能性。这种异质文化在相互制衡过程中互相认同成为华文文学繁荣的重要趋向。

这种文化的双重经验要求研究者更清醒地认识到异族交往与杂居体验的双向性和平等性，在平等对话的跨文化创作和研究中，在对不同类型旧体诗的创作者心态比较中，反观旧体诗作者的创作策略和移植生命的丰富心灵轨迹，从而把握和展现旧体诗这种独特的华文文学样式的独特性。

在创作姿态方面，华文文学的"异族叙事"更多是表达华人与所在地主要族群之间的互补、互动关系，"以文学的方式消解和驳斥各种对华人不利的种种负面话语"（王列耀，2007）。但是华文旧体诗确是以中国古典文学的样式出现在海外，在异质文化中，在用典、语言方面发生变异的同时，更多地保持了旧体诗创作样式的独立性。在面对其他族群及其文化时，无论是早期"过客"诗人的俯瞰于新奇，还是作为新移民浪子的"流寓"诗人的自我反思与心系两地，直到当代新加坡华文旧体诗作者的为写诗而写诗，以高度精练的语言和格律的追求，对于中国古典诗词的传承多于变异，使之形成了和其他文学样式不同的独立的文学态势。

另外，就旧体诗的文教功能而言，一方面要求作者描绘社会景象、抒发情感；另一方面，兼具表达作者本人文学修养的作用，就南洋的自然地理和人文风貌阐发出有价值的学识、义理。前者抒发的是作为诗人的感性，后者表达的是作为文人的理性。作为"过客"的官员更乐于以古风排律的形式渲染异域奇珍，而流寓南洋的文人们则显得更加心平气和、透查悟理。这也反映出文学创作的规律，在旧的文学样式衰落、边缘化的同时，新的主题和思想会充实进来，矫正文学的走向。在整个新加坡华文旧体诗的此消彼长中激发了不同类型诗人对于南洋和故土的观察及由此产生的情绪与理智。因此，就华文旧体诗所承载的民族记忆而言，新加坡的社会发展历史和文化环境中所产生的文学作品，必然含有多元化的文化元素。华人的历史文化和民族意义被逐步淡化，面对逐渐丧失的民族记忆，华文旧体诗作者在审视和判断周遭事物时，也是在不自觉地以旧体诗的文学样式强化民族记忆。当然，这也是新加坡学者所诟病的"后殖民视角"，即如何看待中国古典文学对新加坡以至周边国家产生的影响问题。

三、新加坡华文旧体诗所建立的文化沟通交流

全球化进程必然导致民族文化与文化全球化的冲突。对于处于东西方文化的交汇处的新加坡华文旧体诗的创作和传播而言，既要坚持古典文学样式的写作，又要面对新加坡多元社会的文化洗礼。对于这一文学现象的研究，即中国古典文学种类的海外生存现状，以及在中外的对话、交流中

第六章 新加坡华文旧体诗的发展脉络与特色

反观我们中国古典诗词在当代的生存的问题，是具有现代意识与前瞻性的论题。

本节所涉及的文化沟通交流作为研究语境，一方面，充分注意到古典诗词在当代跨文化语境下所面临的一种普遍境况，也看到了"跨文化"对人类思想生产包括对文学生产所产生的深刻而复杂的影响，故具有重要理论价值与现实意义；另一方面，本书意图以跨文化为切入点探讨新加坡华文旧体诗，彰显一些潜隐在中国古典文学精神和南洋文化传统，呈现两国文学的多元内涵，为全球化语境中的中国文化的海外传播发展提供文化资源。

旧体诗在中国的发展和演变是建立在相对稳定的农耕文化基础之上的，形成很强的艺术规范，这种极为苛刻的艺术规范形成的基础是几千年来相对稳定的创作规律及文学传统。在倡导自由化快餐创作的今天，旧体诗创作的藩篱限制了其在中国本土的发展和繁荣，却在新加坡这样的异质文化土壤中仍然得以生存，是与新加坡社会的文化心理、生活方式和接受者的艺术审美紧密联系的。但是，不可否认的是，旧体诗这种传统文体传播到海外，面对新土地、新生活累积的新经验后同样受到冲击，但是这种冲击亦是对于中国古典诗词的拓展，为海外华人带来新的生命体验，为中国古典文学带来多元化探索。

面对多元化的文化背景和全球化语境的现实，新加坡华文旧体诗表现出丰富的跨文化特质。这不仅仅在于相同的语言的创作与传承消解了文化隔离的藩篱，更是在于以旧体诗这样的文学样式至今依然在海外能够得以生存的机制与文化环境的适应，为研究中国文化在海外的传播交流提供新的思路。

事实上，海外华文旧体诗的跨文化传播的意义，是伴随着中国国际地位的提高与汉语在世界语言中的崛起而凸显的。一定数量的旧体诗创作群体在新加坡甚至整个东南亚地区坚持创作，不仅在新加坡华人中传播中国古典文学的独特魅力与深邃底蕴，亦是通过与国内旧体诗的创作群体向国人传播新加坡的社会发展与自然地理风貌。自然而然的，远在新加坡却坚持用旧体诗这样的文学样式进行创作的行为本身就具有跨文化传播的意义。

新加坡华文旧体诗的源起系脱离中华母邦文化，生成于新加坡这样的异质文化环境，这个过程从本质上讲是两种异质文化之间从相互冲突对抗到相互融合介入的过程。在"过客"诗人那里，面临两种不同文化之间的对话，必不可少的引起创作者个体所必须面临的文化冲突、文化认同与文化抉择等一系列文化现象。作为"流寓"诗人必然面对故土和南洋的文化纠葛、诗人自身的身份属性及对南洋文化认同和审视。他们对居住国新加坡和中华文化传统都有自己的领悟。而当代旧体诗人的创作是在新加坡主流社会之外边缘文学，更具有强烈的民族意识、文化交流的心态。因而新加坡华文旧体诗具有文化间性（inter cultural）的特质。霍米·巴巴提出"文化杂合"（cultural hybridity）的概念，即"不同种族、种群、意识形态、文化和语言互相混合的过程"。这种所谓的"杂合"理论并不能解释新加坡华文旧体诗的发生和存在状态，因为这种理论更多是追求多元文化的并存，却忽视了不同文化之间的差异。新加坡华文旧体诗的作者无论是感到前所未有的解脱自由，获取新视野、经历新体验，融入新加坡文化，还是面临着自然环境和社会文化精神差异而带来适应的痛苦，从而产生文化归属的焦虑，陷入边缘的境地，他们的文化背景却都是曾经生存或发生影响的中华文化系统和新加坡文化系统。由此，自然而然地栖居于两个文化系统之间。作为文化间性以承认差异、尊重异质文化为前提，是一种文化与其他异质文化相互作用影响的内在关联。

正如新加坡文学研究中的多元文化是力求在相对统一的社会环境下不同文化群体的共存。一方面，新加坡华文旧体诗的存在昭示了异质文化之间以不同文化态势进行的文化交流；另一方面，旧体诗对于诗人们而言不仅仅是一种写作工具还有隐藏其后的文化支撑。这样边缘的写作方式，实际上是一种对新加坡多元文化的接受和中华文化移植的双向过程。既在一定程度上接受新加坡的文化，又把中华文化通过旧体诗的语言和创作规范进行域外移植，从而在两种文化之间构建一个对话空间，这也是对权威文化的消解。

与此同时，新加坡华文旧体诗的作者始终是用传统文化符号传达自己身处异乡的困惑、认知、追求，这意味着脱离母体进入了一个异质文化世界的创作，于是在不同价值观、文化身份的碰撞下，诗人对文化身份的追寻中更善于借助具有浓烈象征意味的传统文化意象来确立自己的文化权利，从而避免被新加坡主流文化淹没，如当代诗人对中华文化的式微的感受等。另外，新加坡华文旧体诗又呈现出独特的异域文化特色。由于生长在新加坡文化情境中，旧体诗创作不可避免地融合了异域文化的特征，创作题材上纳入许多具有异域色彩的意象。

第四节　结　　语

新加坡华文旧体诗的研究，从实证的角度观察是一个追寻历史踪迹的方式。但是，当我们通过不同类型诗人的创作去追寻他们投射在文本中的家国想象与文化观念时，就不仅仅是旧体诗创作与身份认同所构成的意义，而是连接一个多世纪的汉文学的海外传播的客观现实。旧体诗的文学精神、诗人们的创作缘由和生存际遇都通过旧体诗一一呈现。这是我们在海外华文文学研究过程中，一个无法忽略的文学谱系。

新加坡华文旧体诗留给我们很大的思考空间，面对三种不同类型诗人的创作活动的演变，更让我们感受到旧体诗在海外的生存危机。如前所述，本书的目的旨在抛砖引玉引起学界对海外华文旧文学样式的关注。本人能力有限，书中未尽如人意者颇多，望诸位方家指点为盼。

参 考 文 献

艾略特. 1994. 艾略特文学论文集. 南昌：百花洲文艺出版社.
安德森. 2003. 想象的共同体：民族主义的起源与散布. 吴睿人译. 上海：上海人民出版社.
巴赫金. 1998. 周边集. 李辉凡，等译. 石家庄：河北教育出版社.
班固. 1962. 汉书. 北京：中华书局.
北京大学比较文学与比较文化研究所. 2001. 多边文化研究. 北京：新世界出版社.
斌春. 1985. 乘槎笔记. 长沙：岳麓出版社.
斌椿. 1985a. 天外归帆草. 走向世界丛书. 长沙:岳麓出版社.
斌椿. 1985b. 海国胜游草. 走向世界丛书. 长沙:岳麓出版社.
冰人. 1934. 最近新加坡文艺界之一瞥. 出版消息， 46.
伯希和. 2003. 郑和下西洋考交广印度两道考. 冯承钧译. 北京：中华书局.
伯希和. 1940. 西域南海史地考证译丛四编. 冯承钧译. 北京：商务印书馆.
陈国贲，张齐娥，王业龙. 1996. 出路——新加坡华裔企业家的成长. 北京：中国社会科学出版社.
陈佳荣，谢方，陆峻岭. 1986. 古代南海地名汇释. 北京：中华书局.
陈金川. 1998. 地缘中国. 北京：中国档案出版社.
陈蒙鹤. 2008. 早期新加坡华文报章与华人社会(1881—1912). 胡兴荣译. 广州：广东科技出版社.
陈荣照. 1999. 新马华族文史论丛. 新加坡：新社出版.
陈实. 1991. 新加坡华文作家作品论. 北京：光明日报出版社.
陈室如. 2014. 晚清海外游记的物质文化. 台北：里仁书局.
陈贤茂. 1999. 海外华文文学史初编. 厦门：鹭江出版社.
陈晓明. 2003. 现代性与中国当代文学转型. 昆明：云南人民出版社.
陈育崧. 1970. 新加坡华文碑铭集录. 香港：香港中文大学出版社.
陈铮. 2005. 黄遵宪全集. 北京：中华书局.
陈子善，王自立. 1986. 回忆郁达夫. 长沙：湖南文艺出版社.
陈子展. 2000. 中国近代文学之变迁. 上海：上海古籍出版社.
戴鸿慈. 1985. 走向世界丛书·出使九国日记. 长沙：岳麓出版社.
丹纳. 1991. 艺术哲学. 傅雷译. 合肥：安徽文艺出版社.
丁仕原. 2006. 郁达夫究竟为何要去南洋. 求索，(8)：202-203.
董桥. 1996. 董桥文录. 成都：四川文艺出版社.

恩斯特·卡西尔. 2004. 人论. 甘阳译. 上海：上海译文出版社.

法显. 2008. 佛国论. 重庆：重庆出版社.

范德机. 1981. 木天禁语//范德机. 历代诗话. 北京：中华书局.

范文澜. 1994. 中国通史. 北京：人民出版社.

方北方. 1987. 马华文学及其他. 新加坡：新加坡文学书屋.

方起驹，杨耀宗，金永礼. 1984. 新马华人教育发展小史. 华侨史研究论集. 上海：华东师范大学出版社.

方修. 1986a. 新马文学史论集. 上海：生活·读书·新知三联书店.

方修. 1986b. 马华新文学简史. 马来西亚：董总出版社.

费尔巴哈. 1959. 费尔巴哈哲学著作选集. 容振华译. 北京：生活·读书·新知三联书店.

费信. 1954. 星槎胜览. 冯承钧校注本. 北京：中华书局.

费正清. 1985. 剑桥中国晚清史. 北京：中国社会科学出版社.

冯承钧. 1954. 星槎胜览. 北京：中华书局.

郜元宝. 2004. 为什么粗糙——中国现代知识分子语言观念与现当代文学. 文艺争鸣，(2).

故宫博物院明清档案部. 1979. 清末筹备立宪档案史料. 北京：中华书局.

广东丘逢甲研究会. 2001. 丘逢甲集. 长沙：岳麓书社.

郭璧君. 1909-6-24. 新加坡总汇新报·词界版.

郭惠芬. 1999. 中国南来作者与新马华文文学. 厦门：厦门大学出版社.

郭惠芬. 2004. 战前马华新诗的承传与流变：20世纪中国文学关联研究. 昆明：云南人民出版社.

郭绍虞. 2000. 中国历代文论选. 上海：上海古籍出版社.

郭延礼. 1991. 中国近代文学发展史. 济南：山东教育出版社.

郭延礼. 2001. 中国近代文学发展史. 北京：高等教育出版社.

郭振羽. 1985. 新加坡的语言与社会. 新加坡：新加坡正中书局印行.

胡从经. 1997. 历史的跫音——历代诗人咏. 香港. 香港：香港朝花出版社.

胡适. 1996. 白话文学史. 上海：东方出版社.

胡适. 2003. 新文学大系. 理论建设集. 上海：上海文艺出版社.

黄锦树. 1996. 马华文学：内在中国、语言与文学史. 新加坡：华社资料研究中心.

黄锦树. 1998. 马华文学与中国性. 台北：远流出版事业股份有限公司.

黄升任. 1971. 黄遵宪评传. 南京：南京大学出版社.

黄万华. 1999. 新马百年华文小说史. 济南：山东文艺出版社.

黄贤强. 2008. 跨域史学：近代中国与南洋华人研究的新视野. 厦门：厦门大学出版社.

黄遵宪. 1981. 人境庐诗草笺注. 上海：上海古籍出版社.

黄遵宪. 1991. 黄遵宪文集. 东京：日本株式会社中文出版社.

黄遵宪. 2003. 黄遵宪集. 天津：天津人民出版社.

基亚. 1983. 比较文学. 颜保译. 北京：北京大学出版社.

吉川幸次郎. 2012. 中国诗史. 章培恒，骆玉明，等译. 上海：复旦大学出版社.

季羡林. 2001. 比较文学与民间文学. 北京：北京大学出版社.

江少川，朱文斌. 2007. 台港澳暨海外华文文学研究教程. 武汉：华中师范大学出版社.
姜飞. 2005. 跨文化传播的后殖民语境. 北京：中国人民大学出版社.
蒋贵麟. 1976. 康南海先生遗著汇刊. 台北：宏业书局有限公司.
蒋述卓. 2003. 文化视野中的文艺存在. 北京：中国社会科学出版社.
康有为. 1983. 邱君菽园哀我流离，赠予千金、感咏高义，赋谢岭南文史，（2）：121.
康有为. 1997. 康有为诗文选译. 桑咸之，阎润鱼译注. 成都：巴蜀书社.
康有为. 2007. 康有为全集. 姜义华，张荣华编校. 北京：中国人民大学出版社.
康有为. 2007. 欧洲十一国游记. 李冰涛校注. 北京：社会科学文献出版社.
柯木林，吴振强. 1972. 新加坡华族史论稿. 新加坡：南洋大学毕业生协会出版.
柯木林. 2007. 石叻史记. 新加坡：新加坡青年书局.
柯木林. 2009. 新华古典诗文选释. http://blog.sina.com.cn/s/blog_5de4db230/00caw5.html.
赖伯疆. 1993. 东南亚华文戏剧概观. 北京：中国戏剧出版社.
乐黛云. 1999. 文化传递与文学形象. 北京：北京大学出版社.
李鸿章. 1979. 筹办夷务始末. 同治朝. 北京：中华书局.
李金泉. 2001. 半闲轩诗词集. 新加坡：新加坡同安会馆出版.
李庆年. 1998. 马来亚华人旧体诗演进史. 上海：上海古籍出版社.
李扬帆. 2005. 走出晚清：涉外人物及中国的时间观念之研究. 北京：北京大学出版社.
李元瑾. 1990. 林文庆的思想中西文化的汇流与矛盾. 新加坡：新加坡亚洲研究学会.
李元瑾. 2000. 东西文化的撞击与新华知识分子的三种回应——邱菽园、林文庆、宋旺相的比较研究. 新加坡：新加坡国立大学中文系，八方文化企业公司.
李钟珏. 1947. 新加坡风土记. 新加坡：南洋书局有限公司.
联合早报. 1999. 跨世纪的文化对话. 新加坡：联合早报，联邦出版社.
梁启超. 1902. 中国殖民八大伟人传. 新民丛报，（63）：81-88.
梁启超. 1959. 饮冰室诗话. 北京：人民文学出版社.
梁启超. 1989a. 饮冰室合集. 北京：中华书局.
梁启超. 1989b. 饮冰室诗话. 长春：时代文艺出版社.
梁启超. 2000. 清代学术概论. 上海：上海古籍出版社.
梁荣基. 1998. 又山诗词. 新加坡：玲子大众传播私人有限公司.
梁英明. 2001. 战后东南亚华人社会变化研究. 北京：昆仑出版社.
梁志明. 1999. 殖民主义史. 北京：北京大学出版社.
铃木正夫. 1996. 苏门答腊的郁达夫. 李振声译. 上海：远东出版社.
铃木正夫. 2000. 郁达夫：悲剧性的时代作家. 李振声译. 南宁：广西教育出版社.
刘海粟. 1985. 漫论郁达夫. 文汇月刊，（8）：8.
刘宏. 2003. 战后新加坡华人社会的嬗变：本土情怀·区域网络·全球视野. 厦门：厦门大学出版社.
刘宏. 2004. 中国——东南亚学：理论建构·互动模式·个案分析. 北京：中国社会科学出版社.
刘若愚. 1991. 中国诗学. 沈阳：长江文艺出版社.

刘世南. 2003. 清诗流派史. 北京：人民文学出版社.
卢丽珊. 2007-02-01. 中国移民办文学网——共同推动本地华文文学. 新加坡联合早报.
罗钢，刘象愚. 1999. 后殖民主义文化理论. 北京：中国社会科学出版社.
马歌东. 2004. 日本汉诗溯源比较研究. 北京：中国社会科学出版社.
马可·波罗. 1954. 马可·波罗行记. 冯承钧译. 北京：中华书局.
马林诺夫斯基. 1987. 文化论. 费孝通，等译. 北京：中国民间文艺出版社.
梅宋博. 1909-6-24. 新加坡总汇新报·词界版.
孟华. 2001. 比较文学形象学. 北京：北京大学出版社.
米夏埃尔·兰德曼. 1988. 哲学人类学·张乐天译. 上海：上海译文出版社.
米歇尔·福柯. 1998. 知识考古学. 谢强，马月译. 北京：生活·读书·新知三联书店.
尼古拉斯·塔林. 2003. 剑桥东南亚史. 贺圣达，陈明华，俞亚克，等译. 昆明：云南人民出版社.
欧阳修，宋祁. 1975. 新唐书. 北京：中华书局.
潘碧华. 2009. 马华文学的现代阐释. 马来西亚：马来西亚华文作家协会.
潘飞声. 1934. 说剑堂. 上海：百宋铸字印刷局.
潘受. 1970. 海外庐诗. 新加坡：香港上海书局及新加坡南洋大学中国语文学会.
潘受. 2004. 潘受诗集. 新加坡：新加坡文化学术协会.
潘亚暾. 1996. 海外华文文学现状. 北京：人民文学出版社.
彭步伟. 2009. 新马华文报文化、族群和国家认同研究. 广州：暨南大学出版社.
皮尔逊. 1974. 新加坡通俗史. 福建师范大学外语系翻译小组译. 北京：人民出版社.
钱仲联. 1986. 梦苕庵诗话. 济南：齐鲁书社.
钱仲联. 2004. 清诗纪事. 北京：燕京出版社.
钱钟书. 1992. 谈艺录. 上海：上海教育出版社.
丘逢甲. 1900-05-23. 槟榔屿杂诗. 叻报，第5版.
丘逢甲. 1984. 岭云海日楼诗钞. 合肥：安徽人民出版社.
丘逢甲. 2001. 致沈观察. 广东丘逢甲研究会.
丘逢甲. 2009. 岭云海日楼诗钞. 上海：上海古籍出版社.
邱琮. 1984. 仓海先生丘公逢甲年谱. 合肥：安徽人民出版社.
邱菽园. 1897. 菽园赘谈. 香港.
邱菽园. 1899. 粤垣雕刻木版大字本. 五百石洞天挥麈. 广州.
邱菽园. 1901. 上海浇铸铅版小字本. 挥麈拾遗. 上海.
邱菽园，1909-2-8. 新加坡总汇新报·词苑版.
邱菽园. 1917. 啸虹生诗钞. 新加坡.
邱菽园. 1922. 春日新加坡郊原游眺. 中国与南洋，(1)：81-88.
邱菽园. 1949. 邱菽园居士诗集. 新加坡.
邱新民. 1993. 邱菽园生平. 新加坡：胜友书局.
全国人大常委会办公厅研究室. 1996. 中国近代不平等条约汇要. 北京：中国民主与法制出版社.
饶芃子. 1999. 中国文学在东南亚. 广州：暨南大学出版社.

饶宗颐. 1994. 新加坡古事记. 香港：香港中文大学出版社.

阮伟. 2006. 地缘文明. 上海：生活·读书·新知三联书店.

赛缪尔，亨廷顿. 2002. 文明的冲突与世界秩序的重建. 周琪译. 北京：新华出版社.

沈云龙. 1996. 近代中国史料丛刊编辑康南海诗集. 台北：文海出版社.

施吉瑞. 2010. 人境庐内——黄遵宪其人其诗考. 孙洛丹译. 上海：上海古籍出版社.

苏雪林. 1985. 郁达夫研究资料. 广州. 广东花城出版社.

泰勒. 1995. 原始文化. 蔡江浓译. 上海：生活·读书·新知三联书店.

汤因比，池田大作. 1985. 展望二十一世纪：汤因比与池田大作对话录. 荀春生译. 北京：国际文化出版公司.

唐湜. 2000. 一叶诗谈. 南宁：广西教育出版社.

汪大渊. 1981. 岛夷志略校释. 苏继庼校释. 北京：中华书局.

王富仁. 1996. 当前中国现代文学研究中的若干问题. 中国现代文学研究丛刊，(2)：76.

王赓武. 1986. 南洋华人民族主义的限度1912—1937年//东南亚与华人——王赓武教授论文选集. 北京：中国友谊出版公司.

王赓武. 1987. 东南亚与华人. 北京：中国友谊出版社.

王赓武. 2002. 王赓武自选集. 上海：上海教育出版社.

王国维. 1998. 宋元戏曲史. 上海：上海古籍出版社.

王建平. 1997. 文学史不该缺漏的一章——论20世纪旧体诗词创作的历史地位. 广西大学学报(哲学社会科学版)，(3)：90.

王建平. 1997. 文学史不该缺漏的一章——论20世纪旧体诗词创作的历史地位. 广西大学学报(哲学社会科学版).

王力. 1977. 诗词格律. 北京：中华书局.

王列耀. 2005. 隔海之望东南亚华人文学中的"望"与"乡". 北京：中国社会科学出版社.

王列耀. 2007. 东南亚华文文学的"异族叙事"——以菲律宾、马来西亚、印度尼西亚和泰国为例. 文学评论，(6)：166.

王润华. 1994. 从新马华文文学到世界华文文学. 新加坡：新加坡潮州八邑会馆文教委员会出版组.

王润华. 1998. 东南亚华文文学. 新加坡：新加坡歌德学院与新加坡作家协会.

王润华. 2001. 华文后殖民文学：中国、东南亚的个案研究. 上海：学林出版社.

王润华. 2007. 鱼尾狮、榴莲、铁船与橡胶树. 台北：文史哲出版社.

王士禛. 1961. 带经堂诗话. 张宗柟纂集，戴鸿森校点. 北京：人民文学出版社.

王世贞. 1983. 历代诗话续编. 北京：中华书局.

王韬. 1959. 弢园文录外编(卷二). 北京：中华书局.

王彦威，王亮. 1963. 清季外交史料. 台北：文海出版社.

王彦威. 1987. 清季外交史料(卷二一〇). 北京：书目文献出版社.

王瑶. 1998. 中国现代文学史论集. 北京：北京大学出版社.

王志伟. 2003. 邱菽园咏史诗编年注释. 新加坡：新加坡新社.

威廉斯. 2005. 关键词：文化与社会的词汇. 刘建基译. 北京：生活·读书·新知三联书店.

参考文献

韦红. 2000. 新加坡精神. 武汉：长江文艺出版社.
魏源. 1997. 海国图志. 卷六. 郑州：中州古籍出版社.
吴承学. 2002. 中国古代文体形态研究(增订本). 广州：中山大学出版社.
吴凤斌. 1993. 东南亚华侨通史. 福州：福建人民出版社.
吴凤斌. 1998. 契约华工史. 南昌：江西人民出版社.
吴天任. 1972. 黄公度先生传稿. 香港：香港中文大学出版社.
吴元华. 1999. 务实的决策——人民行动党与政府的华文政策研究(1954—1965). 新加坡：联邦出版社.
萧雅堂. 1893-11-08. 咏怀三首录里诸大坛邳政. 叻报, 5.
萧雅堂. 1893-11-17. 戏赠医士任远来. 叻报, 5.
萧雅堂. 1893-11-17. 赠翰墨林陈秉章二首. 叻报, 5.
萧雅堂. 1899-01-19. 番客篇. 天南新报.
笑罕子. 1903-8-3. 星洲竹枝词. 新加坡叻报.
徐持庆. 2007. 新加坡国宝诗人潘受. 北京：中国社会科学出版社.
徐继畲. 瀛环志略卷二. 上海老扫叶山房重校订本.
许南英. 1993. 窥园留草. 台北：台湾文献委员会.
许云樵译. 1966. 马来纪年. 新加坡：新加坡青年书局.
薛福成. 1985. 出使英法义比四国日记. 长沙：岳麓出版社.
严复. 2004. 严复集. 福州：福建出版社.
严家炎. 1995. 黑土地文化与东北作家群. 长沙. 湖南教育出版社.
严羽. 1983. 沧浪诗话·诗评. 郭绍虞释本. 北京：人民文学出版社.
颜清湟. 1992. 海外华人史研究. 新加坡：新加坡兖州研究学会.
杨国枢, 杨国光, 杨中芳. 2008. 华人本土心理学. 重庆：重庆大学出版社.
杨松年. 1988. 新马早期作家研究——1927—1930. 香港：三联书店, 新加坡:文学书屋.
杨松年. 2001. 战前新马文学本地意识的形成与发展. 新加坡：新加坡国立大学中文系, 八方文化企业公司.
杨松年, 王慷鼎. 1995. 东南亚华人文学与文化. 新加坡：新加坡亚洲研究学会.
杨维桢. 西湖竹枝集. 清光绪九年刻本.
杨云史. 1926. 江山万里楼诗钞. 北京：中华书局.
姚梦桐. 1987. 郁达夫旅新生活与作品研究. 新加坡：新加坡新社.
姚思廉. 1973. 梁书. 北京：中华书局.
姚枬, 许钰. 1958. 古代南洋史地丛考. 北京：商务印书馆.
叶维廉. 1992. 中国诗学. 北京：生活·读书·新知三联书店.
叶维廉. 1999. 解读现代·后现代：生活空间与文化空间的思索. 台北：东大图书公司.
叶钟玲. 2002. 黄遵宪与南洋文学. 新加坡：新加坡亚洲研究学会.
尹德翔. 2009. 东海西海之间——晚清使西日记中的文化观察、认证与选择. 北京：北京大学出版社.
余定邦, 黄重言. 2002. 中国古籍中有关新加坡马来西亚资料汇编. 北京：中华书局.
郁达夫. 2006. 郁达夫诗词笺注. 詹亚园笺注. 上海:上海古籍出版社.

郁达夫. 1939-05-04. 伦敦《默叩利》志的停刊. 晨星.

郁达夫. 1992. 郁达夫全集. 杭州：浙江文艺出版社.

郁达夫. 1999. 郁达夫海外文集. 北京：生活・读书・新知三联书店.

郁达夫. 2004. 郁达夫选集. 北京：人民文学出版社.

郁达夫. 2007. 郁达夫全集. 杭州：浙江文艺出版社.

郁龙余. 1989. 中西文化异同论. 北京：生活・读书・新知三联书店.

袁学澜. 2001. 江苏竹枝词集. 南京：南京教育出版社.

袁祖志. 1883. 谈瀛录・海外吟. 上海：上海同文书局.

原甸. 1987. 马华新诗史初稿——1920—1965. 上海：上海三联书店.

曾玲. 2003. 越洋再建新家园——新加坡华人社会文化研究. 南昌：江西高校出版社.

张恩和. 1989. 郁达夫研究纵论. 北京：教育出版社.

张济川, 等. 1981. 新加坡新声诗社百期社科选辑. 新加坡：新加坡新声诗社.

张济川, 等. 1985. 新加坡新声诗社诗词选集. 新加坡：新加坡新声诗社.

张济川. 2000. 世界当代中国诗词发展的曲折道路与展望. 武钢职工大学学报.

张京媛. 1999. 后殖民理论与文化批评. 北京：北京大学出版社.

张京媛. 1993. 新历史主义与文学批评. 北京：北京大学出版社.

张旭东. 2010. 东南亚的中国形象. 北京：人民出版社.

张治. 2014. 异域与新学：晚清海外旅行写作研究. 北京：北京大学出版社.

赵尔巽, 等. 1977. 清史稿. 北京：中华书局.

赵汝适. 1956. 诸蕃志・校注本. 北京：中华书局.

郑欣淼. 2006. 旧体诗创作：从复苏走向复兴. 中华诗词, (9)：47.

中国第一历史档案馆. 1998. 军机处录副奏折. 清代中国与东南亚各国关系档案史料汇编. 北京：国际文化出版社.

忠扬. 1986. 新马文学论评. 北京：生活・读书・新知三联书店.

钟书河. 1985. 走向世界——中国人考察西方的历史. 北京：中华书局.

钟书河. 1996. 书前书后. 海口：海南出版社.

周海清. 2002. 新加坡华语词汇与语法. 新加坡：新加坡南洋理工大学中华语言文化丛书.

周宁. 1997. 新加坡华文文学的认同：创造与传统. 华侨华人历史研究, (2)：73.

周宁. 2007. 东南亚华语戏剧史. 厦门：厦门大学出版社.

周长楫, 周海清. 2003. 新加坡闽南话俗语歌谣选. 厦门：厦门大学出版社.

朱崇科. 2008. 考古文学"南洋"新马华华文文学与本土性. 上海：上海三联书店.

朱杰勤. 2008. 东南亚华侨史. 北京：中华书局.

朱立立. 2008. 身份认同与华文文学研究. 上海：上海三联书店.

朱文华. 1998. 风骚余韵论——中国现代文学背景下的旧体诗. 上海：复旦大学出版社.

庄钟庆. 1999. 世纪之交的东南亚华文文学探视(上下卷). 厦门：厦门大学出版社.

庄钟庆. 2007. 东南亚华文新文学史. 北京：人民出版社.

卓应龙. 1896-3-27. 炎洲词. 新加坡叻报. 第5版.

左秉隆. 1959. 勤勉堂诗钞. 新加坡：南洋历史学会.

左秉隆. 1894-3-10. 新加坡叻报. 第5版.

参考文献

Bregant, S.2013. A Life of Poems: Selected Works of Khoo Seok Wan, Singapore: National Library Board.

Brooks, C and Warren, R.P.*Understanding Poetry: An Anthology for College Student*. New York: Holt, Rinehart & Winston.

Foucault, M. 1976. *The Archaeology of knowlege*. NewYork: Harper Colopen Book.

Liu, J.J.Y.1962. *The Art of Chinese Poetry*, London: Routledge & K.Paul.

McDonald, Jr. *Notes on the History of Malayan Chinese New Literature* 1920—1942. Angus, W. Trans. Tokyo: The Centre for East Asian Cultural Studies.

Raffles, S.1875.Memoir of The Life and Public Services of Sir Thomas Stamford by His Windows. London: J.Murray.

Song, O. S. 1967. *One Hundred Year's History of the Chinese in Singapore*.Singapore: University Malaya Press. reprint.

Turnbull, C.M.A.1977.*History of Singapore1819—1975*. Kuala Lumpur: Oxford University Press.

Wong, S-T. The Impact of China's Literary Movement on Malaya's.

——1978.*Vernacular Chinese Literature from 1919—1941*. Ph.D. Thesis, University of Wisconsin.

《叻报》，新加坡国立大学微缩胶卷藏版（1887—1932）.

《星报》，新加坡国立大学微缩胶卷藏版（1890—1898）.

《新国民日报》，新加坡国立大学微缩胶卷藏版（1919—1933）.

《天南新报》，新加坡国立大学微缩胶卷藏版（1898—1905）.

《中兴日报》，新加坡国立大学微缩胶卷藏版（1907—1910）.

《日新报》，新加坡国立大学微缩胶卷藏版（1899—1901）.

索　引

B

比较文学　9, 10, 19, 29, 30, 31, 43, 125, 238, 241

斌椿　28, 44, 50, 54, 55, 56, 57, 153

C

唱和诗　59, 69, 72, 105, 109, 140, 159, 160, 161

F

方修　11, 13, 14, 15, 130, 192, 208, 209

H

汉诗　17, 21, 22, 23, 24, 25, 152, 159, 199, 238

后殖民主义　18, 19, 20

华文文学　1, 2, 3, 4, 5, 6, 8, 9, 10, 11, 12, 13, 14, 15, 16, 17, 18, 19, 20, 21, 22, 27, 28, 29, 30, 31, 33, 42, 46, 49, 158, 164, 166, 173, 185, 192, 195, 197, 198, 201, 202, 205, 207, 208, 214, 216, 223, 225, 229, 235, 238, 241, 244, 246, 247, 248, 251

黄遵宪　26, 27, 44, 50, 51, 53, 57, 65, 66, 76, 77, 81, 82, 83, 84, 86, 87, 88, 89, 90, 92, 93, 94, 95, 96, 97, 98, 99, 102, 120, 130, 131, 132, 134, 141, 143, 160, 161, 165, 167, 173, 174, 233, 237

J

旧体诗　1, 2, 3, 4, 6, 7, 8, 10, 16, 17, 20, 21, 22, 23, 24, 25, 26, 27, 28, 29, 30, 31, 32, 33, 34, 38, 42, 43, 44, 46, 47, 49, 50, 52, 53, 54, 55, 56, 57, 59, 65, 67, 69, 72, 76, 77, 78, 79, 81, 82, 85, 86, 88, 93, 94, 96, 98, 99, 101, 102, 103, 104, 105, 107, 110, 111, 112, 114, 115, 117, 118, 120, 122, 123, 124, 125, 126, 127, 128, 129, 130, 131, 132, 133, 134, 135, 136, 137, 138, 139, 140, 141, 142, 143, 144, 146, 148, 150, 151, 152, 153, 154, 157, 160, 161, 162, 164, 165, 166, 167, 168, 169, 170, 171, 173, 174, 176, 182, 185, 186, 187, 188, 189, 190, 191, 192, 193, 194, 195, 197, 198, 199, 200, 201, 202, 203, 204, 205, 206, 207, 208, 209, 210, 212, 213, 214, 215, 216, 217, 218, 219, 220, 221, 222, 223, 224, 225, 226, 227, 228, 229, 230, 231, 232, 233, 234, 235, 236, 237, 238, 239, 240, 241, 242, 243, 244, 245, 246, 247, 248, 249, 250, 251

K

康有为　26, 42, 44, 50, 53, 111, 112, 113, 114, 115, 116, 127, 129, 130, 131, 132, 133, 134, 137, 142, 143, 144, 147, 149, 151, 160, 161, 245, 254

L

叻报　43, 48, 49, 60, 68, 69, 70, 72, 73, 74, 82, 85, 86, 103, 104, 142, 166, 178, 180, 181, 187

梁启超　1, 28, 44, 50, 64, 95, 97, 104, 111, 130, 144, 149, 160, 174, 181, 237

N

南洋　1, 5, 6, 12, 16, 17, 18, 19, 22, 26, 32, 38, 39, 40, 41, 42, 43, 45, 46, 47, 49, 51, 52, 53, 55, 56, 57, 60, 61, 64, 65, 68, 69, 70, 72, 74, 76, 78, 79, 81, 82, 84, 85, 86, 87, 88, 89, 90, 91, 92, 93, 94, 96, 98, 99, 100, 101, 102, 103, 104, 105, 106, 107, 109, 110, 111, 112, 114, 115, 116, 117, 118, 119, 120, 121, 122, 123, 126, 127, 129, 130, 131, 132, 133, 134, 135, 136, 137, 139, 140, 142, 143, 144, 149, 150, 151, 152, 153, 154, 156, 157, 158, 159, 160, 162, 166, 167, 170, 171, 173, 174, 175, 176, 177, 180, 181, 182, 183, 184, 185, 186, 187, 188, 189, 190, 191, 192, 193, 201, 203, 204, 205, 206, 207, 210, 213, 215, 216, 221, 223, 225, 227, 228, 233, 235, 237, 238, 239, 242, 244, 245, 246, 248, 249, 250

P

潘受　17, 26, 42, 45, 46, 50, 135, 137, 139, 166, 167, 168, 169, 170, 171, 172, 173, 174, 186, 188, 191, 192, 193, 223, 232, 233, 234, 235, 245

Q

丘逢甲　1, 26, 42, 44, 50, 53, 101, 102, 103, 104, 105, 106, 107, 110, 129, 130, 131, 133, 137, 160, 167, 180

邱菽园　1, 17, 26, 42, 45, 47, 49, 50, 51, 99, 102, 103, 104, 105, 109, 111, 112, 113, 114, 115, 132, 134, 135, 136, 137, 138, 139, 140, 141, 142, 143, 144, 145, 146, 147, 148, 149, 150, 151, 152, 153, 154, 155, 156, 157, 158, 159, 160, 161, 162, 163, 164, 165, 166, 170, 177, 180, 181, 184, 186, 188, 189, 190, 191, 192, 193, 214, 215, 223, 232, 234, 243, 245

T

天南新报　43, 49, 102, 140, 142, 144, 175

W

文化认同　2, 18, 19, 20, 26, 30, 60, 130, 136, 137, 138, 189, 192, 193, 197, 201, 212, 215, 218, 219, 239, 240, 242, 245, 250

X

新国民日报　11, 49

新加坡　1, 2, 3, 5, 6, 8, 9, 10, 11, 12, 13, 14, 15, 16, 17, 18, 19, 20, 21, 25, 26, 29, 30, 31, 32, 33, 34, 35, 36, 37, 38, 39, 40, 41, 42, 43, 44, 45, 46, 47, 48, 49, 50, 51, 52, 53, 54, 55, 56, 57, 58, 59, 60, 61, 62, 63, 64, 65, 66, 67, 68, 69, 71, 72, 73, 74, 75, 76, 77, 78, 79, 80, 81, 82, 84, 85, 86, 87, 88, 89, 90, 91, 97, 98, 99, 101, 102, 103, 104, 105, 106, 107, 108, 109, 110, 111, 112, 113, 114, 115, 116, 117, 118, 119, 120, 121,122, 123, 124, 125, 126, 127, 128, 129, 130, 131, 132, 133, 134, 135, 136, 137, 138, 139, 140, 141, 142, 143, 144, 145, 146, 148, 149, 150, 151, 152, 153, 154, 155, 156, 157, 158, 159, 160, 161, 162, 163, 164, 165, 166, 167, 168, 170, 171, 172, 173, 174, 176, 177, 180, 183, 184, 185, 186, 187, 188, 189, 190, 191, 192, 193, 194, 195, 196, 197, 198, 199, 200, 201, 202, 203, 204, 205, 206, 207, 208, 209, 210, 211, 212, 213, 214, 215, 216, 217, 218, 219, 220, 221, 222, 223, 224, 225, 226, 228, 229, 230, 231, 232, 233, 234, 235, 236, 237, 238, 239, 240, 241, 242, 243, 244, 245, 246, 247, 248, 249, 250, 251

新加坡华文文学　2, 3, 6, 9, 10, 11, 12, 13, 14, 15, 16, 17, 18, 19, 20, 21, 30, 31, 46, 158, 185, 192, 198, 201, 205, 214, 216, 223, 225, 235, 238, 244

新声诗社　46, 51, 198, 199, 200, 201, 202, 203

形象学　30, 41, 56, 57, 60, 125, 242

许南英　1, 20, 26, 42, 53, 101, 107, 108, 109, 110

Y

杨云史　20, 44, 50, 98, 99, 100, 123, 124

异族叙事　247, 248

郁达夫　26, 44, 50, 53, 108, 111, 116, 117, 118, 119, 120, 121, 122, 123, 124, 130, 132, 134, 161, 211, 243, 245

Z

曾纪泽　28, 39, 44, 50, 57, 58, 59, 66, 67, 81

竹枝词　28, 44, 50, 85, 108, 163, 164, 165, 177, 178, 179, 180, 181, 182, 183, 184, 185

左秉隆　17, 20, 26, 39, 43, 50, 51, 53, 59, 65, 66, 67, 68, 69, 70, 71, 72, 73, 74, 75, 76, 77, 78, 79, 80, 81, 82, 84, 86, 98, 131, 132, 133, 134, 141, 161, 186, 232, 243